변신 · 소송

Die Verwandlung
Der Prozess

변신 · 소송

차 례

Die
Verwandlung

Der
Prozess

Die Verwandlung

변신

I

어느 날 아침, 악몽에서 깨어난 그레고르 잠자는 자신이 흉측한 벌레 한 마리로 변해 침대에 누워 있다는 사실을 알게 되었다. 그는 갑옷처럼 딱딱해진 등을 매트에 대고 천장을 쳐다보며 누워 있었다. 머리를 약간 들자 활 모양으로 휘어져 부풀어 오른 자신의 갈색 배가 보였다. 배의 불룩한 부분에 걸쳐진 이불은 금세 흘러내릴 것만 같았다. 그리고 여러 개의 다리가 그의 눈앞에서 이리저리 꿈틀거리고 있었는데, 커다란 몸체에 비해 어이없을 정도로 가늘었다.

'대체 지금 내게 무슨 일이 일어난 거지?'

그는 생각했다. 분명 꿈은 아니었다. 주위를 둘러보니 약간 좁기는 해도 사람이 사는 방이 분명했으며, 그것은 틀림없는 자신의 방이었다. 벽지 문양도 낯익었다. 옷감 견본을 묶어 정리한 것들이 놓인 테이블 위(그는 영업 사원이었다)에는 얼마 전 잡지 화보에서 오려내 금색 액자에 넣어 걸어둔 그림이 있었다. 털모자를 쓰고 털목도리를 두른 여인이 단정하게 앉아 두툼한 털토시 속에 집어넣은 두 팔을 앞쪽으로 내밀고 있었다.

그레고르는 창밖을 바라봤다. 창문의 함석을 두드리는 빗방울 소리가 들렸다. 날씨마저 그를 우울하게 했다. 그는 '이런 쓸데없는 생각은 그만두고 잠이나 더 잘까'라고 생각했지만 사실 그것은 어려운 일이었다. 그는 늘 오른쪽으로 누워 자는 버릇이 있었는데 지금의 모습으로는 그렇게 할 수 없었기 때문이다. 아무리 힘을 써서 오른쪽으로 돌아누우려 해도 매번 몸이 흔들려서 결국은 위를 향해 드러누운 처음 자세로 되돌아오고 말았다. 100번 넘게 시도하는 중에도 그의 눈은 계속 감겨 있었다. 버둥거리는 다리를 보지 않기 위해서였다. 결국 옆구리에 통증까지 느껴지자 할 수 없이 오른쪽으로 누워 자려던 것을 포기했다.

'아아, 내 직업은 왜 이리도 고된 걸까! 날마다 출장을 가야 하고. 영업소에서 근무하는 것보다 훨씬 더 힘들어. 일단 출장을 떠나면 열차 갈아타는 것을 걱정해야 하지. 식사도 불규칙하고 맛도 없는 데다 고객이 항상 바뀌니 제대로 된 인간관계를 맺을 수도 없구나. 그러니 제대로 된 친구가 하나도 없지.

나도 이제 모르겠다. 될 대로 되라지.'

그레고르는 생각했다. 그때 배 위쪽이 약간 가려웠다. 머리를 좀 더 들 수 있도록 드러누운 채 천천히 몸을 침대 손잡이 기둥 쪽으로 밀고 올라가서 보니 가려운 곳이 정확하게 보였다. 그곳에는 하얀 점들이 작게 박혀 있었다. 그는 그것들이 도대체 무엇인지 알 수 없었다. 다리 하나를 움직여 만져보려다 그만뒀다. 다리를 그곳에 대자마자 온몸에 오싹한 소름이 끼쳤기 때문이었다. 그는 다시 몸을 내려 원래 자리에 누우면서 생각했다.

'너무 일찍 일어나버렸군. 그래서 바보가 된 거야. 사람은 모름지기 잠을 자야 한다니까. 다른 영업 직원들은 마치 궁궐 속 여인처럼 살고 있잖아? 내가 고객들에게 주문받은 것을 작성하러 오전에 숙소로 들어오면 그제야 사람들은 아침 식사를 하기 시작하잖아. 만약에 내가 그걸 한 번만이라도 흉내 낸다면 사장은 당장 나를 해고해버렸을 테지. 나도 그들처럼 여유 있게 살아보고 싶단 말이다. 부모님 때문에 꾹 참았을 뿐, 진즉에 사표를 냈을 거야. 사장 앞으로 당당하게 걸어가 속내를 주저 없이 털어놓으면 사장은 틀림없이 놀라서 책상에서 굴러 떨어지고 말겠지? 책상 위에 올라앉아 직원들을 내려다보며 이야기하는 사장의 버릇은 정말 고약하다니까. 사장은 귀가 잘 들리지 않아서 우리는 늘 바짝 다가앉아야만 했지. 하지만 앞으로 전혀 희망이 없는 것도 아니야. 부모님께서 사장에게 진 빚을 갚을 만큼 내가 돈을 모으기만 하면(그러려면 앞으로 5, 6년은 더 걸릴 테지만) 나는 결심한 대로 하고 말 거야. 그게 내 인생의 전환점이 되겠지. 일단 그건 나중 문제고 이제 일어나야겠다. 5시에 기차가 출발하니까.'

그레고르는 옷장 위에서 째깍거리는 탁상시계를 쳐다봤다.

'이런, 큰일이군!' 하고 그는 생각했다. 벌써 6시 30분이었다. 시곗바늘이 조용히 돌아가며 30분이 지나고 45분에 가까워지고 있었다. 종이 울리지 않은 걸까. 시계의 자명종을 4시 정각에 맞춰놓은 것이 침대에서도 보였다. 틀림없이 종이 울렸을 것이다. 그렇게 큰 소리를 듣고도 깨지 않았던 건가? 하지만 그는 편안히 잔 것도 아니었다. 그래서 시계가 울린 뒤에 더욱 깊이 잠들었는지도 모를 일이었다. 여하튼 이제는 어찌하면 좋단 말인가?

다음 기차는 7시에 떠난다. 그 시간에 맞추려면 서둘러야 했다. 그런데 옷감 견본은 아직 챙기지도 못했고 기분조차 그다지 상쾌하지 않은지라 몸이 가볍게 움직여질 것 같지 않았다. 설사 기차를 탈 수 있다 하더라도 사장의 호된 꾸지람은 피할 길이 없었다. 심부름꾼이 5시 기차를 기다리고 있다가 그가 내리지 않은 사실을 이미 사장에게 보고해버렸을 것이기 때문이다.

심부름꾼은 사장의 부하인데 줏대도 없는 바보 같은 녀석이었다. 그럼 병에 걸렸다고 하면 어떨까? 하지만 그것은 스스로에게 굉장히 부끄러운 일이었으며 수상하다는 의심을 살 것이었다. 왜냐하면 그레고르는 지난 5년간 영업 사원으로 일하면서 단 한 번도 아픈 적이 없었기 때문이다. 아마 사장은 의료보험조합 소속 의사를 데리고 올지도 모른다. 그리고 게으른 아들을 걸고넘어지며 부모님을 비난할 것이다. 게다가 아무리 아프다고 변명을 해도 의사에게 진찰을 받아야 한다며 사장이 우기면 모든 일은 수포로 돌아가고 만다.

사실 의사의 입장에서 볼 때 그레고르는 건강하기만 하고 그저 일하기 싫어하는 사람으로 비칠 것이기 때문이다. 그렇다고 그 의사를 나쁘다고 할 수야 있나? 지금까지 그레고르는 충분히 잠을 자고 난 뒤에도 졸음이 가시지 않았던 것을 제외하고는 건강했던 데다 왕성한 식욕까지 자랑하지 않았던가.

그가 좀처럼 침대에서 떠나려는 결심을 하지 못하고 여러 생각들이 마치 주마등처럼 그의 머릿속을 스치고 있을 때(시계가 막 6시 45분을 알렸다) 그의 침대 머리 쪽에 있는 문을 조심스럽게 두드리는 소리가 들렸다. 어머니였다.

"6시 45분이다. 이제 출발해야 하지 않겠니?"

부드러운 목소리였다.

그러나 그레고르는 어머니에게 대답하는 자신의 목소리를

듣고는 깜짝 놀랐다. 지금까지의 자기 목소리는 틀림없었지만, 어쩐지 밑에서 울리는 것 같으면서도 억눌린 듯한 소리가 섞여 있었다. 게다가 처음에는 또렷하게 발음했지만, 이후에는 말끝이 흐려지고 말았다.

그레고르는 모든 것을 자세하게 설명하려고 했지만 이렇게 대답할 수밖에 없었다.

"네, 네! 어머니. 지금 일어납니다."

문을 사이에 두고 있었기 때문에 그레고르의 목소리가 변한 것을 밖에서는 알아채지 못했는지도 모른다. 그의 대답을 들은 어머니는 안심하고 발길을 돌려서 가버렸다. 그러나 이 짧은 대화 때문에 벌써 출발했다고 생각한 그레고르가 아직도 집에 머무르고 있는 것을 가족 모두가 알게 되었다.

"그레고르! 그레고르!"

이번에는 아버지가 불렀다.

"대체 어떻게 된 거냐?"

잠시 후 아버지는 낮은 목소리로 다시 한 번 대답을 재촉했다.

"그레고르! 그레고르!"

그러자 맞은편 문밖에서 누이동생이 가느다란 목소리로 걱정스럽다는 듯이 물었다.

"오빠, 어디가 아픈 거야? 도와줄까?"

양쪽 문을 향해서 그레고르가 대답했다.

"다 준비됐습니다."

그는 신중하게 각 음절 사이에 간격을 두고 띄엄띄엄 대답했다. 아버지는 식사를 하러 돌아갔지만 아직 누이동생은 문 앞이었다.

"오빠, 문 좀 열어줘. 응?"

그레고르는 문을 열 수가 없었다. 여행을 하며 생긴 습관으로 밤이 되면 문이란 문은 모두 잠가버린 것이 다행이라고 생각했다. 그레고르는 방해를 받지 않고 조용히 일어나 옷을 입고 아침을 먹으려고 했다. 그러고 나서 다음 일을 생각하려고 했다. 아무리 이불 속에서 고민해봐야 달리 방법을 발견하지 못하리란 걸 잘 알고 있었기 때문이다.

그의 기억으로는 전에도 가끔씩 잠자리가 불편해 조금 고통을 느꼈지만 침대에서 일어났을 때에는 모든 것이 그저 망상이었던 적이 여러 번 있었다. 그러므로 지금의 심란한 상황도 결국은 잘 풀릴 것이라고 생각하며 자신의 몸을 주의 깊게 관찰했다. 목소리가 변한 것은 영업 사원의 흔한 직업병인 심한 감기 증세임이 틀림없다고 생각했고 그 점을 조금도 의심하지 않았다. 이불을 걷어내는 것은 간단한 일이었다. 숨을 들이쉬면서 배를 조금 부풀리자 저절로 흘러내렸다.

그러나 그다음이 문제였다. 그의 몸이 유달리 옆으로 퍼져 있었기 때문이다. 몸을 일으키려면 팔을 이용해야만 하는데 팔은 없고 쉴 새 없이 움직이는 수많은 다리만 있었다. 그런데 그조차도 자신의 마음대로 움직여주지 않았다. 그는 다리 하나를 구부리려고 했으나 제멋대로 뻗치기만 했다. 그나마 몇 개의 다리를 사용해서 마음대로 움직일 수 있겠다 싶으면 그 동안에 다른 다리들이 겨우 해방되었다는 듯이 요란스럽게 꿈틀거렸다.

'침대 속에서 시간만 보내봐야 소용이 없겠다.'

그는 우선 하반신부터 침대에서 내리려고 했다. 그러나 그는 하반신을 볼 수도 없었고 그 부분이 어떤 모양인지 짐작조차 할 수가 없었다. 게다가 몸을 움직일 때는 매우 힘이 들었다. 몸은 무척 느리게 움직였다. 결국 그는 버럭 화를 내며 있는 힘을 다해 침대 밖으로 몸을 내밀었다. 그런데 방향이 잘못되어 침대 다리 쪽 기둥에 심하게 부딪치고 말았다. 그레고르는 불에 덴 듯 따끔한 통증을 느낌과 동시에 하반신이 가장 예민한 부분이라는 사실을 깨달았다.

그는 이제 상체를 침대에서 끌어내려고 시도했다. 머리를 조심스럽게 침대 가장자리로 돌렸다. 이때는 큰 힘이 들지 않았다. 몸은 무거웠지만 머리가 도는 방향으로 몸도 천천히 따라갔다. 그러나 막상 머리를 침대 밖으로 내밀고 허공으로 쳐들자 이런 식으로 앞으로 이동하는 것이 불안해졌다. 만일 이런 자세로 침대 밖으로 몸을 내민다면 결국은 아래로 떨어질 수밖에 없을 것이고, 그렇게 되면 기적이라도 일어나지 않는 한 머리가 온전할 수 없을 것이었다. 이럴수록 정신을 바짝 차려야 한다고 생각한 그레고르는 차라리 침대에 누워 있는 편이 낫겠다고 생각했다.

그러나 한숨을 쉬며 기를 쓰고 돌아와 누우면서 여러 개의 발이 서로 얽혀 버둥거리는 것을 보고 나서는 이런 상태로는 휴식을 취할 수 없으리란 사실을 깨달았다. 그렇다고 이대로 계속해서 침대에 누워 있을 수는 없었다. 설사 빠져나갈 희망이 없다고 할지라도 모든 희생을 무릅쓰고 감행하는 것이 현명한 일이라고 혼잣말로 중얼거렸다. 그와 동시에 절망하기보다 냉정하고 단호한 행동을 취하는 편이 낫겠다는 생각도 했다. 그는 날카로운 시선으로 창문을 쳐다봤다. 그러나 아침 안개가 좁은 골목 건너편 집까지 끼어 있어 편안함이나 상쾌한 기분은 느낄 수 없었다.

'벌써 7시군.'

자명종이 울렸다.

'7시인데도 아직 안개가 저렇게 짙은 건가?'

그는 이렇게 생각하며 가만히 있으면 현실로 돌아오기라도 할 것처럼 계속 누워 있었다. 그리고 또다시 중얼거렸다.

"무슨 일이 있더라도 7시 15분까지는 침대에서 일어나야

해. 그때쯤이면 회사 사람이 나를 찾아올 거야. 회사는 7시 전에 문을 여니까."

그레고르는 이번에는 몸의 균형을 잡고 옆으로 몸을 가볍게 흔들면서 침대 밑으로 떨어져보려고 했다. 머리에 힘을 줘서 위로 들고 있으면 다치지 않을 것 같았다. 등은 딱딱하게 느껴졌기 때문에 카펫 위에 떨어져도 큰 사고는 일어나지 않을 것 같았다. 그러나 떨어질 때 큰 소리가 나면 집안사람들이 놀라지는 않더라도 무슨 일인지 걱정은 할 것 같았다. 그래도 용기를 내지 않으면 안 되었다.

그레고르가 몸을 절반쯤 일으켰을 때(이 새로운 방법은 힘들다기보다 재미있는 일이었다. 마냥 누운 채 좌우로 흔들기만 하면 되었으니) 누가 와서 도와주기만 하면 모든 것이 간단하게 해결될 것 같았다. 힘센 사람이 둘(그레고르는 아버지와 가정부를 생각했다)만 있으면 충분할 것 같았다. 그들이 팔을 자신의 둥근 등 밑에 집어넣고 몸을 들어 올려 침대에서 내려놓으면 그레고르 스스로 마루 위에서 몸을 뒤집을 수 있을 것이다. 그때는 이 다리들이 제 역할을 다할 것이다. 그는 문이 모두 잠겨 있다는 사실은 전혀 생각하지 못하고 있었다. 정말 도움을 요청해야 하나? 이런 절박한 상황에서도 이런 생각을 하니 새어나오는 웃음을 참을 수가 없었다.

계속해서 몸을 흔들다가 결국 균형을 잃고 침대에서 떨어질 지경에 이르자 그레고르는 마지막 결심을 해야 했다. 왜냐하면 5분만 있으면 7시 15분이었기 때문이다. 그때 현관문에서 벨이 울렸다.

'회사에서 누가 왔구나.'

그는 몸이 빳빳하게 굳는 것 같았다. 그러는 동안에도 작은 발이 이리저리 버둥거렸다. 잠시 온 집 안이 조용해졌다.

'아무도 문을 열어주지 않는구나!'

이렇게 생각하면서 그는 헛된 희망을 가졌다. 그때 가정부가 차분한 걸음걸이로 자연스럽게 현관으로 나가 문을 여는 소리가 들렸다. 그레고르는 방문객의 첫 인사만 듣고도 그가 누구인지 알아차렸다. 그는 그레고르의 상관이었다. 어째서 자신은 잠시 업무에 소홀했다고 금세 의심을 받는 회사에 근무하는 운명을 타고난 것일까? 직원 중에는 아침에 두세 시간 정도만 일하고 양심의 가책을 받아 넋이 나가버려 침대에서 일어날 수도 없을 지경이 되는 충직하고 열심히 일하는 직원은 없는 것인가? 사실 동정을 살피려면 사람을 보내 물어보는 것으로 충분하지 않은가, 물론 그 형편을 알아본다는 일이 필요할 경우에 한해서 말이다.

그런데 왜 이사님이 직접 와야 하는 것인가? 그리고 이사님이 자신에게 이런 의구심을 가졌다는 것이 아무 죄도 없는 가족들에게까지 알려져야 한단 말인가? 그레고르는 단단히 결심을 해서가 아니라 이런 생각을 하면서 흥분한 나머지 온 힘을 다해 침대에서 뛰어내렸다. 순간 쿵 하고 둔탁한 소리가 났다. 그러나 그다지 요란한 소리는 아니었다. 카펫이 깔려 있어 사람들이 놀랄 만큼 큰 소리는 나지 않았으나 머리를 주의해서 충분히 들지 못했기 때문에 머리가 그만 바닥에 부딪히고 말았다. 그는 부딪힌 머리를 카펫에 비볐다.

"방 안에서 무엇이 떨어졌나봅니다."

이사가 왼쪽 옆방에서 말했다. 그레고르는 언젠가는 이사에게도 자신에게 일어난 것과 같은 일이 일어날지도 모른다고 상상해봤다. 그런 일이 일어나지 않으리라고는 아무도 장담할 수 없었다. 그런데 그의 이런 상상에 대한 대답이라도 하려는 듯 옆방에서 이사가 발에 힘을 주고 구두 소리를 냈다. 그때 오른쪽 방에서 그레고르에게 손님이 왔음을 알리는 누이동생의 속삭임이 들려왔다.

"오빠! 이사님이 오셨어요."

"알고 있어."

그레고르가 중얼거렸다. 그 중얼거림은 동생이 알아들을 수 없을 정도로 작았으나 그렇다고 목소리를 높일 수는 없었다.

"그레고르야."

이번에는 왼쪽 옆방에서 아버지의 목소리가 들려왔다.

"네 회사의 이사가 왜 네가 아침 차로 출발하지 않았느냐고 물으시는구나. 우리가 뭐라고 말씀드려야 하는 거니? 그보다도 네 이사가 개인적으로 너와 이야기를 나누고 싶다고 하신다. 그러니 어서 문을 열어라. 방이 지저분해도 널리 양해해주실 거다."

"이보게 잠자 군."

이사가 다정한 목소리로 말했다.

"몸이 좋지 않답니다."

아버지가 아직 문 옆에서 말하고 있을 때 어머니가 이사에게 말했다.

"우리 애가 몸이 좋지 않아요. 제 말을 믿어주세요. 그렇지 않으면 그레고르가 기차를 놓칠 리가 있겠습니까! 우리 아이는 일 이외에는 아무것도 모르는 아이랍니다. 밤에는 기분 전환도 할 겸 외출이라도 하라고 오히려 제가 잔소리를 해야 할 정도예요. 일주일이나 집에 와 있으면서도 매일 집 안에만 처박혀 있답니다. 저녁이면 책상에 앉아 조용히 신문을 읽습니다. 취미생활이라곤 톱으로 무언가를 만드는 것뿐입니다. 지난번에는 이틀인가 사흘에 걸쳐 작은 액자 하나를 만들었답니다. 얼마나 훌륭한지 보시면 놀라실 거예요. 우리 애 방에 걸려 있습니다. 그레고르가 문을 열면 바로 보실 수 있을 거예요. 무엇보다 이사님이 이렇게 와주셔서 영광입니다. 우리만으로는 그레고르가 문을 열게 하지 못했을 겁니다. 그 애 고집은 보통 센 것이 아니랍니다. 아침에 물어봤더니 그렇지 않다고 했지만 틀림없이 몸이 불편한 것 같습니다."

"곧 갑니다."

그레고르는 천천히 말한 후, 그들의 이야기를 한마디도 놓치지 않으려고 가만히 있었다.

"저도 특별히 다른 생각을 하지는 않습니다. 부인!"

이사가 말했다.

"큰 병이 아니기를 바랍니다. 그런데 이 기회에 한 가지 말씀드리고 싶은 것은 행복하든 불행하든 자기 사정과 상관없이 우리 같은 사람들은 몸이 조금 불편해도 영업일을 생각해서 참아야 한다는 것입니다."

"얘야, 이제 이사님께서 들어가셔도 괜찮겠느냐?"

아버지는 초조하게 묻고는 더 이상 참지 못하겠다는 듯 문을 두드렸다.

"안 됩니다."

그레고르가 말했다. 왼쪽 방에는 숨 막힐 듯한 침묵이 흘렀고 오른쪽 옆방에서는 누이동생이 흐느껴 울기 시작했다. 도대체 왜 누이동생은 다른 사람들이 있는 곳으로 가지 않고 있을까? 이제 막 일어나서 아직 옷도 갈아입지 못한 모양이지? 그런데 무엇 때문에 울고 있는 것일까? 내가 일어나지 않고 이사님을 들어오지 못하게 해서인가? 내가 회사에서 잘릴 것 같아서? 만일 그렇게 되면 사장이 다시 밀린 빚을 들먹거리면서 부모님을 괴롭힐까봐 두려워서 우는 것일까? 그러나 그런 것은 미리 걱정할 필요가 없다. 어찌 되었든 나는 아직 여기에 있고 결코 부모님을 저버릴 생각은 해본 일조차 없다. 잠시 동안 그는 카펫 위에 편안하게 누워 있었다. 현재 그의 상태를 잘 알고 있는 사람이라면 그에게 이사님을 안으로 들이라고 요구하지는 못할 것이다. 그리고 나중에라도 얼마든지 변명할 수 있는 사소한 실수 때문에 그레고르가 즉시 회사에서 쫓겨나는 일은 없을 것이다. 그래서 그를 그대로 내버려두는 편이 훨씬 현명한 방법이라고 생각했다. 그러나 이 불확실하고 애매한 태도야말로 다른 사람들을 어리둥절하게 만들었고 그들의 태도를 정당화시키는 계기가 되었다.

"잠자 군."

이사는 드디어 목소리를 높여 말했다.

"도대체 어찌 된 일인가? 자네는 자네 방에 들어앉아 그저 '네, 아니오'만 반복하고 있으니 말이야. 부모님께 쓸데없는 근심만 끼친 데다 이야기가 나왔으니 말이지만 상상도 못할 방법으로 자네는 직업상의 의무를 게을리하고 있네. 나는 여기서 자네 부모와 사장님을 대신해서 말하겠는데, 즉시 자네 태도에 대해 명확한 설명을 해주게. 아니, 도대체 어떻게 이런 일이 있을 수 있는가. 그래도 나는 자네를 침착하고 분별 있는 사람이라고 생각했는데 지금 자네는 이상한 변덕을 부리려고 작정한 사람 같지 않은가. 사실 오늘 아침 사장님이 내게 자네가 지각한 이유를 넌지시 설명했네. 얼마 전 자네에게 맡긴 회수금이 원인이라고 말일세. 그러나 나는 그런 일은 자네에게는 해당되지 않을 것이라고 분명히 말했네. 그런데 자네의 이런 이해할 수 없는 고집을 본 이상 이제 자네를 위해 조금이나마 변명을 해주고 싶은 생각이 사라졌네. 또한 회사에서 자네 지위는 결코 확고하지 않다는 것을 밝혀두고 싶네. 나는 원래 이 모든 것을 단 둘이서만 이야기하려고 생각했네. 그러나 자네가 나로 하여금 헛되게 시간만 보내게 했기 때문에 자연히 자네 부모님께서도 이 사실을 아시게 되었군. 다시 말하지만 요새 자네의 판매 실적도 그리 만족할 만한 것이라고는 할 수 없거든. 물론 지금은 사업이 잘되는 시기가 아니라는 것은 우리도 알고 있지. 그러나 사업이 안 되는 시기란 것은 절대로 있을 수 없을뿐더러 있어서도 안 된단 말이야. 안 그런가, 잠자 군?"

"아아, 이사님!"

그레고르는 흥분한 나머지 자기도 모르게 소리를 쳤다.

"이제 곧 준비하겠습니다. 몸이 좀 불편하고, 현기증이 나서 일어날 수가 없었습니다. 그러나 이제는 기분이 많이 나아졌습니다. 지금 막 침대에서 나왔습니다. 조금만 참아주십시오. 아직 기분이 전 같지 않지만 곧 좋아질 겁니다. 이렇게 갑자기 병이 나다니오. 기가 막힐 노릇입니다! 어제 저녁까지도 아무렇지 않았습니다. 부모님도 잘 알고 계십니다. 아니, 솔직히 말씀드리자면 어제 저녁에 이상한 예감이 약간 들기는 했습니다. 저를 자세히 주의해서 관찰한 사람이라면 상태가 조금 이상했다는 것을 알았을 겁니다. 회사에 미리 연락을 했더라면 좋았을 것을. 하지만 이 정도의 병은 집에서 쉬지 않아도 견딜 수 있으리라 생각했던 거지요. 이사님! 제 부모님께 싫은 소리는 하지 마십시오. 지금 저를 여러 가지로 책망하셨는데 그건 정말 당치도 않은 말씀이십니다. 저는 이제까지 그런 비난을 한 번도 들어본 적이 없습니다. 제가 제출한 최근 주문서를 아직 보지 못한 게 아닌가요? 아무튼 8시 차로는 출발하겠습니다. 두서너 시간 쉬었더니 기운이 좀 납니다. 제발 먼저 가주십시오. 이사님! 저도 곧 가겠습니다. 사장님께 제발 잘 말씀드려주십시오!"

그레고르는 속사포처럼 말을 쏟아냈다. 스스로도 자기가 무슨 말을 했는지 거의 알 수 없을 정도였다. 그는 침대에서 연습한 탓인지는 몰라도 이번에는 비교적 쉽게 옷장 쪽으로 이동했고, 옷장에 의지해 일어서려고 애썼다. 사실 그는 문을 열고 자기 모습을 보여주며 이사님과 이야기하려고 했다. 이렇게 자신의 방으로 들어오고 싶어 하는 저 사람들이 자신의 변한 모습을 보면 무엇이라고 말할까, 호기심이 일기도 했다. 그들은 틀림없이 깜짝 놀랄 것이다. 그렇더라도 자신의 책임은 전혀 없으니 그저 태연하게 있으면 된다. 그들이 아무렇지도 않게 생각한다면 그 또한 흥분할 이유가 없으므로 서둘러서 8시 기차를 타면 되는 것이다. 처음에는 몇 번이나 반들반들한 옷장에서 미끄러졌다. 그러나 몇 차례 반복한 끝에 몸을 뒤흔들며 꼿꼿이 일어설 수 있었다. 하반신이 불에 덴 듯 아팠으나 그는 조금도 개의치 않았다. 그는 가까운 의자 뒤편으로 몸을 옮겨 조그만 발로 꽉 붙들었다. 그렇게 해서 움직일 수 있게 되자 그는 이윽고 입을 다물었다. 왜냐하면 그때 이사의 말소리를 들을 수 있었기 때문이다.

"한마디라도 알아들으셨습니까?"

이사가 소리쳤다.

"설마 우리를 놀리고 있는 건 아니겠지요?"

"천만의 말씀입니다."

어머니가 울먹이는 목소리로 말했다.

"틀림없이 우리 아이는 중병에 걸린 거예요. 그런데도 우리는 저 애를 괴롭히고 있었으니. 그레테, 그레테!"

"네, 엄마?"

맞은편에서 누이동생이 대답했다. 그들은 그레고르의 방을 사이에 두고 이야기하고 있었다.

"빨리 의사한테 다녀오너라. 그레고르가 병이 났으니 빨리 의사를 불러와. 너 방금 그레고르가 말하는 소리를 들었니?"

"그건 짐승의 목소리였어."

어머니의 아우성에 비해 아주 나지막한 목소리로 이사가 말했다.

"안나야! 안나야!"

아버지가 손뼉을 치며 현관을 통해 부엌에다 대고 소리쳤다.

"빨리 열쇠수리공을 불러오너라!"

그러자 두 소녀가 옷자락을 펄럭이며 현관으로 뛰어갔다. (대체 누이동생은 어떻게 그리 빨리 옷을 입었을까?) 현관문이 열렸다. 문이 닫히는 소리는 전혀 들리지 않았다. 큰 불행이 닥쳤다는 것을 알려주듯 문을 열어놓은 채 내버려두었다.

그러나 그레고르는 더욱 침착해졌다. 아마 귀에 익은 탓일지도 모르지만 자신의 목소리가 전보다 훨씬 명료하게 느껴졌다. 하지만 다른 사람들은 그가 한 말을 전혀 알아듣지 못했다. 그래서 사람들은 그가 정상적인 상태가 아니라고 여기고 그를 도우려 하고 있었다. 자신에게 필요한 조치가 취해진 것에 대한 기대와 믿음 때문에 처음으로 그는 기분이 좋아졌다. 그는 또다시 사람 사이에 끼었다는 기분이 들었다. 그리고 의사와 열쇠수리공에 대해서는(목소리로는 이 두 사람을 확실하게 분간하지도 못하면서) 두 사람이 어떤 놀라운 결과나 대비책을 알려주지 않을까 기대했다. 앞으로 다가올 운명을 결정지을 이야기를 시작하게 되면 될 수 있는 한 명확한 목소리로 말하기 위해 그레고르는 몇 번 헛기침을 했다. 애써 기침 소리를 낮게 한 것은 자신의 헛기침 소리가 인간의 소리와는 다르게 들릴 염려가 있었기 때문이다. 이미 그는 그것조차 판단할 수 없었다. 그러는 동안 옆방이 조용해졌다. 아마 부모님과 이사는 책상 옆에 앉아서 귓속말로 이야기를 하거나 모두 문에 기대어 귀를 기울이고 있을지도 모른다.

그레고르는 천천히 의자를 문 쪽으로 밀고 나갔다. 그런 뒤 문을 향해 몸을 던져 문을 붙들고 꼿꼿이 섰다. 그의 발꿈치에는 끈적거리는 액체가 분비되고 있었다. 그리고 잠시 고통스러운 움직임 때문에 지친 몸을 쉰 다음, 입으로 열쇠 구멍의 열쇠를 돌리기 시작했다. 이가 하나도 없다는 것이 유감일 뿐이었다. 무엇으로 열쇠를 붙들어야 할지가 문제였다. 이 대신 턱의 힘으로 열쇠를 돌릴 수 있었다. 그 와중에 어딘가 상처를 입었는데 그는 그것을 돌아볼 겨를도 없었다. 갈색의 액체가 입에서 흘러나와 열쇠 위를 거쳐 마루 위에 뚝뚝 떨어졌기 때문이다.

"저 소리 좀 들어보세요."

이사가 옆방에서 말했다.

"열쇠를 돌리고 있습니다."

그 말이 그레고르의 기운을 북돋워주었다. 거기에 아버지와 어머니까지도 "힘을 내거라. 열쇠를 꼭 붙들어!" 하고 외쳐준다면 얼마나 좋을까. "그레고르야, 힘을 내"라고 자기에게 응원을 해줄 법도 한데. 그러나 모든 사람들이 자기가 애쓰며 노력하고 있는 것을 긴장한 태도로 보고 있다고 생각하자, 그는 있는 힘을 다해서 정신없이 열쇠를 물고 매달렸다. 열쇠가 돌아가자 그의 몸도 그 주위를 빙 돌았다. 그의 몸뚱이는 열쇠를 붙들고 꼿꼿이 서 있다가 필요하면 열쇠에 매달리기도 하고 전신의 무게로 위에서 내리누르기도 했다. 이윽고 찰칵 하고 자물쇠가 열리는 소리에 그레고르는 제정신으로 돌아왔다. 그는 안도의 숨을 내쉬면서 중얼거렸다.

"이젠 열쇠수리공이 필요 없게 되었어."

그리고 문을 활짝 열어젖히려고 문의 손잡이 위에 고개를 올려놓았다.

그렇게 해서 이제 겨우 문은 열렸지만 문이 안쪽으로 열렸기 때문에 아직 밖에서는 안이 보이지 않았다. 그는 우선 천천히 문을 따라 바깥쪽으로 돌아 나와야만 했다. 더구나 방 안으로 들어가는 문 앞에서 벌렁 나자빠지는 추태를 보이지 않으려면 각별히 조심해야 했다. 그는 그때까지도 이런 동작을 하는 데만 신경 썼기 때문에 다른 것에는 주의를 기울일 겨를이 없었다.

"앗!" 하고 이사가 큰 비명을 질렀을 때에야(그 목소리는 마치 바람이 지나가는 소리처럼 들렸다) 문 옆 가장 가까이 서 있는 이사의 모습이 보였다. 이사는 딱 벌린 입에 한 손을 대고 천천히 뒷걸음질을 치고 있었다. 마치 눈에 보이지 않는 어떤 힘에 떠밀리는 것 같았다. 어머니는 두 손을 모으고 처음에는 아버지를 쳐다보더니 다음에는 그레고르 쪽으로 두어 걸음 다가오다가 그만 맥없이 쓰러지고 말았다. 그 바람에 그녀의 치마가 활짝 펼쳐지고 얼굴은 가슴속에 파묻혀 보이지도 않았다. 아버지는 증오에 가득 찬 표정으로 마치 그레고르를 방 안으로 몰아넣으려는 것처럼 주먹을 불끈 쥐었지만, 여러 사람이 서 있는 공간을 불안하게 두리번거리다가 두 손으로 눈을 가리더니 뚱뚱한 가슴을 들먹거리며 울기 시작했다.

그레고르는 다시 방 안으로 들어갈 생각도 하지 못하고 한쪽 문에 기대어 서 있었기 때문에 밖에서 볼 때 그의 몸은 반쯤만 보이고 그 위에 옆으로 갸우뚱 기울인 머리가 보일 뿐이었다. 그는 그 자세로 사람들을 엿보고 있었다. 그러는 동안 주위가 훤하게 밝아왔다. 거리를 사이에 두고 길 건너편에 높게 우뚝 서 있는 검은색 건물(그것은 병원이었다)의 일부분이 뚜렷하게 보였다. 그리고 도로에 인접한 쪽에는 나란하게 일정한 간격으로 창문이 나 있었다. 아직도 비가 내리고 있었다. 눈에 띌 만큼 커다란 빗방울이 한 방울씩 땅을 내려치듯 내리고 있었다. 아침 식탁 위에는 접시들이 너저분하게 널려 있었다. 아버지에게는 아침 식사가 하루 중 가장 중요한 의식이었으며, 그는 여러 신문을 읽으면서 식사를 하기 때문에 몇 시간이나 걸렸다. 바로 맞은편 벽 위에는 그레고르의 군대 시절 사진이 걸려 있었다. 육군 소위로 근무할 때의 사진으로, 한 손을 긴 칼 위에 대고 미소를 띤 모습이 자신의 태도와 군복의 위엄에 대해서 경의를 표하라고 요구하는 듯 보였다. 현관 옆방으로 통하는 문과 현관문이 모두 열려 있었기 때문에 현관 앞의 아래층으로 통하는 계단의 입구가 보였다.

"그러면."

이때 냉정한 태도를 유지하고 있는 것은 오직 자신뿐이라는 사실을 뚜렷이 의식하면서 그레고르가 말했다.

"곧 옷을 입고 견본을 챙겨 출발하겠습니다. 출발해도 괜찮겠습니까? 그런데 이사님, 제 고집이 센 것이 아니라 제가 일하기를 좋아하는 사람이라는 것을 알아주셨으면 좋겠습니다. 물론 출장 여행은 참 괴롭습니다. 그러나 출장을 가지 않고는 살아 나갈 수가 없죠. 이사님, 지금 대체 어디로 가십니까? 상점으로 가십니까? 그러시겠죠? 모든 일을 사실대로 보고하실 생각이시죠? 지금 당장은 일할 능력이 없습니다만, 그만큼 지금까지 일하며 쌓아온 실적을 참작하셔서 건강만 좋아진다면 더욱 노력하여 더 부지런히 일할 것이라는 사실을 믿어주십시오. 이사님도 잘 아시다시피 부모님과 누이동생이 걱정됩니다. 저는 지금 매우 난처한 처지에 놓여 있습니다만 머지않아 벗어날 것입니다. 그러니 제발 더 이상 저를 곤란한 입장으로 몰아넣지는 말아주십시오. 회사에서도 제 편을 들어주십시오. 그 누구도 영업 사원을 좋아하지 않는다는 것은 저도 잘 알고 있습니다. 영업 사원은 많은 돈을 벌고 화려한 생활을 한다고 생각합니다만 그것은 사람들의 잘못된 생각일 뿐입니다. 게다가 이 사실을 바로잡아줄 좋은 기회는 좀처럼 오지 않을 겁니다. 그러나 이사님, 당신은 다른 사원들보다도 회사의 실정을 더 잘 알고 계십니다. 사장님은 사업주라는 독특한 직무상의 지위 때문에 자칫하면 자신의 고용인에 대해서 불리한 판단을 내릴 수도 있을 테니까요. 잘 아시다시피 1년 365일을 거의 회사 밖에서 돌아다니는 저희 영업직 직원은 뒷소문이나 뜻밖의 일 같은 터무니없는 비난의 희생양이 되기 쉽습니다. 저희들로서는 그런 사실을 전혀 모르기 때문에 그것을 막아낼 도리가 없습니다. 지칠 대로 지쳐 여행을 마치고 집으로 돌아와서는 정확한 원인조차 모를 기분 나쁜 증상을 온몸으로 느끼고 있습니다. 제발 떠나기 전에 제 말이 어느 정도는 옳다고 한마디라도 말씀해주십시오. 이사님!"

그러나 이사는 그레고르의 처음 몇 마디 말을 듣자마자 몸을 옆으로 돌려버리더니 입술을 내민 채 벌벌 떨면서 어깨 너머로 그레고르 쪽을 돌아다볼 뿐이었다. 그레고르가 말하는 사이에도 그에게서 눈을 떼지 않은 채 문 쪽을 향해 뒷걸음질 쳤다. 그러고는 마치 방을 떠나서는 안 된다고 금지되어 있는 것을 어기기라도 하듯 살금살금 뒤로 물러나 마침내 현관 입구의 방에 이르렀다. 마침내 재빨리 몸을 돌려 거실에서 번개같이 발을 뺐는데 이 재빠른 동작을 목격한 사람은 그가 불에 발이라도 데었다고 생각할 만한 모습이었다. 현관 입구의 방에서 초자연적인 존재의 도움을 바라는 듯 이사는 오른쪽 팔을 힘껏 계단 쪽으로 내밀었다.

그레고르는 이런 일 때문에 회사 내에서 자신의 위치가 흔들리지 않도록 하려면 이대로 이사를 보내서는 안 된다는 것을 잘 알고 있었다. 그러나 그레고르의 부모님은 이 모든 것을 이해할 수 없었다. 왜냐하면 그들은 오래전부터 그레고르가 회사에서 착실하게만 일하면 평생 생활이 보장된다는 확신에 차 있었기 때문이다. 지금 당장은 눈앞의 상황 때문에 장래의 일까지 생각할 마음의 여유가 없었다. 그러나 그레고르는 바로 이때 미래에 일어날 일에 대해 걱정했다. 이사를 붙잡아두고 마음을 진정시켜 설득한 다음 그의 환심을 사도록 해야만 했다. 그레고르 자신과 가족들의 앞날이 바로 이 설득의 과정에 달려 있는 것은 너무도 분명했다. 이 자리에 누이동생이 있었다면 얼마나 좋을까? 누이동생은 영리했다. 그레고르가 조금 전 태연하게 누워 있을 때 누이동생은 오빠를 위해 울고 있었다. 여자들 앞에서는 맥을 못 추는 이사였으니 누이동생이라면 그를 설득할 수 있을 것이다. 누이동생이라면 현관문을 꼭 닫고 이사를 설득해 그의 마음을 진정시킨 후 오늘 일어난 놀라운 사건에 대해 전부 설명할 수도 있을 것이다. 그런데 지금 누이동생은 없다. 그레고르 자신이 직접 일을 처리해야만 했다. 하지만 그는 자신의 몸을 움직일 방법조차 알지 못했을 뿐더러 그가 말을 해도 상대방이 알아듣지 못했다. 그레고르는 방문에서 떨어져 천천히 문지방을 향해 걸었다. 이사가 있는 쪽으로 갈 생각이었다. 이사는 계단의 난간을 잡고 우스꽝스럽게 매달려 있었다. 그레고르는 무엇인가 의지할 만한 것을 잡으려고 허우적거리다 그의 몸에 달린 여러 개의 발을 깔고 낮은 비명을 지르며 넘어지고 말았다. 신기한 것은 쓰러지자마자 그레고르가 이날 아침에 잠에서 깬 후로 처음으로 몸이 편안해지는 것을 느꼈다는 점이다. 바로 발밑에 단단한 마루를 디디고 있었기 때문이었다. 발들은 이제 그레고르의 뜻대로 잘 움직여주었다. 조금만 참으면 모든 고통이 완전히 사라지고 건강해질 것 같았다. 몸을 막 움직여보려다가 그레고르는 어머니에게서 가까운 바로 맞은편 마루 위에 몸을 흔들면서 누워 있었다. 바로 그 순간, 완전히 넋이 나간 듯 생각에 잠긴 듯 보였던 어머니가 갑자기 벌떡 일어나 두 팔을 높이 쳐들고 소리를 지르기 시작했다.

"살려주세요! 세상에, 제발 좀 살려주세요!"

어머니는 그레고르를 좀 더 자세히 살펴보려는 듯 머리를 옆으로 숙였지만 순식간에 정신없이 뒤로 달아나버렸다. 그리고 음식이 차려진 식탁이 있다는 것을 까맣게 잊어버린 채, 식탁 위에 엉덩이를 올려놓고 말았다. 커다란 커피포트에서 커피가 쏟아져 카펫 위로 흐르는 것도 눈치채지 못했다.

"어머니, 어머니."

그레고르는 작은 목소리로 어머니를 부르며 올려다봤다. 그 순간 머릿속에서 이사에 대한 생각은 사라져버렸다. 그는 식탁에서 흘러내리는 커피를 보자, 핥아 먹고 싶은 충동을 참지 못하고 몇 번이나 입을 벌려 허공을 향해 입맛을 다셨다. 그때 어머니가 또다시 비명을 지르며 식탁에서 뛰어내려 도망치다 때마침 맞은편에서 달려온 아버지의 품에 쓰러졌다. 그러나 그레고르는 부모님에게 신경 쓸 새가 없었다. 이사가 계단 위에 서서 턱을 난간 위에 괴고 있다가 마지막으로 뒤를 돌아보고 있었기 때문이다. 그레고르는 어떻게든 이사를 붙잡으려고 앞으로 달려갔다. 그것을 눈치챈 이사는 한꺼번에 계단을 몇 개씩 뛰어 내려가 사라지고 말았다. 도망치면서 "휴!" 하고 내쉬는 소리가 계단 밑에서 들려왔다. 그때까지 냉정한 태도를 보이던 아버지도 이사가 도망을 가버리자 갑자기 당황한 빛을 띠었다. 그는 이사나 그의 뒤를 따라가는 그레고르를 뒤쫓지도 않았다. 대신 이사가 두고 간 모자와 외투 그리고 긴 지팡이를 오른손에 들고 탁자 위의 커다란 신문을 왼손으로 마구 휘두르고 큰 소리로 발을 구르며 그레고르를 방으로 몰아넣으려 했다. 그레고르가 아무리 애원해도 소용이 없었다. 어떤 부탁도 통할 것 같지가 않았다. 공손하게 고개를 숙일수록 아버지는 점점 더 요란하게 발을 구를 뿐이었다. 몹시 추운 날씨에도 어머니는 창문을 열어젖히고 창틀에 기대 두 손으로 얼굴을 감싸고 있었다. 그때 마침 골목길과 계단 사이로 세찬 바람이 불어 커튼이 펄럭이고 책상 위의 신문이 소리를 내며 마루 위로 떨어졌다. 아버지는 그레고르를 사정없이 몰아넣으며 야만인처럼 씩씩거렸다. 그레고르는 그때까지 뒷걸음질 치는 연습을 해보지 않아서 움직임이 매우 느렸다. 만일 몸을 돌릴 수만 있었다면 자기 방으로 금세 들어갔을 터였다. 몸을 돌리느라 시간이 지체되어 아버지를 화나게 할까봐 두려웠다. 아버지가 손에 들고 있는 지팡이로 언제 등이나 머리를 내리칠지 몰라서 벌벌 떨었다. 그러나 아무래도 방향을 돌리지 않을 수 없었다. 뒷걸음질 치다가 방향을 제대로 잡지 못할까 두려웠기 때문이다. 그래서 그레고르는 아버지 쪽을 불안한 눈으로 계속 쳐다보며 할 수 있는 한 빠르게 방향을 돌리려고 했지만 실제로는 매우 느린 속도였다. 그때서야 비로소 아버지는 아들이 선한 심성을 잃지 않았다는 것을 깨달았는지 멀찌감치 떨어져 지팡이 끝으로 돌 수 있도록 이끌어 주었다. 다만 그 쉿쉿 하는 소리만 없었다면 얼마나 좋았을까. 그 소리를 들으니 머리가 돌 지경이었다. 거의 다 돌아설 때까지도 아버지가 계속해서 소리를 내는 바람에 그레고르는 정신이 없어져 잠시 되돌아가기도 했다. 다행히 그의 머리가 문턱에는 닿았지만 그대로 문을 통과하기에는 몸집이 너무 크다는 사실을 깨달았다. 물론 그때 아버지가 아들이 들어갈 수 있도록 닫혀 있는 다른 문을 열어주기만 하면 되었다. 하지만 그 생각이 좀처럼 떠오르지 않았는지 아버지는 가능한 한 빨리 그레고르를 방으로 몰아넣으려는 마음밖에 없는 사람처럼 행동했다. 문을 통과하려면 복잡한 준비가 필요했다. 그러나 아버지는 절대 그것을 허락할 것 같지 않았다. 이런 문제점은 염두에 두지도 않고 이상한 소리를 내며 기를 쓰고 그레고르를 앞으로 몰아대기만 했다. 그때 그레고르 귀에 들려오는 소리는 아무리 들어봐도 자신의 하나뿐인 아버지의 목소리가 아니었다. 이쯤 되니 더 이상 재미로만 치부할 일이 아니었다. 그레고르는 (될 대로 되라는 듯이) 문을 향해 돌진했다. 이때 몸통 한쪽이 문에 끼는 바람에 위쪽으로 치켜 올라갔다. 이로 인해 그레고르는 문틈에 비스듬히 걸려버렸다. 그리고 스치면서 한쪽 옆구리에 상처가 나서 흰색 문에 보기 흉한 얼룩이 생겼다. 순간 그는 옴짝달싹도 할 수가 없었다. 한쪽에 달린 발은 허공에서 부들부들 떨렸고 다른 쪽 발은 마룻바닥에 짓눌려 몹시 아팠다. 그때 아버지가 뒤에서 그레고르가 빠져나갈 수 있도록 힘껏 밀어버리는 바람에 그는 피범벅이 된 채 방 깊숙한 곳으로 밀려들어갔다. 아버지가 지팡이로 문을 쾅 닫는 소리가 들렸고 마침내 주위가 조용해졌다.

2

그레고르는 저녁 무렵에야 비로소 기절한 듯이 들었던 잠에서 깨어났다. 누가 방해하지 않았더라도 그는 아주 늦게까지 자지는 않았을 것이다. 왜냐하면 실컷 자고 충분히 쉬었다고 느꼈기 때문이다. 그가 잠에서 깬 것은 빠르게 움직이는 발자국 소리와 현관 쪽으로 연결된 문이 조심스럽게 닫혔기 때문이었다. 가로등 불빛이 천장 구석구석과 가구 위를 희미하게 비추고 있었지만 방바닥에 있는 그레고르 주위는 어두웠다. 그는 자신의 몸이 변한 이후로 귀중하다고 느끼게 된 더듬이를 이용해 무슨 일이 있어났는지 알아보려고 문을 향해 기어갔다. 왼쪽 옆구리 어딘가에서 생채기가 땅기는 느낌이 들었다. 그래서 양쪽의 발을 번갈아가면서 절뚝이며 기어야 했다. 아침에 사고가 났을 때 발 하나를 심하게 다쳐서(발이 하나만 다쳤다는 것이 거의 기적에 가까웠다) 그는 천천히 절룩이며 몸을 움직였다.

문 앞까지 와서야 비로소 무엇이 자기를 이곳으로 이끌었는지 알게 되었다. 바로 음식 냄새였다. 거기에는 구미가 당기는 달콤한 우유가 가득 채워져 있었고, 그 위에 흰 빵조각이 둥둥 떠 있는 그릇이 놓여 있었다. 그레고르는 너무 기쁜 나머지 웃음이 나올 뻔했다. 아침보다 훨씬 더 배가 고팠다. 그는 곧 눈이 잠기도록 머리를 우유 속에 푹 담갔다. 그러나 그는 이내 후회하며 숙였던 머리를 다시 들어야만 했다. 지금 자세로는 다친 왼쪽 옆구리가 불편해서 먹기가 곤란했을 뿐더러(물론 애를 쓰면 먹을 수는 있었지만) 생각했던 것과 달리 맛이 없었기 때문이었다. 평소에 좋아하던 음식이라서 누이동생이 일부러 들여 놓아준 우유였지만 이제는 맛을 알 수가 없었다. 그는 음식을 외면하고 그릇에서 몸을 돌려 방 한가운데로 기어왔다.

문틈으로 내다보니 거실에는 전등이 켜져 있었다. 예전 이맘때면 늘 아버지가 어머니나 누이동생에게 석간신문을 크게 읽어주었는데 지금은 아무 소리도 들리지 않았다. 누이동생이 자신에게 들려주었던 편지로도 적어왔던 이 시간이 없어진 듯했다. 집이 마치 텅 빈 것처럼 주위가 너무나 고요했다.

'다들 왜 이렇게 조용하지.'

그레고르는 속으로 생각하며 가만히 눈앞의 어둠 속만 응시했다. 부모님과 누이동생을 위해 이런 좋은 집에 필요한 살림을 마련해줄 수 있었던 자신이 자랑스러웠다. 하지만 만약 이런 풍요롭고 안정된 생활이 갑자기 끝나게 된다면 어떻게 될까? 더 이상 불길한 생각을 하지 않으려고 그레고르는 몸을 움직여 방 안을 이곳저곳 기어 다녔다.

꽤 오랜 시간이 흐르는 동안 한 번은 옆에 있는 문이, 또 한 번은 다른 쪽 문이 조금 열렸다가 닫혔다. 누군가 방 안으로 들어오려고 하다가 망설이는 모양이었다. 그레고르는 주저하는 듯한 그 사람을 어떻게든 안으로 끌어들이거나 상대가 누구인지 알아보기라도 할 요량으로 문 옆에 딱 붙어 있었다. 그러나 더 이상 문은 열리지 않았고 기다려도 소용이 없었다. 아침에 문이 잠겨 있었을 때는 모두들 방 안에 들어오고 싶어 했는데, 이젠 자기가 문을 열어놓고 다른 쪽 문들도 계속 열려 있었지만 아무도 들어오려 하지 않았다. 게다가 자물쇠가 밖에서 채워져 있었다.

밤이 깊어서야 거실의 전등불이 꺼졌다. 그레고르는 부모님과 누이동생이 늦게까지 잠을 자지 않았다는 것을 알 수 있었다. 왜냐하면 세 사람이 모두 발끝으로 사뿐사뿐 걷는 소리를 분명히 들었기 때문이다. 물론 이튿날 아침까지 아무도 그레고르의 방에 들어오지 않았다. 그래서 그는 누구에게도 방해받지 않고 현재 자신의 상황에 대해 조용히 생각해볼 충분한 시간을 갖게 되었다. 이유는 정확히 알 수 없었지만 덩그러니 있는 텅 빈 방이 싫었다. 5년 동안 지낸 방이었다. 그레고르는 무의식적으로 몸의 위치를 바꿔 소파 밑으로 기어들어갔다. 등허리가 약간 눌리고 고개를 쳐들 수는 없었지만, 소파 밑은 아주 아늑하고 편안했다. 수치스럽다는 생각도 들지 않았다. 몸통이 너무 커서 소파 밑으로 완전히 들어갈 수 없는 것이 안타까웠다.

그는 밤새도록 소파 밑에서 졸았는데 배가 고프면 깨기도 했다. 때로는 걱정을 하며 때로는 막연한 일말의 희망을 품으며 하룻밤을 보냈다. 그러나 아무리 생각해봐도 언제나 결론은 똑같았다. 지금 당장은 경솔하게 행동해 소동을 일으켜서는 안 된다는 것이었다. 가족들이 불편을 감수하고 주의하며 자신으로 인해 일어나는 상황을 견뎌나가도록 해줘야 했다.

아직 날이 채 밝기도 전인 새벽녘에 그레고르는 자신의 굳은 결심을 시험할 기회가 생겼다. 거실에서 옷을 다 입고 있던 누이동생이 문을 열고 긴장한 얼굴로 방 안을 들여다본 것이었다. 그녀는 한참 뒤에 소파 밑에 있는 오빠를 발견하자 매우 놀라며(나 참, 날아서 달아날 수도 없는 노릇이니 어쨌든 방 안에 있을 수밖에 없지 않은가) 우왕좌왕하다가 밖에서 다시 문을 닫아버렸다.

그러나 누이동생은 곧 자신의 행동을 후회했는지 다시 문을 열고 마치 중병이 든 환자의 집을 방문하거나 낯선 손님이라도 맞이하듯이 발꿈치를 들고 살금살금 들어왔다. 그레고르는 소파 가장자리까지 머리를 내밀고 누이동생을 바라봤다. 우유를 마시지 않고 그대로 남겨놓았는데 과연 누이동생은 그것을 알아챌까? 눈치를 채고서 그의 입에 맞는 다른 음식을 갖다 주지는 않을까? 시키지 않아도 알아서 그렇게 해준다면 얼마나 좋을까? 하지만 그레고르는 누이동생에게 그런 일을 시키느니 차라리 그대로 굶어 죽는 게 낫다고 생각했다. 아니, 사실은 소파 밑에서 기어 나와 누이동생 발밑에 엎드려 다른 음식을 좀 가져다 달라고 사정하고픈 마음이 굴뚝같았다. 누이동생은 우유가 주위에 흘러내린 흔적만 있고 거의 그대로 남아 있는 것을 보자 몹시 놀란 듯했다. 누이동생은 걸레 조각을 찾아 그릇을 싸더니 그대로 들고 밖으로 나갔다. 그레고르는 우유 대신 무엇을 갖다 줄지 궁금한 마음에 여러 가지를 상상해봤다. 그러나 누이동생이 가져온 음식을 보고 그는 누이동생이 대체 어떤 의도를 가지고 이런 일을 하는지 의심하지 않을 수 없었다. 누이동생은 오빠가 무엇을 좋아하는지 시험해보려고 여러 가지 음식을 가지고 와서 낡은 신문지 위에 펼쳐두었다. 오래되어 썩어 가는 야채가 있는가 하면 흰 소스가 그릇 주위에 말라붙은, 저녁 식사 때 먹다 남긴 뼈도 있었다.

또 건포도와 아몬드 몇 알, 이틀 전에 그레고르가 맛이 없다고 한 치즈, 아무것도 바르지 않은 빵 한 조각과 버터를 바른 빵, 버터를 바르고 소금을 뿌린 빵 그리고 그레고르 전용으로 정해놓은 듯한 그릇에 물을 떠다 주었다. 그러고 나서 자기 앞에서는 그레고르가 먹지 않을 것이라고 생각했는지 급히 나가더니 천천히 먹으라는 의미로 밖에서 자물쇠까지 채웠다. 그레고르의 작은 발이 음식을 먹기 위해 움직였다. 옆구리의 상처는 그새 다 나았는지 전혀 불편하지 않았다. 그 자신도 이 사실이 매우 놀라웠다. 생각해보니 한 달 전쯤 칼로 손가락을 약간 베었는데 엊그제까지도 매우 아팠다. '혹시 감각이 둔해진 것이 아닐까?'라는 생각이 스쳤지만 허기 덕분에 곧 잊히고 말았다. 그는 여러 음식 중에 식욕을 돋우는 치즈를 먼저 먹었다. 그는 눈물이 찔끔 나올 정도로 감격한 나머지 치즈, 야채, 소스 등을 쉬지도 않고 차례로 먹어치웠다. 그런데 신선한 음식은 맛이 없었다. 냄새조차 맡기 싫었다. 그는 맛있는 것을 옆으로 끌고 왔다. 먹을 만한 것은 다 먹어치운 후 빈둥거리며 자리에 누웠을 때, 누이동생이 천천히 열쇠를 돌렸다. 얌전히 제자리로 돌아가라는 신호였다. 그는 깜빡 잠이 들었다 놀라서 다시 소파 밑으로 급히 기어들어갔다. 누이동생이 방 안에 머문 것은 잠깐이었지만, 소파 밑에 들어가 있으려니 영 힘이 들었다. 왜냐하면 잔뜩 부른 배 덕분에 비좁은 소파 밑에서 숨도 제대로 쉴 수 없었기 때문이다. 그가 숨이 막힐 것 같은 답답한 상태에서 불룩 튀어나온 눈으로 보고 있는데 아무것도 눈치를 채지 못한 누이동생이 먹다 남은 찌꺼기와 그레고르가 손도 대지 않은 음식까지도 더 이상 필요가 없다는 듯 모조리 쓸어모았다. 그러고 나서 그것을 급하게 통에 붓더니 나무 뚜껑으로 덮어서 들고 방에서 나가버렸다. 누이동생이 나가자마자 그레고르는 소파 밑에서 기어 나와 사지를 쭉 펴고 휴하고 숨을 돌렸다.

그레고르는 매일 아침 이렇게 식사를 했다. 첫 번째 식사는 아침에 부모님과 가정부가 아직 잠을 자고 있을 때 했고, 두 번째 식사는 모두가 점심을 먹은 다음에 했다. 왜냐하면 부모님은 점심 식사 후에 잠시 낮잠을 자고 가정부는 누이동생 심부름으로 장을 보러 밖으로 나가기 때문이다. 이 시간에 식사를 주는 것을 보면 가족들은 그레고르의 식사 시간을 피하려고 마음먹은 듯했다. 물론 가족들이 그레고르를 굶겨 죽이려 하는 것은 아니겠지만 그레고르의 식사에 관해서는 누이동생을 통해서 간접적으로 알아도 충분하다고 생각한 것 같았다. 그리고 누이동생도 가족들이 이미 몸서리를 칠 만큼 고통을 겪고 있기 때문에 그들의 슬픔을 덜어주려고 결심한 듯했다.

그 첫날 아침에 의사와 열쇠수리공에게 뭐라고 해서 돌려보냈는지 그레고르는 전혀 알 길이 없었다. 아무도 그레고르가 하는 말을 이해할 수가 없었기 때문에 그 또한 사람들이 하는 말을 이해하지 못할 거라고 생각했고, 그것은 누이동생도 마찬가지였다. 그래서 그는 누이동생이 자기 방에 들어와도 그녀가 가끔 한숨을 쉬거나 성자의 이름을 부르는 소리를 듣는 것에 만족해야만 했다. 얼마 후 누이동생이 자기를 보살피는 데 어느 정도 익숙해졌을 때(완전히 익숙해지는 것은 바랄 수 없었다) 가끔씩 친절한 말이나 친절하다고 생각되는 말을 건네는 것을 들을 수 있었다. 그레고르가 음식을 남김없이 다 먹어치우면 누이동생이 "오늘 식사는 맛있었던 모양이네" 하고 말했고 반대로 음식을 남겼을 경우에는(사실 그런 경우가 더 많았다) "또 그대로 남겼네" 하고 슬픈 표정을 지었다.

그레고르는 새로운 소식에 관해서는 어떤 것도 직접 알 수가 없었기 때문에 옆방에서 말소리가 들리는 즉시 달려가서 온몸을 바짝 들이대곤 했다. 가족들은 처음 며칠간은 비밀스럽게 속삭였는데 이야기의 중심은 항상 그레고르였다. 이틀 동안 계속해서 식사할 때마다 어떻게 하면 좋을지 의논하는 소리가 들렸고, 그 외의 시간에도 언제나 자신에 대해 이야기하는 소리가 들렸다. 가족 중 아무도 혼자 집에 남고 싶어 하지 않았고 또 어떤 경우에도 집을 비워둘 수는 없었다. 그래서 언제나 적어도 두 사람은 집에 머무르고 있었다. 가정부는 바로 첫날 (이 사건에 관해서 그녀가 무엇을 얼마나 알고 있는지는 확실치 않았지만) 내보내달라고 어머니에게 무릎을 꿇고 애원했다. 15분 정도가 지나고 작별 인사를 할 때 가정부는 자신을 내보내주는 것이 이 집에서 베풀어주는 가장 큰 은혜인 양 눈물을 흘리며 감사 인사를 했다. 그리고 이쪽에서 아무런 부탁도 하지 않았는데 이 일을 다른 사람에게 절대 말하지 않겠다고 수차례 약속했다.

이렇게 되니 누이동생이 어머니를 도와 요리를 만들 수밖에 없었다. 가족 모두가 별로 먹지 않았기 때문에 그다지 힘든 일은 아니었다. 왜냐하면 서로에게 식사를 권하면서도 먹지는 않고 한결같이 "고마워", "많이 먹었어"라든가 그와 비슷한 대답을 하는 것을 그레고르는 자주 들었다. 술도 마시지 않는 것 같았다. 때로는 누이동생이 아버지에게 맥주를 드실지 물었지만 마시고 싶으면 당신이 직접 가져오겠다고 다정하게 말하는 소리가 들렸다. 아버지가 아무 대답도 하지 않고 있으면 누이동생은 아버지가 나갔다가 혹시 그레고르에 대한 소문을 들을까 두렵다고 생각했는지 "그럼 관리인 아줌마를 보낼까요?" 하고 물었다. 그러면 아버지가 커다란 목소리로 "아니 됐다"라고 딱 잘라 말했다. 그러면 맥주 이야기는 더 이상 계속되지 않았다.

사건이 일어난 첫날, 아버지는 어머니와 누이동생에게 모든 재산 상태와 앞으로 벌어질 일들에 대해 설명했다. 때때로 작은 금고에서 증서나 장부 같은 것을 꺼내오기도 했다. 그 금고는 아버지가 5년 전 사업에 실패하고 파산했을 때 겨우 건진 물건이었다. 아버지가 복잡한 자물쇠를 열고 물건을 꺼낸 다음 다시 닫는 소리가 들렸다. 아버지가 가족들에게 이런 상황을 설명해준 것은 어떤 점에서는 그레고르가 감금 생활을 시작한 이래 그의 마음에 위안을 준 최초의 일이었다. 그레고르는 아버지의 사업이 파산했으므로 돈이 한 푼도 남아 있지 않으리라고 예상했다. 적어도 아버지는 그것에 대해 단 한 번도 반박하지 않았다. 그래서 그레고르도 아버지에게 묻지 않았다. 당시 그레고르의 정신적 고통은 엄청났다. 그로서는 파산으로 인해 절망에 빠진 가족을 불행에서 이끌어내어 속히 잊게 하는 데 힘을 쏟는 일 외에는 아무것도 생각할 겨를이 없었다. 그래서 그는 열심히 일해 말단 사원에서 영업 사원이 되었던 것이다. 영업 사원으로 일하니 노력한 만큼 돈을 모을 수 있었고, 일의 결과가 수수료 형태로 즉시 현금으로 지불되었기 때문에 그레고르는 그 돈을 집으로 가지고 와 탁자 위에 흩트려놓고 가족들을 깜짝 놀래키거나 기쁘게 할 수 있었다. 그때는 남부러울 것이 없었다. 그 후에도 그레고르는 가족의 생계는 책임졌지만 적어도 그때처럼 빛나던 시절을 누리지는 못했다. 당시 가족들은 물론 그레고르도 그것을 예삿일로 여겼다. 가족들은 고마우면서도 당연하다는 마음으로 돈을 받았고 그레고르도 기꺼이 돈을 내놓았으나 서로 간에 각별히 따뜻한 감정은 오가지 않았다. 그러나 누이동생만은 유달리 그레고르와 가까웠다. 누이동생은 음악을 좋아했는데 기특하게도 바이올린 솜씨가 훌륭했다. 그래서 그레고르는 이듬해에는 누이동생을 음악 학교에 보내려고 마음먹고 있었다. 물론 많은 비용이 들겠지만 그것은 걱정하지 않았다. 그쯤은 다른 방법으로도 마련할 수 있다고 생각했기 때문이다. 그레고르가 며칠간 집에 머물 때면 누이동생과 종종 음악 학교 이야기를 나눴다. 그러나 그것은 이루어질 수 없는 아름다운 꿈에 지나지 않았다. 부모님은 이런 순진한 이야기를 듣고 절대 기뻐하지 않았다. 그러나 누이동생의 미래에 대해 확고한 신념을 가지고 있던 그레고르는 크리스마스이브에는 이에 대해 말하려고 계획을 세워두었다.

문에 딱 달라붙어서 귀를 기울이고 있는 동안에도 현재의 자기의 상태로는 아무 소용도 없는 이런 생각들이 주마등처럼 그레고르의 머릿속을 스쳐 갔다. 때로는 몸이 피곤해져서 엿듣고 있기가 힘들어 문턱에 머리를 부딪치기도 했다. 그럴 때는 얼른 문을 꼭 붙들어야만 했다. 왜냐하면 자신이 내는 어떤 소리라도 옆방에 있는 사람들에게 들릴 경우 그들이 모두 입을 다물어버리기 때문이다. 그러면 아버지가 "또 무슨 짓을 하는구나" 하고 문 쪽을 향해 말하고 난 다음에야 비로소 끊어졌던 이야기가 소곤소곤 다시 이어졌다.

그레고르는 이런 대화를 자세히 들을 수 있었다. 왜냐하면 아버지는 설명을 반복해서 했기 때문이다. 그건 한편으로는 아버지도 오랫동안 그 일을 입 밖에 꺼내지 않은 데다가 이야기를 듣는 어머니 역시 무슨 말을 해도 첫 마디밖에 알아들을 수 없었기 때문이다. 아버지의 말을 엿듣고 난 그레고르가 분명하게 알아낸 사실은 불행이 겹쳤어도 과거의 재산이 아직 남아 있다는 것과 그동안 손을 대지 않고 남에게 빌려준 돈에 이자가 약간 붙었다는 것이다. 그 밖에도 그레고르가 매달 집에 가져온 돈도 전부 쓰지는 않았다고 했다[그레고르 자신은 불과 2~3굴덴(오스트리아의 옛 화폐 단위로 1굴덴은 1달러에 해당된다—옮긴이) 밖에는 용돈을 쓰지 않았다]. 그래서 작은 밑천이나마 생겼다는 것이다. 문 뒤에서 그레고르는 머리를 끄덕이며 열심히 듣고 있었다. 그리고 기대도 안 했던 아버지의 신중한 태도와 절약정신에 매우 기뻐했다. 사실 예전에 그만한 여윳돈이 있었다면 사람들에게 진 아버지의 빚을 모두 갚았을 것이다. 그렇게만 되었다면 그는 가벼운 마음으로 그 직장에서 진작 나왔을지도 모른다. 하지만 일이 이렇게 되고 보니 아버지가 일을 이렇게 처리한 것이 집안의 평화를 위해 훨씬 나았다는 것을 의심할 여지가 없었다.

그러나 돈을 모아뒀다고는 하지만 그 이자로 가족이 생활하기엔 턱없이 부족했다. 기껏해야 1년, 오래 간다고 해야 2년이나 지낼 수 있을까, 더 이상 버티기는 어려웠다. 말하자면 그 돈은 애당초 손을 대면 안 되고 만일의 경우를 생각해 남겨 둬야 할 정도의 금액에 지나지 않았다. 그래서 생활비만은 다른 방법으로 꼬박꼬박 벌어야 했다. 그런데 아버지는 5년간 아무 일도 하지 못하고 있었고, 생활에 그리 자신이 있는 것도 아니었다. 아버지는 지난날 고생만 하다가 평생 처음 얻은 이 5년간의 휴식기에 몸이 뚱뚱해지고 동작도 둔해졌다. 그러면 어머니라도 돈을 벌어야 할 텐데 어머니도 나이가 많은 데다 천식을 앓고 있어서 그것도 뜻대로 되지 않았다. 어머니는 집 안을 돌아다니는 것도 힘이 들어 이틀에 한 번은 창문을 열어 놓고 소파에 누워 지내는 형편이었다. 그러니 누이동생밖에 남은 사람이 없었는데 그녀는 이제 겨우 열일곱 살 처녀여서 전적으로 의지할 수도 없는 노릇이었다. 동생이 지금까지 해온 생활이란 깨끗한 옷을 입고 실컷 잠을 자고, 간단한 집안일을 도와주는 것이 전부였다. 그리고 가끔씩 값싼 구경거리를 찾아다니거나 바이올린을 연주하는 것이 다였으므로 돈을 벌기는 힘들었다. 옆방에서 돈이 필요하다는 이야기가 나올 때마다 그레고르는 문 옆을 떠나 창 옆에 있는 차가운 가죽 소파에 몸을 뉘였다. 너무나 부끄럽고 서글퍼서 몸이 뜨거워졌기 때문이다.

그는 잠을 이루지 못하고 밤새도록 소파 위에 누워서 가죽만 쥐어뜯었다. 때로는 힘든 줄도 모르고 의자를 창가에 밀어다 놓고 창턱을 기어오르기도 했다. 어떤 때는 그저 의자에 몸을 의지한 채 창에 기대 예전에 밖을 내다보며 느꼈던 해방감을 맛보기도 했다. 날마다 그렇게 바라보고 있으니 조금 떨어진 곳에 있는 것들도 점점 희미하게 보였다. 전에는 아침저녁으로 보이던 맞은편 병원이 끔찍하게 싫었지만, 그것도 이제는 볼 수 없게 되었다. 만약 현재 살고 있는 한적한 샬로테 거리가 도시 지역이라는 사실을 알고 있지 못했다면 회색 하늘과 땅이 서로 합쳐져 지평선이 분간되지 않는 황야가 창문 밖으로 펼쳐져 있다고 생각했을지도 모를 일이었다. 어떤 일에서나 세심한 누이동생은 의자가 창가에 있는 것을 겨우 두 번 발견했지만 이것을 기억했다가 그레고르의 방을 치울 때 의자를 창가에 밀어놓고 안쪽 창문까지도 열어주었다.

그레고르가 자신을 위해 애쓰는 동생에게 감사하는 마음을 대화로 표현할 수만 있다면 동생의 배려를 훨씬 편안한 마음으로 받을 수 있었을 것이다. 그러나 그게 불가능했기 때문에 몹시 속상했다. 물론 누이동생은 될 수 있는 한 불쾌한 기분을 털어버리려 했고 시간이 지날수록 점점 나아졌다. 그레고르 역시 시간이 지남에 따라 모든 일을 훨씬 정확하게 바라볼 수 있었다. 그런데 이제 누이동생이 들어오는 것이 끔찍해졌다. 예전 같으면 그레고르의 방을 아무에게도 보이지 않으려고 온갖 주의를 다하던 누이동생이 이제는 방 안에 들어서자마자 문 닫을 겨를도 없이 곧장 창가로 뛰어가서 숨이 막힌다는 듯이 황급히 창문을 열어젖혔기 때문이다. 그러고는 아무리 추운 날이라도 잠시 창가에 서서 심호흡을 했다. 이렇게 뛰어다니며 법석을 피우는 바람에 누이동생은 하루에 두 번씩은 그레고르를 깜짝 놀라게 했다. 그녀가 방 안에 있는 동안 그레고르는 계속 소파 밑에서 떨어야 했다. 그러나 그는 누이동생을 충분히 이해할 수 있었다. 만약 그녀가 그레고르의 방에서 창문을 닫은 채 일할 수 있었다면 자신을 이렇게 괴롭게 하지 않았을 것임을 그도 잘 알고 있었던 것이다.

그레고르가 변한 지 한 달이 지난 어느 날이었다(그 무렵 누이동생은 그레고르의 모습을 보고도 새삼스럽게 놀라거나 하지는 않았다). 누이동생이 다른 때보다 일찍 들어왔기 때문에 꼿꼿이 선 채 꼼짝도 하지 않고 조용히 창밖을 내다보던 그레고르와 마주치고 말았다. 누이동생은 그런 그레고르의 모습을 보자 기겁을 했다. 그레고르는 자기가 창가에 서 있어서 누이동생이 창문을 여는 데 방해가 되었기 때문에 설사 누이동생이 방 안에 들어오지 않았다 하더라도 이상하게 여기지는 않았을 것이다. 누이동생은 방 안에 들어올 생각을 못하고 주춤주춤 뒤로 물러서며 문을 닫았다. 모르는 사람이 봤다면 그레고르가 누이동생을 기다리고 있다가 물어뜯으려 했다고 생각할 것 같았다. 물론 그레고르는 곧 소파 밑으로 숨어버렸고 동생이 다시 찾아온 것은 점심때쯤이었다. 그날 그녀는 다른 때보다 훨씬 불안해 보였다. 그레고르의 끔찍한 모습을 본다는 것은 누이동생으로서는 여전히 참을 수 없는 일이며 앞으로도 그럴 것임을 짐작할 수 있었다. 그는 소파 밑에서 불쑥 나와 있는 자기 몸의 일부를 힐끗 보고도 도망치지 않는 누이동생을 보고 그녀가 어지간히 참고 있음을 알았다. 어느 날 그는 누이동생에게 자신의 이런 모습을 보여주지 않으려고 자신의 등에(이렇게 하는 데 꼬박 네 시간이 걸렸다) 시트를 덮었다. 이제는 누이동생이 아무리 몸을 굽히고 들여다본다 해도 보이지 않을 것이다. 만약 동생이 시트를 뒤집어쓰는 것이 소용없다고 여긴다면 걷어치울 수도 있겠지만 그레고르가 재미삼아 몸을 숨기는 것이 아니라는 것쯤은 누이동생도 짐작할 수 있을 것 같았다. 누이동생은 시트가 놓인 그대로 내버려두었다. 언젠가 그레고르는 누이동생이 자신의 아이디어를 어떻게 생각하는지 살펴보려고 머리로 시트를 약간 들췄는데 누이동생이 고마움이 담긴 눈길로 자신을 쳐다보는 듯했다.

처음 이 주일 동안은 부모님도 그의 방에 들어올 생각을 하지 못했다. 그러나 시간이 가면서 누이동생이 하는 일을 칭찬하고 있음을 알 수 있었다. 지금까지 누이동생은 '별 볼 일 없는 여자아이'였기 때문에 그들은 항상 누이동생에게 화만 냈다. 하지만 이제는 동생이 그레고르의 방에서 청소를 하면 아버지와 어머니가 방 앞에서 기다리고 있었다. 그러다가 누이동생이 방에서 나오면 방 안이 어땠는지, 조금 좋아지는 징조가 보이는지 물었다. 누이동생은 모든 것을 부모님에게 설명해야 했다. 어머니가 그레고르를 보려고 했으나, 아버지와 누이동생이 어머니를 만류했다. 그레고르는 그 이유를 주의 깊게 들었고 자신도 그것이 당연한 일이라고 생각했다. 그런데도 어머니가 자꾸만 우기자 아버지와 동생이 결국 억지로 붙잡았다. 그러자 어머니가 큰 소리로 외쳤다.

"들어가게 해주세요. 그레고르를 만나야겠어요. 누가 뭐래도 그 애는 내 자식이잖아요. 가엾은 아이라는 걸 당신도 잘 아시잖아요."

그럴 때면 그레고르는 일주일에 한 번만이라도 어머니가 들어와줬으면 좋겠다고 생각했다. 무엇보다 어머니는 누이동생보다 모든 일을 훨씬 잘 돌봐줄 것이었다. 누이동생의 마음씀씀이가 고맙기는 했지만 아직 어려서 가벼운 기분으로 이런 힘든 일을 맡게 된 것이었으니 말이다.

어머니를 만나려는 그레고르의 소원은 곧 이루어졌다. 그는 부모님이 속상해하실까봐 낮에는 창가에 나타나지 않았다. 그러나 겨우 몇 평방미터밖에 안 되는 바닥을 기어 다니는 일은 아무런 의미가 없었고, 가만히 누워 있자니 밤에도 고통을 느낄 정도였다. 음식에는 흥미를 잃어버려서 그는 끊임없이 벽이나 천장을 가로세로, 또는 위아래로 기어 다니면서 기분을 전환시켜보려고 애썼다. 특히 천장에 매달려 있는 것이 좋았다. 바닥에 누워 있는 것과는 전혀 다른 기분이었기 때문이다. 숨도 자유롭게 쉴 수 있는 데다가 그럴 때마다 가벼운 울림이 온몸에 퍼졌다. 때때로 그는 매우 흡족한 기분으로 방심한 상태에서 천장에 매달려 있다가 무심코 발을 떼는 바람에 방바닥에 철퍼덕 떨어져 깜짝 놀라고는 했다. 그러나 이제 전과는 달리 요령이 생겼기 때문에 그렇게 높은 곳에서 떨어져도 다치는 일은 없었다. 누이동생은 그레고르가 생각해낸 이 새로운 취미를 금세 알아챘다(그는 기어 다닐 때 여기저기에 찐득찐득한 점액 자국을 남겼던 것이다). 그래서 누이동생은 그레고르가 될 수 있는 한 넓은 데서 기어 다닐 수 있도록 방해되는 가구들, 즉 옷장과 책상을 치워버리려고 마음먹었다. 그러나 이런 일을 혼자서 하기는 어려웠다. 아버지에게는 감히 도와달라고 청할 수 없었고 새로운 가정부도 도와줄 것 같지 않았다. 열여섯 살인 이 가정부는 사실 예전의 가정부가 나간 후로는 모든 일을 도맡아 끈기 있게 해왔으나 부엌은 꼭 잠가두고 있었다. 특별한 용무로 주인이 부를 때만 문을 열겠다고 미리 허락을 받았기 때문이다. 그래서 아버지가 안 계실 때는 어머니를 불러오는 수밖에 다른 도리가 없었다. 어머니는 기뻐서 어찌할 줄을 모르며 정신없이 달려왔다. 그러나 그레고르의 방 앞에 서자, 기뻐서 내지르던 소리를 뚝 그쳤다. 물론 누이동생은 방 안에 있는 모든 것이 제대로 정돈되어 있는지 살펴보고 나서야 비로소 어머니를 안내했다. 그레고르는 부랴부랴 시트를 깊이 뒤집어쓰고 더 많은 주름을 만들어서 시트뭉치가 마치 소파 위에 던져진 물건처럼 보이게 했다. 그레고르는 이번에도 시트 밑으로 내다보고 싶은 충동을 꾹 참았다. 어머니의 얼굴이 보고 싶었지만 결국 단념하고 말았다. 그저 어머니가 와준 것만도 기쁠 따름이었다.

"들어오세요. 오빠는 보이지 않아요."

누이동생이 말했다. 어머니의 손을 잡아끄는 게 틀림없었다. 연약한 두 여자가 그 무거운 옷장을 이제까지 놓였던 자리에서 밀어 옮기는 소리가 들렸다. 누이동생이 거의 모든 일을 도맡아 했기 때문에 너무 무리해서는 안 된다고 어머니가 몇 번이나 주의를 줬지만 누이동생은 듣지 않는 것 같았다. 꽤 오랜 시간이 걸렸다. 15분 정도는 지났다고 생각될 때쯤에 어머니가 말했다.

"이 옷장은 여기에 그대로 두는 것이 낫지 않겠니? 너무 무거워서 아버지가 돌아오시기 전에는 일을 끝낼 수 없을 것 같구나. 그리고 이 옷장을 방 한가운데 놓아두면 그레고르가 다니는 데 방해가 될 테고 또 가구들을 죄다 치워버리는 것을 그레고르가 좋아할지 우리는 모르지 않니. 차라리 예전대로 놓아두는 것이 좋을 것 같아. 옷장을 치우고 텅 빈 벽을 보니 어쩐지 마음이 허전해서 못 견딜 것 같구나. 그레고르도 오랫동안 이 가구들에 정이 들었을 테니 방 안이 텅 비면 틀림없이 무척 쓸쓸할 거야. 그러니 그대로 둬야겠어."

어머니는 속삭이듯 나직한 소리로 말했다. 그레고르가 어디에 숨어 있는지는 모르지만 그에게 자기 목소리가 들리지나 않을까 염려된다는 듯한 태도였다. 어머니는 그레고르가 설마 사람의 목소리를 알아들을 수 있으리라고는 꿈에도 생각하지 못하는 것 같았다.

"그렇게 가구를 치워버리면 마치 우리가 그 애가 나아질 가능성을 완전히 단념하고 더 이상 돌보지 않는 것처럼 보이지 않겠니? 방은 예전 상태로 두는 것이 좋을 것 같은데 네 생각은 어떠니? 그레고르가 병이 다 나아 사람으로 되돌아왔을 때 방 안이 전과 변함이 없으면 그동안의 일을 잊어버리기가 훨씬 쉬울 것 아니겠니."

그레고르는 어머니의 말을 듣고 자기가 다른 사람들과 교류가 없는 생활을 하며 두 달을 보내는 동안에 틀림없이 이성이 마비되었다고 생각했다. 그것밖에는 방이 텅 비기를 바라는 마음을 설명할 방법이 없었기 때문이다. 가구를 모조리 치워버린 방이라면 물론 자유롭게 사방으로 기어 다닐 수는 있지만 동시에 곧 인간으로서의 과거를 완전히 잊어버리게 될 것이었다. 제정신이라면 어떻게 대대로 물려받은 가구가 놓여 있는 아늑한 방을 동굴로 만들 생각을 한단 말인가? 사실 이미 자신의 과거는 거의 잊어버리지 않았던가? 다만 지금은 오랫동안 듣지 못했던 어머니의 목소리가 그의 마음을 뒤흔들었다. 역시 아무것도 치우면 안 되었다. 모두 그대로 둬야 했다. 가구가 그에게 미치는 긍정적인 영향을 없애서는 안 되었다. 그것이 있어서 기어 다니는 데 방해된다 해도 결국은 자기에게 이득이었다.

그러나 누이동생의 생각은 달랐다. 그레고르에 관한 이야기를 나눌 때 누이동생은 항상 중재자 노릇을 했다. 부모님보다 그레고르의 사정을 잘 알았기 때문이다. 누이동생이 그렇게 자신만만한 데에 이유가 없는 것은 아니었다. 그래서 그녀는 처음에는 옷장과 책상만 치우려 했지만 어머니의 충고를 듣고는 한술 더 뜨며 꼭 필요한 소파를 제외한 나머지 가구를 모조리 치워버리자고 주장했다. 누이동생이 이렇게 자신의 주장을 내세우게 된 것은 어린 소녀의 반항심이나 최근에 겪은 그레고르에게 닥친 불행의 쓰라린 고통 때문만은 아니었다. 누이동생은 그레고르가 기어 다니려면 넓은 장소가 필요하기 때문에 가구는 아무 소용이 없다는 사실을 잘 알고 있었다. 그러나 여기에는 그 나이 또래의 소녀에게서 흔히 볼 수 있는 맹목적인 고집도 한몫 차지했다. 이것이 그레테를 사로잡아 그레고르의 처지를 더 비참하게 만들었다. 왜냐하면 텅 비어 있는 방에 그레고르 혼자만 있다면 그레테 외에는 감히 그의 방으로 들어오려는 사람이 없을 것이기 때문이다.

어머니의 충고에도 불구하고 누이동생은 자신의 결심을 바꾸려 하지 않았다. 어쩐지 어머니는 그레고르의 방에 있는 것만으로도 겁을 먹은 듯 보였다. 어머니는 가만히 있다가 옷장을 밖으로 내놓으려는 누이동생을 도와주었다. 그레고르는 옷장은 어쩔 수 없다고 해도 책상만은 남겨둬야 한다고 생각했다. 그래서 두 사람이 낑낑거리며 옷장을 밀고 밖으로 나자자마자 그레고르는 소파 밑에서 머리를 내밀었다. 그리고 어떻게 하면 그들이 하는 일에 조심스럽고도 신중하게 관여할 수 있을지 생각하면서 주위를 살펴봤다. 그레고르에게는 안타까운 일이지만 어머니가 동생보다 먼저 방으로 돌아왔다. 그레테는 아직도 옆방에서 옷장에 매달려 가구를 이리저리 옮기고 있었으나 옷장의 위치는 조금도 달라지지 않았다. 어머니는 지금까지 그레고르의 모습을 자세히 본 일이 없어서 실제로 보면 기절할지도 몰랐다. 당황한 그레고르는 재빨리 소파의 다른 쪽 구석으로 뒷걸음질 쳤다. 이때 시트 앞쪽이 약간 움직인 것은 어쩔 수 없었다. 하지만 그것만으로도 어머니의 주의를 끌기에는 충분했다. 어머니는 그걸 보고 멈칫하더니 잠시 서 있다가 옆방의 그레테에게 되돌아갔다.

그레고르는 별일이 생긴 것도 아니고 단지 가구를 몇 개 옮길 뿐이라고 몇 번이고 스스로에게 말했다. 그럼에도 여자들이 드나드는 소리와 나직하게 서로를 부르는 소리, 마룻바닥에서 가구가 찍찍 끌리는 소리가 사방에서 섞여 들려 (곧 그레고르 스스로도 인정하지 않을 수 없는) 위협을 느꼈다. 그는 할 수 있는 만큼 머리와 발을 움츠리고 몸을 바닥에 꼭 댄 채 가만히 있다가 더 이상 참을 수 없게 되자 비명을 질렀다. 어머니와 누이동생은 자신의 방을 완전히 비우려 하고 있었다. 실톱을 비롯한 모든 도구가 들어 있는 상자는 벌써 밖에 내놓았다. 바닥에 고정되어 있던 책상도 헐거워졌다(그 책상은 대학생, 중학생, 그보다 훨씬 전인 초등학생 때부터 사용한 것이었다). 일이 이렇게까지 되고 보니 그냥 지켜보고만 있을 수가 없었다. 사실 어머니와 누이동생이 그 자리에 있는 것조차 잊어버렸다. 이미 지칠 대로 지친 두 여자는 아무 말도 없이 일에만 열중하고 있었기 때문에 그에게 들리는 것은 오직 조심스러운 발소리뿐이었다.

그레고르는 소파 밑에서 기어 나왔다(어머니와 누이동생은 마침 옆방에서 옮겨놓은 책상에 기대 잠시 숨을 돌리던 중이었다). 그러고 나서 어디로 갈지 망설이다 기어가는 방향을 네 번이나 바꿨다. 어떤 가구를 남겨놓아야 할지 자신조차도 판단하기 힘들었다.

그때 이미 텅 비어버린 벽에 온통 털가죽으로 몸을 감싼 뚱뚱한 여인의 그림이 하나 걸려 있는 것이 눈에 띄었다. 그는 재빨리 기어 올라가 유리 위에 몸을 바짝 붙였다. 유리에 몸이 꼭 닿았기 때문에 후끈거리던 배가 시원해서 기분이 좋았다. 그레고르가 온몸으로 가리고 있는 이 그림만은 적어도 아무에게도 빼앗기고 싶지 않았다. 그는 어머니와 누이동생이 돌아오는 것을 살피기 위해 거실로 통하는 문 쪽으로 머리를 돌렸다.

그들은 잠시 쉬었다가 곧 다시 돌아왔다. 그레테는 힘이 빠진 어머니를 거의 껴안다시피 부축하고 있었다.

"자, 이번에는 무엇을 치울까요?"

그레테가 말하면서 두리번거렸다. 그때 그레테의 시선과 벽에 붙어 있는 그레고르의 시선이 마주쳤다. 누이동생은 어머니가 바로 옆에 있어서 자신을 억제하려고 애쓰는 모양이었다. 어머니가 그레고르를 볼 수 없도록 얼굴을 바짝 붙이고 당황해서 말했다.

"가요, 잠깐만 거실로 돌아가요."

그레고르도 그레테의 의도를 잘 알고 있었다. 어머니를 안전하게 모셔놓고서는 자신을 벽에서 떼어내려는 것이었다. 어디 할 수 있으면 마음대로 해보라지! 그는 그림 위에 달라붙은 채 내주지 않을 작정이었다. 그림을 내주느니 차라리 그레테의 얼굴에 뛰어내리는 것이 나을 것 같았다.

그러나 그레테의 말은 도리어 어머니의 마음을 불안하게 했다. 어머니는 옆으로 걸음을 옮기다가 꽃무늬 벽지 위의 커다란 갈색 얼룩을 발견하고 그것이 그레고르라는 것을 확실히 깨닫기도 전에 거칠고 날카로운 소리로 외쳤다.

"어머나 세상에!"

어머니는 두 팔을 벌리고 절망한 듯 소파 위에 쓰러지더니 더 이상 꼼짝 못했다.

"그레고르!"

누이동생은 주먹을 휘두르며 날카로운 눈초리로 쏘아보면서 이렇게 외쳤다. 이 말은 그가 변신한 이래 동생이 직접 그에게 건넨 첫마디였다. 누이동생은 어머니가 정신을 차리게 할 수 있는 약을 찾으려고 옆방으로 뛰어갔다. 그레고르도 돕고 싶었다(그림은 아직 구해낼 수 있었으므로). 그러나 몸이 유리에 착 달라붙어 있어서 억지로 몸을 떼지 않으면 불가능했다. 그렇게 해서 그레고르도 옆방으로 기어갔다. 예전처럼 누이동생에게 충고라도 해줄 수 있을 것 같았다. 하지만 막상 당하고 보니 충고는커녕 누이동생 뒤에 우두커니 서 있는 일 외에는 아무것도 할 수가 없었다. 누이동생은 여러 가지 병들을 휘젓고 있다가 무심히 뒤를 돌아다보고는 깜짝 놀랐다. 그 바람에 병 하나가 마루에 떨어져 산산조각이 났고, 조각 하나가 그레고르의 얼굴에 상처를 입혔다. 부식제 같은 약물이 그의 몸에 흘러내렸다. 이때 누이동생이 지체하지 않고 되도록 많은 약병을 손에 집어 들고 어머니에게로 뛰어갔다. 그리고 발로 문을 탕 하고 닫았다. 그레고르는 어머니에게서 철저히 분리되었다. 어머니는 그레고르의 잘못으로 기절한 듯했다. 그가 문을 열어서는 안 되는 일이었다. 어머니 옆에 붙어 있어야 할 누이동생을 자기가 들어감으로써 쫓아내고 싶지는 않았다. 그대로 기다리는 수밖에 다른 도리가 없었다. 그는 자책감과 걱정을 참지 못하고 이리저리 기어 다니기 시작했다. 벽과 가구와 천장을 마구 기어 다녔다. 어느덧 방 전체가 자신의 주위에서 빙글빙글 돌기 시작한 것을 느낀 그는 절망한 나머지 큰 책상 위에 보기 좋게 떨어지고 말았다.

얼마간 시간이 흘렀다. 그레고르는 힘없이 누워 있었다. 주위는 고요했다. 그는 이것을 좋은 징조라고 생각했다. 그때 초인종이 울렸다. 가정부가 부엌에 틀어박혀 있어서 그레테가 문을 열러 나가야 했다. 아버지가 돌아온 것이었다.

"무슨 일이 있었니?"

아버지의 첫마디였다. 그레테의 표정을 보고 모든 것을 알아챈 모양이었다. 그레테는 아버지의 가슴에 얼굴을 파묻고 어물거리며 이렇게 대답했다.

"어머니가 기절하셨어요. 그러나 이젠 괜찮아요. 글쎄, 그레고르가 기어 나왔지 뭐예요."

"내 그럴 줄 알았다."

아버지가 말했다.

"내가 늘 말하지 않더냐. 여자들이란 도대체 사람 말을 안 듣는단 말이야. 그러니 이 꼴이지."

그레고르는 그레테의 너무나 간단한 보고로 아버지가 자신이 난폭한 짓을 저지른 것으로 오해하고 있다는 사실을 확실히 알아차렸다. 그레고르는 우선 아버지의 마음을 돌려야 했다. 아버지에게 상황을 설명할 시간적 여유는 물론이고 그럴 수 있는 가능성조차 없었기 때문이다. 그래서 그는 자기 방문 옆으로 재빨리 기어가 문에다 몸을 바짝 기댔다. 그렇게 하면 아버지가 현관으로 들어오자마자 그레고르가 자기 방으로 곧 돌아가려는 생각임을 알 것이라 여겼다. 그래서 아버지가 애써 그를 쫓아 보낼 필요가 없다는 신호를 보내고 싶었다. 문만 열어주면 자신은 그 즉시 방으로 들어갈 것이었기 때문이다.

그러나 아버지는 이러한 그레고르의 세심한 생각을 배려해줄 기분이 아니었다. 아버지는 들어서자마자 분노와 기쁨이 뒤섞인 묘한 목소리로 "그래!" 하고 소리쳤다. 그레고르는 머리를 돌려 아버지를 쳐다봤다. 지금 자기 앞에 서 있는 아버지는 이제껏 상상조차 해본 적이 없는 모습이었다. 물론 최근에 이리저리 기어 다니는 것에 정신이 팔려서 집안이 어떻게 돌아가는지 통 모르고 지내는 형편이긴 했지만 말이다. 시간이 지났으니 달라진 집안 분위기를 마주할 각오가 되어 있어야만 했다. 그렇다고 해도 과연 이 사람이 정말 내 아버지란 말인가? 전에 그레고르가 회사일로 출장을 갈 때 피로에 절어 침대에 파묻혀 누워 있던 바로 그 아버지란 말인가? 또 그가 저녁에 돌아올 때면 잠옷을 입은 채 안락의자에 앉아서 자기를 맞아주던 바로 그 아버지란 말인가? 그때의 아버지는 잘 일어서지도 못한 채 반갑다는 표시로 두 팔만 들어서 맞아주었다. 일요일이나 큰 축젯날 같은 때 1년에 두서너 번 가족들과 함께 산책할 때는 걸음이 느려서 그레고르와 어머니 사이에서 부축을 받으며 느릿느릿 발걸음을 옮기곤 했다. 그때 그는 낡은 외투를 몸에 두르고 조심스럽게 지팡이를 짚으며 걸었고 할 말이 생각나면 걸음을 멈추고 가족들을 자기 가까이 불러모으곤 했다. 그 아버지가 바로 이분이란 말인가? 지금의 아버지는 단정한 자세로 똑바로 서 있었다. 마치 은행 수위가 입는 옷처럼 노란 금단추가 달린 파란 빛깔의 제복을 입고 있었다. 윗도리의 칼라 위로 나온 턱은 두 겹으로 겹쳐져 있었다. 새까만 눈썹 밑에는 생기 있고 초롱초롱한 눈이 번쩍였고 전에는 거칠고 더부룩했던 흰 머리칼도 단정하게 가르마를 타서 빗어내린 듯 머리에 착 붙어서 번지르르하게 빛을 내고 있었다. 아버지는 제모를 내던졌다. 제모에는 노란 금실로 큰 글자가 수놓아져 있었는데 그것은 은행 마크가 틀림없었다. 제모는 커다란 곡선을 그리면서 소파 위에 떨어졌다. 아버지는 기다란 제복 윗옷의 옷자락을 활짝 뒤로 젖히고 두 손을 바지 주머니에 넣은 채 못마땅하다는 듯이 인상을 찌푸리면서 그레고르를 향해 걸어왔다. 스스로도 무얼 하려는지 모르는 것 같은 아버지는 여느 때와는 달리 발을 번쩍 쳐들며 걸어왔는데, 그레고르는 유달리 커다란 구두 바닥을 보고 깜짝 놀랐다. 그레고르도 가만히 있지는 않았다. 그는 자신이 변신한 순간부터 아버지가 자신을 엄하게 다뤄야 한다고 생각한다는 사실을 잘 알고 있었다. 그래서 그는 아버지가 서면 멈추고 아버지가 움직이면 피해서 앞으로 달아났다. 이렇게 그들은 별 소란을 일으키지 않은 채 벌써 몇 번이나 방 안을 빙빙 돌아다녔다. 동작이 느렸기 때문에 추격하는 것처럼 보이지도 않았다. 만일 벽이나 천장으로 도망을 치면 악의적으로 그런 행동을 했다고 아버지에게 오해받을까봐 두려워서 그레고르는 그냥 바닥에 있기로 했다. 어쨌든 그레고르는 이렇게 기어 다니는 시간이 오래 지속되지는 못하리라고 생각했다. 아버지가 한 발짝 옮겨놓는 동안 자신은 그보다 훨씬 힘을 들여 움직여야 했기 때문이다. 벌써 숨이 가쁜 것을 느낄 정도였다. 변신하기 전에도 그의 폐 기능은 그리 좋지 못했기 때문에 숨이 찬 것도 무리가 아니었다. 그는 기어가려고 안간힘을 다해 비틀거리고 있는 동안 눈도 제대로 뜨지 못할 지경이 되었다. 머리는 멍해져 아무리 생각해봐도 바닥을 기어서 도망치는 것 외에는 다른 방법이 떠오르지 않았다. 자유롭게 벽을 기어 올라갈 수도 있었지만 그것을 생각해낼 여력이 없었다. 게다가 벽면에는 정성 들여 조각한 가구 때문에 생긴 자국으로 군데군데 뾰족하게 튀어나온 곳이 많았다. 바로 그때 옆으로 무엇인가 날아오르더니 그의 앞으로 굴러갔다. 바로 사과였다. 연달아 두 번째의 사과가 날아왔다. 그레고르는 겁에 질린 나머지 그만 그 자리에 발을 멈췄다. 앞으로 달아난다고 해도 소용이 없었다. 아버지가 그레고르에게 물건을 집어 던지려는 마음을 먹었기 때문이다. 아버지는 찻잔 위에 있는 과일 접시에서 사과를 꺼내 호주머니에 가득 넣고는 연달아 던졌다. 이 빨간 사과는 마치 전기 회로처럼 마루 위를 데굴데굴 굴러다니며 서로 부딪치기도 했다. 살짝 던져진 사과 하나가 그레고르의 등을 스쳤다. 그러나 다음에 날아온 사과가 그레고르의 등을 정통으로 맞히고 말았다. 극심한 고통을 느낀 그는 자리를 옮겨 아픔에서 벗어나려 했다. 그레고르는 천천히 앞으로 몸을 밀고 나아가려고 했다. 그러나 이내 전신의 감각이 흩어지더니 그 자리에 뻗어버렸다. 마지막으로 힘없이 감기는 눈꺼풀 위로 자신의 방문이 벌컥 열리며 비명을 지르는 누이동생 뒤에 어머니가 속옷 바람으로 뛰어나오는 것을 볼 수 있었다.

누이동생은 어머니가 기절했을 때 숨을 쉬기 편하도록 어머니의 옷을 벗겨놓았던 것이다. 어머니는 아버지에게 달려갔다. 이때 풀린 치마와 윗옷이 연달아 마룻바닥에 떨어졌다. 어머니는 비틀거리며 치마와 속옷을 밟고 아버지에게로 달려가 꼭 껴안았다(그때 그레고르의 눈은 이미 감긴 상태였다). 어머니는 아버지의 뒷머리를 붙잡고 그레고르를 살려달라고 애원하며 흐느꼈다.

3

그레고르를 한 달 넘게 괴롭힌 심각한 상처는(사과를 아무도 꺼내주지 않았기 때문에 그것이 살 속에 박힌 채 그때 사건을 말해주는 훈장처럼 남아 있었다) 아버지가 반성하는 계기가 된 것 같았다. 비록 지금은 비참하고 징그러운 모습을 하고 있어도 어디까지나 가족의 한 사람임이 틀림없으므로 그레고르를 원수처럼 대해선 안 되었다. 혐오감은 가슴속에 접어두고 꾹 참는 것이 가족으로서 당연한 의무라고 아버지는 뼈저리게 반성한 듯했다.

그레고르는 그 상처로 인해 영원히 몸을 자유롭게 움직일 수 없을 것이라고 생각했다. 지금 상태로는 방을 건너가는 데도 병든 노인처럼 오랜 시간이 걸렸기 때문에 벽을 높이 기어오른다는 것은 상상조차 할 수 없었다. 이렇게 몸 상태가 악화

된 반면 그를 기쁘게 한 일도 있었다. 거실과 그레고르의 방을 가로막던 문이 마침내 열렸기 때문이다. 그레고르는 저녁때가 되면 문이 열리기 한두 시간 전부터 그 문을 뚫어지게 바라보는 것이 하루의 습관처럼 되었다. 어두운 방에 누워 (거실에서 이쪽은 잘 보이지 않았다) 환히 비치는 탁자 주위에 둘러앉아 있는 가족들을 바라보면서 그들의 이야기를 듣는 것을 가족들이 전과는 다르게 묵인해주고 있었다.

물론 예전에 그레고르가 작은 호텔방에서 지치고 피곤한 몸을 축축한 침대에 눕히고 그리워했던 그런 활기찬 분위기는 아니었다. 그저 조용한 가운데서 시간을 보낼 뿐이었다. 아버지는 저녁 식사를 하고 나면 평소처럼 안락의자에 앉은 채 잠이 들었고 어머니는 불빛 밑에 몸을 숙여 얼마 전에 가져온 바느질을 했다. 점원으로 취직한 누이동생은 좀 더 나은 일자리를 얻으려고 속기술과 프랑스어를 공부하고 있었다. 아버지는 이따금 눈을 뜨고 자기가 잠들었던 사실을 전혀 모르는 듯이 어머니에게 말을 걸었다.

"뭘 그렇게 늦게까지 꿰매고 있어!"

그러고는 곧 다시 잠이 들었다. 그러면 어머니와 누이동생은 피곤한 미소를 지었다.

아버지는 집으로 돌아와서도 절대 제복을 벗지 않았다. 잠옷은 이제 옷걸이에 그냥 걸려 있었다. 아버지는 집에서도 직장에서처럼 상관의 명령을 기다리는 듯이 단정하게 제복을 입은 채 앉아서 졸았다. 이 때문에 지급받을 때부터 이미 중고였던 제복은 어머니와 누이동생이 늘 손질을 해도 허름했다. 그레고르는 어머니와 누이동생이 윤이 나게 닦아 번쩍거리는 누런 금단추가 달려 있는, 얼룩이 잔뜩 묻은 제복을 저녁 내내 쳐다보곤 했다. 이런 제복을 입은 아버지는 매우 불편해 보였지만 정작 본인은 아무렇지 않은 듯 곤하게도 잠을 잤다.

시계가 10시를 치면 어머니는 나지막한 목소리로 아버지를 흔들어 깨워 편히 자도록 돕느라 무척 애를 썼다. 그런 상태로 잠을 자면 불편할뿐더러 아침 6시에 출근하려면 피곤을 덜 수 없었기 때문이다. 그러나 아버지는 수위가 된 이후 고집불통이 되어 좀 더 오래 거실에 있기를 원했고 그러다가 늘 잠이 들었다. 그런 아버지를 안락의자에서 침대로 옮기는 일은 여간 힘든 게 아니었다. 어머니와 누이동생이 아무리 몸을 흔들며 깨워도 아버지는 15분 정도 눈을 지그시 감은 채 느리게 머리를 흔들기만 할 뿐 일어서려고 하지 않았다. 어머니는 아버지의 소매를 잡아당기며 귀에는 기분을 맞춰주는 말을 속삭였다. 누이동생도 공부를 멈추고 어머니를 도왔으나 아버지는 점점 더 깊숙이 의자 속으로 파묻혔다. 모녀가 손으로 아버지의 겨드랑이 밑을 들어 올릴 때에야 아버지는 비로소 눈을 뜨고 두 여자를 번갈아 쳐다보고는 중얼거렸다.

"이게 내 인생이다. 다 늙어서 누릴 수 있는 유일한 휴식이야."

그러고는 마지못해 일어나기는 했지만 말할 수 없이 몸이 무겁게 느껴지는 듯했다. 모녀의 부축을 받아 문 근처까지 끌려가면 이제는 됐다고 끄덕이면서 혼자서 걸어갔다. 그러면 어머니와 누이동생은 각각 재봉도구와 펜을 챙겨서 정리하고 아버지 뒤를 쫓아가 잠자리를 돌봐주었다.

가족들은 일에 지칠 대로 지쳐서 아무도 그레고르를 보살펴줄 여유가 없었다. 궁핍한 집안 살림은 점점 줄어들기 시작해 결국은 가정부도 내보내게 되었다. 그 대신 몸집이 크고 뼈대가 굵은 백발의 할머니가 아침저녁으로 드나들며 힘든 집안일을 거들어주었다. 그 외의 모든 일은 수많은 바느질감에도 불구하고 어머니가 맡아서 해냈다. 어머니는 예전에 모임이나 축제에 즐겨 착용한 장신구도 처분했다. 그레고르는 이런 사정을 저녁에 가족들이 물건을 판 가격에 대해 이야기하는 것을 듣고서야 알았다. 그들의 가장 큰 걱정거리는 언제나 집 문제였다. 현재의 집안 형편으로는 이 집이 너무 컸다. 하지만 이사를 할 엄두가 나지 않았다. 그레고르를 어떻게 처리해야 할지 난감했기 때문이다. 그러나 그레고르는 이사하기가 어려운 것이 단지 자기에 대한 걱정 때문만은 아니라는 사실을 잘 알고 있었다. 왜냐하면 자기 하나쯤은 적당한 궤짝에 넣어 공기가 통하는 구멍을 몇 개 뚫어놓기만 하면 간단한 일이었기 때문이다. 가족들이 이사를 하지 못하는 가장 큰 이유는 깊은 절망감이었다. 가족이나 친지들 사이에서도 이제까지 그 누구도 겪어본 일이 없는 비참한 불행을 맞이하고 있다는 피해의식이라고 할 수 있었다. 가족들은 지금 가난한 사람이 당할 수 있는 모든 일을 겪고 있었다. 아버지는 은행의 말단 직원들에게 아침 식사를 날라다 주는 일까지도 마다하지 않았고 어머니는 알지도 못하는 사람들의 속옷 바느질에 종일 매달렸다. 누이동생은 손님들의 비위를 맞추느라 카운터 뒤에서 이리저리 뛰어다녔다. 가족들은 이미 더 이상 일할 여력이 없었다. 어머니와 누이동생은 아버지를 침대로 데려다주고 거실로 돌아와 하던 일을 그만두고 서로 뺨이 닿을 정도로 바짝 다가앉았다. 어머니가 그레고르의 방을 가리키며 말했다.

"그레테야, 저 문을 닫아라!"

그레고르는 또다시 어둠 속에 혼자 남게 되었다. 두 여인은 거실에서 소리 없이 눈물을 흘리거나 눈물조차 말라버릴 때는 탁자를 뚫어지게 바라봤다. 그럴 때면 그레고르는 등의 상처가 새삼스레 아파 오는 걸 느꼈다.

그레고르는 긴긴 날을 뜬눈으로 지새우기 일쑤였다. 이따금 가족들의 생활비를 자신이 도맡아서 해결할 생각도 해봤다. 그의 머릿속에는 오랫동안 보지 못한 사람들이 떠올랐다.

사장과 이사, 점원, 견습생, 바보 같은 급사, 다른 직장에서 일하고 있는 친구 몇 명, 지방에 있는 호텔의 하녀, 즐거우면서도 허무했던 사람들과의 추억들, 진지하게 교제했으나 제때 청혼하지 못한 어느 모자 가게의 여자 점원……. 여러 사람의 모습이 전혀 낯선 사람이나 이미 다 잊어버린 사람들의 모습과 뒤섞여 있었다. 그러나 이들은 자신과 가족들을 도와주기는커녕 서먹서먹할 정도로 멀게 느껴졌다. 그래서 그는 그들의 모습이 머릿속에서 사라져버리기를 은근히 바랐다. 그런가 하면 가족에 대한 걱정 따위는 전혀 하고 싶지 않을 때도 있었다. 그럴 때면 자신을 학대하고 있다는 생각에 화만 났다. 무엇을 먹어야 식욕이 돌아올지 자신도 알 수가 없었다. 딱히 배가 고픈 것은 아니었지만 주방으로 기어가서 입맛에 맞을 만한 몇 가지 요리를 먹어볼 계획이었다. 요즘은 누이동생도 그레고르가 무엇을 원하는지는 관심도 없었고 그저 아침이나 점심때 상점에 나가기 전에 닥치는 대로 아무 음식이나 챙겨서 그레고르의 방에 밀어 넣었다. 그리고 저녁때가 되면 그런 음식을 조금 먹거나 (흔히 그럴 때가 많았지만) 전혀 입에 대지도 않는 것에 대해서는 신경도 쓰지 않는다는 듯이 빗자루로 쓸어내 버렸다. 누이동생은 처음에는 저녁마다 방 청소를 세심하게 해줬지만 이제는 아무렇게나 되는 대로 재빨리 치웠다. 그래서 벽을 따라 더러운 자국이 그대로 남아 있었고, 방바닥

곳곳에는 먼지와 오물 덩어리가 흩어져 있었다. 그레고르도 처음에는 누이동생이 들어오면 일부러 더러운 구석에 가 있음으로써 누이동생에게 좀 눈치를 주려고 했다. 그러나 아무리 오랫동안 그곳에 웅크리고 있어도 치워주지 않았다. 마치 더러운 오물을 그와 함께 내버려두기로 작정한 사람 같았다. 그러면서도 한편으로는 다른 사람이 그레고르의 방을 청소할까봐 신경을 곤두세웠다. 언젠가 어머니가 물을 몇 통 길어다가 그레고르의 방을 대청소한 적이 있었다(바닥이 온통 물바다가 되어 기분이 상한 그레고르는 화가 나서 꼼짝도 않고 소파 위에 벌렁 드러누워 있었다). 그런데 어머니는 그에 대한 대가를 톡톡히 치렀다. 저녁때 그레고르의 방이 달라진 것을 본 누이동생은 심한 모욕이라도 당한 듯 화를 내면서 안방으로 뛰어갔다. 어머니는 애원하다시피 사정하고 딸을 달래보려 했지만 결국 누이동생은 돌아서서 울음을 터뜨리고 말았다. 딸의 울음소리에 놀란 아버지는 안락의자에서 벌떡 일어났다. 그녀의 태도에 부모님은 거의 질렸다는 얼굴로 아무 말도 하지 못하고 바라보고만 있었다. 그러나 뒤늦게 전후 사정을 눈치챈 아버지는 왜 그레고르의 방 청소를 그레테에게 맡겨두지 않았느냐고 어머니를 책망했다. 그러자 누이동생은 이제부터는 절대로 그레고르의 방을 청소하지 않겠다고 찢어지는 목소리로 앙탈을 부렸다. 어머니는 너무 격분해서 정신을 못 차리고 있는 아버지를 끌고 가느라 안간힘을 썼고 누이동생은 흐느껴 울며 조그마한 주먹으로 탁자를 미친 듯이 두드려댔다. 문을 닫기만 하면 이런 소동을 보지 않을 수 있는데도 아무도 문을 닫으려고 생각하는 사람이 없었기 때문에 화가 치민 그레고르는 큰 소리로 씨근덕거리기만 했다.

그러나 아무리 누이동생이 그레고르를 돌봐주는 데 싫증이 났다고 하더라도 누이동생 대신 어머니가 들어와야 할 필요는 없었고 그레고르 역시 소홀히 취급당할 이유가 없었다. 왜냐하면 집안일을 하는 할머니가 있었기 때문이다. 평생 동안 온갖 일을 겪어온 할머니는 처음부터 그레고르를 두려워하거나 싫어하는 기색을 조금도 보이지 않았다. 그녀는 호기심이라기보다는 우연한 기회에 그레고르의 방문을 연 적이 있었다. 그때 그레고르는 매우 당황해서 어쩔 줄 몰라 이리저리 기어 다니기 시작했다. 할머니는 두 손을 아랫배 위에 모아쥐고 놀란 얼굴로 그 자리에 우두커니 서 있었다. 그 후부터 할머니는 아침저녁으로 방문을 살그머니 열고 몰래 그레고르를 들여다보곤 했다. 처음 얼마간 할머니는 자기로서는 나름 친절을 베푼다는 말투로 "이리 오너라. 말똥구리야!"라든가, "저 늙어빠진 말똥구리 좀 보게!" 하고 그레고르를 자기 옆으로 불러보려고 했다. 이런 말을 듣고도 그레고르는 아무 반응도 하지 않고 문이 열린 것도 모른다는 듯이 꼼짝 않고 누워 있었다. 할머니가 제멋대로 그레고르를 괴롭히지 말고 차라리 그냥 방이나 청소한다면 얼마나 좋을까 하고 생각했다. 어느 이른 아침 (어느덧 봄을 알리는 비가 창문에 들이치고 있었다) 할머니가 또다시 전과 같은 말투로 놀리기 시작하자 울분이 치민 그레고르는 힘은 없었으나 덤벼들 듯한 자세를 취하고 할머니 쪽으로 천천히 몸을 들었다. 그러나 그녀는 무서워하기는커녕 문 옆에 놓여 있던 의자를 높이 쳐들어 올렸다. 할머니가 입을 딱 벌리고 서 있는 꼴을 보니 그 뜻을 알 수 있었다. 높이 쳐들어 올린 의자로 그레고르의 등을 내려쳐버린 것이다. 그러고 나서 비로소 입을 다물었다.

"자, 이제 덤비지 못하겠지?"

할머니는 그레고르가 슬며시 몸을 돌리는 것을 보자 이렇게 다짐하듯 말하고 의자를 가만히 구석에 갖다놓았다.

최근에 와서 그레고르는 거의 아무것도 먹지 못했다. 다만 기어 다니다가 우연히 음식물 옆을 지나치게 되면 장난삼아 조금 입에 넣고는 그냥 몇 시간 동안 머금고 있다가 그대로 뱉어버렸다. 처음에는 아무것도 먹지 못하는 이유가 방의 비참한 상태 때문이라고 생각했지만 변한 방의 모습을 받아들이게 되었다. 시간이 지날수록 가족들은 둘 곳이 마땅치 않은 갖가지 물건들을 그레고르의 방에 들여다 놓기 시작했다. 그런 물건은 굉장히 많았다. 왜냐하면 살림방 하나를 세 사람의 하숙생에게 빌려줬기 때문이다. 이 점잖은 신사들은(그레고르가 문틈으로 확인한 바에 의하면 세 사람 다 털보였다) 지나칠 정도로 정리정돈과 청결을 중요시하는 사람들이었다. 그것도 자기들이 쓰는 방뿐만 아니라 일단 이 집에 살게 된 이상 이 집 전체, 특히 부엌이 청결해야 된다며 이것저것 참견했다. 필요 없는 물건이나 아주 더러워진 잡동사니들에 대해서는 한 치의 양보도 없었다. 더구나 그들은 자기들이 쓸 가구를 비롯한 여러 가지 물건까지 갖고 왔으므로 많은 살림살이들이 남아돌게 되었다. 대부분 버리기는 아깝고 팔자니 팔 수도 없는 물건들이었다. 이러한 물건들이 모조리 그레고르의 방으로 옮겨졌다. 심지어는 부엌에서 내버리는 상자와 쓰레기통까지 들어왔다. 우선 당장 필요치 않은 물건들은 할머니가 무조건 그레고르의 방으로 끌고 온 것이다. 다행히 그레고르는 날라다 놓는 물건이나 그 물건을 들고 오는 할머니의 손밖에는 보지 못했다. 할머니는 적당한 시기에 기회를 봐서 그런 물건들을 되돌려놓거나 한꺼번에 갖다버릴 계획이었을 테지만 그 물건들은 내내 처음 놓인 장소에 그대로 있었다. 그레고르는 이런 잡동사니들 때문에 방 안을 돌아다닐 수가 없었다. 처음에는 자유롭게 기어 다닐 통로를 만들기 위해 어쩔 수 없이 그 잡동사니들을 옆으로 치웠다. 나중에는 지쳐버려서 서글픈 마음에 몇 시간 동안 꼼짝도 할 수 없게 되었다. 하지만 이런 물건을 움직이는 데 점점 흥미를 느끼게 되었다.

가끔 하숙생들이 집에서 저녁 식사를 할 때면 가족들이 공동으로 쓰고 있는 거실을 사용했기 때문에 저녁때는 거실 문이 닫혀 있는 일이 많았다. 그러나 그레고르는 그 일은 그다지 신경 쓰지 않았다. 그전에 저녁마다 문이 열려 있을 때에도 그레고르는 그 문을 이용하지 않고 가족들의 눈에 띄지 않도록 컴컴한 방의 한구석에 누워 있었기 때문이다. 그런데 언젠가 한번은 할머니가 거실 문을 약간 열어놓은 채 닫는 걸 잊어버린 적이 있었다. 그 문은 저녁때 하숙생들이 거실로 들어와 불을 켤 때까지 열려 있었다. 그들은 전에 아버지와 어머니가 앉았던 식탁의 윗자리에 자리를 잡고 냅킨을 펴더니 나이프와 포크를 손에 잡았다. 그러자 고기를 담은 큰 접시를 들고 어머니가 문에 나타났고 이어서 감자를 담은 그릇을 들고 누이동생이 뒤따라왔다. 음식에서는 김이 모락모락 오르며 진한 냄새를 풍기고 있었다. 하숙생들은 먹기 전에 검사라도 해보려는 듯이 자기들 앞에 놓인 음식물 위로 상체를 굽혔다. 특히 그들 중 한가운데 앉은 우두머리 격인 남자가 고기 한 점을 베더니 간이 제대로인지 부엌으로 되돌려보내야 할 것인지 알아보기 위해 맛을 봤다. 그는 맛을 보고 나서 만족한 모양이었다. 그제야 긴장한 표정으로 바라보고 있던 어머니와 누이동생은 안도의 한숨을 내쉰 후 서로를 쳐다보며 미소를 지었다.

가족들은 부엌에서 식사를 했다. 그러나 아버지만은 부엌으로 가기 전에 거실에 들어와서 제모를 손에 든 채 인사를 하고 식탁 주위를 한 번 둘러봤다. 하숙생들도 모두 일어나 무슨 말인지 모를 몇 마디를 중얼거렸다. 그러나 자기들만 남게 되자 거의 아무 말도 하지 않고 조용히 식사를 했다. 그레고르는 식사를 하는데 음식을 씹는 소리만 들리는 것이 이상했다. 그에게는 이 소리가 마치 음식을 먹으려면 이가 필요하고 이가 없는 턱은 아무리 훌륭하게 보여도 아무 소용이 없다는 사실을 알려주는 것처럼 느껴졌다.

"나도 먹고 싶은데."

그레고르는 우울하게 중얼거렸다.

"하지만 저런 음식은 싫어. 저 하숙생들은 저렇게 잘도 먹는데 나는 이렇게 죽어가는구나."

바로 이날 저녁이었다. 부엌 쪽에서 바이올린 소리가 들려왔다(그레고르는 변신한 후로 바이올린 소리를 들어본 기억이 나지 않았다). 하숙생들은 이미 저녁 식사를 마쳤다. 한가운데 앉은 우두머리 격의 남자가 신문을 꺼내 두 사람에게 하나씩 나눠주었다. 그들은 모두 의자에 몸을 기대고 신문을 읽으며 담배를 피우고 있었다. 그때 바이올린 소리가 들리자 그들은 그 소리에 이끌려 의자에서 일어나 현관 쪽으로 살금살금 걸어가서 부엌문 앞에 함께 모여 섰다. 부엌에서도 그들의 발자국 소리가 들렸는지 아버지가 큰소리로 말했다.

"여러분, 바이올린 소리가 듣기 싫으신가요? 곧 그만두게 하지요."

"천만에요."

우두머리 격인 남자가 대답했다.

"괜찮으시다면 따님께서 거실로 오셔서 연주해주실 수 없을까요? 그쪽이 훨씬 기분이 좋을 것 같은데요."

"네, 그러지요."

아버지는 스탠드를, 어머니는 악보를, 누이동생은 바이올린을 들고 거실에 나타났다. 누이동생은 침착한 태도로 연주할 준비를 갖췄다. 이제까지 한 번도 방을 빌려준 일이 없었기 때문에 부모님은 하숙생들에게 예의를 지키느라고 감히 자기들 자리에 앉을 생각도 못했다. 아버지는 문에 기대어 서서 단추를 꼭 채운 채 제복의 단추 사이에 오른손을 집어넣고 있었다. 어머니는 하숙생 한 사람이 의자를 권했기 때문에 자리를 얻어 앉았다. 그 자리는 우연하게도 한쪽 구석이었지만 어머니는 잠자코 그곳에 자리 잡고 앉았다.

이윽고 누이동생이 바이올린을 켜기 시작했다. 아버지와 어머니는 제각기 자리 잡은 위치에서 주의 깊게 딸의 손놀림을 지켜봤다. 그레고르는 바이올린 소리에 마음이 끌려 자신도 모르게 조금 앞으로 나아가서 머리를 거실 쪽으로 내밀고 있었다. 최근 그는 다른 사람들에게는 주의를 거의 기울이지 않고 지냈다. 그것을 조금도 이상하게 여기지도 않았다. 전에는 스스로 다른 사람들의 입장을 배려한다는 것이 뿌듯했다. 그런 관점에서 보면 지금은 다른 사람의 눈앞에서 몸을 숨겨야 할 이유가 충분히 있었다. 그레고르의 방에는 어디에나 먼지가 소복하게 쌓여 있어서 조금만 몸을 움직여도 온몸이 먼지투성이가 되었기 때문이다. 그뿐만 아니라 그는 실밥이나 머리카락, 심지어 먹다 남은 음식 찌꺼기 같은 것들을 등과 옆구리에 잔득 붙인 채 기어 다녔다. 예전 같으면 하루에 몇 차례씩 벌렁 드러누워서 카펫에 몸을 비벼대던 일도 모든 것에 무관심해진 이후로는 하지 않게 되었다. 본인이 현재 상태에도 불구하고 티끌 하나 떨어져 있지 않은 깨끗한 거실 마룻바닥 위로 기어 나오면서 그레고르는 조금도 거리낌이 없었고 부끄러운 줄도 몰랐다.

그가 기어 나온 것을 눈치챈 사람은 아무도 없었다. 가족들은 바이올린 연주를 듣고 황홀해져 있었다. 하숙생들은 두 손을 바지 호주머니에 찔러 넣고 바로 위에 자리 잡고 서 있었다. 세 사람은 모두 악보를 들여다볼 수 있는 위치에 서 있었기 때문에 누이동생에게는 확실히 방해가 되었을 것이다. 그래서 그들은 이내 머리를 숙이고 나직한 목소리로 속삭이면서 창가로 물러섰다. 아버지는 불안한 시선으로 그들을 쳐다보고 있었다. 사실 누가 보더라도 그들은 훌륭하고 감미로운 바이올린 연주를 들을 수 있으리라고 기대했다가 그 기대가 어긋나서 싫증이 났지만 실례가 될까봐 마지못해 듣고 있는 게 분명했다. 특히 그들이 담배 연기를 코와 입으로 내뿜는 모습은 보는 사람으로 하여금 초조한 기색을 느끼게 하고도 남았다. 그러나 누이동생은 여전히 아름다운 연주에 몰두했다. 고개를 옆으로 기울이고 눈은 감상에 젖어 슬픈 표정으로 음표에 시선을 두고 있었다. 그레고르는 좀 더 앞으로 기어갔다. 그리고 혹시나 누이동생의 시선과 마주칠 수 있지 않을까 기대하면서 고개를 마루 위에 바짝 대다시피 붙이고 있었다. 이처럼 음악 소리에 감동을 느끼는데도 그가 곤충일 뿐이란 말인가? 그는 자기가 그리던 마음의 양식을 얻는 길이 열리는 듯한 기분이 들었다. 그는 누이동생 옆으로 기어가서 치맛자락을 끌어당겨 누이동생에게 바이올린을 가지고 자기 방으로 건너와 달라는 뜻을 전하려 했다. 왜냐하면 여기에서는 아무도 자기만큼 그 연주를 칭찬해줄 사람이 없을 것 같았기 때문이다. 실제로 그렇게만 된다면 그는 자기가 살아 있는 동안은 적어도 누이동생을 자기 방에서 내보내고 싶지 않았다. 흉측한 그의 몰골은 그때 비로소 처음으로 도움이 될 것이다. 자기 방의 모든 출입구를 지키고 있다가 침입자에게 으르렁거리며 덤벼들 것이다. 그러나 누이동생을 강요해서는 안 되며 그녀의 의지로 자신 옆에서 지내게 해야 한다. 그렇게 된다면 누이동생은 오빠의 말에 귀를 기울이게 될 것이다. 이때 누이동생에게 그녀를 음악 학교에 보내주려는 구체적인 계획을 세우고 있었다는 것을 알려주자. 그레고르에게 불미스런 일만 일어나지 않았더라면 어떤 반대라도 무릅쓰고 이미 지난 크리스마스 저녁에 (그런데 크리스마스는 대체 언제 지난 걸까?) 여러 사람들 앞에서 명백히 자기 계획을 발표했으리라는 점을 말해주는 것이다. 이런 이야기를 하면 누이동생은 틀림없이 감격한 나머지 울음보를 터뜨릴 것이다. 그러면 그레고르는 어깨까지 기어 올라가 누이동생의 목에 입을 맞춰주리라. 누이동생은 직장에 나가게 되면서부터 리본도 칼라도 없는 옷을 입고 목을 내놓고 다녔다.

"잠자 씨!"

돌연 우두머리 격인 남자가 아버지를 향해 소리치더니 더 이상 아무 말도 하지 못하고 천천히 앞으로 기어 나오는 그레고르를 집게손가락으로 가리켰다. 바이올린 연주가 멈췄다. 그 남자는 고개를 옆으로 돌려 친구들에게 알 수 없는 미소를 던지고는 다시 그레고르 쪽을 돌아다봤다. 아버지는 그레고르를 쫓아내기보다 하숙생들을 진정시키는 편이 더 중요하다고 생각하는 것 같았다. 그런데 하숙생들은 흥분하기는커녕 오히려 바이올린 연주보다도 그레고르에게 더 흥미를 느끼는 듯했다. 아버지는 그들에게로 뛰어가서 두 팔을 크게 벌리고 방으로 돌려보내려고 애쓰는 동시에 그레고르가 보이지 않도록 몸으로 가리려고 애썼다. 그러자 그들은 약간 화를 내는 듯했다. 아버지의 행동에 화를 내는 것인지 그레고르 같은 존재가 옆방에 살고 있었다는 사실을 꿈에도 모르다가 이제야 알게 되어 화가 난 것인지는 알 수 없는 노릇이었다. 그들은 아버지에게 해명을 요구하고는 팔을 들어 급하게 수염을 꼬면서 천천히 자기들 방으로 들어갔다. 누이동생은 연주를 중단하고 잠시 넋 나간 표정으로 멍하니 있다가 이윽고 정신을 차리고는 축 늘어뜨린 두 손에 바이올린과 활을 쥐고 계속 연주를 하려는 듯이 악보를 들여다보다가 갑자기 몸을 일으켰다. 그러고는 숨이 막히는 듯 가슴을 들썩이며 아직도 안락의자에 앉아 있는 어머니의 무릎 위에 악기를 놓고 하숙생들 방으로 앞질러 뛰어 들어갔다. 하숙생들은 아버지에게 쫓겨 급히 자기들 방으로 돌아가고 있었다. 누이동생은 익숙한 솜씨로 침대 위에 놓여 있던 이부자리와 베개를 매만져 순식간에 정돈해놓았다. 그녀는 하숙생들이 방으로 들어오기 전에 침대 정돈을 끝내고 그 방을 살짝 빠져나왔다. 아버지는 그동안 하숙생들에게 베풀었던 친절한 행동은 모두 잊어버리고 오로지 세 사람을 밀어붙이기에만 여념이 없었다. 드디어 방문까지 다다랐을 때 우두머리 격인 남자가 쾅 하고 발을 굴렀기 때문에 아버지는 할 수 없이 멈춰 섰다.

"한 가지 말씀드리지요."

그 남자는 한쪽 손을 쳐들고 어머니와 누이동생을 힐끗 쳐다본 다음 이렇게 말했다.

"현재 이 집과 당신 가족들 사이에 감도는 불편한 분위기를 고려해서 (여기서 그는 단호한 결심이라도 한 듯이 마루에 침을 뱉었다) 하숙 계약을 해지하겠습니다. 물론 지금까지의 하숙비는 한 푼도 지불할 수 없습니다. 그 대신 저는 앞으로 (제 말을 똑똑히 들으십시오) 지극히 타당한 손해배상 청구를 당신들에게 제기할 것인지를 신중히 고려해볼 작정입니다."

그 남자는 입을 다문 후 마치 무엇인가 기대하는 듯이 똑바로 앞을 바라봤다. 그러자 두 친구들도 바로 말했다.

"우리 역시 이 자리에서 당장 해약하겠습니다."

그러고 나서 우두머리 격인 남자는 문의 손잡이를 쥐고 요란한 소리를 내며 문을 닫았다.

아버지는 손을 허우적거리며 비틀거리더니 힘없이 의자에 털썩 주저앉았다. 겉으로는 손발을 축 늘어뜨리고 전과 같이 저녁잠을 자는 것처럼 보였으나 고개를 가만히 둘 수 없는 듯 쉴 새 없이 끄덕거리고 있는 것으로 보아 잠을 자고 있지 않다는 것을 분명히 알 수 있었다. 그레고르는 이 모든 일이 벌어지는 동안에 자신이 처음 발견된 자리에 조용히 웅크리고 있었다. 자신의 계획이 실패한 데 대한 실망감과 오랜 굶주림으로 인해 몸이 극도로 쇠약해져 도저히 움직일 수가 없었다. 당장이라도 자기 몸에 닥칠 상황을 너무나 잘 아는 까닭에 두려움에 떨고 있었다. 그때 어머니의 손이 떨리더니 바이올린이 무릎에서 떨어지면서 소리가 크게 울렸지만 그레고르는 조금도 놀라지 않았다.

"사랑하는 어머니, 아버지."

누이동생은 이렇게 말을 꺼내며 손으로 탁자를 쳤다.

"더 이상은 못 견디겠어요. 두 분은 아직 모르시겠지만 저는 알아요. 저는 이런 괴물을 오빠라고 부르고 싶지 않아요. 그러니 저것을 없애야 해요. 저것을 먹여 살리려고 온갖 어려움을 참고 견뎌왔고 우리가 할 수 있는 일은 다 했어요. 우리를 비난할 사람은 아무도 없어요."

"그래, 네 말이 백 번 천 번 옳다."

아버지는 중얼거리듯이 말했다. 아직도 완전히 숨을 돌리지 못한 어머니는 마치 넋 나간 사람 같은 눈길로 손을 입에 대고 기침을 하기 시작했다.

누이동생이 어머니 옆으로 달려가 이마를 짚어줬다. 아버지는 딸의 말을 듣고 뭔가 마음속에 굳은 결심이라도 한 것처럼 계속 자신의 제모를 만지작거리다가 이따금 꼼짝도 않고 있는 그레고르 쪽을 쳐다봤다.

“저걸 없애버려야만 해요.”

누이동생은 다짐하듯이 아버지에게 거듭 말했다. 어머니는 숨쉬기가 곤란한지 계속 기침을 했다.

“저게 아버지와 어머니를 돌아가시게 할 거에요. 어쩐지 계속 그런 생각이 들어요. 우리 가족은 갖은 고생을 다하면서 일해야 하잖아요. 이런 골칫덩이를 집 안에 두고 어떻게 참을 수가 있겠어요? 저는 더 이상 그럴 수 없어요.”

누이동생은 울음을 터뜨리며 말했다. 그 눈물이 어머니의 얼굴에도 흘러내렸으나 누이동생은 그저 기계적으로 손을 움직여 눈물을 닦아줄 뿐이었다.

“얘야.”

아버지가 동생이 불쌍하다는 듯 너그러운 표정을 지으면서 말했다.

“그러면 우린 어쩌면 좋단 말이냐?”

누이동생은 어떤 구체적인 계획이 있었던 것은 아니라는 듯이 어깨를 으쓱했다. 울고 있는 동안 단단히 결심한 마음이 어느 정도 누그러져 정말 어찌해야 할지 갈피를 잡지 못하겠다는 태도였다.

“저놈이 우리 마음을 조금이라도 알아준다면.”

아버지는 누이동생에게 묻듯이 몇 번이나 말했다. 그러자 누이동생은 울면서 그런 일은 생각도 못하겠다는 듯 격렬하게 손을 내저었다.

"그렇다면 저놈하고 타협을 할 수도 있을 텐데, 계속 저 모양이니……."

"내쫓아야 해요!"

누이동생이 외쳤다.

"그렇게 해야 해요. 아버지! 저것이 그레고르라는 생각을 버리셔야 해요. 우리가 이제껏 그렇게 믿어왔던 것이 그저 불행일 뿐이었어요. 저것이 어떻게 그레고르란 말예요? 만일 정말 그레고르라면 사람이 저런 괴물과 함께 살 수 없다는 것쯤은 벌써 알아차리고 자기 스스로 나가버렸을 거예요. 그러면 오빠는 없어지겠지만 우리는 안심하고 살 수 있고 언제까지나 소중한 오빠를 추억할 수 있었지 않겠어요? 그런데 저것은 우리를 못살게 군 데다 하숙생들까지 쫓아냈어요. 저것이 결국은 이 집 전체를 차지하고 우리를 길바닥으로 쫓아낼 거예요. 저것 좀 보세요. 아버지!"

누이동생이 다시 외쳤다.

"또 이상한 짓을 하고 있어요!"

그레고르는 누이동생이 사로잡힌 괴상한 공포의 정체를 이해할 수 없었다. 그는 그저 방으로 돌아가기 위해 몸을 돌렸는데 이게 상당히 힘든 일이어서 머리로 조절해야만 했다. 그래서 머리를 들어 올려 여러 번 바닥에 부딪쳤다. 그레고르의 순수한 의도는 잠깐의 공포심만 참아낸다면 알아챌 수 있었다. 모두 침묵했고 슬픈 표정을 지었다.

어머니는 의자에 앉아 다리를 뻗고 있었다. 두 눈은 피곤으로 거의 감겨 있었고 아버지와 누이동생은 나란히 앉아 있었다. 누이동생은 아버지의 목에 손을 얹고 있었다. 아무 말도 하지 않고 슬픈 표정으로 그를 바라보고 있을 뿐이었다. 어머니는 의자에 앉은 채 두 다리를 모아 앞으로 쭉 뻗고 있었다. 그레고르는 몹시 피곤했기 때문에 눈꺼풀이 자꾸만 감겼다. 누이동생은 한쪽 팔로 아버지의 목을 껴안고 있었다.

'이제는 방향을 돌려도 상관없겠지.'

그레고르는 생각하고 다시 움직였다. 지쳐서 숨이 가쁘고 호흡이 거칠어져서 숨을 고르기 위해 가끔 쉬기도 했다. 아무도 그를 쫓으려는 사람은 없었다. 모두 그가 하는 대로 내버려뒀다. 방향을 돌려 자기 방으로 곧장 기어가기 시작한 그는 자기 방까지의 거리가 너무 멀게 느껴져 크게 놀랐다. 조금 전에는 쇠약한 몸을 이끌고 어떻게 이 거리를 기어왔는지 도무지 이해할 수가 없었다. 그저 빨리 기어가려고만 생각했기 때문에 가족들이 말을 걸거나 소리를 쳐서 자기를 방해하지 않았다는 사실도 눈치채지 못했다. 겨우 문 앞에 이르러 뒤를 돌아보려고 했지만 고개가 잘 돌려지지 않았다. 목이 굳은 것 같았다. 그레고르의 등 뒤에서는 아무런 일도 일어나지 않았다. 다만 누이동생이 서 있는 모습이 눈에 띄었을 뿐이다. 마지막으로 그의 시선이 어머니를 힐끗 스쳤는데 어머니는 눈을 감고 있었다.

그가 방 안으로 들어서자마자 급히 문이 닫히더니 고리가 잠겨 그대로 방에 갇히고 말았다. 갑자기 일어난 이 소란 때문에 그레고르는 너무 놀라서 다리가 휘청거리며 꺾일 정도였다. 이렇게 성급한 판단을 한 사람은 누이동생이었다. 그녀는 선 채로 미리 기다리고 있다가 그레고르가 방에 들어가자마자 번개같이 달려왔던 것이다. 그레고르는 다가오는 누이동생의 발자국 소리를 전혀 듣지 못했다. 그녀는 열쇠를 자물쇠 구멍에 넣어 돌리며 "됐어요!" 하고 부모를 향해서 외쳤다.

'이제부터 어떡하지?'

그레고르는 스스로에게 물으며 어둠 속에서 주위를 둘러봤다. 그는 자신이 더 이상 움직일 수 없다는 사실을 깨달았다. 그러나 그것을 그리 이상하게 여기지는 않았다. 오히려 지금까지 이 가느다란 다리로 기어 다닐 수 있었다는 사실이 신기할 정도였다. 다른 한편으로는 약간의 쾌감까지 느껴졌다. 물론 전신이 아프기는 했지만 그것은 이내 가라앉았고 통증이 완전히 사라진 것을 느꼈다. 등에 박힌 썩은 사과도 부드러운 먼지에 싸인 염증도 전혀 고통스럽지 않았다. 그는 무한한 연민과 애정으로 가족을 생각했다. 자기가 없어져야 한다는 것은 누이동생보다도 그 자신이 훨씬 더 절실하게 느꼈다. 교회의 종소리가 새벽 3시를 칠 때까지 그는 공허하고 고요한 명상에 잠겨 있었다. 그때 그의 머리가 자기도 모르게 밑으로 푹 수그러졌다. 그의 콧구멍에서는 마지막 숨소리가 가늘게 새어나왔다.

아침 일찍 할머니가 왔을 때 (제발 하지 말라고 몇 번이나 말했지만 사정없이 문을 모조리 여닫는 바람에 온 집안사람들은 편히 잠을 잘 수 없었다) 보통 때처럼 그레고르의 방을 슬쩍 들여다봤으나 처음에는 아무런 이상도 발견하지 못했다. 할머니는 그레고르가 기분이 좋지 않아 일부러 꼼짝도 않고 누워 있다고 생각했다. 할머니는 처음부터 그가 그저 단순한 벌레가 아니라 모든 것을 분별할 줄 안다고 여겼다. 그녀는 때마침 손에 기다란 빗자루를 들고 있었기 때문에 문 밖에서 그것을 들이밀어 그레고르를 간질였다. 그래도 아무 반응이 없자 할머니는 화가 나서 그레고르의 몸을 약간 밀었다. 그레고르가 아무 저항도 하지 않고 그대로 밀리자 비로소 할멈은 이상하다는 듯이 주의 깊게 살펴봤다. 잠시 후 모든 상황을 알게 된 할머니는 눈이 휘둥그레져서 자기도 모르게 휘파람을 휙 하고 불었다. 그러고는 더 이상 그 자리에서 머뭇거리지 않고 즉시 잠자 부부의 침실 문을 열어젖히며, 어둠 속을 향해서 큰 목소리로 외쳤다.

"좀 가보세요. 죽었어요. 정말로 죽었어요!"

침대에서 벌떡 일어난 잠자 부부는 사실을 확인하기도 전에 우선 할머니 앞에서 놀라고 당황한 모습을 수습하기 바빴다. 그러나 곧 상황을 깨닫고 기겁을 해 침대 양쪽으로 뛰어내렸다. 잠자 씨는 어깨에 담요를 두르고 잠자 부인은 잠옷 차림으로 그레고르의 방으로 들어갔다. 그러는 동안 거실 문도 열렸다. 하숙을 친 다음부터 그레테는 거실에서 자고 있었다. 그레테는 한숨도 자지 못한 듯 단정하게 옷을 입고 있었다. 무엇보다도 창백한 얼굴빛이 그것을 증명하고 있었다.

"정말 죽었어요?"

잠자 부인은 믿을 수 없다는 듯이 할멈을 쳐다봤다. 물론 직접 확인해볼 수도 있었다. 그러나 확인해보지 않아도 알 수 있었다.

"죽은 것 같아요."

할멈은 마치 증명이라도 해 보이려는 듯 멀찍이 서서 빗자루로 그레고르의 시체를 밀어봤다. 잠자 부인은 하지 못하게 막고 싶었으나 그저 지켜보기만 했다.

"자, 이제 하느님께 감사 기도를 해야겠군."

잠자 씨는 이렇게 말하며 성호를 그었다. 나머지 세 여자들도 그가 하는 대로 따라 했다. 그때까지 시체에서 눈도 떼지 않고 바라보던 그레테가 입을 열었다.

"저것 보세요. 어쩌면 저렇게 말랐을까요. 하긴 벌써 오래

전부터 아무것도 먹지 않았어요. 음식을 갖다 줘도 건드리지도 않고 그냥 그대로 남기더라니까요."

그레고르의 몸은 너무 말라서 뱃가죽이 등에 달라붙어 있었고 다리는 몸통을 받쳐주지도 못했다. 사람들은 비로소 그 사실을 똑똑히 알게 되었다.

"그레테야, 잠깐 이리 좀 오렴."

잠자 부인이 슬픈 미소를 지으며 말했다. 그레테는 시체가 있는 곳을 뒤돌아보면서 부모의 뒤를 따라 침실로 갔다. 할머니는 방문을 닫고 창문을 활짝 열어젖혔다. 아직 이른 아침이지만 신선한 공기 속에는 왠지 훈훈한 기운이 감돌고 있었다. 벌써 3월 말이었다.

세 하숙생들은 방에서 나와 아침 식사를 찾으며 어리둥절한 표정을 지었다. 그러나 식구들은 그들을 신경 쓰지도 않았다.

"아침 식사는 어디 있습니까?"

그들 가운데 우두머리 격인 남자가 투덜거리며 할머니에게 물었다. 그러나 할머니는 아무 말 없이 손가락을 입에 대고 재빨리 그레고르의 방으로 가보라는 시늉을 했다. 그들은 그레고르의 방으로 가서 호주머니에 두 손을 찔러 넣은 채 그레고르의 시체를 둘러싸고 서 있었다. 방 안은 이미 환하게 밝아졌다.

그때 침실 문이 열렸다. 제복 차림의 잠자 씨가 한쪽 팔은 아내에게 다른 쪽 팔은 딸에게 부축을 받으며 나타났다. 세 사람의 눈은 울었는지 부어 있었다. 그레테는 아버지의 팔에 얼굴을 묻곤 했다.

"당장 우리 집에서 나가주시오!"

잠자 씨는 그렇게 말하고 아내와 딸에게 부축을 받던 팔로 현관 쪽을 가리켰다.

"무슨 말씀이신가요?"

우두머리 격인 남자가 약간 놀란 표정으로 싱긋 미소를 지으며 말했다. 다른 두 사람은 뒷짐을 지고 손을 계속 비비고 있었다. 마치 자기들에게 유리한 언쟁이 한바탕 벌어지기를 은근히 기다리고 있다는 듯한 태도였다.

"지금 내가 말한 그대로요."

잠자 씨는 이렇게 말하며 아내와 딸을 옆에 거느린 채 하숙생들 앞으로 걸어갔다. 우두머리 격인 남자는 꼼짝도 않고 머릿속에서 여러 가지 일을 다시 정리하려는 듯이 잠시 바닥을 내려다보고 있었다.

"그렇다면 나가지요."

남자는 잠자 씨를 쳐다봤다. 마치 갑자기 겸손한 자세가 되어 이 결정에 대한 상대의 승낙을 구하고 싶은 듯한 태도였다. 그러나 잠자 씨는 그저 눈을 부릅뜨고 고개만 몇 번 끄덕였다. 그러고는 곧장 자기의 방 쪽으로 걸어갔다. 다른 하숙생 두 사람은 손가락 하나 까딱하지 않고 서서 이들의 대화에 귀를 기울이고 있다가 곧 우두머리 격인 남자의 뒤를 따라갔다. 마치 잠자 씨가 자기들을 앞질러 그들 사이를 가로막을까 두려워하는 것 같았다. 방에 들어선 세 사람은 약속이나 한 듯이 옷걸이에서는 모자를, 지팡이를 세워둔 곳에서는 지팡이를 집어 들고 무심히 인사를 하고 집을 나갔다. 왠지 모를 의심스런 눈초리로(그 의혹이 단순한 기우에 지나지 않는다는 사실은 바로 밝혀졌지만) 잠자 씨는 아내와 딸을 데리고 계단 앞 난간에 서서 떠나는 세 사람의 뒷모습을 내려다봤다. 그들은 차분한 걸음걸이로 천천히 긴 계단을 내려갔는데 계단을 돌 때마다 자취를 감췄다가 다시 모습을 나타내곤 했다. 그들이 아래로 내려갈수록 잠자 가족의 관심도 점점 사라졌다. 밑에서 올라오던 푸줏간의 심부름꾼이 머리에 짐을 이고 그들을 지나쳐 계단을 올라왔다. 그때서야 잠자 씨는 아내와 딸을 데리고 난간에서 떨어져 가벼운 기분으로 집 안에 들어왔다.

그들은 오늘 하루를 산책이나 하면서 쉬기로 했다. 그들은 일을 쉬어야 할 충분한 이유도 있었고 반드시 휴식이 필요하기도 했다. 세 사람은 테이블 앞에 앉았다. 그리고 잠자 씨는 자신의 이사에게, 잠자 부인은 주문자에게, 그리고 그레테는 상점 주인에게 각각 결근계를 썼다. 그때 할머니가 와서 아침 일이 다 끝났으니 집으로 돌아가겠다고 말했다. 결근계를 쓰고 있던 그들은 쳐다보지도 않고 고개만 끄덕였다. 그러나 할머니가 좀처럼 그 자리를 떠나려 하지 않자 잠자 씨가 불쾌하다는 듯이 고개를 들어 물었다.

"무슨 할 말이라도 있습니까?"

할머니는 문 옆에 서서 미소를 지었다. 가족들에게 매우 반가운 소식을 전해주려고 왔지만 상대방이 캐묻지 않으면 알려주지 않겠다는 듯한 모습이었다. 할머니의 모자에 꼿꼿하게 꽂혀 있는 작은 타조 깃털 하나가 이리저리 가볍게 흔들리고 있었다. 잠자 씨는 예전부터 그 깃털이 마음에 들지 않았다.

"아직도 무슨 일이 남았나요?"

잠자 부인이 물었다. 할멈은 이 집에서 잠자 부인을 가장 존경하고 있었다.

"네."

할머니를 미소를 짓느라 바로 다음 말을 잇지 못했다.

"저, 옆방에 있는 것에 대한 걱정은 하지 마세요. 벌써 제가 다 치워놓았습니다."

잠자 부인과 그레테는 결근계를 계속해서 쓰려는 듯이 고개를 숙이고 있었다. 잠자 씨는 할머니가 모든 상황을 자세하게 설명하려는 것을 눈치채고 손을 내밀어 그만두라는 손짓을 해 보였다. 할머니는 거절을 당하자 기분이 상한 듯 자기도 매우 바쁜 몸이라는 의미로 "그럼 모두 안녕히 계세요"라고 말하며 홱 돌아서더니 요란스럽게 문을 닫고 집을 나가버렸다.

“오늘 저녁에 저 할멈을 내보내지.”

잠자 씨가 말했지만 부인이나 딸은 아무런 대꾸도 없었다. 간신히 되찾은 마음의 평정이 할머니로 인해 다시 깨질까봐 두려웠던 것이다. 아내와 딸은 일어나 창가로 가서 서로 부둥켜안고 서 있었다. 잠자 씨는 의자에 앉은 채 몸을 두 사람 쪽으로 돌려 그들을 조용히 바라보고 있다가 문득 이렇게 말했다.

“자, 그만 이리 좀 와. 지난 일을 자꾸 생각해서 뭘 해. 이제는 내 생각도 좀 해줘야지.”

아내와 딸은 그에게로 다가와 그를 위로한 뒤 서둘러 결근계를 마저 썼다.

그러고 나서 세 사람은 함께 집을 나섰다. 몇 달간 하지 못했던 일이었다. 그들은 전차를 타고 교외로 나갔다. 전차 안에는 세 사람뿐이었다. 따스한 햇볕이 전차 안을 비췄다. 의자에 등을 기대고 편안하게 앉아 장래의 일들에 대해 이야기를 주고받았다. 잘 생각해보면 그들의 앞날이 그렇게 어두운 것만은 아니었다. 이제까지 서로 대화를 해볼 기회조차 없었지만 막상 서로 이야기를 나눠보니 가족들의 직업은 모두 그런대로 괜찮은 편이었고 앞으로도 유망한 직종이었기 때문이다. 현재 당장 시급한 문제는 환경의 변화인데 그것은 집을 옮기면 쉽게 해결될 것 같았다. 지금까지 그들은 그레고르가 마련한 집에서 살아왔다. 그러나 지금의 집보다 작고 집세가 싸고 위치가 좋으면서 전체적으로 실용적인 집이 필요했다. 잠자 부부는 대화를 나누는 사이 점점 생기를 띄는 딸의 모습을 보는 순간 새로운 사실을 알아차렸다. 그레테가 최근 얼굴빛이 창백해질 만큼 갖은 고생을 했지만 탐스럽고 아름다운 소녀가 되었다는 사실이었다. 잠자 부부는 말없이 눈으로 서로를 이해하고 이제 딸을 위해서 훌륭한 신랑감을 얻어줘야겠다는 생각을 했다. 그것은 잠자 부부에게 새로운 꿈을 꾸게 하는 일종의 희망 같은 것이었다. 전차가 목적지에 닿았을 때 그레테는 가장 먼저 일어나 젊고 활기찬 몸을 쭉 폈다.

Der Prozess

소송

1장

체포 / 그루바흐 부인과의 대화 / 뷔르스트너 양

어떤 놈이 요제프 K를 밀고한 것이 분명하다. 왜냐하면 아무런 잘못이 없는 그가 어느 날 아침 갑자기 체포되었기 때문이다. 하숙집 주인인 그루바흐 부인의 하녀가 아침 8시에 식사를 가져다주기로 되어 있었는데 오늘따라 보이지 않았다. 이것은 전례 없는 일이었다. K는 잠시 기다리면서 베개를 베고 길 건넛집에 사는 노파가 이상하리만큼 호기심 어린 눈으로 이쪽을 응시하고 있는 모습을 무심코 바라봤다. 그리고 뭔가 불안한 기분과 배고픔을 느끼고 호출벨을 눌렀다. 그 순간 문 두드리는 소리가 나더니 이 하숙집에서는 한 번도 본 적이 없는 남자가 방 안으로 들어왔다. 홀쭉한 얼굴에 단단한 체격의 사내는 우스꽝스러운 옷을 입고 있었다. 마치 여행복처럼 여러 곳에 주름이 잡혀 있었고 호주머니와 단추, 고리 같은 것이 주렁주렁 달려 있었으며 허리띠까지 있는 것이 이상하게 생긴 옷이었지만 꽤 실용적으로 보였다.

"누구시죠?"

K는 놀라서 물으면서 침대에서 몸을 일으켰다. 사내는 질문에는 대꾸도 하지 않고 자신의 방문이 자연스러운 일이라는 듯 몹시 거만한 말투로 물었다.

"벨을 눌렀나요?"

"네, 안나에게 식사를 부탁했습니다."

이렇게 대답한 K는 우선 이 사내가 무엇 때문에 왔는지 온 신경을 집중해 관찰하기 시작했다. 사내는 잠시 그 시선을 받아주다가 등 뒤에 있는 문으로 고개를 돌려 문을 살며시 열었다. 그러고는 문밖에 있는 어떤 남자에게 말했다.

"안나에게 식사를 부탁한 모양이로군."

옆방에서 작은 웃음소리가 들렸는데 한 사람의 목소리가 아니라 여러 명의 목소리 같았다. 사내는 그 소리를 듣자 알았다는 듯이 고개를 한 번 끄덕이고는 마치 명령을 내리는 장군처럼 "그건 안 돼!" 하고 K에게 말했다.

"이상한 일도 다 있군요."

K는 자리에서 벌떡 일어나 재빨리 바지를 입었다.

"옆방에 있는 사람들이 누군지 그루바흐 부인에게 물어봐야겠습니다."

K는 이 발언이 도리어 사내의 주도권을 자신이 인정하는 결과가 된다는 것을 즉시 깨달았으나 그건 큰 문제가 아니라고 생각했다. 그런데 그 남자가 "이 방에 그대로 계시는 것이 좋겠습니다"라고 말하자 좀 전의 염려가 현실로 나타났다.

"그러고 싶지 않군요. 그리고 당신 신분을 밝히지 않는 한, 난 당신과 얘기하지 않겠습니다."

"좋은 뜻으로 한 말이오"라고 사내는 말하며 누그러진 태도로 문을 열어줬다. 이렇게 되니 도리어 이쪽에서 기가 죽어버렸다. 옆방을 훑어보니 간밤의 모양 그대로였다. 이곳은 그루바흐 부인의 거실로 가구와 양탄자, 화병, 사진 같은 것이 어지럽게 놓여 있는 방인데 오늘은 평소보다 정돈이 잘 되어 있는 것 같았다. 창문이 열려 있고 한 사내가 책을 읽고 있었다. 그 밖의 것은 변하지 않았는데 이 모습이 보는 이의 눈에는 오히려 차분한 느낌을 주는 듯했다. 책을 보던 사내가 고개를 들었다.

"왜 온 거지? 방에서 얌전히 기다리고 있으라고 프란츠가 일렀을 텐데 말이야."

"그래, 대체 뭘 어떻게 하시겠다는 겁니까?"

K는 이렇게 말하면서 새로 나타난 사내에게 눈길을 돌려, 문간에 우뚝 서 있는 프란츠라고 불린 사내를 잠시 바라보고

난 다음 다시 시선을 돌렸다. 아까의 그 노파는 이번에는 이 방과 마주 보고 있는 창가에 나타나서 끝까지 지켜봐야 되겠다는 듯이 늙은이다운 호기심에 찬 눈빛으로 이쪽을 바라보고 있었다.

"그루바흐 부인에게 잠깐……."

K는 이렇게 말하면서 약간 떨어진 곳에서 자기를 바라보고 있는 두 사내를 떨쳐내려는 듯이 문밖으로 걸음을 옮기려고 했다.

"안 돼!" 하고 창가에 서 있던 사내가 손에 들고 있던 책을 탁자 위로 내던지면서 말했다.

"돌아다니면 안 돼! 넌 체포된 몸이란 말이야."

"그래요, 그런 것 같군요. 그런데 이유가 뭡니까?"

"그건 설명해줄 수 없어. 우리들 권한 밖의 일이니까. 방으로 돌아가 얌전히 기다리고 있어! 지금 수속 중이니 그게 끝나면 알게 될 거야. 원래 이렇게 친절한 설명은 못하도록 되어 있지만, 여긴 프란츠 말고는 아무도 없으니 봐주는 거다. 너에 대한 이 사람의 친절도 확실히 규칙 위반이지만 말이야. 앞으로도 계속 이런 행운이 따른다면 너는 앞으로의 일에 희망을 가져도 괜찮을 거야."

K는 앉고 싶었으나 창문 옆에 있는 것 말고는 아무 데도 의자가 없었다.

"얼마 후 당신도 깨닫는 것이 있을 거요."

프란츠는 이렇게 말하면서 다른 사내와 함께 옆으로 다가왔다. 새로 나타난 사내는 고개를 위로 들어서 봐야 할 만큼 몸집이 크고 우람하게 생겼는데 K의 등을 자꾸만 탁탁 쳤다. 둘이서 함께 K의 속옷을 뚫어지게 살펴보더니 이제부터는 더 질이 나쁜 속옷을 입게 되겠지만 이 속옷은 다른 물건과 함께 보관해뒀다가 만일 사건이 K에게 유리하게 결말이 나면 그때 전부 되돌려주겠다고 말했다. 두 사람은 "소지품을 창고로 가지고 가는 것보다는 우리에게 맡겨두는 편이 훨씬 현명할 거야"라고 말했다.

"창고에서는 도둑맞기 쉽고 일정 기간이 지나면 절차에 상관없이 모조리 팔아버리는데 요즘 소송 기간이 너무 긴 것이 문제지. 물론 창고에서는 나중에 판매 대금을 받게 되겠지만, 이쪽에서 원하는 값으로 팔리지도 않을뿐더러 저희들 멋대로 해치우고 말거든. 그러니 금액도 적은 데다가 여러 사람의 손을 거치는 동안에 점점 줄어들게 될 거요."

K는 이 말을 건성으로 듣고 있었다. 자신의 소지품에 대한 권리는 당연히 인정되어야 할 것이라고 생각했으나 그런 것보다는 자신의 현재 입장을 명확하게 파악하는 것이 무엇보다 중요했다. 그러나 이 녀석들과 함께 있는 이상 여유 있게 생각할 겨를이 없었고, 두 번째 감시인(감시인에 불과하다고 생각

하기로 했다)인 이 사내의 불룩한 배가 이상할 정도로 낯익은 느낌을 줬다. 몇 번이나 K와 부딪쳤는데 그럴 때마다 K가 쳐다보면 이 뚱뚱한 몸뚱이에는 하나도 어울리지 않는 메마르고 앙상한 얼굴과 굵직하고 비뚤어진 코가 보였다. 이 사내는 K의 머리 위에서 또 다른 감시인과 대화를 주고받는 중이었다. 이들은 대체 어떤 놈들일까? 무슨 이야기를 하고 있는 것일까? 소속은 어디일까? K는 법치 국가의 국민이며 그 나라는 평화로우며 법이 존재하는 것이 확실하다. 그런데 어떤 자가 이 집에 부당하게 침입을 한단 말인가? 무슨 일이든 간단히 생각하고 최악의 경우는 직접 부딪혀보고 난 다음에 판단하고 위기를 느끼더라도 미리 걱정하지 않는 것이 평소 그의 성격이었다. 그러나 지금의 경우는 그런 사고방식으로 통하지 않았다. 모든 일을 짓궂은 장난이라고 생각해버릴 수도 있었다. 다소 질이 나쁜 장난이기는 하지만 어떤 특정한 이유로, 이를테면 오늘은 그의 서른 번째 생일이므로 은행 동료들이 계획적으로 꾸민 장난이라고 생각할 수도 있었다. 그러므로 기회를 포착해 이 감시인 노릇을 하고 있는 녀석들을 웃겨주면 그들은 더 참지 못하고 털어놓을지도 모르는 일이었다. 이들은 누군가가 사주한 사람들일 것이다. 그러고 보니 어디서 본 듯한 얼굴이기도 하다. 처음 프란츠라는 사내를 봤을 때부터 K는 이 사내들에게 먹힐 만한 무엇인가를 생각하고 있었다. 재미를 모르는 사람이라며 나중에 비웃음을 사게 되더라도 그런 것쯤은 문제가 되지 않았다. 그러나 지금까지 두어 번 경험했던 사건을 생각해보면(과거의 경험 같은 것을 회상하는 일은 K에게는 극히 드문 일이었다) 그때 그는 그 사건의 결말을 예상할 수 있었음에도 불구하고 자기 혼자 애써 태연한 척하다가 그만 혼쭐이 났던 적이 있었다. 이것이 장난이라면 자진해서 한몫 끼어들고 싶을 정도였다.

K는 일단 아직 자유의 몸이었으므로 "실례합니다" 하고 말한 다음 감시인들 사이를 빠져나와 자기 방으로 돌아왔다.

"사태를 깨달은 모양이군."

K의 뒤에서 이런 소리가 들려왔다. K는 방에 들어오자마자 말끔히 정돈된 책상 서랍을 열어봤다. 하지만 흥분한 탓인지 신분증명서가 얼른 눈에 띄지 않았다. 마침내 자동차면허증을 찾은 K는 그것을 가지고 감시인이 있는 곳으로 되돌아가려 했다. 그러다가 그것이 큰 도움이 되지 않으리라는 생각이 들어 계속해서 더 찾아봤고 드디어 신분증명서를 찾아냈다. 그가 신분증명서를 들고 다시 옆방으로 들어선 순간 문이 열리고, 그루바흐 부인의 모습이 정면으로 보였다. 방 안으로 들어오려고 했던 것 같았는데 K가 있는 것을 보자 몹시 당황한 기색을 보이면서 "실례했습니다" 하고 얼버무리더니 허둥지둥 문을 닫았다. 이제라도 "들어오십시오" 하고 말해도 늦지 않

을 것 같았으나 증명서를 손에 쥔 K는 방 한가운데에 우뚝 선 채 두 번 다시 열리지 않는 문을 뚫어져라 쳐다보고 있다가 감시인의 소리에 놀라 제정신으로 돌아왔다. 두 사람은 창문 옆의 책상에 앉아 K의 아침 식사를 게걸스럽게 먹고 있었다.

"왜 그녀가 들어오지 않는 거죠?"

"들어와서는 안 되기 때문이다."

뚱뚱보 사내가 대답했다. 그리고 이어서 이렇게 말했다.

"당신은 지금 그런 것까지 신경 쓸 처지가 못 돼, 체포된 몸이란 말이야."

"무슨 이유로 체포된 겁니까? 그것도 이런 말도 안 되는 방법으로 말입니다!"

"휴, 또 시작이군."

감시인은 이렇게 말하더니 빵 한 조각을 꿀단지 속에 푹 넣어 꿀을 찍어 입으로 가져가면서 "그런 질문에는 대답할 수 없어" 하고 말했다.

"아니오, 나는 꼭 알아야겠습니다."

K가 강력하게 말했다.

"이것이 나의 신분증명서입니다. 당신네들의 신분증명서와 구속영장을 보여주시오."

"웃기는군" 하고 감시인이 말했다.

"지금 누구보다도 너와 가장 가까운 우리를 자극할 셈인가.

그러면 재미없을 거야. 그러지 말고 얌전히 있는 게 어때?"

프란츠는 말을 마치자 손에 들고 있던 커피잔을 입으로 가지고 가던 동작을 멈추고 뭔가 의미심장한 눈으로 K를 응시했다. 이쪽도 그 시선을 피하지 않고 되받아주며 서류를 한쪽 손에 치면서 말했다.

"이것이 내 신분증명서입니다."

"정말 귀찮게 하는군!"

몸집 큰 감시인이 갑자기 고함을 쳤다.

"어린애들보다 시끄럽게 구는 사내로군. 대체 어쩌라는 거야? 신분증명서니 구속영장이니 하는 것들로 우리 감시인을 괴롭히면 그것으로 네 구속 수사가 간단히 끝날 줄 아시오? 우린 심부름꾼에 불과하단 말이야. 신분증명서 같은 건 우리가 알 바 아니야. 매일 열 시간씩 감시를 하고, 그 보수를 받는 것이 너와 우리의 관계란 말이야. 물론 당국으로서도 이렇게 체포에 앞서 구속의 원인이나 구속자의 인적 사항을 조사부터 하는 것이 관례이고 당연한 일이야. 이 조사에 잘못된 것은 없어. 난 재판소의 말단 직원들밖에는 알지 못해. 그렇지만 내 짧은 지식으로 판단해봐도, 사람들에게서 어떤 죄를 찾아내는 것이 아니라, 법에 명시되어 있듯이 범죄라는 것이 우리 기관을 끌어당기는 것이지. 그럼 우리 기관은 그곳으로 감시인을 보내는 거고. 이것이 법이란 말이다. 뭐가 잘못되었다는 건가?"

"그런 법이 어디 있습니까!"

K가 소리쳤다.

"그러니까 더 나쁜 거요."

"당신들은 일종의 망상에 빠져 있는 겁니다."

K는 감시인들의 의견에 반박해 상황을 자신에게 유리하게 만들거나 상대의 편에 서려고 생각했는데 감시인은 그 의도를 알아차린 것처럼 이렇게 말했다.

"곧 알게 될 거야."

그때 프란츠도 한마디 거들었다.

"이봐, 빌렘, 저놈은 법 같은 게 필요 없어. 무조건 나는 무죄다, 하고 말하고 있는 거야."

"네 말도 맞지만 내가 타일러도 소용이 없잖아" 하고 다른 감시인이 말했다. K는 대답하고 싶지도 않았다. 이런 모자란 사람들(그들 스스로가 그렇게 만들고 있었다)과 시시한 대화를 계속해서 자꾸 머리만 아프게 만들 필요가 없었다. 그들은 자신들이 이해하지도 못하는 말을 지껄이고 있었다. 바보만이 그런 짓을 할 수 있었다. 자신과 비슷한 교양을 갖춘 사내라면 불과 두세 마디면 이런 문제는 깨끗이 해결하고 간단하게 결론을 내릴 수 있을 것이었다. K는 방 안에서 빈 곳을 찾아 어슬렁어슬렁 돌아다녔다. 길 건너의 그 노파는 다른 노인 한 사람을 창가로 데려와 나란히 서서 이쪽을 바라보고 있었다. K는 자신이 구경거리가 되어버린 듯한 느낌에 매우 화가 났다.

"당신들의 상관에게 갑시다."

K가 말했다.

"명령이 있을 때까지는 여기서 움직일 수 없어!"

빌렘이라는 사내가 이렇게 대답하고는 다시 말을 이었다.

"한마디 충고해두겠는데……. 방에 돌아가 시간이 될 때까지 기다려. 쓸데없는 생각을 해서 말썽을 부리지 말고 말이야. 좀 침착해, 얼마 있으면 명령이 떨어질 거야. 내 생각엔 우리가 제법 친절하게 대해줬다고 생각했는데 당신은 우리의 호의를 무시했어. 우리가 시시한 인간일지는 몰라도 최소한 이 시점에서 넌 자유의 몸이 아니란 말이야. 우린 너하고는 신분이 다르니 명심해두라고. 그러나 돈만 준다면 식당에서 아침식사쯤은 주문해줄 수 있지!"

K는 아무 대답도 하지 않고, 한동안 한자리에 묵묵히 서 있기만 했다. 지금 옆방의 문이나 심지어 응접실 문을 연다 하더라도 이 두 사람이 가로막지는 않을 것이었다. 어쩌면 극단적으로 행동하는 것이 모든 일을 가장 간단하게 해결하는 방법일지도 모른다는 생각이 들었다. 그러나 그들이 한꺼번에 덤벼든다면 K가 그들에 대해서 어느 정도 유지하고 있는 우월한 위치조차 사라지고 말 것이 확실했다. 그래서 그는 일이 자연스럽게 진행되어 안전하게 해결되는 쪽을 선택하고 자기 방

으로 돌아왔다. 감시인은 아무 말이 없었고, K도 역시 침묵을 지켰다.

그는 침대에 누운 채, 세면대에 손을 뻗어 간밤에 아침 식사로 남겨뒀던 커다란 사과를 집어 들었다. 지금 상태라면 아침 식사는 이것으로 만족해야 할 것이었다. 사과를 한입 크게 깨물면서 K는 음식을 주문해서 먹던 식당의 아침 식사보다 훨씬 낫다는 생각을 했다. 기분이 좋아지고 일말의 희망이 느껴졌다. 오늘 오전 중으로는 은행에 출근할 수가 없게 되었는데, 꽤 높은 직책에 있는 몸이므로 얼마든지 변명할 수는 있었다. 하지만 뭐라고 변명을 하지? 사실대로 말해야 할까? 그는 그렇게 하려고 생각했다. 그 변명을 믿어주지 않는다면, 그루바흐 부인이나 지금 건너편 건물에서 이 상황을 지켜보는 두 노인을 증인으로 내세우면 될 것이었다. K는 감시인들이 그가 자살할지도 모르는데 방 안에 혼자 내버려두는 것이 이상했다. 적어도 감시인들의 관점에서 보면 그렇지 않은가. 그러나 그와 동시에 '자살을 해야 할 이유가 있단 말인가?' 하고 자문해봤다. 두 사람이 옆방에 있으면서 자기의 아침 식사를 대신 먹어치워버렸다는 것만으로는 그 이유가 되지 않았다. 아무튼 자살이란 것은 가당치 않은 일이었다. 만약 그런 생각이 들었다 하더라도 그것은 실행에 옮길 수 없는 일이었다. 감시인들의 머리가 그다지 좋지 못하므로 K를 아무 생각 없이 내버려둔 것이라고 K는 생각하기로 했다. K는 고급 브랜디가 들어 있는 찬장으로 가서 아침 식사 대신 한 잔을 마셨다. 두 번째 잔은 용기가 필요할 경우를 위해 마셨는데 이 광경을 그들이 보고 있을는지도 몰랐다.

이때 K는 옆방에서 그를 부르는 소리를 듣고, 깜짝 놀라 술잔을 떨어뜨릴 뻔했다. 그것은 "주임이 부르셔" 하는 소리였는데 이 느닷없는 고함 소리에 그는 기절할 정도로 놀랐다. 간결하고 냉랭한 군대식 호령, 그것이 프란츠의 목소리라고는 생각되지 않을 정도였다. 하지만 그 명령은 그에게 잘 어울렸다. 그는 "드디어 올 것이 왔구나!" 하고 큰 소리를 지르며, 찬장 문을 닫고 옆방으로 달려갔다. 그곳에 있던 두 감시인이 어처구니없다는 표정으로 그를 다시 방으로 쫓아버렸다. 그 가운데 한 감시인이 "저 사람이 미친 것인가?" 하고 소리치고는 말을 이었다.

"속옷 바람으로 갈 참인가? 너 때문에 우리들까지 얻어맞는단 말이야."

"날 좀 내버려두시오!" 하고 그가 말하는 사이에 옷장 있는 데까지 떠밀려왔다.

"자고 있는 사람에게 들이닥치고는 옷을 갖춰 입길 바란단 말입니까?"

"쓸데없는 소리는 하지 마시오."

그러나 K가 큰 소리를 치자 그들은 조용해졌고 슬픈 표정을 짓기까지 했다. 그 바람에 K는 오히려 당황한 나머지 제정신으로 돌아온 기분이었다.

K는 "가소로운 허식이군!" 하고 불만스러운 말투로 중얼거리면서도 손은 의자에 걸려 있는 상의를 집어 들어 잠시 두 손으로 펴들었다. 공교롭게도 그 모습은 마치 두 사람으로부터 평을 듣고 있는 꼴 같았다. 두 사람은 고개를 저었다. 그리고 이렇게 말했다.

"검은색 상의를 입으시오!"

K는 옷을 마룻바닥 위에 집어 던져버렸다. 그리고 무슨 생각에서였는지 이렇게 말했다.

"오늘 재판이 있을 것도 아니잖습니까!"

두 사람은 미소를 띠었으나 그래도 주장을 굽히지는 않았다.

"검은색 상의를 입으시오!"

"허허, 검은색을 입으면 취조가 빨리 끝나나요?"

K는 옷장을 열고 잠시 그 속을 뒤적인 후 가장 좋은 검은 색 양복을 골랐다. 허리의 선이 멋지게 들어가 친지들 사이에서 화제가 되었던 옷이다. 다음에 속옷도 새것을 끄집어내어 천천히 갈아입기 시작했다. 그들이 목욕까지 하라고 요구하지 않는 것을 다행이라고 생각했다. 그러면서 그사이 그런 생각

을 하지나 않을까 하고 눈치를 살폈으나 그런 염려까지 할 필요는 없어 보였다. 단지 그들은 K는 지금 옷을 갈아입고 있습니다, 하고 주임에게 보고하는 것으로 그쳤다.

옷을 다 챙겨 입고 옆방으로 갔다. 문은 이미 양쪽 모두 활짝 열려 있었다. 이 방은 최근 타이피스트인 뷔르스트너 양이 세 들어 있던 방이었다. 그녀는 일찍 출근하고 밤늦게 돌아오기 때문에 K는 인사조차 나눈 일이 없었다. 안에는 작은 탁자들을 침대 옆으로부터 방 한가운데로 끌어다 놓아 취조용 책상으로 삼고 그 안쪽에 주임이 버티고 앉아 있었다. 방구석에는 세 명의 젊은이가 벽에 걸려 있는 뷔르스트너 양의 사진들을 들여다보고 있었다. 열린 창문 걸음쇠 끝에 흰 블라우스 하나가 걸려 있었다. 맞은편 창문에는 두 노인이 아직도 있었을 뿐만 아니라 구경꾼이 하나 더 늘어나 있었다. 그들 뒤에 키가 상당히 큰 사내가 가슴을 열어젖힌 셔츠 차림으로 불그스름한 수염을 손가락으로 매만지고 있었다.

"요제프 K인가?"

주임은 K의 시선을 자기에게로 돌리려고 질문하는 듯했다. K는 가볍게 고개를 끄덕였다.

"오늘 아침 몹시 놀랐죠?"

주임은 이렇게 말하면서 탁자 위에 놓여 있는 촛대, 성냥, 책 한 권도 취조에 필요한 물건인 듯 차분한 동작으로 하나하나 책상가로 옮겨놓았다. "네" 하고 K는 대답했다. 이제 그는 이성을 찾았고, 얘기가 통할 수 있는 사람을 만나게 되어 안심이라고 생각했다. 곧이어 사건의 전말을 말할 수 있게 되었다는 안도감과 기쁜 마음이 그를 사로잡았다.

"놀라긴 했습니다만, 말씀처럼 그렇게 심하진 않았습니다."

"그렇습니까!"

주임은 가장자리에 있던 촛대를 탁자 가운데로 가져다 놓고 다른 것도 그 옆에 나란히 가져다 놓았다.

"제 말을 잘못 이해하고 계신 모양인데."

이렇게 말한 K는 이어서 "제 말은 그러니까……" 하고 말을 계속하려다가 그만두고 주위를 두리번거리면서 "앉아도 될까요?" 하고 물었다.

"그건 곤란해. 규칙에 그렇게 나와 있지 않거든."

주임이 이렇게 대답하자 K가 말했다.

"분명히 놀라기는 했습니다만, 나이 서른 살이 넘으니 특히 나처럼 고생을 많이 해본 사람은 웬만한 일에는 당황하지 않고 오히려 배짱이 생깁니다. 오늘 벌어진 일 같은 경우엔 더욱 그렇습니다."

"오늘 벌어진 일 같은 경우엔 더욱 그렇다고 말했는데 그 까닭은?"

"기껏 장난일 테니 놀랄 것 없다고 생각하는 것은 아닙니다. 장난치고는 지나칩니다. 하숙집 사람들이나 당신네들이 총동원되어 이런 장난을 칠 리도 없으니 말입니다. 그러니 장난이라고 단언할 용기도 없습니다."

"정확한 추측이군요"라고 말하며 주임은 손가락으로 성냥개비를 세고 있었다.

"그런데……."

K가 그를 바라보면서 입을 다시 열었다. 사진을 들여다보고 있던 세 사람도 이쪽으로 고개를 돌려줬으면 하는 바람으로 말을 계속했다. K는 "어쨌든, 이 사건은 그다지 중요하지 않습니다. 나는 기소되었지만 그럴 만한 잘못을 저지른 적이 없기 때문입니다. 내가 알고자 하는 것은 범죄의 유무가 문제가 아니라, 누가 나를 고발했느냐 하는 점입니다. 그 절차를 어느 기관에서 다루고 있는지, 당신들은 정당한 수사관인지 알려주십시오. 여러분 중에는 아무도 제복을 입은 사람이 없고, 또 당신들이 지금 걸친 옷은……"라고 말하며 프란츠 쪽으로 고개를 돌렸다.

"제복이라고 했으면 좋겠습니다만 내가 보기엔 여행복에 불과합니다. 이와 같은 의문에 명쾌한 답변을 해주신다면 그것으로 모든 일이 잘 해결되어 서로 기분 좋게 헤어질 수 있을 것으로 생각합니다."

주임은 성냥갑을 탁자 위에 내려놓으면서 말했다.

"당신은 터무니없는 오해를 하고 있소. 당신 사건에 대해서는 이 사람들이나 나나 전혀 모르고 있다고 해도 과언이 아니오. 사건 내용 같은 것은 전혀 아는 바가 없소. 그리고 당신 말대로 규정에 맞는 제복을 입어도 되겠지만 그렇다고 해서 당신에게 무슨 수가 생기는 것도 아니잖소. 또 나는 당신이 기소된 것인지 아닌지도 모른단 말이오. 도대체가 알고 있는 것이 없는 데다가 알 필요도 없는 몸이란 말이오. 단 이것은 확실하게 말할 수 있소. 감시인들이 뭐라고 지껄였는지는 모르나, 그건 아무 소용없는 것이오. 난 당신의 질문 따위에 일체 대답할 수 없으니 쓸데없는 생각은 아예 하지 마시오. 충고해두겠는데, 누명이라도 덮어쓴 것처럼 날뛰지 않는 것이 좋을 거요. 그런 짓은 모처럼 우리가 당신에게 가진 호감을 짓밟아버리는 결과를 낳을 뿐이오. 그리고 될 수 있는 대로 말을 삼가시오. 당신이 더 이상 말하지 않더라도 지금 몇 마디만으로도 당신의 성격을 알 만큼 알았으니까. 아무튼 더 이상 떠들어 유리한 일은 없을 것이니 그리 알고 조심하시오."

K는 조용히 주임을 바라봤다. 자기보다 나이도 아래인 것 같은데 이런 사내로부터 설교를 듣다니 참을 수가 없었다. 게다가 기껏 떠들어봤자 새빨간 거짓말이나 듣고 체포의 이유는 고사하고 그것을 명령한 사람의 정체조차 알 수 없지 않은가. K는 흥분해서 방 안을 이리저리 걸어 다녔다. 이 모습을

그들은 말없이 바라보고만 있었다. 커프스를 속으로 밀어 넣고 가슴 근처를 쓰다듬으며 머리카락을 쓸어올리며 서 있는 세 사람의 옆을 지나면서 말했다.

"기가 막힌 일도 다 있군!"

이 말을 들은 세 사람은 고개를 돌려 K의 얼굴을 바라봤다. 네 멋대로 중얼거리는 것은 좋으나 서로의 입장만은 잊지 말아달라는 듯한 표정이었다. 마침내 K는 주임 책상 앞에서 걸음을 멈췄다. 그리고 "하스테러 검사는 내 친구입니다만" 하고 말을 꺼냈다.

"전화를 좀 걸어도 될까요?"

"좋소."

주임이 승낙했다.

"대체 무슨 목적으로 전화를 거는 건지 난 잘 모르겠습니다만, 아마 개인적인 용무가 있나보지요?"

"목적을 잘 모르시겠다고요?"

K는 화를 내기보다 어이가 없어서 큰 소리로 말했다.

"당신은 누구요? 남의 일엔 꼬치고치 캐물으면서 자신이 하는 일은 조금도 밝히려 하지 않으니 말입니다. 이래도 당신을 제정신을 가진 사람이라 할 수 있나요? 난데없이 남의 집에 침입해서 방 안에서 앉았다 섰다 하면서 내 신경을 있는 대로 곤두서게 하니 말입니다. 확실히 체포되었음이 틀림없는 내가 검사에게 전화를 거는 목적을 모르겠다고 말씀하시는데, 그렇다면 전화 거는 일은 그만두기로 하지요."

"그렇게 오해하지 마시고……."

주임은 전화가 있는 응접실 쪽으로 손을 뻗으며 말했다.

"좀 앉으시지요."

"아니, 괜찮습니다."

K는 이렇게 대답하면서 창문 쪽으로 걸어갔다. 길 건너편의 무리들은 아직 창가에 서 있었으나 K가 이쪽 창가에 나타나자 조용히 관망하려던 계획에 차질이 생긴 듯한 모양이었다. 두 노인은 발돋움을 하고 바라보려 하는데 키 큰 사내가 제지했다.

"저런 곳에서 사람을 구경거리로 삼고 있단 말입니다."

K는 주임을 향해 이렇게 말하고 손가락으로 그들을 가리키면서 "당장 꺼지지 못해!" 하고 소리쳤다.

세 사람은 몇 발짝 뒤로 물러섰고 두 노인은 키 큰 사내의 뒤로 숨어버렸다. 멀어서 들리지는 않지만 사내의 입이 움직이는 것으로 보아 뭔가 그 노인들에게 말을 하고 있는 것 같았다. 그러나 두 노인은 기회만 있으면 다시 창문으로 다가올 기색이었다.

"뻔뻔스럽고 염치없는 인간들!"

방 안으로 들어서며 K가 말했다. 곁눈으로 얼핏 보니 주임도 그의 말에 공감하는 모양이었다. 어쩌면 그의 말에 전혀 귀 기울이지 않았는지도 모른다. 왜냐하면 그는 한쪽 손을 책상 위에 쭉 펼치고 손가락 길이를 서로 비교하는 양 딴청을 부리고 있었기 때문이다. 두 감시인은 장식 천을 덮어놓은 트렁크 위에 앉아 무릎을 문지르고 있었다. 세 청년은 손을 허리에 대고 멍하니 주위를 둘러보고 있었다. 텅 빈 사무실처럼 조용했다.

"그럼, 여러분!"

K가 외쳤다. 한순간 자기가 이 모든 사람을 책임지고 있는 듯한 생각이 들었다.

"당신들의 태도를 보니 나에 대한 용건은 끝난 것 같군요. 당신들의 행동이 옳은지 그른지는 그만 따지고, 서로 악수나 하고 일을 원만히 매듭짓는 게 좋으리라고 생각합니다. 당신들도 나와 의견이 같다면 어서……."

이렇게 말하고 그는 주임의 책상으로 다가가서 손을 내밀었다. 감독은 눈을 들고 입술을 깨물며 K가 내민 손을 쳐다봤다. 여전히 K는 주임이 응해주리라 생각하고 있었다. 그러나 주임은 자리에서 일어나 뷔르스트너 양의 침대 위에 놓여 있던 딱딱하고 둥근 모자를 들어 마치 새 모자를 써보듯 두 손으로 조심스럽게 쓰고 K에게 말했다.

"당신은 만사를 참 간단하게도 생각하는군요! 일을 원만하게 매듭짓자고? 아니, 그렇게는 안 됩니다. 그렇다고 해서 당신이 절망해야 한다는 말은 아니오. 그 사실을 당신한테 알려야만 했기 때문에 그렇게 한 것뿐이고, 당신이 그것을 어떻게 받아들이는지도 보았소. 오늘은 이만하면 충분하니까 헤어지기로 합시다, 물론 잠시 동안이지만. 당신은 분명 지금 은행을 가고 싶겠죠?"

"은행이요? 나는 체포된 거라고 생각하고 있었는데요."

K가 약간 거만하게 물었다. 그가 청한 악수를 받아들이지는 않았지만 주임이 자리에서 일어선 다음부터는 이 사람들의 구속에서 점점 벗어나고 있다고 생각되었기 때문이다. 그는 그들을 놀려주고 싶었다. 그들이 갈 때 현관까지 따라가서 자신을 잡아갈 테면 잡아가보라고 말할 심산이었다. 그래서 그는 다시 한 번 물었다.

"체포되었는데 어떻게 은행에 갑니까?"

"아, 그것 말이오?"

이미 문 옆에 가 있던 주임이 말했다.

"내 말을 잘못 알아들었군. 당신은 물론 체포되었소. 그러나 그렇다고 해서 직장에 나가는 것까지 방해하지는 않습니다. 평소대로 살아가도 됩니다."

"그럼 체포되었다는 게 그리 나쁘지는 않군요."

K가 주임에게 가까이 다가가 말했다.

"그렇게 말하지는 않았소."

주임이 말했다.

"그렇다면 체포 사실을 꼭 알릴 필요가 있었던 것 같지도 않군요."

K는 좀 더 가까이 다가갔다. 다른 사람들도 하나둘 다가와 이제 모두들 방문 앞에 바싹 모여 있었다.

"내 의무를 다한 것뿐이오."

주임이 말했다.

"어리석은 의무군요."

K도 지지 않고 말했다.

"그럴지도 모르지."

주임이 대답했다.

"그러나 이런 이야기로 시간을 낭비하고 싶지는 않소. 난 당신이 은행을 갈 거라고 생각했소. 당신이 신경을 쓰고 있기에 말해주는데 은행에 가라고 강요하는 건 아니고, 다만 당신이 은행으로 가고 싶어 할 거라고 생각했다는 것뿐이오. 그리고 당신이 마음을 진정하고 은행에 가서도 눈에 띄지 않도록 하기 위해 당신 동료 세 사람을 여기로 데리고 왔소."

"뭐라고요?"

K는 놀라서 세 청년을 쳐다봤다. 아무 특징도 없고 창백한 얼굴로 사진만 보고 있던 세 청년은 정말로 그의 은행 직원들이었다. 동료라고 하는 것은 너무 지나친 말이었다. 뭐든지 다

아는 체하는 주임이 실수를 한 것이다. 아무튼 그들이 은행의 말단 직원인 것만은 틀림없었다. K는 어째서 그들을 알아보지 못했을까? 주임이나 감시인들한테 얼마나 정신이 팔렸으면 그들을 알아보지 못했겠는가! 동작이 딱딱하고 양손을 건들거리는 라벤슈타이너, 금발에 눈이 움푹 들어간 쿨리히, 만성적인 근육 경련 때문에 늘 불쾌하게 웃는 것 같은 카미너.

"안녕하시오."

K는 잠시 뒤 인사를 건네고 깍듯이 머리를 숙이는 그 세 사람에게 손을 내밀었다.

"난 당신들을 전혀 알아보지 못했소. 그럼 은행으로 가볼까요?"

세 사람은 밝은 웃음을 띠면서 이 순간을 기다리고 있었다는 듯이 반가운 기색을 보였다. 그러나 K가 모자를 쓰고 나오지 않는 것을 보자 그들은 서로 앞다투어 방으로 모자를 찾으러 달려갔다. 그들의 행동은 어딘지 모르게 어색했다. K는 문이 열린 두 방을 들락거리는 그들의 뒷모습을 바라보고 있었다. 맨 끝으로 나간 라벤슈타이너는 걷는 시늉만 하고 있었다. 그는 모자엔 그다지 관심이 없는 모양이었다. 모자는 카미너가 가지고 왔다. 그는 얼굴에 미소를 띠고 있으나 어딘지 모르게 어색했다. K는 은행에서도 번번이 그렇게 생각했듯이 카미너가 일부러 그렇게 웃는 것은 아니라고 자신에게 다짐을 했다.

응접실로 오니 별로 관심이 없는 것처럼 보이는 그루바흐 부인이 현관문을 열어줬다. 뚱뚱한 몸집에 필요 이상으로 꽉 조인 앞치마 끈이 여느 때와 마찬가지로 가장 먼저 눈에 들어왔다. 집 밖으로 나서자 K는 시계를 꺼내 보면서 30분이나 지각한 것에 더 이상 보태지 않으려면 택시를 타는 게 어떻냐고 말했다. 카미너가 택시를 잡으려고 길모퉁이까지 달려가고 남은 두 사내는 K에게 무슨 얘기를 하려 했다. 바로 그때 갑자기 쿨리히가 맞은편 건물의 입구를 가리켰다. 거기엔 분명히 아까의 그 키가 큰 사람이 서 있었다. 그 사람은 자기 모습을 완전히 드러낸 것이 좀 어색했는지 벽에 바짝 붙을 정도로 서서 이쪽을 바라보고 있었다.

두 노인은 막 계단을 내려오고 있었다. K는 그 사내의 모습이 나타나기를 바랐는데 그것을 쿨리히가 먼저 발견하는 바람에 공연히 화가 났다.

"그런 것은 보지 않아도 돼!" 하고 그는 소리를 버럭 질러버렸다. 신분이야 어떻든 늠름한 젊은이에게 난폭한 말을 던진 것에 대해 생각해볼 여유조차 K에게는 없었다. 그러나 그때 마침 택시가 왔기 때문에 K가 변명할 필요가 없게 되었다. K와 은행 직원들은 택시에 함께 올라타 출발했다. K는 주임과 감시인이 언제쯤 돌아갔는지 미처 깨닫지 못했다. 주임에게 정신을 빼앗겨 은행 직원들이 언제 왔는지 알지 못했고, 이 직원들에게 정신을 빼앗겨 주임을 잊어버리고 말았다. 이것은 그가 침착하지 못하다는 증거였으므로 그는 이제라도 좀 더 세심하게 관찰해야 되겠다고 결심했다. 그러나 그는 이내 무의식중에 자동차 의자 뒤로 목을 빼고 혹시 주임과 감시인들이 보이지는 않나 내다봤다. 그러나 결국 그들을 찾는 것을 포기하고 몸을 돌려 구석에 편안히 기대앉았다.

K는 만사가 귀찮다는 듯 묵묵히 앉아 있었다. 세 사람도 몹시 피곤해 보였다. 라벤슈타이너는 오른쪽 창문으로, 쿨리히는 왼쪽 창문으로 밖을 내다보고, 카미너만이 일그러진 얼굴에 안쓰러운 표정을 하고 앉아 있었다. K는 이들을 조롱한다는 것은 좀 가혹하다 싶어 그만뒀다.

K는 최근에 퇴근 후 여유가 있으면(평상시에는 9시까지 사무실에 남아 있었다) 잠시 머뭇거리는 것이 습관처럼 되어버렸다. 혼자일 때도 있고 동료들과 어울릴 때도 있었는데 대개는 중년의 신사들이 많은 어느 맥줏집에 가서 술친구들과 밤 11시경까지 이야기를 나누며 시간을 보냈다.

그러나 이런 저녁 생활에 예외가 없는 것은 아니었다. K의 역량과 성실한 근무 태도를 높이 산 지점장과 함께 드라이브를 하거나 저택의 만찬에 초대받는 일도 있었다. 그 밖에 K는 일주일에 한 번, 엘사라는 아가씨를 찾아갔다. 술집에 나가는 여인으로, 철야로 이튿날 아침 10시경까지 일하고 있었다. 그녀는 낮에 찾아가는 K를 언제나 침대 속에서 맞이하곤 했다.

이날(일에 쫓기고, 여러 사람들에게 생일 축하 인사를 받느라 시간이 어떻게 지났는지도 모를 만큼 빨리 지나갔으나) K는 바로 집으로 돌아가려고 생각했다. 은행에서 일을 하면서도 틈틈이 생각했는데, 오늘 아침의 사건 때문에 그루바흐 부인의 하숙집은 전체가 커다란 혼란에 빠졌으며 그 혼란을 바로잡기 위해서는 자신이 직접 나서지 않으면 안 되겠다고 생각했기 때문이었다. 질서를 바로잡기만 하면 그 사건은 없던 일이 될 것이고 모든 것이 제자리로 돌아갈 것이었다. 그리고 집까지 찾아온 세 명의 은행 직원은 조금도 두려워할 필요가 없었다. 은행에서 일하다 보면 가까운 사이가 될 것이고 새삼 눈에 띄는 조짐도 없었다. K는 몇 번이나 자기 방으로 한 사람씩 혹은 세 사람을 동시에 불렀는데 딱히 시킬 만한 일은 없이 기색을 살펴볼 뿐이었다. 하지만 그 일을 몇 번이나 반복하는 동안 어느 정도 안심이 되었다.

밤 9시 반쯤 귀가하던 K는 건물 입구에서 한 젊은이를 만났다. 그는 우두커니 서서 파이프 담배를 피우고 있었다. K는 "누구요?"라고 물으며 젊은이에게 다가갔다. 현관의 불빛이 희미해서 자세히 보이지 않았다.

"관리인의 아들입니다."

그 젊은이는 이렇게 대답하고 입에서 파이프를 떼면서 옆으로 비켜섰다.

"관리인 아들이라고?"

K는 되물으면서 의심스러운 듯이 지팡이로 바닥을 두드렸다.

"볼일이 있으시다면 아버지를 부르겠습니다."

"아니, 괜찮소."

K의 목소리에는 젊은이가 나쁜 짓을 했지만 용서해준다는 듯한 어감이 들어 있었다.

K는 곧바로 자기 방으로 가도 좋을 것 같았으나 그루바흐 부인과 얘기해봐야겠다는 생각이 들어 그녀 방으로 갔다. 그루바흐 부인은 탁자 옆에 앉아서 양말을 짜고 있었고, 탁자 위에는 헌 양말이 산더미처럼 쌓여 있었다. K는 우물쭈물하면서 "이렇게 밤늦게 실례를 하게 되어 죄송합니다" 하고 말했다. 그루바흐 부인은 상냥한 태도로 "당신이라면 언제 오셔도 좋아요. 우리 아파트에서는 가장 훌륭한 분인데요" 하고 말했다. 방 안을 둘러보았으나 옛날과 다름없이 정돈되어 있었고, 오늘 아침 식사 도구도 깨끗이 치워져 있었다.

'여자의 손은 조용히 여러 가지 일을 해치우는구나'라고 K는 생각했다. 자기 같으면 아마도 당장 그릇들을 쳐부숴버리고 말지 꼬박꼬박 부엌으로 들고 가지는 않을 것이었다. 그는 고마워하며 그루바흐 부인을 바라보며 물었다.

"왜 이렇게 늦게까지 일하고 계세요?"

두 사람은 탁자를 사이에 두고 마주앉았고 K는 가끔씩 양말 속으로 손을 집어넣어봤다.

"일이 밀려서 그래요."

그루바흐 부인이 말했다.

"낮에는 하숙하는 분들의 뒤치다꺼리를 해야 되니까 아무래도 시간이 부족하지요. 그래서 내 일은 주로 밤에 합니다."

"오늘은 엉뚱한 일로 폐를 많이 끼쳤습니다."

"무슨 그런 말씀을."

그녀는 진지한 표정을 지으며 일손을 멈췄다.

"오늘 아침 여기 왔던 사람들 말입니다."

"아, 그 일인가요. 뭐, 그리 힘든 일도 아니었는데요."

그루바흐 부인은 다시 조용한 태도를 취하며 일감을 손에 집어 들었다.

K는 그녀가 그 일을 알고 있다는 것을 확인하고는 정말 놀랐다. 어쩌면 잘못 알고 있을는지도 몰랐다. 그렇다면 더욱 그 얘기의 진상을 말해줘야 할 필요가 있었다. 이런 경우의 얘기 상대로는 중년 부인이 적격이었다.

"아니, 대단히 죄송합니다. 그러나 다시는 그런 일이 없도록 하겠습니다."

"그렇고말고요. 이제 다시는 그런 일이 없어야겠지요" 하고 그루바흐 부인은 다짐하듯 말하며 씁쓸한 미소를 띤 채 K를 바라봤다.

"정말 그렇게 생각하십니까?"

"네" 하고 그루바흐 부인은 목소리를 낮추었다.

"너무 어렵게 생각하지 마세요. 세상에는 별일이 다 일어나니까요. K씨가 솔직히 말씀해주시니 저도 말씀드립니다만, 전 문밖에 숨어 그들이 하는 이야기를 엿듣기도 했고 감시인으로부터 조금 전해 듣기도 했습니다. 아무튼 K씨의 신상에 관련된 일이니까요. 저를 보잘것없는 하숙집 안주인이라고 생각하시겠지만 전 K씨에 대해서는 제 몸 이상으로 염려하고 있습니다. 그런데 감시인으로부터는 별다른 얘기를 들은 것이 없어요. 그리고 뭐 그다지 크게 걱정할 건 없을 것 같아요. 체포당했다고는 하지만 도둑질하다가 붙잡힌 것과는 근본적으로 다릅니다. 도둑질이라면 그건 용서할 수 없는 일입니다만 K씨의 경우는 무슨 유식한 일 때문인 것 같아요. 바보 같은 표현이라면 용서하세요. 그 내용은 물론 전 모릅니다. 또 알 도리도 없지만요."

"결코 바보 같은 표현이 아닙니다, 그루바흐 부인. 옳은 생각이십니다. 다만 저는 부인보다는 이 문제를 예민하게 판단해서 이 사건은 전적으로 무의미한 사건이라고 생각합니다.

확실히 불의의 습격을 받기는 했습니다. 그러나 안나가 오느냐 오지 않느냐 하는 일로 시간을 낭비하지 않고 집에서 깨어나자마자 곧 일어나서 방해하는 인간들을 상관하지 않고 부인에게로 와서 오늘만은 예외로 부엌에서 아침 식사를 하고 옷은 부인이 가져오도록 해서 입었다면 어땠을까요? 제 말은 좀 이성적인 행동을 했더라면 불의의 습격을 받은 것만으로 일은 끝났고 사건은 더 이상 커지지 않았을 것입니다. 아무튼 좀 경솔했습니다. 만약 이것이 은행 안에서 벌어졌다면 저도 마음의 준비가 되어 있어서 이런 일은 일어날 수 없었겠지요. 내 밑에서 일하는 비서가 있고, 외부 전화와 구내 전화가 책상 위에 놓여 있는 데다가 손님들이나 은행 직원들이 계속 드나들고 있으니까요. 게다가 무엇보다도 은행에서는 언제나 일에 얽매여 머리가 긴장되어 있기 때문에 이런 일이 일어나면 오히려 재미있겠지요. 그러나 이미 지나간 일, 더 이상 이런 얘기는 하고 싶지 않습니다. 다만 부인처럼 분별력 있는 사람의 생각이 알고 싶었을 뿐이었는데 제 생각과 똑같아서 몹시 기쁩니다. 그럼 악수나 한번 할까요? 이걸로 우리 의견의 일치가 더욱 단단하게 되겠군요."

K는 '과연 부인이 손을 내밀 것인가? 아침에 주임은 손을 내밀지 않았는데' 하고 생각하며 상대편을 살피려는 듯한 눈초리로 그루바흐 부인을 쳐다봤다. K가 자리에서 일어섰으므로

그루바흐 부인도 일어서기는 했지만 K가 한 말을 전부 이해하지는 못했기 때문인지 약간 당황한 기색을 보였다.

"그렇게 어렵게 생각하지 마세요, K씨."

부인은 울음 섞인 목소리로 말하고 악수 같은 것은 잊어버렸다는 듯이 물러섰다.

"어렵게 생각하지 않습니다."

이렇게 대답한 K는 갑자기 피로를 느끼고, 부인의 동의 같은 것은 아무 의미도 없음을 깨달았다.

그는 방을 나가면서 "뷔르스트너 양은 지금 있습니까?" 하고 물었다.

"없습니다."

그루바흐는 이렇게 답하고 자신이 무뚝뚝한 표정으로 대답했다는 것을 깨닫자 다시 태도를 부드럽게 바꾸면서 덧붙였다.

"연극 관람을 간 모양이에요. 말씀하실 것이 있으면 제가 전해드리도록 하겠습니다."

"아니, 특별히 할 말이 있는 것은 아닙니다."

"연극 관람을 갔으니 조금 늦을 것 같아요. 몇 시쯤 돌아올지는 몰라요."

"아무래도 괜찮습니다."

K는 이렇게 말한 뒤, 등을 돌려 문밖으로 나서다가 "오늘 그분 방을 허락도 없이 함부로 사용해서 사과라도 하려고 했지

요"라고 말했다.

"그런 염려는 하실 필요가 없습니다. K씨는 너무 신경을 많이 쓰세요. 아침에 일찍 나갔기 때문에 알지도 못할뿐더러 방 안도 깨끗이 정리해놨어요. 직접 보세요."

그녀는 뷔르스트너 양의 방문을 열었다.

달빛이 어두운 방 안을 고요히 비추어 가구들이 희미하게 보였다. 과연 잘 정돈되어 있었다. 창문의 손잡이에 걸렸던 블라우스는 보이지 않았다. 침대 위의 베개가 눈에 띄게 불뚝 튀어나와 한쪽으로 달빛을 받고 있었다.

"뷔르스트너 양은 매일 이렇게 늦는 모양이지요."

K는 마치 비난하는 듯한 말투로 얘기하면서 그루바흐 부인을 바라봤다.

"아무래도 아직 젊으니까요."

그루바흐 부인이 변명하듯 말했다.

"그건 저도 같은 생각입니다."

K는 이렇게 대꾸하고는 "아무튼 극단적으로 행동하기 쉬운 나이지요" 하고 덧붙였다.

"정말 그래요. 이 아가씨에겐 딱 들어맞는 말일 거예요. 전 뷔르스트너 양의 험담을 늘어놓을 생각은 없습니다만, 마음씨도 곱고, 상냥하고 깔끔한 데다가 부지런한 아가씨니까요. 다만 그 아가씨는 좀 더 자신감을 가지고 얌전하게 생활해야 하지 않을까 싶더군요. 이달 들어서도 벌써 두 번이나 어스름한 뒷골목을 두 번 모두 다른 남자와 걷고 있는 것을 보았답니다. 우리끼리 얘기니까 이런 말씀을 드립니다만, 전 아주 불쾌하거든요. 앞으로 기회가 있으면 그 아가씨에게 직접 충고할 생각입니다. 게다가 의심 가는 일이 그뿐만이 아니에요."

"당신은 아주 잘못된 생각을 하고 계시는군요."

K는 화가 나 평정심을 잃고 말했다.

"그 아가씨에 대해서 제가 한 말을 부인은 오해하고 계시는 것 같은데, 전 그런 뜻으로 말씀드린 것이 아닙니다. 부인께서 그 아가씨에게 직접 충고를 한다는 건 당치도 않은 일입니다. 모두가 부인의 잘못된 생각입니다. 전 그 사람을 잘 알고 있습니다. 부인이 말씀하신 건 아무 근거도 없는 거짓입니다. 하지만 이건 지나친 제 생각일지도 모르겠습니다. 저는 간섭하고 싶지 않으니 부인께서 알아서 하십시오. 저는 이만 실례하겠습니다."

"K씨!"

부인은 애원하듯 서둘러 자기 방으로 들어서려는 K를 쫓아와서 말했다.

"지금 당장 말을 하겠다는 것은 아니에요. 물론 그 전에 더 살펴보고 말할 작정이었는데, K씨를 믿고 그냥 저의 느낌을 얘기한 것에 불과합니다. 그리고 하숙집 주인 입장으로 봐서는 누구라도 자신의 집에 나쁜 소문이 떠도는 것을 싫어하지 않겠어요? 깨끗이 하면 좋으니까요. 저는 그런 심정으로 말씀드린 거예요."

"깨끗이 한다고요?"

K는 열린 문틈으로 밖에 서 있는 그루바흐 부인에게 소리를 지르며 "부인이 그런 생각을 가지고 있다면 먼저 저부터 내보내야 하겠는데요!" 하고 문을 쾅 닫아버렸다. 희미한 노크 소리가 울려왔으나 몹시 흥분해 있는 그는 그 소리를 듣지 못했다.

K는 자고 싶은 생각이 전혀 없었기 때문에 그냥 일어나 앉아서 기다렸다가 뷔르스트너 양이 몇 시에 돌아오는지 살펴보기로 결심했다. 그러면 적당한 시간은 아니지만 그녀와 한두 마디 이야기를 나눌 수도 있을 것이었다. 그루바흐 부인을 혼내주고 뷔르스트너 양을 설득해서 같이 이 집을 나가버릴까 하는 생각을 잠깐 해봤다. 그러나 그런 일은 너무 지나치다고 생각했다. 그는 오늘 아침에 있었던 사건 때문에 집을 옮길 생각이 든 게 아닌가 하는 의심도 생겼다. 이보다 더 의미 없고 비난받을 일은 없을 것이다.

그는 인적이 없는 거리를 내다보는데 싫증이 나서, 누가 집 안에 들어오면 곧 볼 수 있도록 응접실로 나가는 문을 조금 열고 소파에 드러누웠다. 밤 11시가 다 될 때까지 담배를 피우며 기다렸으나 그 이후부터는 가만히 있을 수가 없어 응접실로 나갔다. 거기서 기다리고 있으면 뷔르스트너 양이 빨리 돌아올 것 같은 생각이 들었기 때문이다. 꼭 만나고 싶은 것도 아니고 어떤 여인인지 잘 알지도 못하지만, 오늘은 어쩐지 얘기를 해보고 싶었다. 또 그녀의 귀가 시간이 늦은 탓에 오늘 하루가 끝나지도 않았는데 불안하고 혼란스런 마음이 생긴 것이 그를 더욱 초조하게 만들었다. 오늘 밤엔 저녁 식사도 하지 못했고 엘사를 방문하려던 계획도 포기한 것은 다 그녀 때문이었다. 물론 지금이라도 엘사가 나가는 술집에 가면 이 두 가지 문제는 해결될 수 있을 것이었다. 그러나 그것은 뷔르스트너 양을 만난 다음으로 미루기로 했다.

드디어 계단에서 발소리가 들렸다. K는 무언가 골똘히 생각하면서 응접실 안을 마치 자기 방처럼 터벅터벅 발소리를 내면서 걸어 다니다가 갑자기 문 뒤로 몸을 숨겼다. 발소리의 주인공은 뷔르스트너 양이었다. 문을 닫은 그녀는 추위 때문인지 약하게 떨고 있었고, 어깨에는 비단 숄을 걸치고 있었다. 지금 우물쭈물하다가는 그녀가 자기 방으로 들어가버릴 텐데 이렇게 늦은 밤에 그녀 방으로 갈 수도 없는 처지였다. 그래서 바로 이 순간이 그녀와 얘기할 수 있는 좋은 기회라고 생각했다. 그런데 그만 응접실에 전깃불을 켜놓는 것을 잊고 있었다. 캄캄한 어둠 속에서 불쑥 나타나면 습격이라도 하려는 것 같이 보여 그녀가 몹시 놀랄 것이었다. 더는 지체할 수 없는 상황에서 당황한 그는 문을 살짝 열고 나지막한 목소리로 그녀를 불렀다.

"뷔르스트너 양!"

그 목소리는 사람을 부르는 소리라기보다 무슨 애원이라도 하는 것처럼 들렸다.

"누구세요?"

뷔르스트너 양은 깜짝 놀라 눈을 크게 뜨고 주위를 둘러봤다.

"접니다."

K가 이렇게 말하고 어둠 속에서 모습을 드러냈다.

"어머, K씨였군요!"

뷔르스트너 양은 미소를 띠며 말했다.

"안녕하세요."

K는 인사를 하면서 손을 내밀었다.

"지금 당장 드리고 싶은 얘기가 있는데 시간을 내주실 수 있습니까?"

"지금요? 다음으로 미루시면 안 될까요? 오늘은 너무 늦었으니 말이에요."

"9시부터 여태 기다리고 있었습니다."

"전 연극을 보고 왔어요. 이렇게 기다리는 사람이 있으리라고는 생각하지 못했네요."

"말씀드리고 싶은 것은 다름이 아니라 오늘 일어난 사건에 대해서입니다."

"글쎄요, 꼭 거절할 이유도 없고 하니 괜찮으시다면 제 방으로 와주실 수 있을까요? 이런 데서는 얘기할 수 없을뿐더러 다른 사람들이 자는 데 방해가 되어 욕먹는 것은 싫으니까요. 제 방에 불을 켜겠으니 이곳 불을 끄고 와주세요."

K가 불을 끄고 기다리고 있으니 얼마 후 방 안에서 나직한 소리로 부르는 소리가 들렸다.

"이리 오세요."

그녀는 K를 방 안으로 안내했다. 피곤하다던 그녀는 침대에 기대서 있었는데 꽃이 잔뜩 달린 모자를 쓴 채였다.

"무슨 얘기시죠? 무척 궁금하네요."

"지금 당장 얘기해야 할 정도로 급한 문제도 아니지 않느냐고 말씀하실는지 모르겠습니다만……."

"전 그런 서론은 듣고 싶지 않아요."

"저 역시 그러는 것이 좋겠습니다."

K가 말했다.

"저 때문에 이 방이 오늘 아침 약간 어지럽혀졌습니다. 제가 아는 사람도 아닌데 어쨌든 그 원인이 저에게 있었던 만큼 사과를 드리려고 합니다."

"이 방 말인가요?"

뷔르스트너 양은 이렇게 말하며 방이 아닌 K의 얼굴을 뚫어지게 바라봤다.

"네, 그렇습니다."

K의 시선이 그녀의 시선과 부딪치고 말았다.

"어떻게 방 안을 어지럽히게 되었는지 그것은 별로 얘기할 만한 것이 못 됩니다."

"하지만 저는 그것이 알고 싶군요."

"그것은 조금 곤란합니다."

"그렇다면 저는 선생님이 비밀로 하시는 일을 억지로 듣고 싶지도 않고 싫으시다면 구태여 청하지도 않겠습니다. 방도 어지럽혀진 흔적이라고는 없는 것 같으니까 말이에요."

그녀는 손을 허리에 대고 방 안을 둘러보다가 사진을 붙여 둔 곳에서 걸음을 멈췄다.

"어머, 사진이 엉망진창으로 뒤섞여 있군요. 그럼 정말 누군가가 내 방에 들어온 것이 틀림없네요."

K는 고개를 끄덕이며 어리석고 쓸데없이 사진을 건드린 동료 직원 카미너를 속으로 원망했다.

"남의 빈 방에 들어와서는 안 된다는 것쯤은 잘 아실 텐데 말예요. 제가 알아서 주의를 하지 않으면 안 되다니 뭔가 좀 이상하군요."

"아닙니다, 뷔르스트너 양. 사정이 있었습니다."

K는 이렇게 말하고는 사진 옆으로 가서 다시 덧붙여 말했다.

"사진을 그렇게 한 것은 제가 아닙니다. 제 말을 믿어주시지 않는다면 어쩔 수 없는 일입니다만. 사실은 심리위원회에서 은행 직원을 세 사람 데리고 왔습니다. 그 가운데 한 사람이(이 사내는 곧 그만두게 할 작정입니다) 분명히 사진을 손에 쥐고 있었습니다."

그녀가 의아스런 표정을 지었다.

"사실입니다. 이 방에서 심리위원회가 열렸습니다."

"선생님에 대한 심리였던가요?"

"네, 그렇습니다."

"농담하지 마세요."

그녀는 소리 내어 웃었다.

"제 무죄를 믿어주시겠어요?"

"글쎄요. 전 선생님에 대해 잘 모르니 함부로 말씀드릴 수 없군요. 하지만 중죄인이 아니면 심리위원회 같은 것은 열리지 않는 것으로 알고 있는데요. 선생님의 태연한 얼굴빛으로 보아 감옥에서 도망쳐 온 것 같지는 않고, 무엇보다 선생님이 그런 죄를 지을 리 없잖아요."

"네. 심리위원회는 제가 무죄거나 아니면 생각한 만큼 죄가 무겁지 않다는 걸 깨달았는지도 모릅니다."

"아마 그럴지도 모르겠네요."

뷔르스트너 양의 태도는 신중했다.

"뷔르스트너 양은 재판에 대해서 잘 모르는 모양인데요."

"유감스럽게도 잘 몰라요. 전 무엇이든지 알고 싶고, 특히 재판만큼 재미있는 것은 없다고 생각해요. 뭔가 독특한 매력 같은 것을 느끼지요. 다음 달부터 변호사 사무소에 근무할 예정이니 이 분야에서 많은 공부를 할 수 있게 될 거예요."

"그것 참 좋은 일이군요. 내 사건도 도움을 청할 수 있을 테니 말이지요."

"네, 도울 수만 있다면요!"

"진심으로 하는 말입니다. 적어도 당신에게만은 말입니다. 변호사까지 동원하는 것은 너무 거창한 일이지만 조언자는 필요하다고 생각합니다."

"필요하다고 말씀하신다면, 사건의 내용을 자세히 얘기해 주셔야지요!"

"그건 곤란합니다."

K가 말했다.

"전 내용을 모르고 있으니까요."

"저를 놀리시는 건가요?"

뷔르스트너 양은 몹시 실망한 듯했다.

"그런 얘기로 이 귀중한 밤 시간을 낭비하기는 싫습니다."

그녀는 이렇게 말하고 지금까지 함께 서 있던 사진이 걸린 장소에서 다른 쪽으로 가버렸다.

"그런 생각으로 말한 것은 아닙니다."

K가 말했다.

"믿을 수 없다는 겁니까! 제가 알고 있는 것은 다 얘기했습니다. 아니, 알고 있는 것 이상으로 말씀드린 것입니다. 이를테면 심리위원회라는 명칭인데요, 뭐라고 불러야 할지를 몰라서 제멋대로 붙인 이름입니다. 심리 같은 것이 있을 리가 없지요. 전 체포되었을 뿐이니까요. 다만 그것을 무슨 위원회에서 집행했다는 것만 알고 있을 뿐입니다."

기다란 의자에 앉아 있던 뷔르스트너 양은 다시 웃음을 터뜨렸다.

"그래서요? 어떻게 체포되셨나요?"

그녀가 물었다.

"정말 소름이 끼쳤습니다."

K는 말은 그렇게 했으나, 이 순간 사건에 대해서는 생각하지 않았다. 그녀가 긴 의자에 앉아서 손으로 턱을 괴고 다른 한 손으로는 허리를 만지고 있는 모습에 넋을 빼앗기고 만 것이었다.

"그 말만으로는 막연하군요."

"막연하다고요? 그때의 제 모습을 보여달라는 것입니까?"

K는 반문했으나 얼른 정신을 차려 몸을 움직이려 하다가 잠

시 머뭇거렸다.

“전 몹시 피곤해요.”

“늦게 들어오니까 그렇지요.”

“결국은 꾸중까지 하시는군요. 방까지 오시게 한 것이 잘못이니 꾸중을 듣는 것도 자업자득이겠지요. 일부러 여기 오실 필요도 없는 얘기였어요.”

“아닙니다. 꼭 만날 필요가 있었습니다. 그 이유는 곧 아시게 될 겁니다. 침대 옆에 있는 작은 탁자를 이쪽으로 가지고 와도 괜찮겠습니까?”

K가 물었다.

“뭐라고요? 그건 곤란해요.”

그녀는 거절했다.

“그렇다면 설명을 할 수 없지 않습니까.”

K는 큰 손해라도 입은 것 같은 생각이 들어 몹시 흥분했다.

“설명하시는 데 탁자가 필요하시다면 조용히 움직여주세요.”

그녀는 이렇게 말하고 잠시 거리를 뒀다. 그리고 가냘픈 목소리로 중얼거렸다.

“제가 지금 너무 피곤하기 때문에 필요 이상으로 관대해지는군요.”

K는 탁자를 방 한가운데에 놓고서 그 뒤에 팔을 놓았다.

“인물의 배치가 매우 흥미롭습니다, 먼저 그것부터 말씀드리지요. 저쪽에 주임, 그 옆에 감시원이 두 사람, 사진 옆에 젊은 사내가 세 사람 서 있습니다. 이건 그냥 하는 말인데, 창문의 손잡이에는 하얀 블라우스가 하나 걸려 있습니다. 이렇게 해서 심리가 시작됩니다. 참, 깜박 잊었군요. 가장 중요한 인물인 저는 이렇게 탁자를 앞에 두고 앉아 있습니다. 주임이라는 자는 다리를 포개고 팔은 의자 뒤로 늘어뜨려 아주 편안하게 앉아 있습니다. 아주 무례한 사내입니다. 자, 이제 심리를 시작하도록 하겠습니다. 주임이 저를 정신 차리게 하려는 듯이 고함을 질렀습니다. 죄송합니다만, 그때의 상황을 눈으로 보듯 알려드리기 위해 제가 재연해 보이겠습니다. 고함을 쳤다고는 하지만 제 이름을 부를 때의 얘깁니다."

웃음을 짓고 있던 뷔르스트너 양이 급히 집게손가락을 입술에 대고 제지하려 했으나 이미 때는 늦었다. K는 자신의 역할에 심취해서 외쳤다.

"요제프 K!"

고함이라고 할 정도로 큰 소리는 아니었지만 갑자기 외친 이 소리는 밤의 고요함에 빠진 방 안 구석구석까지 퍼져나갔다.

이때 옆방으로 통하는 문을 누군가가 두드렸다. 두세 번 울리는 규칙적이고 힘찬 노크 소리였다. 뷔르스트너는 파랗게 질려 가슴에 손을 댔다. K는 오늘 아침의 사건과 그 장면을 보여줄 상대인 뷔르스트너 양에 대한 생각이 머릿속에 가득 차 있었기 때문에 더 깜짝 놀랐다. 마음이 진정되자, 재빨리 그녀에게 달려가 손을 꼭 잡아줬다.

"놀라지 마십시오. 제게 맡겨주십시오. 사람이 있을 리 없습니다. 옆방은 비어 있습니다."

"그렇지 않아요."

그녀가 K의 귀에다 입을 대고 속삭였다.

"어제부터 그 방에는 그루바흐 부인의 조카인 대위가 있어요. 제가 깜빡 잊고 있었습니다만, 방은 모두 차 있어요. 그런데 그런 고함 소리를 질렀으니 당연하지요."

"걱정할 건 없습니다."

K는 이렇게 말하고 쿠션에 몸을 기댄 그녀의 이마에 키스를 했다.

"무슨 짓을 하는 거예요."

그녀는 벌떡 몸을 일으켰다.

"돌아가주세요. 돌아가세요. 옆방에 다 들리고 있어요. 왜 이렇게 저를 괴롭히는 거예요?"

"좀 더 침착해지실 때까지 절대 돌아가지 않겠습니다. 저쪽 구석으로 갑시다. 거기라면 들리지 않겠지요."

그녀는 그쪽으로 끌려갔다.

"냉정하게 생각하지 않으면 곤란합니다. 소리를 지른 것이 불쾌하셨을 것입니다만, 당신에게 나쁜 영향을 미칠 일은 아닙니다. 대위가 그루바흐 부인의 조카인 이상 이 문제를 해결하는 열쇠는 그 사람이 쥐고 있습니다. 그루바흐 부인은 저를 존경하고 있고 제 말이라면 무조건 듣습니다. 그러지 않아도 그녀는 큰돈을 빌려 간 일이 있고, 제게는 꼼짝 못하는 처지입니다. 우리가 한방에 있었던 일에 대한 설명이 필요한 경우, 그것이 엉뚱한 상대가 아니라면 협조하도록 하겠습니다. 그리고 그루바흐 부인을 움직여서 여러 사람들 앞에서 결백을 증명하고 믿음을 주도록 하겠습니다. 약속하겠습니다, 그 점에 대해서는 아무 걱정 말고 뭐든지 제게 시키세요. 제가 당신 방에 무단침입했다는 소문을 내고 싶다면 그렇게 하셔도 좋습니다. 그걸 믿어도 저에 대한 신뢰는 버리지 않을 것입니다. 그만큼 그녀도 저를 믿고 있습니다."

뷔르스트너는 입을 다물었다. 그녀는 몸을 앞으로 기울인 채 마룻바닥만 내려다보고 있었다.

"제가 당신 방에 갑자기 들어왔다고 그루바흐 부인에게 말해도 되지 않겠습니까?"

K가 다시 말했다.

그는 바로 자기 눈앞에 그녀의 붉은 머리카락이 가르마를 타고 불룩하게 묶여 있는 것을 봤다. K는 그녀가 자신을 쳐다보리라고 생각했으나 뷔르스트너 양은 자세를 바꾸지 않고 말했다.

"미안합니다. 갑자기 노크 소리가 들려서 놀랐어요. 대위에게 들리면 곤란하다고 생각해서 그런 것은 아니었어요. K씨가 큰 소리를 내셨고 고요한 밤중에 갑자기 노크 소리가 들렸기 때문에 놀라게 된 것이에요. 더군다나 전 바로 문 옆에 있어서 그 노크 소리가 더욱 뚜렷하게 들렸답니다. 선생님이 여러 가지로 염려해주시는 것은 고마운 일입니다. 하지만 이 방안에서 일어나는 일은 누가 뭐라 해도 제 책임이에요. 호의는 고맙지만 그것이 제 자존심을 상하게 한다는 것도 알아주셨으면 해요. 이제 제발 돌아가주세요. 혼자 있고 싶어요. 몇 분이면 된다는 것이 벌써 30분이나 지났어요."

K는 그녀의 손목을 잡고 말했다.

"기분이 많이 상하신 것 같습니다."

"아녜요. 전 누구에게나 그런 정도의 일로 마음을 상하진 않아요."

K는 다시 그녀의 손목을 잡았고, 그녀는 그것을 뿌리치려 하지 않고 그 상태로 K를 문가로 데리고 갔다. K는 돌아갈 생각이었으나 문에 다다르자 걸음을 멈췄다. 그 순간을 이용해 뷔르스트너 양은 K를 뿌리치고 재빨리 응접실로 가서 나지막한 소리로 말했다.

"이것 보세요."

그녀는 대위의 방문을 가리켰는데, 창문 틈으로부터 전깃

불이 비치고 있었다.

“불이 켜져 있어요. 역시 우리들을 살피고 있었던 것 같아요.”

“어디 좀 봅시다.”

K는 이렇게 말하면서 와락 달려들어 그녀를 잡고 입술에 키스했다. 목마른 짐승이 겨우 찾아낸 샘물에 달려드는 모양새였다. 나중에는 그녀의 목에 키스하고 한참 동안 입술을 대고 있었다. 대위의 방에서 기척이 들리자 K는 고개를 들었다.

“이제 돌아가겠소.”

K가 말했다. 뷔르스트너 양의 성(性)이 아닌 이름을 부르고 싶었으나 알 수가 없었다. 그녀는 힘없이 고개를 끄덕이며 몸을 반쯤 돌린 채 K가 손에 키스하는 대로 내버려뒀다. K는 부푼 마음을 안고 방으로 돌아와서 바로 침대 속으로 들어갔다. 곧 깊은 잠에 빠졌는데, 그전에 자신의 행동을 만족스럽게 생각했다. 하지만 대위의 존재가 마음에 걸려 충분한 만족감을 느끼지는 못했다. 그에게서 뷔르스트너 양을 지키지 않으면 안 되겠다는 생각이 들었다.

2장

첫 심리

K는 전화 한 통을 받았다. 다음 일요일에 그의 사건에 대한 소규모 심리가 열린다는 통보 전화였다. 이 정도의 심리는 매주 일요일은 아니지만 정기적으로 계속 열리도록 원칙으로 정해져 있다. 누구나 심리가 빨리 끝나기를 바란다. 하지만 그것이 전부는 아니다. 소송이란 사소한 문제라도 철저히 밝혀야 하는 만큼 많은 노력이 필요하므로 시간을 끌어서는 안 된다. 그래서 소규모의 심리를 여러 번 진행하는 과정을 택했다. 일요일로 정한 것은 K의 출근에 영향이 가지 않도록 한 것이니 반대하지 않으리라 생각하지만, 다른 날을 원한다면 바꿀 수도 있다. 예를 들어 밤 시간대를 원한다면 상관하지 않겠으나 K 당신이 피곤하지 않겠느냐, 아무튼 별다른 이의 사항이

없다면 이쪽에서 결정한 대로 일요일에 심리를 진행하겠다. 그리고 더 말할 필요도 없겠지만 반드시 나와야 한다는 내용이었다. 그리고 출두해야 할 건물 번지수를 알려줬는데, 그곳은 먼 교외 지역으로 K가 한 번도 가본 적이 없는 곳이었다.

K는 통보를 받고 아무런 대답 없이 전화를 끊었다. 그는 출두하기로 마음먹었다. 소송이 시작되었으므로 이쪽에서도 대응할 필요가 있는 데다 이런 심리는 단번에 끝내야 했다. 전화기 옆에서 멍하니 그런 생각들을 하고 있는데 뒤에서 부지점장의 목소리가 들렸다. K가 전화기를 차지하고 있어 전화를 걸지 못하고 있던 참이었다.

"안 좋은 소식인가요?"

부지점장이 가벼운 말투로 물었다. 하지만 눈치를 살피는 것은 아니었고 K가 전화기 앞에서 비켜주길 바랄 뿐이었다.

"아니오, 그런 건 아닙니다."

K는 대답하며 자리를 비켜주었다. 그러나 그 자리를 벗어나지는 않았다. 부지점장은 수화기를 집어 들고 전화 연결을 기다렸다.

"K씨, 일요일 아침에 내 요트에서 파티를 여는데 참석하시겠소? 많은 사람들이 올 겁니다. 당신 친구인 하스테러 검사도 물론 참석할 거요. 웬만하면 꼭 와주면 좋겠소."

K는 부지점장의 말을 주의 깊게 듣고 있었다. K는 부지점

장과는 그리 사이가 좋은 편이 아니었는데, 그가 이런 초대를 한다는 것은 화해를 청한다는 뜻이나 다름없었다. 그리고 이는 K가 은행 내에서 얼마나 중요한 위치에 서게 되었는지와 더불어 은행의 2인자에게 인정받게 되었다는 것을 뜻했다. 비록 부지점장의 통화 대기 시간 동안 이뤄진 짧은 대화였지만, 그는 자존심을 꺾고 청한 것이었다. 그러나 K는 모처럼의 초대를 다음 기회를 기약하며 거절할 수밖에 없었다.

"모처럼 고마운 말씀이신데 죄송합니다. 일요일에 선약이 있네요."

"안타깝군요."

그때 마침 전화가 연결되어 부지점장은 통화를 이어나갔다. 그 시간은 꽤 길었는데 K는 딴 데 정신이 팔려 그 자리에 계속 서 있었다. 부지점장이 전화를 끊고 나서야 K는 깜작 놀라 자신이 왜 아직도 거기 서 있는지 변명을 늘어놓았다.

"아, 조금 전 전화는 저 보고 어디로 오라는 내용이었는데, 그쪽에서 깜빡 잊고 시간을 말해주지 않았네요."

"다시 전화해서 물어보시죠."

부지점장이 대답했다.

"아니요, 그럴 필요는 없습니다."

그는 이렇게 어색하기 짝이 없는 변명을 하고 부지점장과 함께 자리를 떠났다. 부지점장은 K에게 여러 얘기를 했지만

K는 듣는 시늉만 하고 머릿속으로는 재판소 일이 보통 9시에 시작하니 일요일도 오전 9시에 맞춰 가면 되겠지, 라는 생각을 하고 있었다.

일요일은 날씨가 흐렸다. K는 간밤에 친구들과 늦게까지 떠들면서 놀아서 몹시 피곤했고 하마터면 늦잠을 잘 뻔했다. 지난 일주일 동안 생각해온 여러 계획을 정리할 여유도 없이 허겁지겁 옷을 챙겨 입고 아침 식사도 거른 채 약속된 장소로 갔다. 가면서 주위를 살펴볼 여유도 없었는데 뜻하지 않은 곳에서 자기 사건과 관련된 은행 직원 세 명인 라벤슈타이너, 쿨리히, 카미너를 만났다.

라벤슈타이너와 쿨리히는 전차를 타고 K의 앞을 지나갔고 카미너는 어느 카페의 테라스에 앉아 있다가 K가 지나가는 것을 보고 의아한 표정으로 몸을 내밀었다. 세 사람은 모두 길을 급히 걸어가는 K를 보고 놀랐다. K가 차를 타지 않은 것은 이 사건과 관련해 남에게 도움을 청하기 싫어하는 일종의 고집 때문이었다. 온전히 자신의 힘으로 일을 해결하고 싶었다. 그러나 한편으로는 정각에 도착해 심리위원회에 압박을 받고 있다는 모양새를 보이고 싶지 않았다. 어쨌든 K는 시간이 정해진 것은 아니지만 되도록 9시에 도착하려고 서둘렀다.

심리위원회가 열릴 건물은 K 자신도 정확히 알 수는 없지만 그곳에 붙어 있는 어떤 표식이나 현관 앞에서 사람들이 북적이는 모습 등을 통해 멀리서도 알아볼 수 있으리라 생각했다. K는 목적지인 율리우스 거리에 다다라 잠시 걸음을 멈췄다. 양쪽으로 똑같은 모양의 집들이 늘어서 있었다. 가난한 사람들이 세를 얻어 살고 있는 듯한 회색빛의 아파트였다.

마침 일요일 아침이었기 때문에 많은 사람들이 창가에 나와 있었다. 셔츠 차림의 남자들은 담배를 피우기도 하고 아이를 데리고 나와 창문턱에 걸치기도 했다. 어떤 창문은 이불로 가려져 있고, 그 위로 흐트러진 차림새의 여자 머리가 보였다. 거리를 사이에 두고 서로 부르는 소리가 들리기도 했는데 가끔 그게 K의 머리 위에서 큰 웃음소리로 변했다.

길게 이어진 거리에는 일정한 간격을 두고 가게들이 있었는데 도로보다 낮은 지대에 있어 서너 계단을 내려가야만 했다. 여자들은 이 가게에 드나들기도 하고 계단에 앉아 수다를 떨기도 했다. 과일 장수 하나가 건물 안의 사람과 창문으로 흥정을 하고 있었는데 K와 과일 장수는 서로 딴 데 정신이 팔려 하마터면 과일이 담긴 손수레에 걸려 넘어질 뻔했다. 그때 고급 주택가로 보이는 곳에서 낡은 축음기에서 나는 소리가 크게 들려왔다.

K는 시간이 충분하다는 듯한 태도로 천천히 걸어갔다. 그러다 예심판사가 어딘가 있는 창문으로 자신을 보고 있을지도 모른다는 생각이 들었다. 9시가 조금 지났다. K가 찾는 건

물은 꽤 멀었다. 큰 건물의 출입구 쪽은 길게 뻗은 모양이었는데 특히 입구가 높고 폭이 넓었다. 트럭을 지나다니게 할 수 있도록 일부러 크게 만든 것 같았다.

창고는 일요일이라 닫혀 있었는데 거기에 적힌 이름 몇 개는 K가 은행 업무로 아는 곳이었다. K는 주변의 상황을 머릿속에 새겨두고 싶은 생각이 들어 안마당 입구에 잠시 서 있었다. 바로 옆의 빈 궤짝 위에서는 맨발의 남자가 신문을 읽고 있었고 아이들 둘이서 손수레에서 놀고 있었다. 펌프 앞에는 어린 소녀가 잠옷 차림으로 서서 주전자에 물이 채워지는 동안 K를 바라보고 있었다.

K는 심리실로 가기 위해 계단 쪽으로 갔으나 이내 다시 걸음을 멈췄다. 이 계단 외에 다른 계단이 셋이나 있었고 안마당의 끝에 난 좁은 길을 지나면 또 다른 뜰이 있는 것 같았기 때문이다. 심리실의 위치를 정확히 알려주지 않은 것에 K는 화가 났다. 그것은 직무 태만인 데다 소홀하기 이를 데 없는 태도였다.

결국 K는 한 계단을 선택하여 올라갔다. 올라가면서 범죄가 법을 끌어당긴다는 감시인 빌렘의 말을 떠올렸다. 그의 말이 맞다면 K가 우연히 택한 계단 위에 심리실이 있어야만 할 것이었다. 계단을 올라가다보니 거기서 놀고 있던 아이들에게 방해꾼이 되었는지 아이들이 화가 난 눈으로 노려봤다.

'다음에 올 때는 사탕 과자라도 사오거나 혼내줄 지팡이라도 들고 와야겠군' 하고 그는 생각했다. 2층에 도착하기 직전, K는 다시 아이들에 가로막혀 잠시 기다려야 했다. 그동안에 허름한 차림새의 두 아이가 그의 바지를 붙잡았다. 매섭게 뿌리치고 싶었지만 그러다 다치기라도 하면 어쩌나 싶어 그만뒀다.

2층에 도착한 K는 심리실을 찾기 시작했다. 그렇다고 무턱대고 심리위원회가 어디서 열리냐고 물을 수는 없었다. 그는 그루바흐 부인의 조카인 대위의 이름이 란츠라는 것을 떠올렸다. 목수 란츠라는 사람을 찾는다고 말하면서 방마다 확인을 해볼 생각이었다. 하지만 방문들이 대부분 열린 상태였고 아이들이 왔다 갔다 하고 있었기 때문에 꼭 그럴 필요는 없었다. 모두 똑같이 창문이 하나만 달린 작은 방이었고, 부엌이 하나씩 있었다. 여자들은 한쪽 팔에 아이를 안고 다른 쪽 손으로는 부엌일을 하고 있었으며, 아직 어린 티를 벗지 못한 여자아이가 앞치마만 입은 채 이리저리 뛰어다니고 있었다. 어떤 방에는 침대가 아직 정돈되지 못한 채 있었고 거기에는 병자들이나 아직 잠에서 깨지 않은 사람들이 있었다.

문이 닫힌 방을 발견한 K는 노크를 하고 여기 란츠라는 이름의 목수가 살지 않는지 물었다. 보통은 여자들이 문을 열어주었고, K의 질문을 듣자 안으로 몸을 돌려 막 잠에서 깬 듯한 사람에게 물었다.

"목수 란츠 씨를 찾는다는데요."

"목수 란츠라고?"

"그렇습니다."

K는 대답했다. 이 방이 심리실이 아닌 것은 이미 확인이 되었으므로 더 이상 머물 필요가 없었다. 하지만 K의 질문을 받은 사람들은 K가 란츠를 꼭 찾아야 하는 것으로 여겨 곰곰이 생각하다가 란츠가 아닌 다른 목수를 생각해내기도 했다. 그리고 옆방 사람에게 물어보거나 그런 사람이 세 들어 사는 것 같은데 자기들보다 더 잘 아는 사람이 있으니 그 사람한테 물어보자면서 멀리 떨어진 방까지 데리고 가기도 했다.

이렇게 되고 보니 K가 일일이 물어볼 필요도 없이 여러 층을 그들에게 끌려다니게 되었다. 처음에는 잘된 일이라 생각했는데 시간이 지날수록 후회가 되기 시작했다. 6층까지 올라갔을 때는 더 이상 찾지 않으려고 했다. 그래서 그곳까지 데리고 와준 젊고 친절한 노동자를 돌려보냈다. 아무리 찾아도 소용이 없자, 화가 나서 다시 5층으로 가서 첫 번째 방문을 두드렸다. 그 작은 방에서 처음으로 눈에 띈 것은 벽시계였는데 시간이 벌써 10시를 가리키고 있었다.

"여기 목수 란츠라는 사람이 있나요?"

K가 물었다.

"들어가보세요."

반짝이는 까만 눈을 가진 젊은 여인이 대답했다. 대야에 담긴 아이 옷을 빨고 있던 젖은 손으로 열려진 옆방 문을 가리켰다.

K는 집회에라도 온 것 같다는 생각을 했다. 창문이 두 개 달린, 중간 정도 크기의 방에는 여러 계층의 사람들로 가득 차 있었는데, 그들 중 K를 눈여겨보는 이는 아무도 없었다. 천장 아래에 빙 둘러선 회랑에도 사람들로 가득했고, 그 안에서는 모두 몸을 구부려야 겨우 설 수 있었다. 똑바로 서려고 하면 그들의 머리가, 구부리면 등이 계속 천장에 부딪쳤다. 공기가 매우 탁해서 K는 다시 밖으로 나왔다. 그리고 아무래도 뭔가 잘못된 것 같아서 재차 그 연인에게 물었다.

"란츠라는 목수를 찾는다고 여쭤봤는데요."

"네."

그녀가 말했다.

"들어가보세요."

이 여인이 K 쪽으로 가까이 와서 문손잡이를 잡고 "당신이 들어오면 문을 닫아야 합니다. 이제는 더 이상 아무도 들여보낼 수 없어요"라고 말하지 않았더라면 K는 아마도 그녀의 뒤를 따라 들어가지 않았을 것이다.

"그렇군요. 이미 꽉 차 있던데요."

K는 이렇게 말하고 다시 안으로 들어갔다. 바로 문 옆에서 이야기를 나누는 두 남자 사이를 지나가니(한 사람은 두 손을 앞으

로 내밀어 돈을 세는 시늉을 냈고 다른 한 사람은 K를 뚫어져라 쳐다봤다) 누군가가 K를 붙잡았다. 두 뺨이 붉은 어린 소년이었다.

"이쪽으로 오세요."

소년이 말했다.

소년을 따라가니 소란스런 군중 가운데 좁은 통로가 나 있었다. 사람들이 이 통로를 기준으로 두 패로 나뉘어 있는 듯했다. 양편의 맨 앞줄에 있는 사람들이 K는 돌아보지도 않고 뒷모습만 보이게 서서 자기편 사람들만 쳐다보며 움직이고 말을 했다. 그들 중 대부분은 길고 품이 큰 오래된 검정색 상의를 입고 있었는데 K는 이런 모습에 당황했다. 이런 점을 제외하고는 어느 정당의 지구 집회와 같은 느낌을 받았다.

K가 안내된 큰 홀의 맞은편 끝에도 역시 사람들로 가득 차 있었고, 낮은 곳에 작은 탁자 하나가 가로로 놓여 있었다. 탁자 너머 연단 가장자리에는 키가 작고 뚱뚱한 사내가 앉아 있었고 그 뒤에는 한 남자가(이 사람은 팔꿈치를 의자에 대고 다리를 꼬고 있었다) 서 있었다. 그들은 큰 소리로 웃고 있었다. 팔을 공중에서 휘젓는 것으로 보아 아마도 누군가를 흉내 내고 있는 듯했다. K를 데리고 온 소년은 보고하는 데 힘들어했다. 두 번째로 보고할 때에는 발돋움을 하고 선 채로 시도해봤다. 연단에 있는 누군가가 소년을 알아채고 가리키자 남자는 그제야 몸을 굽혀 작은 소리로 보고하는 것을 들었다.

"한 시간 하고도 5분 지각이군."

그가 말했다.

K는 뭔가 대답을 하려 했으나 홀 오른쪽에서 사람들이 웅성거리는 바람에 기회를 놓치고 말았다.

"한 시간 5분 전에 왔어야 했단 말이오!"

남자는 다시 큰 소리로 외치며 홀 안을 둘러봤다. 이때 웅성거리는 소리도 같이 커졌다. 그러자 남자는 입을 다물었고 따라서 술렁이는 소리도 점차 잦아들었다. 홀 안은 K가 처음 들어왔을 때보다 조용해졌고 회랑 안의 사람들만 쉬지 않고 떠들어댔다. 어둡고 먼지가 많아서 잘 보이지는 않았지만 그들의 복장은 이쪽 홀에 있는 사람들에 비해 초라해 보였다. 어떤 사람은 베개를 가지고 와서 머리와 벽 사이에 대고 상처가 나지 않도록 하기도 했다.

K는 말을 더하느니 좀 더 지켜보기로 했다. 그래서 부득이하게 지각했다는 변명은 생략하고 간단히 말했다.

"좀 늦었는지는 몰라도 틀림없이 오기는 왔습니다."

그러자 다시 오른편의 사람들이 박수를 쳤다. K는 그들이 다루기 쉬운 사람들이라고 생각했다. 하지만 자신의 바로 뒤, 왼편에 있는 사람들이 너무 조용한 것이 마음에 걸렸다. 그중에는 드물지만 박수를 치는 사람도 있기는 했다. K는 모든 사람을 자기편으로 만들 수는 없더라도 아주 잠시만이나마 왼편의 사람들도 자기편을 들게 하려면 무슨 말을 해야 할지 곰곰이 생각했다.

"그렇군."

사내가 입을 열었다.

"내가 당신을 심문해야 할 의무가 있는 것도 아니오만……."

이때 오해를 한 사람들이 다시 웅성거렸다. 그러나 사내는 손을 들어 제지하고 말을 계속했다.

"오늘은 특별히 심문을 하도록 하겠소. 다시는 늦지 않도록 하시오. 가까이 오시오!"

누군가가 연단에서 뛰어 내려오는 바람에 자리가 나서 K는 그 자리로 올라갔다. 그는 탁자에 바짝 다가섰지만 사람들이 밀려들어 예심판사와 탁자는 물론이고 K 자신도 굴러떨어질 지경이 되었다.

예심판사는 이에 조금도 개의치 않고 의자에 기대 앉아 등 뒤에 있는 남자와 얘기를 하더니 책상 위에 놓인 유일한 물건인 조서를 앞으로 가져왔다. 마치 학생들이 쓰는 공책 같은 것이었는데 너무 낡아서 너덜너덜했다.

"그럼 시작하겠소."

예심판사는 조서를 넘기며 확인하듯이 K에게 물었다.

"당신은 페인트공이죠?"

"아닙니다, 저는 한 대형 은행의 이사입니다."

K가 대답했다.

이 대답을 듣고 오른편의 무리가 또 큰 소리로 웃었다. 그 웃음소리에 K도 따라 웃었다. 사람들은 무릎에 양 손을 얹고 심한 기침을 하듯 온몸을 떨었다. 회랑 쪽에서도 웃는 사람이 몇 있었다. 예심판사는 몹시 화가 났지만 홀에 있는 사람들에게 큰 권한을 가지지는 못한 듯 회랑 쪽을 향해서만 벌떡 일어나 위협을 해봤다. 그때까지 눈에 띄지 않던 검은 눈썹이 곤두섰다.

그러나 홀의 왼편에 있는 사람들은 여전히 조용했다. 그들은 연단 쪽을 향해 질서정연하게 서서 단상에서 이루어지는 대화나 다른 편의 사람들이 나누는 이야기를 듣고만 있었다. 왼편에 있다가 다른 무리와 어울리는 것을 보고도 아무런 제지를 가하지 않았다. 게다가 왼편의 사람들은 태도가 차분해서 더 중요한 사람들로 여겨지기도 했다. K는 말을 시작하면서 왼편에 있는 사람의 입장을 생각하고는 말했다.

"판사님, 저에게 페인트공이 아니냐고 물으신 것은(사실 묻는 게 아니라 꾸짖는 말투에 가까웠지만) 저에 관해 진행되고 있는 이 소송의 전반적인 성격을 잘 나타냅니다. 판사님은 이것을 소송이라고 칭하지 않으실지도 모르지만, 만약 그렇다면 그것은 맞는 말씀입니다. 왜냐하면 제가 인정을 해야만 이것을 소송이라고 말할 수 있기 때문입니다. 일단 지금은 연민의 의미로서 이것을 소송이라고 해두겠습니다. 연민의 감정 말고는 지금 이 상황을 어떻게 설명할 수가 없군요. 부당한 절차라고 말하지는 않겠습니다만, 판사님 스스로를 위해 그렇게 알고 계셨으면 합니다."

K는 말을 멈추고 홀 안을 둘러봤다. 확실히 그것은 날카로운 지적이었다. 말을 하고 나서 너무 지나친 것이 아니었나 생각했지만 사실은 옳은 말이었다. 박수가 터져 나올 만했지만 사람들은 조용했다. 긴장한 나머지 다음 상황을 주시하느라 박수를 치지 못한 것뿐이었다. 어떤 돌발 상황이라도 터질 만한 상황이 되었고, 그것은 문제를 해결하는 돌파구가 될 수 있었다.

그때 입구 쪽의 문이 열리고 빨래를 마친 듯한 좀전의 여인이 들어왔다. 사람들의 시선이 그녀에게로 쏠려 일순간에 분위기가 흐트러졌다. 하지만 그에 상관없이 K는 자신의 발언이 예심판사에게 충격을 가져다준 것을 알고 기뻐했다. 판사의 모습이 마치 K의 말에 정곡을 찔린 듯했기 때문이다. 그때까지 판사는 K의 말에 놀라 회랑을 향해 일어선 자세 그대로 듣고 있었는데, 긴장된 공기가 잠시 흐트러진 틈을 타 눈에 띄지 않게 천천히 자리에 앉았다. 그리고 표정을 감추려는 듯 다시 조서를 집어 들었다.

"그건 이제 아무런 소용이 없습니다."

K가 말을 이어갔다.

"판사님의 조서조차도 제가 한 말을 확인시켜주고 있습니다."

낯선 사람들만 모인 가운데 자신의 이야기만이 침착하게 울리는 것에 만족한 K는 예심판사의 손에서 조서를 낚아챘다. 그리고 마치 더러운 것이라도 만지는 듯이 손가락 끝으로 집어 들었다. 그러자 누렇게 빛바랜 종이가 양쪽으로 펴졌다.

"이것이 판사님의 소송 기록입니다."

K는 조서를 다시 책상 위에 떨어뜨렸다.

"마음 내키는 대로 읽어보십시오. 전 두 손가락으로 만져보는 것만으로도 역겨울 정도입니다만, 제게는 별로 겁나는 내용도 아닐 것 같습니다."

예심판사는 탁자 위에 떨어진 노트를 주워들어 다시 읽기 시작했다. 맨 앞줄에 있는 사람들이 긴장한 얼굴로 자신을 바라보고 있는 것을 느끼고 K는 그들을 찬찬히 봤다. 모두 나이가 많은 백발의 노인들이었다. 이들은 예심판사가 K의 말에 따르는 듯한 태도를 보였음에도 K가 연단에 올라서던 순간부터 유지했던 침착한 태도를 잃지 않고 있었다.

"제게 일어난 일은."

K가 약간 낮은 목소리로 앞줄에 있는 사람들의 표정을 주시하며 말했다.

"제게 일어난 일은 어디까지나 개인적인 사건에 불과하며, 제가 심각하게 생각하지 않기 때문에 그것만으로는 그리 중요한 것이 못 됩니다. 그렇지만 수많은 사람들에게 이런 소송이 어떻게 진행되는지를 보여주는 본보기가 될 수는 있습니다. 저는 그 많은 사람들을 위해 이 자리에 있는 것이지 저 개인을 위해 있는 것이 아닙니다."

K의 음성이 자신도 모르게 높아졌다. 그때 두 팔을 치켜들고 박수를 치며 누군가가 말했다.

"브라보! 그렇고말고, 브라보!"

맨 앞줄의 노인들은 수염을 쓰다듬으며 소리가 나는 쪽을 돌아보지 않았다. K는 박수를 바란 것은 아니었으나 그 소리에 용기를 얻었다. 모두가 동조해주길 바라는 것은 아니었다. 다만 모두가 이 문제에 대해 진지하게 생각하고 수긍해준다면 그걸로 충분했다.

"저는 연설가는 아닙니다."

K가 확신에 찬 말투로 말을 이어갔다.

"그리고 그렇게 될 수도 없습니다. 아마도 판사님이 직업이 직업이시니만큼 훨씬 더 말솜씨가 좋으실 것입니다. 저는 다만 제가 당한 부당한 일을 알리고 싶을 뿐입니다. 저는 대략 열흘 전쯤 체포되었습니다. 이 체포라는 사실 자체부터 우스운 일이지만 일단은 넘어가도록 하겠습니다. 어쨌든 저는 잠자리에서 일어나지도 못한 채 기습을 당했습니다. 아마도(이것은 판사님이 하신 말씀으로 보아 부인할 수 없는 사실입니다) 저와 마찬가지로 무고한 페인트공을 체포하라는 명령을 내리신 것 같은데 제가 억울하게 범인으로 몰린 겁니다. 저의 옆방에는 무례하기 짝이 없는 감시인 두 사람이 버티고 있으면서 마치 저를 위험한 강도인 양 다뤘습니다. 이들은 아주 포악한 자들로 뇌물을 요구했으며 제 속옷이나 양복을 빼앗으려 했고 제 아침 식사를 멋대로 먹어버렸습니다. 그러고 나서는 심지어 식사를 사다 주겠다며 제 돈을 가로채려 했습니다. 그뿐만이 아닙니다. 저는 또 다른 방의 주임 앞으로 끌려갔습니다. 그 방은 제가 소중히 생각하는 한 숙녀의 방이었는데 감시인과 주임이 엉망으로 만들어버렸습니다. 저는 결백했지만 저로 인해 주임과 감시인이 그 방에 들어가 어지럽히는 모습을 봐야 했습니다. 제 자신을 억누르기 쉽지는 않았지만 저는 주임에게 침착하게(그가 만약 여기 있다면 이 사실을 확인해줄 것입니다) 왜 제가 체포되었는지를 물었습니다. 그 사람이 방의 주인인 숙녀분의 의자에 거만하게 앉아 있던 모습이 아직도 눈에 선합니다. 그가 뭐라고 했는지 아십니까? 여러분, 그는 결국 아무 대답도 하지 못했습니다. 어쩌면 사실 그는 정말로 아무것도 몰랐겠지요. 저를 체포하고 그것으로 만족했던 겁니다. 그리고 이 사내는 제가 근무하는 은행에서 직원 세 명을 데리고 왔는데 그 사람들이 숙녀분의 방에서 사진을 함부로 만져 뒤죽박죽으로 만들어놓았습니다. 이들을 데리고 온 것은 물론 다른 목적이 있어서였다고 생각합니다. 하숙집 주인이나 하녀에게 제가 체포된 사실을 소문내게 하여 제 명예를 실추시킴과 동시에 은행에서 제 입지를 흔들어놓겠다는 것이었습니다. 그러나 유감스럽게도 주임의 이 계획은 수포로 돌아갔습니다. 제 집주인은 매우 순박한 사람으로(존경의 의미로 이름을 말하자면 그루바흐 부인이십니다) 이분마저도 이런 체포는 버릇없는 아이가 길에서 저지르는 장난에 지나지 않는다고 말씀하셨습니다. 다시 한 번 말씀드리지만 이 사건으로 인해 저는 불쾌했고 분노도 느꼈습니다. 이러한 일이 좀 더 중대한 결과를 가져오지 않으리라고 누가 장담할 수 있겠습니까?"

K는 여기서 이야기를 끊고 가만히 앉아 있는 예심판사를 바라봤다. 그는 군중 속에 있는 누군가에게 눈짓으로 신호를 보내고 있었다. K는 미소를 지으며 말했다.

"방금 판사님은 여러분 중 누군가에게 눈짓을 했습니다. 그러고 보니 여러분 중에 위로부터 지시를 받는 분이 계신 것 같습니다. 지금 이 신호가 방해의 의미인지 박수를 치라는 것인지는 모르나 어쨌든 제가 먼저 알아차린 이상 그 의미는 중요하지 않은 것 같습니다. 아무래도 상관없으니 당당하게 '자, 방해해라'라든지 '자, 박수쳐라'라든지 큰 소리로 직접 명령을 내리는 것이 더 바람직할 겁니다."

예심판사는 초조했는지 의자에서 몸을 이리저리 움직였다. 그 뒤에 서 있던 남자가 격려를 하기 위해서인지 조언을 하기 위해서인지 판사에게로 몸을 굽혔다. 연단 아래의 사람들은 작은 소리로 뭔가 열심히 대화를 나누고 있었다. 지금까지 서로 다른 견해를 가진 듯했던 양 측의 삶들이 뒤섞여서 어떤 사람들은 K를 손가락질하고 어떤 사람들은 예심판사를 가리키기도 했다. 먼지가 안개처럼 뿌옇게 홀 안에 들어차 조금 멀리 떨어져 있으면 연단에서 무엇을 하는지 잘 보이지 않을 정도였다. 특히 회랑에 있는 사람들은 더욱 보기가 힘들었던지 돌아가는 상황을 알기 위해 예심판사를 소심하게 흘끗거리며 다른 사람들에게 작은 소리로 묻고 있었다.

"이제 곧 끝날 겁니다."

K는 종 같은 것이 없었기 때문에 주먹으로 탁자를 치며 말했다. 이 소리에 놀라서 예심판사와 머리를 맞대고 속삭이던 남자가 얼른 머리를 뗐다.

"이 모든 일이 저와는 아무런 관계가 없으므로 저는 냉정하게 판단을 내릴 수 있습니다. 이 재판정에 관심을 가진 분이시라면 제 얘기를 잘 들어주십시오. 그렇게 되면 여러분은 제 말을 경청함으로써 큰 도움을 받을 것입니다. 제 발언에 대한 토론은 나중으로 미뤄주시기 바랍니다. 시간이 없어 돌아가봐야 합니다."

장내는 순식간에 조용해졌다. K가 여기서 주도권을 잡은 것이다. 처음과 달리 잡담을 하는 사람도 없었고 박수를 치는 이도 없었지만 K의 말을 납득했거나 거의 그 단계에 와 있는 것 같았다.

"의심할 여지없이."

K가 나직하게 말했다. 모든 사람이 귀를 기울였다. 이 고요함은 열광적인 박수보다 더한 흥분으로 K를 기쁘게 했다.

"의심할 여지없이 이 재판정에서 행해지는 모든 것의 배후에는, 제 경우를 예로 들자면 체포에서 오늘에 이르기까지 큰 조직이 있습니다. 그것은 부패한 감시인, 어리석은 주임, 기분이 좋을 때가 아니고는 제대로 된 말조차 하지 못하는 예심판사, 나아가 상급 재판관이나 최고 재판관, 아울러 수많은 조수, 서기, 헌병, 그 외의 고용인, 입에 담기 무서운 이름입니다만 사형 집행인들까지도 거느리고 있습니다. 이렇게 큰 조직이 뜻하는 것은 무엇일까요? 무고한 사람을 체포하고 무의미한, 제 경우가 증명한 바와 같이 전혀 소득 없는 절차를 밟는 일, 이것이 전부입니다. 이런 상황에서는 관료가 부패하는 것도 막을 수 없습니다. 최고 재판관이라고 해도 혼자서는 어쩔 도리가 없습니다. 그래서 감시인들은 체포한 사람의 옷을 빼앗고 주임이란 자는 남의 집을 무단으로 침입하는 데 아무런 거리낌이 없습니다. 무고한 사람이 심문을 받고 모욕을 당합니다. 감시인들이 제게 한 말이라고는 소지품 창고에 관한 말뿐이었는데 그곳을 꼭 한 번 보고 싶습니다. 체포당한 사람들의 귀중한 재산이 그곳에서 썩고 있을 겁니다. 도둑이나 다름없는 창고 관리인들에게 도난을 당하지 않았다면 말입니다."

K의 말은 홀의 끝에서 들려온 비명 때문에 중단되었다. K는 손을 이마에 대고 그쪽을 바라봤다. 흐릿한 햇빛을 받은 자욱한 연기가 뿌옇게 빛나 눈이 부셨기 때문이었다. 소리를 지른 사람은 빨래를 하던 여자였다. K는 그녀가 자신에게 방해되는 존재라고 생각했다. 하지만 방금 소리를 지른 것이 그 여자라고 단정 지을 수는 없었다. 어떤 남자가 여자를 문 한쪽 구석으로 데리고 가는 것만 보였다. 소리를 지른 것은 남자였다. 그는 입을 벌리고 천장을 바라보고 있었다. 두 사람 주위에는 사람들이 둘러서 있었다.

근처의 회랑에 있던 사람들은 K가 만든 진지한 분위기가 이렇게 깨진 것이 기쁜 듯 보였다. K는 소란이 일어난 곳으로 가 보려 했다. 그 두 사람을 얼른 내보내고 질서를 바로잡아야겠다고 생각했다. 하지만 K가 있는 홀의 맨 앞줄 사람들이 꼼짝도 하지 않아 K는 지나갈 수가 없었다. 그들이 K를 가로막았다. 노인들은 팔을 내밀었고 (뒤돌아볼 새도 없이) 뒤에서 그의 목을 잡아챘다. K는 두 남녀에 대한 생각은 잊어버리고 자신의 자유가 구속당해 정말로 체포를 당할 것 같은 생각에 무작정 연단에서 뛰어내렸다.

이제 그는 군중과 얼굴을 마주 보고 가까이 있었다. 그들을 비판한 것이 옳았을까? 자신의 발언을 너무 맹신한 것일까? K가 말하는 동안에는 자신을 감추고 있다가 결론에 다다르자 본모습을 드러낸 것일까? 대체 이건 무슨 표정들이란 말인가! 작고 까만 눈이 사방에서 움직이고 뺨은 축 처져 마치 주정뱅이 같았다. 길고 드문드문 난 수염은 뻣뻣해서 거기에 닿으면 손톱에 긁힌 듯한 느낌이 들 것 같았다. 그때 K는 수염 뒤에 숨겨진 상의 깃에 다양한 크기와 색상의 배지가 빛나는 것을 발견했다. 모든 사람이 그런 것을 옷에 달고 있었다. 왼편과 오른편으로 나뉘어 보이던 사람들은 모두 한편이었다.

그런데 무심코 뒤돌아본 예심판사의 가슴에도 같은 모양의 배지가 보였다.

"그렇군."

K는 소리를 치며 두 손을 높이 들었다. 이제야 깨달은 것이었다.

"이제 보니 당신들은 모두 관리들이로군. 당신들이 바로 내가 공격한 부패한 무리들이었어. 청중과 첩자로 위장해 여기 모여서는 두 패거리로 나뉜 척하며 한쪽은 나를 떠보려고 박수를 치며 호응을 했지. 무고한 사람을 끌어들이려고 수작을 부린 거야! 그래, 당신네들이 이곳에 모인 것이 헛수고는 아니군요. 내가 당신들에게 죄 없는 사람을 변호해주길 바라는 것을 보고 퍽 재미있었겠군요. 아니면…… 저리 가시오, 가까이

오면 쳐버리겠소!"

손발을 떨며 옆으로 다가온 노인을 향해 K는 소리를 질렀다.

"어찌 보면 당신들이 조금이나마 배웠을지도 모르지요. 그럼 성공을 기원합니다."

K는 책상에 놓여 있던 모자를 재빨리 집어 들고 멍한 상태의 군중을 뚫고 출구를 향해 뛰었다. 그런데 예심판사가 K보다 한발 앞서 달려와 문 옆에서 기다리고 있었다.

"잠깐만."

예심판사가 말했다.

K는 멈췄지만 판사를 쳐다보지는 않았다.

"아직 모르는 것 같아 말해두겠는데 자네는 오늘 체포당한 사람이 누릴 수 있는 권리를 포기한 것이 되었네."

K가 문을 보고 웃었다.

"그건 내 알 바 아니오."

그리고 문을 열고 계단을 뛰어가버렸다. 그의 뒤에서는 사람들이 웅성거리는 소리가 들려왔다. 아마도 이 일에 관해 학자들 마냥 토론이라도 하는 모양이었다.

3장

텅 빈 법정에서 / 대학생 / 법률 사무소

K는 그 후 일주일간 매일같이 새로운 출두 통보가 오기를 기다렸다. 심문을 거부한다고 했던 K의 말을 그들이 곧이곧대로 받아들였다고 생각할 수는 없었기 때문이다. 기다리던 통지가 토요일 저녁때까지도 오지 않자 K는 같은 시간에 지난번 갔던 그곳으로 오라는 의미로 이해했다. 그래서 그는 일요일에 다시 그곳을 찾아갔다. K를 기억하는 몇몇 사람들이 인사를 했다. 그러나 K는 이제 가야 할 곳을 알고 있었으므로 그들을 지나쳐 갔다. 문 앞에 도착해 노크를 하니 곧 문이 열렸다. 전에 봤던 빨래하는 여자가 문 옆에 있었지만 K는 그녀를 보지도 않고 곧장 방으로 들어가려고 했다.

"오늘은 법정이 열리지 않아요."

여자가 말했다.

"왜 그런가요?"

K가 물었다. 그 말을 믿을 수가 없었다. 그러나 문을 열어보고 그곳이 텅 빈 것을 보고서는 인정했다. 비어 있는 공간을 보니 지난번보다 더 초라하게 보이는 듯했다. 연단 위에 있던 타자기는 그대로였고 책이 몇 권 있었다.

"저 책을 좀 봐도 될까요?"

K는 꼭 그러고 싶진 않았으나 무엇인가 이 방에 머물 구실이 필요하다고 생각하며 물었다.

"안 됩니다."

여자가 문을 닫으려고 했다.

"그건 예심판사님 책이라서 안 돼요."

"아, 그런가요?"

K는 고개를 끄덕였다.

"그럼 틀림없이 법률 책이겠군요. 누명을 씌우고 한 마디 설명 없이 유죄 판결을 내리는 것이 이곳의 수법이니까요."

"그럴지도 모르지요."

여자는 애매하게 대답했다.

"이만 돌아가보겠습니다."

K가 말했다.

"판사님께 전할 말씀이 있으신가요?"

여자가 물었다.

"그를 잘 아시나요?"

K가 물었다.

"그럼요."

여자가 말했다.

"남편이 재판소 직원이에요."

K는 그때서야 지난번에 왔을 때 빨래통밖에 없던 공간이 지금은 말끔하게 정돈된 거실로 변한 것을 알아차렸다. 여자는 K가 놀라는 것을 보고 말했다.

"우리는 이 방을 공짜로 빌려 쓰고 있지만 재판이 열리는 날에는 비워줘야 해요. 남편 직업 때문에 불편한 점이 많답니다."

"방 때문이 아닙니다."

K가 대답했다.

"당신이 결혼했다는 사실이 더 놀라운데요."

"제가 지난번에 당신의 연설을 방해한 것 때문에 이러시는 건가요?"

여자가 물었다.

"그렇습니다."

K가 말했다.

"이제는 다 지나간 일이고 거의 잊기도 했지만 그때는 정말 화가 났습니다. 그런데 이제 와서는 스스로 기혼자라고 말씀하고 계시는군요."

"하지만 연설을 도중에 중단한 것이 결과적으로 좋은 일이었어요. 당신이 떠나고 난 뒤 사람들이 모두 나쁘게 얘기를 했답니다."

"그랬을지도 모르지요."

K는 말머리를 돌렸다.

"하지만 그렇다고 당신의 행동에 대한 변명이 되지는 못합니다."

"제 사정을 아는 사람들은 모두 저를 이해해줄 겁니다."

여자는 말했다.

"그때 나를 껴안은 남자는 오래전부터 나를 따라다니는 사람이에요. 나는 내 자신이 누군가를 유혹하는 스타일은 아니라고 생각했는데 그 남자는 달라요. 이건 남편도 알고 있어요. 그 사람은 학생이고 앞으로도 굉장히 높은 지위에 오를 사람이라 남편도 못 본 체하는 거예요. 그때 가서 자신의 자리를 보장받으려고요. 조금 전에도 당신을 보고는 달아났답니다."

"여기는 무슨 일이든 다 그런 식이군. 별로 놀랄 일도 아니군요!"

"이곳에서 변화라도 일으키려는 생각이신가요?"

K의 낯빛을 살피며 여자가 조심스레 말했다.

"당신의 연설을 들을 때부터 짐작은 하고 있었어요. 개인적으로 저는 그 연설을 의미 있게 들었답니다. 처음에는 방 밖에 있어서 잘 듣지 못했고 다음에는 그 남자에게 방해를 받느라 조금밖에 듣지는 못했지만요."

그리고 잠시 말을 멈췄다가 다시 이어나갔다.

"이곳은 모든 것이 역겨워요."

그녀는 K의 손을 잡으며 말했다.

"당신이 변화를 가져올 수 있다고 생각하시나요?"

K는 웃으면서 여자의 손을 쥐었다.

"당신이 말하는 것만큼 나는 대단한 사람이 못 됩니다. 만약에 당신이 예심판사에게 말을 한다 해도 그저 우스갯소리로 받아들이고 말 것입니다. 처벌을 받게 될지도 모르지요. 사실 나는 자진해서 이 일에 뛰어든 것도 아니고 잠을 이루지 못하면서까지 이 사법제도를 개선해야 한다고 고집하는 사람도 아닙니다. 하지만 보시다시피 내가 체포당했기 때문에(다들 내가 체포당했다고 말합니다) 관여하지 않을 수 없게 된 것뿐입니다. 나 자신을 지키기 위해서는 어쩔 수 없었습니다. 그러나 혹시 당신에게도 도움을 줄 수 있는 여지가 있다면 기꺼이 돕겠습니다. 남을 생각하는 마음 때문만은 아니고 당신이 언젠가 나를 도울 수도 있기 때문입니다."

"제가 어떻게 도와드릴 수 있을까요?"

여자가 물었다.

"탁자 위의 책을 좀 볼 수 있게 해주시지요."

"그렇게 하지요."

여자는 K를 데려갔다. 그 책들은 표지도 매우 낡아서 실로 꿰매어놓은 오래된 책이었다.

"여기 있는 것들은 다 이렇게 더럽군."

K는 고개를 흔들었다. 여자가 앞치마로 책을 들어 표지에 쌓인 먼지만 닦아내고 K에게 건네주었다.

K가 맨 위에 놓인 책을 펼치자 이상한 그림이 나왔다. 남녀가 나체로 소파에 앉아 있었다. 작가의 더러운 의도가 노골적으로 드러난 책이었다. 하지만 그 솜씨가 서툴러 둘의 몸만 부각되고 자세는 매우 어색했다. 게다가 원근법도 맞지 않아 괴상한 모습이었다. K는 책을 내려놓고 다른 책을 펼쳤다. 제목이 '그레테가 남편 한스에게 당한 학대의 증언'이라는 소설이었다.

"이런 것이 법률서란 말인가."

그러고는 K는 이렇게 덧붙였다.

"이런 인간들에게 내가 재판을 받는다니."

"제가 도와드릴게요."

여자가 말했다.

"정말인가요? 그러다가 위험해지면 어쩌려고 그러십니까? 남편이 상관들의 눈치를 본다고 하지 않았나요?"

"그래도 도와드릴게요. 이쪽으로 오세요. 상의를 해봐야지요. 제가 위험진다는 말은 이제 하지 마세요. 그건 제가 두렵다고 생각할 때에만 위험한 것이 되니까요. 이쪽으로 오세요." 여자는 연단을 가리키며 계단 쪽에 앉기를 권했다.

"까만 눈이 아름답네요."

그녀는 K의 얼굴을 들여다보며 말했다.

"사람들은 제 눈이 아름답다고 말하지만 제가 보기에는 당신 눈이 훨씬 더 아름답네요. 사실 전에 당신이 이곳에 처음 왔을 때부터 눈에 띄었어요. 그래서 제가 나중에 법정 안으로 들어간 거예요. 그런 일은 처음이었는데 원래는 규칙상 그곳에 우리 같은 사람은 들어가면 안 된답니다."

'이제 알겠군.'

K는 생각했다. 여자는 몸을 파는 사람이었다. 여기 있는 온갖 것들과 마찬가지로 그녀도 타락했다. 분명 재판소의 관리들에게 싫증이 나서 아무나 낯선 사람이 오면 눈이 아름답다느니 하며 아양을 떠는 것이었다. K는 아무 말 없이 일어섰다. 그는 자신의 생각을 분명히 말하려고 했다.

"당신이 저를 도울 수 있는 일은 없는 것 같습니다."

K가 말했다.

"저를 도우려면 고위 관리들과 친분이 있어야 합니다. 그런데 당신은 여기에 우글거리는 말단 직원밖에 모르지 않습니까. 물론 그런 사람들이 다소 힘이 될지는 몰라도 소송 결과에는 별다른 영향을 주지 못할 것입니다. 하지만 그로 인해 당신은 친구를 잃을지도 모릅니다. 저는 그런 것을 바라지 않습니다. 전처럼 그들과 친하게 지내도록 하세요. 그것이 당신에게는 필요한 것 같습니다. 이런 말을 하는 제 마음도 아프군요. 저도 당신이 마음에 들기 때문입니다. 특히 지금 저를 바라보는 슬픈 얼굴이 그렇군요. 하지만 당신은 슬퍼할 이유가 없지요. 왜냐하면 당신은 제가 맞서 싸울 상대편에 속해 있지 않습니까? 그리고 당신은 남편보다는 지난번 그 학생이라는 남자를 더 사랑하고 있어요. 저는 그것을 금방 알아차렸습니다."

"아니에요."

여자가 외쳤다. 그녀는 앉은 채로 K의 손을 잡았는데 K는 얼른 그 손을 뺄 수 없었다.

"잠깐만요. 저에 대해 오해를 하신 채 가시면 안 됩니다. 정말 지금 가실 생각이신가요? 잠시만 더 있어 달라는 제 부탁은 들어주지도 못할 정도로 제가 하찮은 사람인가요?"

"그런 것이 아닙니다."

K는 다시 자리에 앉았다.

"머물기를 바라신다면 그렇게 하겠습니다. 시간도 충분히 있습니다. 사실 오늘 심문이 있다고 생각하고 왔으니까요. 방금 말한 대로 이 소송 과정에서 당신의 도움은 필요 없습니다.

기분 나빠하지 않으셨으면 좋겠습니다. 소송 결과는 저와 아무런 상관이 없습니다. 만약 유죄 판결이 나더라도 비웃어주고 말겠습니다. 아무튼 이것은 소송이 정말로 종료되었을 때를 염두에 두고 하는 말입니다. 하지만 그 결과는 아무도 모릅니다. 관리들의 직무 태만, 건망증 내지는 두려움 때문인지는 알 수 없으나 소송은 이미 중단되었거나 곧 중단될 것으로 생각합니다. 물론 저 사람들이 뇌물을 기대하고 형식적으로나마 소송을 진행할 수도 있습니다. 하지만 분명히 말씀드리자면 그것은 아무 소용이 없는 일입니다. 저는 누구에게도 뇌물을 주지 않을 테니까요. 당신이 예심판사나 중요한 정보를 소문내고 다니는 사람에게 이 사실을 말해준다면 그게 절 도와주는 일이 될 수도 있겠군요. 절대 가망 없는 일이라고 말해도 좋습니다. 그들은 이미 저의 성격을 잘 알고 있겠지만 그렇지 않다고 해도 저는 상관하지 않습니다. 다만 미리 알아둔다면 그들은 헛고생을 하지 않아도 되고 저도 불쾌한 일을 당하지 않을 것입니다. 이 일이 다른 사람에게도 타격을 줄 수 있다면 해보겠습니다. 그런데 당신은 정말 예심판사를 알고 있나요?"

"그럼요."

여자가 대답했다.

"당신을 도와드리겠다고 말했을 때 전 이미 그 사람을 생각했어요. 그 사람의 지위가 그렇게 낮다고 생각하지는 않았지만 당신이 그렇게 말하니 믿어야지요. 하지만 그가 상부에 제출하는 보고서는 어느 정도 영향력이 있을 겁니다. 그 남자는 보고서를 자주 쓰거든요. 당신은 관리들이 게으르다 생각하지만 모두가 그렇지는 않습니다. 특히 예심판사는요. 그는 상당한 양의 서류를 작성합니다. 예를 들어 지난 일요일에 재판이 저녁때까지 있었는데 다른 사람이 모두 돌아간 뒤에도 그 분은 남아 있었습니다. 제가 등잔을 가져다 드려서 알고 있어요. 우리 집에는 부엌에서 쓰는 작은 등잔밖에 없었지만 그걸로 충분하다고 만족하셨어요. 그러는 동안 마침 휴가를 떠났던 남편이 돌아와서 같이 방을 정리하고 가구를 옮기는데 이웃 사람들이 찾아왔어요. 우리들은 촛불을 켜고 이야기를 나눴지요. 그러다가 판사님을 까맣게 잊어버리고 잠자리에 들었습니다. 한밤중에 눈을 떴는데 예심판사님이 등불을 들고 우리 침대 옆에 서 있었어요. 그는 남편에게 불빛이 비추지 않도록 가리고 있었습니다. 하지만 남편은 그런 것에 개의치 않고 잠을 잘 잔답니다. 저는 놀라서 소리를 지를 뻔했지만 판사님은 다정한 목소리로 지금까지 보고서를 썼다고 말했어요. 그리고 이제 일이 끝나 등잔을 돌려주러 왔는데 제가 자는 모습을 보고 있었다고, 그리고 그 모습을 잊지 않겠다고 속삭였습니다. 제가 이런 말을 하는 것은 판사님이 당신에 대해서도 보고서를 쓰고 있다는 사실을 알려주기 위해서예요. 당신에 대한 심문이 일요일 재판에서 분명 중요한 문제 중 하나였으니까요. 그렇게 긴 분량의 보고서가 아무 의미가 없을 리 없지 않은가요? 당신도 눈치를 챘겠지만 예심판사님이 나에게 마음을 두고 있고 이제 나를 눈여겨보기 시작했는데 지금이 바로 좋은 시기가 아닐까요? 또 다른 증거도 있어요. 어제, 자신이 가장 신임하는 학생이자 동료인 사람을 시켜 제게 비단으로 된 양말을 보내주었답니다. 제가 법정을 청소하기 때문에 감사의 표시로 보낸다고 말은 했지만 그건 변명이에요. 왜냐하면 그것이 제가 할 일이고 이 일로 남편이 급여를 받으니까요. 참 예쁜 양말이랍니다. 사, 보세요."

그녀는 다리를 쭉 뻗어 치마를 무릎 위까지 올리고 양말을 보여줬다.

"예쁘기는 하지만 저 같은 사람에게는 너무 고상해서 어울리지 않아요."

이렇게 말하고 갑자기 입을 다물더니 K의 손에 자기 손을 얹고 속삭였다.

"조용히 하세요. 베르트홀트가 우리를 보고 있어요."

K가 문 쪽을 보니 젊은 남자가 서 있었다. 키가 작고 다리는 구부정했으며 짧고 볼품없는 붉은색 수염을 쓰다듬으며 권위 있는 척하고 있었다. K는 그를 신기한 듯 쳐다봤다. 그 사람은 정체 모를 수많은 무리 중에서 직접적으로 대면한 첫 번째 사

람이었다. 그리고 앞으로 높은 관직에 오를지도 모른다던 그 학생이었다. 하지만 그 사람은 K에게 조금의 관심도 두지 않고 수염을 만지던 손으로 여자를 향해 손짓하더니 창가로 갔다. 여자는 K에게 몸을 숙이고 속삭였다.

"기분 나쁘게 생각하지 말아주세요. 제발 부탁인데 저를 나쁜 여자로 보지 마세요. 이제 저 소름끼치는 남자에게 가봐야 해요. 저 구부정한 다리 좀 보세요. 하지만 곧 돌아올게요. 당신이 저를 데려가준다면 당신과 갈게요. 어디든 당신 원하는 곳으로 따라가겠어요. 저는 이곳에서 최대한 오랫동안, 가능하다면 영원히 떠나고 싶어요."

그녀는 잠시 K의 손을 만지고 자리에서 일어나 창가 쪽으로 갔다. K는 자기도 모르게 여자의 손을 잡으려 허공을 더듬었다. 여자는 K를 유혹한 것이다. K는 그 유혹을 거부할 뚜렷한 이유를 찾지 못했다. 그녀가 재판부를 위해 K를 붙잡아두려 한다는 것만으로는 근거가 부족했다. 어떤 방법을 쓰면 그녀가 K를 잡아둘 수 있단 말인가? 그는 당장이라도 재판 장소를 파손이라도 할 수 있을 정도로 자유로운 몸이지 않은가? 이런 자신감조차 없다는 말인가?

이렇게 보니 여자가 K를 돕겠다고 한 말은 진심으로 보였고 아마 쓸모도 있을 듯했다. 어쩌면 예심판사나 그 일당에게서 여자를 빼앗아오는 것만큼 시원한 복수는 없을 것 같았다. 그렇게 되면 고심하여 K에 대한 허위 보고서를 작성하던 판사가 한밤중에 비어 있는 여자의 침대를 보게 되는 일이 벌어질 것이다. 침대가 비었다는 뜻은 여자가 K의 사람이 되었다는 뜻이다. 탄력 있는 몸매에 뜨거운 열정을 가지고 올이 굵은 검은 천으로 만든 옷을 입고 있는 창가의 여인이 자신의 것이 된 것이다.

이렇게 의심을 지운 K는 창가에서 이뤄지는 조용한 대화가 너무 길게 느껴져 연단을 톡톡 두들기다가 급기야는 주먹으로 치고 말았다. 그러자 남학생이 여자의 어깨 너머로 K를 힐끗 쳐다보더니 태연하게 여자를 끌어안았다. 그녀는 남자의 이야기에 귀를 기울이는 듯 머리를 숙였다. 그리고 남자는 여자의 목에 키스했다. 그것을 보고 K는 여자가 말한 대로 학생이 그녀를 괴롭힌다고 확신했다. 그리고 자리에서 일어나 이리저리 걸어 다녔다. 그리고 남자를 계속 살피며 어떻게 하면 그를 내보낼 수 있을지 궁리하기 시작했다. 그러다보니 발소리가 커졌고 이에 기분이 상한 학생이 말했다.

"기다리기 지겨우면 나가지 그래? 당신 같은 사람은 있으나 마나니까. 눈치가 있는 자라면 내가 들어온 순간에 진작 돌아갔어야지."

그는 분노의 감정을 숨기지 않고 말했다. 탐탁지 않은 피고에게 말하는 듯한 미래의 법관으로서의 오만함이 분명했다.

K는 그의 옆으로 다가가 웃으며 말했다.

"참을 수 없는 것도 사실이지만 이 초조한 기분을 사라지게 하려면 자네가 우리를 두고 나가는 것이 최선이야. 만약 자네가 이곳에 공부를 하러 왔다면(학생이라는 말은 들었네) 나는 기꺼이 자리를 내주고 이 여자와 같이 나가주겠네. 앞으로 재판관이 되려면 공부를 많이 해야 할 테니 말이야. 자네가 연구하는 사법제도에 관해 나는 아는 것이 별로 없네. 방금처럼 염치없이 되는 대로 내뱉는 말은 잘하지만 그런 것만으로는 아직 부족하다고 생각한다네."

"이런 자를 밖에 마음대로 돌아다니게 내버려두다니."

남자는 K의 모욕적인 언사에 대해 여자에게 설명하려는 듯 말했다.

"이건 실수한 거야. 내가 예심판사에게도 말했지만 적어도 심문 기간 동안에는 집에라도 가둬놓았어야 해. 예심판사는 가끔 이해할 수가 없단 말이야."

"쓸데없는 소리군."

K는 여자에게 손을 내밀었다.

"이리 와요."

"천만에."

남자가 말했다.

"안 돼. 이 여자는 당신에게 내줄 수 없어."

그리고 어디에서 힘이 났는지 그녀를 한 팔로 안고 다정하게 쳐다보며 문 쪽으로 갔다. 아직 K에 대한 불편한 감정이 남았는지 남자는 한 손으로 여자의 팔을 쓰다듬거나 매만지면서 K의 화를 돋웠다. K는 몇 발짝 앞으로 달려가 목이라도 조를 듯한 태도를 취했으나, 마침 여자가 이렇게 말했다.

"소용없어요. 예심판사님이 저를 부르러 보낸 거예요. 저는 당신과 갈 수 없어요. 이 괴팍한 놈이."

그녀는 남자의 얼굴을 만졌다.

"이 괴팍한 놈이 저를 놓아주지 않아요."

"그리고 당신 스스로도 그럴 생각이 없는 것이로군!"

K가 소리치며 남자의 어깨에 손을 올리자 남자는 그 손을 이로 물어뜯으려고 했다.

"안 돼요!"

여자가 외치며 K를 밀어냈다.

"하지 마세요. 대체 무슨 생각으로 이러는 거예요? 이건 저를 위한 일이 아니에요. 이 사람을 가게 두세요. 제발 놔주세요. 이 사람은 그저 예심판사님의 명령에 따라 저를 데리고 가려는 것뿐이에요."

"그렇다면 가세요. 저는 당신을 다시는 만나지 않겠어요."

K는 실망하고 화를 내며 말하고는 남자의 등을 한 번 쳤다. 남자는 순간 비틀거리더니 얼른 여자를 안고 뛰어나갔다. K는

천천히 그들의 뒤를 따라갔다. 그는 이것이 자신의 첫 번째 패배라고 생각했다. 하지만 걱정할 필요는 없었다. 자기 쪽에서 먼저 싸움을 걸어서 진 것이었기 때문이다. 만약 집 안에서 이런 일이 생겼다면, 그리고 소송에 매인 몸만 아니었다면 이런 일쯤은 간단하게 해결했으리라고 K는 생각했다.

K는 그때 재미있는 장면을 상상했다. 이 교만하고 붉은 수염을 기른 데다 다리가 휘어버린 놈이 엘사의 침대 앞에 무릎을 꿇고 애원하는 장면이었다. 이런 광경을 머릿속에서 그려보니 저절로 웃음이 나왔다. 만약 기회가 된다면 그를 엘사에게 한번 데려가보기로 했다.

호기심이 일어난 K는 다시 문으로 갔다. 여자를 어디로 데리고 가는지 보고 싶었다. 설마 벌써 밖으로 나가지는 못했을 것이다. 동선은 생각보다 짧았다. 바로 건너편에 좁은 나무계단이 있었는데 그것이 다락으로 통하는 모양이었다. 층계는 구부러져서 끝은 보이지 않았다. 남자는 여자를 데리고 그곳을 올라가고 있었다. 거기까지는 뛰어간 모양인지 걸음이 느리고 신음소리가 났다. 여자는 밑에 있는 K에게 손짓을 하고 어깨를 들썩이며 자신은 어쩔 수 없이 끌려가는 것이라고 말하는 듯했다. 하지만 그렇게 놀라거나 슬퍼하는 얼굴은 아니었다. K는 그녀를 모르는 사람인 듯 무표정하게 바라봤다. 그는 자신의 감정을 드러내고 싶지 않았다.

두 사람이 시야에서 사라진 뒤에도 K는 문가에 서 있었다. 여자가 자신을 배신하고 예심판사에게 간다고 하면서 속였다고 생각했다. 예심판사가 다락방에 있을 리가 없었다. 아무리 나무계단을 바라보고 있어도 해답은 나오지 않았다.

이때 층계 옆에 작은 종이가 붙어 있는 것을 발견했다. 가까이 가보니 아이가 쓴 것 같은 서투른 필체로 '법률 사무소 올라가는 곳'이라고 적혀 있었다. 정말 이 허름한 건물 안에 법률 사무소가 있단 말인가? 가난한 사람들이 헛간으로나 쓸 만한 장소에 법률 사무소가 있다니, 그들의 재정 상태가 얼마나 궁핍한지 알 수 있었다. 피고의 입장에서 보면 다행스런 일이었다. 재판소를 운영할 돈은 있지만 재판을 위해 돈을 쓰기 전에 관리들이 횡령하지 않았나 하는 의심도 들었다. 재판하는 곳이 이렇게 타락했다는 것은 피고의 자존심을 상하게 하는 일이었지만 그들이 가난한 것보다는 위안이 되었다. 첫 심문을 할 때 K를 다락방으로 부르기가 부끄러워 차라리 그의 집으로 가 괴롭히는 방법을 택했다는 사실을 알게 되었다.

K는 이런 재판관에 비하면 자신의 상황이 훨씬 낫다고 생각했다. 재판관은 다락방에 앉아 있는데 K는 은행에서 대기실까지 딸린 큰 방에 앉아 널찍한 창문으로 광장의 수많은 인파를 내려다볼 수 있었다. 물론 K는 따로 뇌물을 받거나 횡령을 하지는 않았으며, 부하 직원을 시켜 회사로 여자를 데려오지

도 않았다. 적어도 지금은 그렇게 할 마음이 없었다.

한동안 K가 그 자리에 서 있으니 남자 한 명이 계단을 올라와 열린 법정 문으로 안을 들여다봤다. 그리고 K에게 물었다.

"여기서 여자 한 명을 보지 못하셨나요?"

"당신은 재판소 직원입니까?"

K가 물었다.

"네."

남자가 말했다. 그러고 나서 손을 내밀며 인사했다.

"아, 당신이 피고인 K 씨로군요. 낯이 익습니다. 반갑습니다."

예상치 못한 상황에 K가 당황하고 있으니 남자가 다시 말을 이어갔다.

"그런데 오늘은 재판이 없습니다."

"알고 있습니다."

K는 남자의 옷을 자세히 살펴봤다. 일반 단추 외에 장교의 헌 외투에서 떼어 달아둔 것 같은 금단추가 두 개 더 있었는데 그것이 이 사람이 관직에 있는 사람이라는 것을 알려주는 유일한 표시였다.

"방금 전에 당신의 부인과 이야기를 나눴습니다. 하지만 한 학생이 예심판사에게 그녀를 데리고 가는 바람에 지금은 여기 없습니다."

"보시다시피."

남자는 말했다

"제 아내는 언제나 그렇게 끌려다닙니다. 저는 오늘이 일요일이라 근무를 하지 않는데 저를 여기서 쫓아내려는 핑계로 일을 시킨 것 같습니다. 하지만 간 곳이 멀지는 않아서 서두르면 아내를 볼 수 있다고 생각했습니다. 그래서 심부름 간 곳의 관리에게 다급하게 말하고 그가 알아듣는 것과는 상관없이 달려왔습니다. 하지만 그 학생이 저보다 빨랐던 모양입니다. 물론 그놈은 다락방에서 내려오기만 하면 되니 거리는 훨씬 가깝지요. 제가 여기 직원만 아니라면 진작 그놈을 이 표지판이 붙은 벽에 던져버렸을 것입니다. 그러면 그놈의 사지가 뒤틀리고 사방에 피가 튀겠지요. 물론 허망한 꿈일 뿐입니다."

"다른 방법은 없습니까?"

K가 물었다.

"없습니다."

남자가 대답했다

"이제는 갈수록 화만 더 납니다. 지금까지는 그 학생 놈만 내 아내를 데리고 갔는데 이제는 예심판사한테까지 끌고 갑니다. 물론 예상한 일이긴 합니다."

"그럼 당신 부인은 아무 잘못이 없다는 말이군요."

K는 질투심을 누르며 물었다.

"그럴 리가 있겠습니까."

남자가 말했다.

"잘못은 그 여자가 가장 많습니다. 그 여자가 학생에게 푹 빠져 있으니까요. 그놈은 여자만 보면 다 쫓아다닙니다. 이 건물에서만도 벌써 다섯 번이나 여자 방에 몰래 숨어들었다가 들켰습니다. 그런 놈이 아름답기로 소문난 제 아내를 가만두겠습니까. 어쩔 도리가 없었습니다."

"네, 그렇다면 정말 어쩔 수 없겠군요."

"왜 그렇다고 생각하시나요?"

남자가 물었다.

"그 학생 놈은 겁쟁이니 다음에도 내 아내에게 손을 대려 한다면 그때는 혼쭐을 낼 겁니다. 그러면 다시는 그런 일을 안 하겠지요. 하지만 저는 그럴 만한 힘이 없고 저를 위해 그런 일을 해줄 사람도 없습니다. 모두 그놈의 권세를 두려워합니다. 당신 같은 사람이면 할 수 있겠지요."

"왜 그렇게 생각하십니까?"

K가 놀라서 물었다.

"하긴. 당신은 고소를 당했으니 그렇겠군요."

남자가 대답했다.

"그렇습니다."

K가 말했다.

"하지만 그 학생이 소송 결과에는 영향을 주지 못하더라도 예심에는 그럴 수 있다고 생각합니다."

"맞는 말씀입니다."

남자는 K의 의견에 동의한다는 듯이 말했다.

"하지만 여기에서는 원칙적으로 이길 가망이 없는 소송은 하지 않습니다."

"나는 생각이 좀 다릅니다."

K는 말을 이어나갔다.

"하지만 당신이 그 학생 놈을 혼내줘야 한다는 의견에는 동의합니다."

"감사합니다."

남자는 형식적으로 인사를 했다. 아마도 실현 가능성이 낮다고 생각하는 듯했다.

"어쩌면 당신 상관들이나 다른 사람들도 그런 취급을 받는 것이 맞을 겁니다."

"지당하신 말씀입니다."

남자는 K의 말에 맞장구를 치더니 한결 편안해진 태도로 덧붙였다.

"그 사람들은 항상 음모를 꾸민답니다."

그리고 이런 대화가 불쾌했는지 주제를 바꿨다.

"이제 저는 사무실로 가봐야 합니다. 같이 가시겠어요?"

"저는 그곳에 볼일이 없습니다."

K가 답했다.

"구경이나 한번 해보시지요. 아무도 당신을 신경 쓰지 않을 겁니다."

"그게 큰 의미가 있을까요?"

K는 주저했지만 사실 같이 가고 싶은 생각이 간절했다.

"글쎄요."

남자가 대답했다

"저는 당신이 흥미를 보일 거라고 생각했습니다."

"좋아요."

K가 말했다.

"같이 가시지요."

그리고 K는 그 남자보다 빠르게 계단을 뛰어 올라갔다. 사무소에 들어서다가 K는 하마터면 넘어질 뻔했다. 문 뒤에 또 계단이 있었기 때문이다.

"방문객에 대한 배려가 없네요."

K가 말했다.

"그렇습니다."

남자가 대답했다. 그리고 한 곳을 가리키며 말했다.

"이곳이 대기실입니다."

그곳은 긴 복도였는데 나무판자로 칸막이를 세워 여러 개의 방으로 나누고 있었다. 햇빛이 직접 비추지는 않았지만 천장과 벽 사이의 공간으로 햇빛이 들어와서 아주 어둡지는 않았다. 업무를 보는 관리도 있었고 복도에 있는 사람들을 내다보는 관리도 있었다. 일요일이어서 그런지 복도에는 사람들이 별로 없었다. 그들은 서로 일정한 간격을 두고 복도의 양쪽에 놓인 나무벤치에 앉아 있었다. 얼굴 표정이나 태도, 수염 모양 등등을 살펴봤을 때 그들이 상류층 사람들이라는 사실을 알 수 있었다. 하지만 옷차림은 약간 허름했다. 옷걸이가 없어서(아마도 한 사람을 보고 따라 한 것 같지만) 모두 모자를 의자 밑에 두었다.

바로 문 옆에 있던 사람이 K와 남자를 보자 인사를 하려고 일어섰다. 그러자 다른 사람들도 인사를 해야 한다고 생각했는지 두 사람이 지나갈 때 모두 일어섰다. 완전히 일어선 것은 아니고 허리를 약간 구부리고 고개를 살짝 숙인 것이 다였다. 그 모습이 마치 구걸하는 부랑자 같았다. K는 자기 뒤를 따라오는 남자를 기다렸다.

"저렇게까지 해야 하나요."

"네."

남자가 답했다.

"여기 있는 사람들은 모두 피고입니다."

"과연."

K가 말했다

"그럼 내 동지들이로군요."

그리고 바로 옆에 있는 키 크고 마른 백발노인에게 다가가서 물었다.

"무슨 일로 기다리고 계십니까?"

K가 정중하게 물었다.

갑자기 질문을 받은 노인은 당황했다. 인생 경험이 풍부하고 연륜이 쌓인 사람 같았는데 이 순간에는 뭐라고 대답해야 할지 알 수 없다는 표정이었다. 노인은 다른 사람들에게 도움을 청하듯이 바라봤다. 그러자 K와 함께 온 재판소 직원인 남자가 말했다.

"이분은 단지 무엇을 기다리는지 물은 것뿐이에요. 어서 대답해보세요."

귀에 익은 직원의 목소리를 듣자 조금 안심이 된 모양이었다.

"제가 기다리는 것은……."

노인은 여기까지 말하고 말문이 막혀버렸다. 질문에 답하려고 이렇게 말을 시작했는데 어떻게 이어가야 할지 모르고 있었다. 그동안에 복도에 있던 몇몇 사람들이 몰려들었다.

"비키세요. 지나갈 공간은 남겨두십시오."

사람들은 물러났지만 아주 돌아가지는 않았다. 이제 마음이 진정된 노인은 미소를 지으며 말했다.

"한 달 전 제 사건에 대한 증거 신청을 했는데 그 결과를 기다리고 있습니다."

"고생이 많으십니다."

K가 말했다.

"그렇지요."

노인이 대꾸했다.

"제 일이니까요."

"누구나 그렇지는 않습니다."

K가 말했다.

"한 예로 저도 기소된 사람입니다. 하지만 일이 잘 해결되기를 바라면서도 증거 신청 같은 것은 하지 않았습니다. 그게 필요하다고 생각하시나요?"

"글쎄요."

노인은 불확실한 태도로 말했다. K가 자신을 놀린다고 생각했는지 더 이상의 질문에는 대답하지 않기로 한 듯 보였다. 하지만 K의 시선을 받고는 다시 말했다.

"하여튼 저는 증거 신청을 했습니다."

"제가 기소되었다는 것을 안 믿으시는군요?"

K가 말했다.

"오, 아닙니다. 당연히 믿어요."

노인은 물러나며 대답했다. 하지만 얼굴에는 불신의 기색이 역력했고 불안한 모습을 보였다.

"역시 못 믿으시는군요."

K는 그 행동에 자극을 받아 어떻게든 믿음을 주기 위해 그 노인의 팔을 잡았다. 아프게 하려던 것이 아니라 살짝 잡았을 뿐인데 노인은 소리를 질렀다. 마치 불에 달군 쇠꼬챙이에 닿기라도 한 듯한 비명이었다. 이런 어처구니없는 경우를 당하자 K는 그에 대한 관심을 거뒀다. 자신의 기소 사실을 믿지 않는다니 이제 되었다고 생각했다. 노인은 K를 재판관으로 생각하는 듯했다. 그래서 K는 마지막으로 노인의 손을 정말 꼭 쥐고 작별 인사를 하며 벤치로 밀어버렸다.

"신경 쓰지 마세요. 피고인들은 대개 저렇게 예민합니다."

재판소 직원이 말했다.

걸어가는 두 사람 뒤로 노인 주위에 모인 사람들이 무슨 일인지 캐묻고 있는 모양이었다. 그때 감시인 한 명이 K에게 다가왔다. 허리에 차고 있는 칼을 보고 그 사람이 감시인이라는 것을 알아차렸다. 적어도 색깔로 보아 칼집은 알루미늄으로 보였다. K는 칼을 보고 놀라서는 손으로 만져보기까지 했다. 감시인은 비명을 듣고 온 것이었다. 그는 무슨 일인지 물었고 재판소 직원인 남자는 간단하게 설명했다. 하지만 감시인은 조사를 한번 해봐야겠다는 대답을 남기고 돌아갔다. 그는 통풍이라도 걸린 것처럼 짧고 빠른 보폭으로 걸었다.

K는 더 이상 감시인이나 복도에 있는 사람들에게 신경 쓰지

않았다. 왜냐하면 복도 중간쯤에 다다르자 오른쪽이 뚫려 있었기 때문이었다. K는 재판소 직원에게 이쪽으로 가는 것이 맞는지 물었고, 그가 고개를 끄덕이자 그쪽으로 향했다. K는 줄곧 재판소 직원보다 한두 걸음 앞서서 걸었는데 그 모습이 마치 체포되어 끌려가는 모습 같아 보여서 부담스러웠다. 그래서 가끔씩 걸음을 멈추고 남자가 따라오는 것을 기다렸지만 그는 이내 뒤처졌다. 불쾌한 마음에 K가 말했다.

"충분히 구경한 것 같습니다. 이제 가보겠습니다."

"아직 보실 만한 것이 남았는데요."

직원은 무심코 대답했다.

"지금 모두 볼 필요는 없습니다."

K는 실제로 피곤했기 때문에 이렇게 말했다.

"그만 가보겠습니다. 어디로 나가면 되나요?"

"아니 벌써 길이라도 잃으신 건가요?"

직원이 놀라서 말했다.

"이 복도 끝으로 가서 오른쪽으로 돌면 바로 나가는 곳이 보입니다."

"같이 좀 가주시지요. 통로가 복잡해서 어디가 어딘지 알 수가 없습니다."

K가 말했다.

"길은 하나뿐입니다."

남자는 귀찮은지 무뚝뚝한 말투로 말했다. 그리고 이렇게 덧붙였다.

"저는 다시 돌아갈 수는 없습니다. 보고를 해야 하는 데다가 당신 때문에 시간이 많이 지체되었습니다."

"같이 좀 갑시다!"

K는 직원의 말에 흥분해서 날카롭게 재차 소리쳤다.

"그렇게 소리치지 마십시오."

직원이 속삭이는 소리로 말했다.

"이곳은 모두 사무실입니다. 혼자 돌아가기 싫으면 나하고 좀 더 같이 있거나 보고를 마치고 올 때까지 여기에서 기다리십시오. 그러면 얼마든지 함께 가겠습니다."

"안 됩니다. 그렇게는 안 돼요."

K가 말했다.

"더 이상은 기다릴 수 없습니다. 지금 당장 함께 갑시다."

K는 자신이 서 있는 공간을 전혀 주의 깊게 살펴보지 않았다. 이때, 주변의 많은 문 가운데 하나가 열리며 K의 소리를 들은 듯한 처녀가 나와서 물었다.

"무슨 일인가요?"

그녀의 뒤쪽으로 어두운 공간에서 또 다른 남자가 오고 있었다. K는 곁에 있던 직원을 쳐다봤다. 아무도 K를 신경 쓰지 않을 것이라고 그는 얘기했지만 실제로는 달랐다. 이미 두 사람의 주의를 끌었으니 관리가 와서 이곳에 왜 왔는지 K에게 설명을 요구할지도 모른다. 가장 적당한 답은 K가 피고인의 자격으로 다음 심문 기일을 알기 위해 왔다는 것이었다. 하지만 그는 거짓말을 하고 싶지는 않았다. 사실이 아니기 때문이었다. 다소 서투른 변명이지만 단순한 호기심으로 이곳에 왔으며 이 재판소의 내부가 바깥세상과 마찬가지로 부패했다는 것을 확인하러 왔다고 말하는 편이 나았다. 그러나 이렇게 답을 한다면 그들은 어떻게든 K에게 캐물을 것이다. K는 자신의 생각이 맞는다는 확신이 있었으므로 더 이상 파고들 생각도 없었다. 지금까지 본 것만으로도 충분했고 어떤 문이라도 열고 나타날 것 같은 관리들과 더 이상 마주칠 자신도 없었다. K는 될 수 있는 한 빨리 이곳을 벗어나고 싶었다. 그래서 재판소 직원이 나가지 않는다면 혼자서라도 나갈 생각이었다.

그런데 아무 말 없이 서 있기만 하는 K가 이상하게 보였는지 재판소 직원과 방금 전에 나온 처녀가 그를 계속 쳐다보고 있었다. 그들은 K에게 어떤 큰 변화라도 일어나지 않을까 기대하고 있는 듯한 모양이었다. 처녀의 뒤에서 다가오던 남자는 문간에 서서 자신보다 약간 낮은 문의 기둥을 잡고 흔들고 있었다. 마치 성격 급한 구경꾼 같았다. 처녀는 K가 불편함을 느끼고 있다는 사실을 알아채고 어디선가 의자를 가지고 와서 물었다.

"여기에 좀 앉으시겠어요?"

K는 얼른 그 의자에 앉아서 조금이라도 편한 자세를 취하려고 팔꿈치를 들어 팔걸이에 올렸다.

"약간 어지러우신 것 같아요. 그렇지요?"

처녀가 물었다. K는 자신의 눈앞에 가까이 와 있는 여인을 바라봤다. 그 얼굴에서 K는 한창 아름다울 나이의 젊은 여자들이 지니고 있는 강렬한 인상을 받았다.

"걱정하지 마세요."

그녀가 말했다.

"이곳에서는 이상한 일이 아니에요. 처음 오신 분들은 모두 당신 같은 반응을 보이더군요. 여기 처음 오신 게 맞지요? 그렇다면 이상할 것도 없답니다. 이 천장이 지붕에서 뜨거운 햇빛을 바로 흡수하기 때문에 기둥이 뜨거워져서 온 공간이 찌는 듯이 더워요. 다른 어떤 큰 장점이 있다 해도 이런 점 때문에 사무실로 쓰기에는 적합하지 못한 공간입니다. 큰 재판이 열리기라도 하는 날이면 (거의 매일이 그렇지만) 숨을 쉴 수도 없을 정도로 공기가 나쁩니다. 게다가 여기에 온갖 빨래를 널어놓는 것까지(이걸 못하게 할 수도 없고) 생각하면 불편한 것도 당연합니다. 하지만 금방 익숙해지면 괜찮을 거예요. 두세 번 정도만 방문하시면 이곳을 답답하다고 느끼지도 못하실 겁니다. 이제 좀 괜찮으신가요?"

K는 대답하지 않았다. 갑자기 자신의 약한 모습을 보이게 된 것이 매우 부끄러웠던 데다 자신이 이렇게 된 원인을 알고 나니 나아지기는커녕 토할 것 같은 기분이 들었다. 처녀는 이를 눈치 채고 벽에 세워둔 장대를 들어 K의 머리 위에 있는 작은 통풍창을 열어 신선한 공기를 마시게 해주려고 했다. 그러나 그을음만 쏟아지는 바람에 처녀는 얼른 창을 닫고 K의 무릎 위로 떨어진 먼지를 닦아줘야만 했다. K는 굉장히 피곤해져서 손 하나 까딱할 기운도 없었다. 이때 처녀가 말했다.

"이곳에 계시면 사람들이 다니는 데 방해가 됩니다."

그러자 K는 대체 누가 나니기에 자신이 방해가 되는 것이냐고 눈빛으로 물었다.

"힘드시면 병실로 안내해드릴게요. 좀 도와주세요."

처녀가 아까부터 문간에 서 있던 남자에게 말하자 그가 가까이 다가왔다. 그러나 K는 병실로 가고 싶지 않았다. 더 이상 끌려다니기는 싫었다. 이제는 화가 날 지경이었다. 그래서 "이제 걸어서 갈 수 있습니다"라고 말하며 자리에서 일어섰다. 하지만 편안하게 앉아 있었던 탓인지 몸이 떨렸다. 그리고 똑바로 서기가 힘들었다.

"안 되겠네요."

K는 머리를 흔들며 한숨을 쉬고 말했다. 그는 자신을 이곳으로 데리고 온 재판소 직원을 기억해냈다. 그 사람이라면 자

신을 손쉽게 밖으로 데리고 나갈 수 있다고 생각했는데 벌써 어디론가 사라진 모양이었다.

"제 생각은 이렇습니다."

다가온 남자가 말했다. 그는 멋지게 옷을 차려입고 있었는데 특히 끝을 뾰족하게 만든 회색조끼가 인상적이었다.

"이분의 상태는 이곳 공기가 나쁜 것이 원인이니 병실로 가는 것보다는 여기에서 빨리 벗어나는 것이 좋겠습니다."

"그 말씀이 맞습니다."

K는 기쁜 나머지 남자의 말 중간에 외쳤다. "밖으로 나가기만 하면 괜찮을 것 같습니다. 그리 심한 것은 아니니 부축만 조금 해주시면 될 것 같습니다. 더 이상 폐는 끼치지 않겠습니다. 그리 먼 길도 아니니 문까지만 가서 계단에서 잠시 쉬면 나아질 것입니다. 나도 직장인이기 때문에 사무실 공기에는 익숙합니다만 이곳은 이 여자분이 말씀하신 대로 공기가 매우 나쁜 것 같습니다. 지금까지 이런 적이 없어 저 자신도 놀랍습니다. 어지러워서 혼자 일어설 수 없으니 조금만 도와주시면 좋겠습니다."

K는 두 사람이 팔로 부축하기 편하도록 두 팔을 들었다. 그러나 남자는 K의 말은 듣지 않은 채 바지 주머니에 두 손을 넣고 크게 웃었다.

"그것 보세요."

남자가 처녀에게 말했다.

"내 말이 맞았지요? 이분은 아무 곳에서나 그런 것이 아니라 이곳에서만 불편한 거라니까요."

처녀도 미소를 지었다. 하지만 그가 K를 비웃는 것을 말리듯이 손끝으로 남자의 팔을 살짝 쳤다.

"왜 그러시지요?"

남자는 웃음을 멈추지 않고 말했다.

"물론 이분을 데리고 나가긴 할 겁니다."

"그렇다면 좋아요."

처녀가 귀여운 머리를 기울이며 말했다.

"이분이 웃는 것에 큰 의미를 두지는 마세요."

그녀가 K에게 말했다. K는 다시 우울한 기분이 되어 그런 설명은 굳이 안 해도 된다는 표정을 지어 보였다.

"당신을 소개해도 될까요?"

남자는 허락의 의미로 손을 흔들어 보였다.

"이분은 안내원이에요. 소송에 관해 문의하는 사람들에게 답변을 해주고 있어요. 이곳의 사법제도를 잘 모르는 사람이 많아 질문을 많이 받습니다. 이분은 모든 질문에 대한 답을 알고 있어요. 궁금하시면 한번 시험해보세요. 다른 특징이라면 옷차림이 멋지다는 것입니다. 이곳에 찾아오는 사람들이 가장 처음 대면하는 사람이니만큼 멋진 옷차림으로 좋은 인상을 주려는 것이랍니다. 저를 보시고 눈치채셨겠지만 그 외의 직원들은 모두가 저처럼 낡고 유행에 뒤처진 옷을 입고 있습니다. 매일 사무실 안에서 살다시피 하며 잠도 여기에서 자니 별로 신경을 쓰지 않게 되었습니다. 하지만 안내원들은 좋은 옷이 필요하다고 생각했기 때문에 소송 당사자인 피고인들과 우리 직원들이 돈을 모아서 근사한 옷과 다른 물건을 사드렸습니다. 그렇게 외모를 가꿔줬는데 저 실없는 웃음소리 때문에 일을 망치고 사람들을 놀라게 하네요."

"그건 그렇지."

남자는 비웃는 듯한 소리로 말했다.

"그렇게까지 드러내놓고 이야기할 필요는 없다고 생각하는데요. 이분은 그런 말을 듣고 싶어 하지도 않는 것 같고 말입니다. 그저 자신의 사건을 해결하러 오신 것뿐인데 왜 쓸데없는 말을 하는 거죠?"

K는 여기에 대꾸할 기운도 없었다. 처녀는 K에게 호의를 가지고 대하고 있었다. 그래서 K가 다시 기운을 차리게 하려고 노력했는데 방법이 잘못되었다.

"당신이 웃은 이유를 이분에게 설명해야만 해요."

처녀가 말했다.

"아주 심한 모욕이었다고밖에 말할 수 없어요."

"하지만 바깥으로 모셔다드린다면 이분은 그보다 더한 모욕이라도 용서하리라고 생각합니다만."

K는 아무 말도 하지 않았고 쳐다보지도 않았다. 무슨 큰 사건이라도 되는 듯 둘이서 나누는 다툼에 가까운 대화를 듣고만 있었다. 그때 갑자기 양손을 잡는 감각이 느껴졌다.

"자, 힘을 내서 일어나보세요."

남자 안내원이 말했다.

"여러분께 진심으로 고맙습니다."

K가 놀라면서도 기쁜 어조로 말했다. K가 천천히 일어나서 두 사람의 부축을 받아 걸어갔다.

"저는 이렇게 생각해요."

세 사람이 복도 가까이 이르렀을 때 처녀가 속삭였다.

"이 안내원에 대해 변명이라도 좀 해야겠어요. 믿지 않으셔도 상관없지만 이분은 절대 냉정한 사람은 아니에요. 자신의 일이 아닌데도 당신을 이렇게 밖으로 모셔다드리는 것을 보면 아실 거예요. 이곳의 사람들 모두 착한 마음씨를 가지고 있습니다. 다만 직업의 특성상 냉정하고 남을 돕지 않을 것이라는 인상을 줄 뿐이에요. 저는 그게 정말 괴로워요."

"여기 잠깐 앉아 쉴까요?"

안내원이 말했다. 그들은 이미 복도로 나와 있었고 아까 K가 말을 걸었던 바로 그 피고도 앞에 있었다. K는 자신이 너무 부끄럽게 느껴졌다. 조금 전에는 그렇게 당당히 서 있었는데 지금은 두 사람의 부축을 받아야 걸음을 옮기는 형편이었기 때문이다. 안내원은 K의 모자를 들고 있었고 K의 머리는 흐트러져 땀이 흐른 이마에 아무렇게나 달라붙어 있었다. 하지만 그 사람은 K에게는 관심을 두지 않고 안내원 앞에 가서 자신의 용건을 말하기 시작했다.

"제가 알기로는."

그가 말했다.

"제가 신청한 사항이 오늘 처리될 것이라고는 생각하지 않습니다. 하지만 여기서 기다리게 해주시면 좋겠습니다. 일요일이라서 시간도 있고 여기 있는다고 방해되지는 않을 거라 생각해서 왔습니다."

"그렇게 변명하지 않아도 됩니다."

안내원이 말했다.

"여러 가지로 조심성이 많은 것은 좋은 일입니다. 당신이 여기에 있기는 하지만 나를 방해하지만 않는다면 본인의 사건 진행 상황을 알아보는 것에 신경 쓰지 않겠습니다. 자신의 의무를 소홀하게 생각하는 사람들만 봐오다보니 당신 같은 사람은 관대한 마음으로 대하고 싶어집니다. 의자에 앉으십시오."

"피고를 다루는 솜씨가 대단하지요?"

처녀가 K에게 속삭이자 K가 고개를 끄덕였다. 그때 안내원이 K에게 물었다.

“여기 앉으시겠습니까?”

“아니오. 괜찮습니다. 쉬지 않아도 됩니다.”

K는 가능한 한 단호한 어투로 말했으나 사실은 쉬고 싶었다. 마치 뱃멀미를 하는 느낌이 들었다. 파도가 심하게 치는 바다에 떠 있는 배 안에 있는 듯했다. 파도가 나무배에 부딪치며 덮치는 것처럼 복도 멀리에서 소리가 들려오고 복도가 흔들리다가 양옆에 있는 사람들이 쓰러졌다가 일어나기를 반복하는 기분이었다. 그래서 자신을 데리고 있는 남자 안내원이나 처녀의 침착한 태도를 이해할 수 없었다. K는 그들에게 몸을 맡기고 있었기 때문에 이 사람들이 자신을 놓아비리면 낡은 나무판자처럼 쓰러질 것 같았다. 두 사람은 작은 눈으로 이리저리 날카로운 시선을 보냈다. 이들은 일정한 걸음으로 걸었지만 K는 그들에게 거의 끌려가다시피 했기 때문에 발걸음을 맞출 수가 없었다. 무슨 소리인지 자신에게 말하고 있는 것 같았지만 도무지 알아들을 수가 없었다. 귓속으로 큰 소음만이 울리고 전설의 바다 요정의 비명 같은 날카로운 소리가 귀를 찔렀다.

“좀 더 크게.”

K는 머리를 숙이고 작게 말했다. 그리고 자신의 귀에는 들리지 않았지만 두 사람이 충분히 큰 소리로 말했다는 것을 깨닫고 이런 말을 한 것을 후회했다. 이때 마치 벽에 구멍이 뚫

린 것처럼 상쾌한 바람이 불어오는 것을 느껴졌다. 그리고 옆에서 이런 말이 들려왔다.

"처음에는 밖으로 나가고 싶어 하더니 이제는 여기가 출입구라고 아무리 말해도 꼼짝하지 않는군."

K는 자신이 출입문 앞에 서 있다는 것을 깨달았다. 처녀가 문을 열어줬다. K는 온몸의 힘이 다시 생겨난 것 같은 기분으로 계단에 발을 디뎠다. 그리고 자유를 만끽했다. K는 몸을 숙이고 자신을 부축해준 두 사람에게 인사를 했다.

"정말 감사합니다."

그는 여러 번 반복해서 인사를 하며 그들의 손을 잡았다. 그러나 사무실의 공기에 익숙한 두 사람은 층계 쪽에서 흘러들어오는 공기를 견딜 수 없는 듯한 모습이었다. 그 모습을 본 K는 얼른 그들의 손을 놓았다. 안내원과 처녀는 대답도 제대로 하지 못했다. K가 얼른 문을 닫아주지 않았다면 처녀는 쓰러졌을지도 몰랐다. K는 잠시 그대로 서 있었으나 곧 빗과 거울을 주머니에서 꺼내 머리를 빗고 계단 쪽에 떨어진 모자를 쓰고(아마도 안내원이 던진 듯했다) 계단을 달려 내려갔다. K 스스로도 이상하게 생각할 정도로 기분이 매우 상쾌한 것이 금세 다른 사람이 되어버린 것 같았다. 평소 건강한 때도 이런 변화는 겪어보지 못했다. 마치 자신의 몸이 반란이라도 일으키는 것처럼 옛것을 버리고 새로운 체질을 가지려는 게 아닐까? 되도록 빠른 시일 내에 의사에게 진찰을 받아야겠다는 생각을 했다. 그와 동시에 앞으로는 일요일 오전 시간을 좀 더 효율적으로 보내리라 마음먹었다.

4장

뷔르스트너 양의 친구

요즘 K는 뷔르스트너 양과 얘기할 기회가 없었다. 그녀와 친해지기 위해 여러 가지 방법을 써봤지만 언제나 교묘한 방법으로 빠져나가버렸다. K의 하루 일과는 일이 끝나면 곧장 집으로 와서 방에 불도 켜지 않은 채 자기 방의 긴 의자에 앉아서 응접실만 바라보는 것이 전부였다. 하녀가 지나가다가 방에 아무도 없는 줄 알고 문을 닫으면 그는 다시 문을 열어두었다. 뷔르스트너 양이 출근할 때 단둘이 만날 기회를 잡아보려고 아침에는 한 시간 정도 일찍 일어났다. 그러나 모든 것이 소용없는 일이었다. 그래서 K는 그녀의 사무실과 하숙집 주소로 편지를 보내 자신의 행동을 설명했다. 편지 내용은 뷔르스트너 양이 요구하는 어떤 것이라도 들어주겠다는 것과 그녀가 정하는 선은 절대 넘지 않겠다는 것이었다. 특히 그녀와 의논하기 전에는 그루바흐 부인에게도 이야기를 할 수 없으니 꼭 만나 대화를 나눌 기회를 달라고 부탁하는 내용도 적었다. 편지가 반송되지는 않았지만 그렇다고 답장이 오지도 않았다.

그리고 일요일이 되자 확답의 표시와 같은 일이 일어났다. 아침 일찍부터 K는 열쇠 구멍을 통해 복도의 움직임을 감지했고 곧 무슨 일인지 알게 되었다. 지금까지 다른 방에 혼자 살던 몬탁이라는 독일 여자가 뷔르스트너 양의 방으로 이사를 하고 있었다. 그녀는 프랑스어 교사였는데 얼굴이 창백했고 허약했으며 다리를 약간 절었다. 그녀는 발을 끌듯이 하며 몇 시간 동안 복도를 지나다녔다. 다 끝났다 싶으면 속옷이나 덮개, 책 같은 것을 잊어버려 다시 자신의 방으로 돌아가 새로운 방으로 옮기느라 여러 번 왕복해야 했던 것이다.

그루바흐 부인이 K에게 아침 식사를 가지고 왔을 때(K가 자신에게 화를 낸 후로 그루바흐 부인은 단순한 일도 하녀에게 맡기지 않고 직접 했다) K는 5일간이나 부인과 말을 하지 않았지만 이제는 물을 수밖에 없는 상황이 되었다.

"밖이 왜 이렇게 시끄러운 건가요?"

K가 커피를 따르며 물었다.

"중지시킬 수는 없나요? 꼭 일요일에 저렇게 청소를 해야 합니까?"

K는 그루바흐 부인을 바라보지 않았지만 그녀가 안도의 숨을 내쉬는 것을 느꼈다. 부인은 이 질문이 자신을 향해 내미는 K의 화해의 손길이라고 생각했기 때문이다.

"청소하는 것이 아닙니다. K씨."

부인이 대답했다.

"몬탁 양이 뷔르스트너 양의 방으로 이사를 해서 짐을 옮기는 중이에요."

부인은 말을 잠시 멈췄다. 자신의 말이 K에게 어떻게 들리는지, 말을 계속해도 좋은지 살피기 위해서인 듯했다. 하지만 K는 그저 그녀를 떠보려고 질문했기 때문에 생각에 잠긴 표정으로 커피를 젓고 있었다. 그리고 아무 말도 하지 않다가 다시 고개를 들어 그루바흐 부인에게 물었다.

"전에 가지셨던 뷔르스트너 양에 대한 오해는 풀리셨나요?"

"K씨."

이 질문만을 기다리고 있던 듯 그루바흐 부인은 큰 소리로 답하며 두 손을 포개 K를 향해 내밀었다.

"제가 지나가는 말로 드린 말씀을 너무 진지하게 받아들이셨어요. 저는 당신이나 다른 어떤 사람의 마음도 상하게 할 생각이 없었습니다. 당신은 이미 오랫동안 저를 알던 사람이니 잘 알고 있으리라 생각합니다. 제가 며칠 동안 얼마나 괴로웠는데요! 제가 어떻게 제 집에 머무르는 사람들을 비방할 수 있겠습니까! 그런데 다른 사람도 아닌 K씨 당신이 저를 그런 사람이라고 생각했어요! 그리고 당신을 내보내라고 말했지요, 당신을 쫓아내라고요!"

마지막에 부인은 울음을 터뜨렸고 말을 마치자마자 앞치마에 얼굴을 묻고 소리 내어 흐느꼈다.

"울지 마세요, 그루바흐 부인."

K는 이렇게 말하고 창가로 갔다. 그의 머리는 정체도 알 수 없는 여자를 자신의 방으로 들인 뷔르스트너 양에 대한 생각으로 가득 차 있었다.

"제발 울지 마세요. 그루바흐 부인."

K는 다시 한 번 말하고 뒤로 돌았다.

"저도 그때 나쁜 뜻으로 말한 것은 아니었습니다. 서로 오해가 있었어요. 이런 일은 친한 친구 사이에서도 있을 수 있는 일이에요."

그루바흐 부인은 앞치마에서 얼굴을 떼고 K의 의중을 살피려는 듯 바라봤다.

"그런데 말입니다."

부인의 태도로 보아 아무래도 지난 일을 대위가 부인에게 말하지 않은 것 같았다. K는 용기를 얻어 말을 이었다.

"그럼 정말 잘 알지도 못하는 여자 때문에 부인과 제 사이가 멀어지리라고 생각하셨나요?"

"맞는 말씀이에요. K씨."

그루바흐 부인은 안정이 되자 금세 쓸데없는 말을 늘어놓았다.

"지금까지 저는 혼자서 궁금해하고만 있었어요. 왜 K씨는 그렇게 뷔르스트너 양에 대해 그렇게 궁금해할까. 당신에게서 좋지 않은 말을 들으면 제가 잠을 못 잔다는 것을 알면서도 왜 그녀 때문에 저하고 언쟁을 벌였을까. 저는 뷔르스트너 양에 대해 제가 눈으로 본 사실만을 이야기했을 뿐이에요."

K는 아무런 말도 하지 않았다. 첫 마디를 듣자마자 부인을 당장 방에서 쫓아내려고 했지만 그렇게 하고 싶지는 않았다. 그저 커피를 마시면서 부인이 스스로 자신이 지나쳤다는 사실을 깨닫기를 바랐다. 이때 문밖으로 몬탁 양이 발을 끌며 지나가는 소리가 들렸다.

"저 소리가 들리나요?"

K는 문을 가리키며 물었다.

"네."

부인은 한숨을 쉬며 대답했다.

"저도 도와주고 싶고 하녀를 보내 돕게 하고 싶지만 고집이 센 사람이라 무엇이든지 자신이 직접 하지 않으면 마음이 놓이지 않는다고 거절하네요. 뷔르스트너 양도 이상해요. 저는 몬탁 양에게 방을 세준 것만으로도 부담스러운데 자기 방에서 같이 살겠다고 하니 말이에요."

"그것은 부인이 신경 쓸 일이 아니지요."

K는 잔에 남은 설탕을 스푼으로 으깨어가며 말했다.

"그렇다고 부인이 손해를 보는 것은 아니지 않습니까?"

"그렇지요."

부인이 말했다.

"우리에게는 오히려 환영할 입입니다. 방 하나가 비면 내 조카가 지낼 방이 생기는 것이니까요. 그 애가 며칠 전부터 당신 옆방에서 지내는데 혹시 당신에게 방해되지는 않는지 걱정이에요. 그 아이는 조심성이 없는 편이라서요."

"천만의 말씀입니다."

K는 자리에서 일어났다.

"전 그런 뜻으로 말씀을 드린 것이 아닙니다. 몬탁 양이 걷는 소리를(지금 또다시 돌아가는군요) 참지 못할 뿐인데 그렇다고 저를 예민한 사람이라고 생각하는 것은 곤란합니다."

그루바흐 부인은 도저히 어떻게 해야 좋을지 몰랐다.

"이사를 그만두라고 하신다면 그렇게 할게요."

부인이 말했다.

"하지만 저분은 뷔르스트너 양의 방으로 옮긴다고 하지 않았습니까!"

"네."

그루바흐 부인은 K의 의중을 알 수가 없었다.

"그러면 짐을 옮겨야 하지요."

K가 이렇게 말하자 부인은 고저 고개만 끄덕였다. 부인의 이런 모습이 고집스럽게 보여 K를 자극했다.

그는 창문에서 문까지 걸어 다녔는데 이 행동이 그루바흐 부인으로 하여금 나갈 기회를 주지 않고 있었다. 그렇지 않았다면 부인은 이미 K의 방을 나갔을 것이다.

K가 문 앞으로 다가갔을 때 노크 소리가 들렸다. 하녀가 와서 몬탁 양이 K와 이야기를 나누고 싶다며 식당에서 기다린다는 말을 전했다. K는 하녀의 말을 주의 깊게 듣고 나서 놀란 표정의 그루바흐 부인에게 몸을 돌려 비웃는 듯한 눈빛을 보냈다. 그 눈빛은 '마치 몬탁 양이 이렇게 나올 줄 알고 있었다, 일요일 오전 시간을 다른 세입자 때문에 망쳐버린 것도 모자라 이제는 자신을 불러내기까지 하니 이건 모두 부인의 탓이오'라고 말하는 듯했다. K는 '곧 가겠다'는 말을 하녀에게 전하고 옷을 갈아입기 위해 옷장으로 갔다. 그리고 작은 소리로 어떻게 저런 사람이 있느냐고 투덜거리는 그루바흐 부인에게 아침 식사를 마친 그릇을 좀 치워달라고 부탁했다.

"거의 드시지도 않으셨군요."

그루바흐 부인이 말했다

"됐습니다. 그냥 가져가십시오!"

K가 말했다. 이제는 모든 일에 몬탁 양이 끼어든 것만 같아서 불쾌했다.

복도를 지나가며 그는 닫혀 있는 뷔르스트너 양의 방문을 바라봤다. 그러나 그가 초대를 받은 곳은 방이 아니라 식당이었다. 그는 노크도 하지 않고 식당 문을 열었다.

식당은 아주 길지만 폭이 좁고 창문이 하나밖에 없었다. 문 양옆 구석에 찬장 두 개를 겨우 놓을 만한 자리밖에는 없고 나머지 공간은 긴 식탁이 차지했다. 식탁은 문 가까이에서 큰 창문 바로 앞까지 닿을 정도였기 때문에 창문 쪽으로 다가갈 수 없었다. 식탁 위에는 이미 음식이 차려져 있었다. 일요일에는 하숙을 하는 세입자들이 거의 이곳에서 점심 식사를 하기 때문인 것 같았다.

K가 식당 안으로 들어서자 몬탁 양이 창문 옆에 있다가 식탁을 따라 K를 향해 다가왔다. 두 사람은 말없이 눈으로만 인사했다. 그리고 몬탁 양은 평소 버릇대로 고개를 이상하게 쳐든 자세로 말했다.

"저를 아시는지 모르겠네요."

K는 눈을 가늘게 뜨고 그녀를 바라봤다.

"잘 알고 있습니다."

K가 대답했다.

"당신은 그루바흐 부인 댁에 사신 지 꽤 오래 되었으니까요."
"그런데 제가 보기에 당신은 이 집에 대해서는 별 관심이 없어 보이시던데요."
몬탁 양이 말했다.
"그렇지 않습니다."
K가 답했다.
"앉으시겠어요?"
몬탁 양이 물었다.
두 사람은 말없이 식탁 끝에 놓인 의자 두 개를 끌어내 마주 앉았다. 그러나 몬탁 양은 곧 다시 일어나 창문턱에 놓아둔 핸드백을 가지러 갔다. 그녀는 발을 끌며 식당 끝까지 걸어갔다. 핸드백을 가볍게 흔들면서 자리로 돌아온 몬탁 양이 말했다.
"사실은 뷔르스트너 양을 대신해서 드릴 말씀이 있어 뵙자고 했어요. 본인이 직접 나왔어야 했는데 오늘 몸이 좀 아프답니다. 기분 나쁘게 생각하지 말아주시고 양해해주세요. 오히려 제가 객관적인 입장에서 더 많은 말씀을 드릴 수 있을 거라고 생각합니다. 그렇게 생각하지 않으시나요?"
"무슨 말씀을 하시려는 겁니까?"
K는 자신의 입으로 쏠린 몬탁 양의 시선에 피곤함을 느꼈다. 그녀는 이런 행동으로 K가 먼저 말하려는 것을 선수라도 칠 모양새였다.

“직접 만나서 터놓고 이야기하길 바랐는데 뷔르스트너 양은 동의하지 않는 모양입니다.”

“꼭 그렇다고 단정 지을 수도 없어요. K씨는 모든 것을 너무 극단적으로 생각하시는 것 같군요. 보통은 터놓고 이야기하는 데 동의가 따로 필요하지도 않을뿐더러 반대의 경우라도 마찬가지입니다. 현재 상황으로는 만나는 일이 불필요하다는 뜻으로 드리는 말씀입니다. 당신의 반응을 보니 저도 좀 더 확실하게 말씀드릴 수 있겠습니다. 당신은 제 친구에게 서면이나 구두로 만나기를 청했다고 알고 있어요. 적어도 제 짐작으로는 친구는 당신이 어떤 답을 원하는지 알고 있어요. 그래서 이유는 알 수 없지만 당신을 만나봐야 아무 소용이 없다고 생각하고 있습니다. 그리고 제 친구는 이 이야기를 어제서야 제게 해줬습니다. 그나마도 아주 간단하게만 말해줬어요. 어찌 되었든 당신도 제 친구의 답을 그리 중요하게 생각하지 않는다고 말했습니다. 왜냐하면 당신은 우연한 기회에 그런 생각을 하신 것이고 친구가 특별히 설명하지 않아도 이 모든 것이 의미 없는 일임을 당장은 아니어도 조만간 알게 된다고 했습니다. 저는 그 말이 일리가 있다고 생각했어요. 하지만 당신에게는 확실한 대답을 해주는 편이 일을 매듭짓는 데 도움이 된다고 이야기해줬습니다. 제가 이 문제를 대신해서 처리하겠다고 말하자 친구는 잠시 망설이다가 승낙했습니다. 제 노력을 당신도 알아주시리라고 생각해요. 아무리 사소한 문제라도 석연치 않은 점이 조금이라도 존재한다면 바람직하지 못한 데다 이렇게 쉽게 해결할 수 있는 문제는 해결하고 넘어가는 게 좋지요."

"고맙습니다."

K는 얼른 대답하고 천천히 자리에서 일어나 몬탁 양을 유심히 바라보고 식탁 위를 쳐다보다가 다시 창밖을 보고(맞은편 건물에 햇볕이 내리쬐고 있었다) 문 쪽으로 갔다. 몬탁 양은 K의 의도를 알 수가 없어 몇 걸음 뒤따라갔다. 그러나 문 앞에서 두 사람은 뒤로 물러서야만 했다. 문이 열리면서 란츠 대위가 들어왔기 때문이다. K는 그를 처음으로 가까운 거리에서 대면하게 되었다. 키가 크고 검게 그을린 살진 얼굴이 족히 마흔 살은 되어 보였다. 그는 K에게 가볍게 고개를 숙여 목례를 하고 몬탁 양에게 다가가더니 아주 예의 바른 자세로 그녀의 손에 키스했다. 대위의 움직임은 아주 자연스러웠다. K가 몬탁 양을 대하는 태도와는 천지 차이였다. 그러나 몬탁 양은 K에게 특별히 불쾌한 기색을 보이지 않았다. 심지어는 대위에게 그를 소개해주려는 눈치였다. 하지만 K는 두 사람 중 어느 누구하고도 어울리고 싶지 않았다. 대위가 몬탁 양의 손에 입을 맞춘 행동은 그들이 악의가 없다는 사실을 꾸며 자신과 뷔르스트너 양의 사이를 갈라놓으려는 것처럼 보였기 때문이다. 뿐

만 아니라 K는 몬탁 양이 교묘하고도 이중적인 효과가 있는 방법을 택했다고 생각했다. 그녀는 뷔르스트너 양과 K의 관계를 과장되게 해석했고 부탁 받은 말을 전하면서 그 의미를 과도하게 해석하고도 모든 것을 지나치게 받아들이는 사람은 K라고 몰아가고 있었다. 이는 그녀의 잘못된 생각이었다. K는 뷔르스트너 양과의 관계에 그리 큰 의미를 두지 않았다. 뷔르스트너 양은 단순한 타이피스트에 지나지 않았고 자신을 언제까지나 거부할 수 있다고 생각하지 않았다. 그리고 여기에서는 브루바흐 부인이 뷔르스트너 양에 관해 목격한 사실은 일부러 계산하지 않았다.

이런 생각들을 하면서 K는 인사도 없이 식당을 나왔다. 곧장 자신의 방으로 가려고 했지만 뒤에서 몬탁 양과 대위의 웃음소리가 들리자 이들을 놀래주고 싶어졌다. 그는 주위를 둘러보며 훼방꾼이라도 나타나지 않는지 귀를 기울였으나 사방은 조용했다. 식당에서 이야기를 나누는 소리와 부엌으로 통하는 복도 쪽에서 그루바흐 부인의 목소리만 들려왔다.

K는 절호의 기회라고 생각했다. 그리고 뷔르스트너 양의 방문 앞에서 노크를 했다. 아무런 기척이 없어서 다시 한 번 노크를 했다. 자는 것일까? 아니면 정말 몸이 아픈 것일까? 이렇게 조용히 노크할 만한 사람은 K밖에 없다고 생각해서 대답하지 않는 것일까? 그는 뷔르스트너 양이 방에 있다는 생각에

더욱 세게 노크를 했지만 역시 아무런 대답이 없었다. 그래서 의미 없고 소용도 없는 행동이라는 것을 알면서도 방문을 열어봤다.

방 안에는 아무도 없었다. 방은 K가 전에 보았던 모습과는 많이 달라져 있었다. 벽 쪽에는 침대 두 개가 나란히 놓여 있었고 문가에 놓인 세 개의 의자 위에는 옷과 속옷이 가득했으며 옷장 하나는 열린 상태였다. 몬탁 양이 식당에서 K를 만나는 동안에 뷔르스트너 양은 나간 모양이었다. K는 그리 놀라지 않았다. 뷔르스트너 양을 쉽게 만나리라는 기대는 하지 않았고 문을 열어본 것은 몬탁 양에 대한 반발심에서 비롯된 행동이었다.

문을 닫고 나왔을 때 식당 입구에 서서 이야기를 하고 있는 몬탁 양과 대위를 보자 K는 심한 굴욕감을 느꼈다. 두 사람은 K가 뷔르스트너 양의 방문을 열었을 때부터 그곳에 있었던 것 같았다. 그들은 K를 관찰하는 듯한 내색을 하지 않고 조용히 대화하면서 중간중간 무심히 주위를 둘러보는 시선 중에 K의 행동을 주시하고 있었다. 그러나 K는 그런 시선이 더 부담스러워져 복도를 지나 서둘러 자신의 방으로 들어갔다.

5장
태형관

며칠 뒤 어느 날 저녁 K가 사무실과 중앙 계단 사이의 복도를 걷고 있을 때(전등 한 개만 켜진 이 길은 발행소에서 일하는 직원 두 명을 제외하고 K가 그날 가장 마지막으로 퇴근하는 길이었다) 폐기물 창고라고 생각한 곳에서 신음소리가 들려왔다. K는 깜짝 놀라 걸음을 멈추고 다시 한 번 귀를 기울였다. 잠깐 조용해졌으나 다시 소리가 들렸다. 처음에는 다른 직원을 데려와 같이 들여다보려 하다가 호기심이 생겨 혼자서 문을 열어젖혔다. K의 생각대로 그곳은 폐기물 창고가 맞았다. 문 안쪽에는 낡은 인쇄물과 빈 잉크병들이 뒹굴고 있었다. 그런데 그곳에 사람이 있었다. 모두 세 명이었다. 천장이 낮아 그들은 모두 허리를 구부리고 서 있었다. 선반 위의 촛불이 그들을 비추고 있었다.

"여기서 무엇을 하고 있는 겁니까?"

K가 당황한 목소리로 말했다. 흥분한 상태였지만 목소리는 낮았다.

다른 두 사람을 함부로 다루는 듯한 남자에게 K의 눈길이 먼저 갔다. 그는 가슴까지 깊게 패인 검정색 가죽 반팔 옷을 입고 있었다. 그는 대답이 없었다. 이때 다른 두 남자가 소리쳤다.

"이보시오! 당신이 예심판사 앞에서 우리를 비난하는 바람에 이렇게 매를 맞게 되었소!"

K는 그때서야 비로소 이들 가운데 두 남자가 프란츠와 빌렘이며 다른 한 남자는 그들을 때리기 위해 손에 채찍을 들고 있다는 사실을 깨달았다.

"자, 그렇다면."

K는 그들을 뚫어지게 바라봤다.

"나는 비난을 한 것이 아니라 내 집에서 일어난 일을 그대로 말했을 뿐이오. 그리고 당신들도 올바른 행동을 했다고 말할 수는 없지 않습니까."

"이보시오."

프란츠가 채찍을 피하려고 빌렘 뒤에 몸을 숨길 때 빌렘이 말했다. "우리의 월급이 얼마나 적은지 아신다면 그런 판단은 내리지 않으셨을 겁니다. 저는 보살펴야 할 가족이 있고 프란츠는 이제 곧 결혼을 앞두고 있습니다. 우리 모두 돈이 필요한 형편이지만 지금 맡고 있는 일만 해서는 어림도 없어요. 당신의 속옷이 탐났습니다. 물론 감시인으로서 하면 안 되는 행동이었지만 지금까지 모두가 관습적으로 해왔던 일이었습니다. 이는 틀림없는 사실입니다. 그렇지 않습니까. 이제 체포될 운 나쁜 사람에게 속옷이 무슨 소용이 있겠습니까? 그런데 그런 비난을 하고 다니면 당연히 우리가 벌을 받게 되지 않겠습니까."

"당신들이 하는 말을 나는 알지 못했고 당신들을 처벌하기 위해서 발언한 것이 아닙니다. 나는 그저 원칙적으로 문제가 있음을 지적했을 뿐이오."

"프란츠."

빌렘이 동료 감시인을 돌아보며 말했다.

"이분이 우리를 처벌하라고 하지는 않았을 거라고 내가 얘기하지 않았나? 우리가 벌을 받게 되리라고는 이분도 몰랐다는 것을 자네도 들었지."

"그 말에 속지 마시오."

세 번째 남자가 말했다.

"처벌은 정당한 것이고 이를 피할 방법은 없습니다."

"이 사람 말은 듣지 마시오."

빌렘이 이렇게 말하고 내리치는 채찍에 맞은 손을 재빨리 입으로 가져가며 잠시 입을 다물었다가 다시 열었다.

"우리가 처벌받게 된 것은 당신이 우리를 고발했기 때문입니다. 그렇지 않았다면 우리가 저지른 일이 드러났더라도 당신만 아니었으면 우리에게는 아무런 일도 일어나지 않았을 것입니다. 그런데도 처벌이 정당하다고 말할 수 있나요? 우리 두 사람, 특히 나 빌렘은 오랫동안 감시인으로 충실하게 일해왔어요(당신이 관공서의 시점에서 본다면 분명 이 사실을 인정할 수밖에 없을 것이오). 우리는 출세의 꿈에 부풀어 있었소. 조금만 더 고생하면 이 사람같이 태형관이 되었을 겁니다. 이 사람은 운이 좋아 누구에게도 고발을 당하지 않았지요. 사실 이런 고발은 아주 드문 일입니다. 하지만 이제 모든 것이 부질없습니다. 감시인보다도 못한 일을 하게 되겠지요. 게다가 끔찍한 고통을 주는 태형까지 받게 되었소."

"이 채찍으로 맞으면 그렇게 아픈가요?"

K는 태형관의 채찍을 자세히 살펴봤다.

"완전히 발가벗어야 하니 그렇습니다."

빌렘이 답했다. K는 태형관을 보았다. 그는 뱃사람처럼 햇볕에 갈색으로 그을려 생기 넘치고 야성적인 사내였다.

"태형을 그만둘 수는 없습니까?"

K가 태형관에게 물었다.

"없습니다."

태형관이 머리를 흔들며 웃었다.

"옷을 벗어라!"

그는 감시인들에게 명령하고 K에게 말했다.

"이 사람들의 이야기를 곧이곧대로 믿어서는 안 됩니다. 채찍이 무서운 나머지 이미 약간 정신이 나갔습니다. 예를 들자면 이 남자(빌렘을 가리켰다)가 머지않아 출세를 한다고 말했지만 말도 안 되는 소리입니다. 이 뚱뚱한 몸을 보십시오. 채찍으로 때리면 채찍이 살 속에 박힐 지경입니다. 어떻게 이런 꼴이 되었는지 아십니까? 이 사람은 체포된 사람의 아침 식사를 빼앗아 먹는 버릇이 있습니다. 당신 것도 먹어치우지 않았습니까? 내 말이 맞겠시요. 배기 이렇게 나온 사람은 결코 태형관이 될 수 없습니다. 절대로 안 됩니다."

"배 나온 태형관도 있어요."

허리띠를 풀던 빌렘이 주장했다.

"없어."

태형관이 채찍으로 빌렘의 목을 때리자 그는 몸을 움츠렸다.

"남 이야기에 참견하지 말고 옷이나 벗어라."

"이 사람들을 풀어주면 사례는 얼마든지 하겠습니다."

K는 태형관의 얼굴은 보지 않은 채(이런 일은 서로 눈을 보지 않고 처리하는 것이 좋다) 지갑을 꺼냈다.

"이제는 나를 고발할 작정이로군."

태형관은 이렇게 말했다.

"그래서 나도 채찍을 맞게 할 속셈이로군. 안 되지. 안 되는 일이고말고!"

"잘 생각해보십시오."

K가 말했다.

"내가 이 두 사람이 처벌받기를 원했다면 지금 이렇게 돈을 주고 구하려고 하지도 않았을 것입니다. 즉시 문을 닫아버리고 더는 보지도 듣지도 않고 집으로 갈 수도 있습니다. 하지만 나는 그렇게 하기보다 진심으로 이 사람들을 풀어주고 싶을 뿐입니다. 이들이 벌을 받아야 한다거나 벌을 받을지 모른다는 사실을 알았다면 나는 이들의 이름을 절대로 발설하지 않았을 것입니다. 내 말은 이 두 사람에게는 죄가 없다고 생각한다는 뜻입니다. 죄가 있다면, 이 거대한 조직과 고위 관리들에게나 있습니다."

"맞습니다!"

감시인들이 외쳤다. 그러자 태형관은 그들의 벗은 몸 위에 채찍을 내리쳤다.

"지금 당신의 채찍 아래 지위가 높은 재판관이 있다고 가정한다면."

K가 말하면서 다시 채찍을 들어 올리는 태형관의 손을 잡았다.

"나는 당신을 말리지 않았을 것입니다. 오히려 당신이 좋은 일을 한다고 격려하며 돈을 주었을 것입니다."

"당신의 말은 그럴듯하지만."

태형관이 말했다.

"돈으로 나를 매수하려고 생각했다면 그것은 당신의 큰 오산이오. 나는 내 할 일을 하는 것뿐이오."

K가 개입해서 더 나은 결과를 낳기를 기대하며 이제까지 상당히 조심스럽게 처신하던 감시인 프란츠가 바지만 입은 상태로 문 쪽으로 걸어와 무릎을 꿇고 K에게 매달렸다.

"우리 모두를 구할 수 없으면 나라도 구해줘요. 빌렘은 나이도 많은 데다 모든 면에서 둔감하고 2년 전에도 가벼운 태형을 받은 적이 있어요. 하지만 저는 지금까지 이런 굴욕을 맛본 적이 없습니다. 그저 빌렘이 시키는 대로 했을 뿐이라고요. 밖에서는 불쌍한 내 약혼녀가 기다리고 있어요. 제 자신이 너무나 부끄럽습니다."

프란츠는 이렇게 말하고 눈물범벅이 된 얼굴을 K의 상의로 닦았다.

"더 이상 기다릴 수가 없군."

태형관은 두 손으로 채찍을 쥐고 프란츠를 향해 힘껏 내리쳤다. 빌렘은 한쪽 구석에서 웅크린 자세로 머리를 돌릴 용기도 없어 눈동자만 굴려 힐끗거리고 있었다. 프란츠의 입에서 비명이 끊이지 않았다. 그것은 인간의 소리가 아니라 마치 고

문받는 기계가 내는 소리 같았다. 소리는 복도 전체로 울려 퍼져 건물 전체에 들릴 것이 분명했다.

"소리 지르지 말아요."

K가 외쳤다. 그리고 남아 있는 직원들이 달려올지도 모르는 방향을 긴장한 채 주시하면서 프란츠를 살짝 쳤다. 그리 세게 치지 않았는데 의식을 잃은 상태였던 프란츠는 그 자리에 쓰러져 경련을 일으키며 두 손으로 마룻바닥을 더듬었다. 그럼에도 채찍질은 계속되었다. 그때 직원들이 달려오는 모습이 보였다. 한 명은 앞에, 또 다른 한 명은 뒤따라오고 있었다. K는 급히 나와서 문을 닫고 마당 쪽으로 뚫린 창문으로 다가가 창문을 열었다. 비명은 멈춰 있었다. K는 직원들이 더는 다가오지 못하게 하려고 그들을 향해 외쳤다.

"나야!"

"안녕하세요. 이사님!"

밖에서 답하는 소리가 들렸다.

"무슨 일입니까?"

"아무것도 아니야."

K는 아무렇지 않은 목소리로 말했다.

"안뜰에서 개가 짖는 소리라네."

그럼에도 불구하고 직원이 그 자리를 떠나지 않자 K는 말을 이었다.

"가서 일해요."

직원들과 더 이상 대화를 하지 않으려고 K는 몸을 돌려 창밖으로 몸을 내밀었다. 잠시 후 다시 복도 쪽을 보니 그들은 이미 가버린 뒤였다. K는 계속 창문가에 서 있었다. 한 번 더 창고에 들어갈 용기는 없었지만 그렇다고 집에 가고 싶지도 않았다. K가 내려다본 것은 작고 네모난 안뜰이었는데 주위는 모두 사무실이었다. 사무실 창문은 이미 캄캄했고 맨 위층의 창문만 달빛을 받아 환하게 빛났다. 한쪽 구석에는 손수레 몇 대가 뒤섞여 있었다. 태형을 막지 못한 것이 괴로웠지만 그의 잘못은 아니었다. 프란츠가 소리만 지르지 않았다면(물론 프란츠도 고통스러웠을 것이다. 하지만 결정적인 순간에는 자신의 감정을 조절할 줄 알아야 한다) 태형관을 설득할 수 있었을 것이다. 말단 관리들이 모두 무뢰배나 다름없다고 한다면 그중 가장 비인간적인 업무를 행하는 태형관도 예외일 수는 없다. K가 내민 지폐를 보는 그의 눈이 빛났던 것을 K는 분명히 보았다. 태형관은 뇌물의 액수를 높이기 위해 채찍을 휘두른 것이 분명했다. K도 그런 곳에 돈을 아끼지는 않았을 것이다. 그는 진심으로 감시인들을 구하고 싶었다. K가 부패한 사법제도에 반기를 든 이상 이런 그의 태도는 당연했다. 그러나 프란츠가 소리를 질러 모든 것이 수포로 돌아가버리고 말았다. 직원들이나 혹시 건물 안에 남아 있을지도 모르는 다른 사람들이 달려와 창고 안에서

K와 태형관이 같이 있는 모습을 보게 할 수는 없었다. K에게 이런 희생까지 강요할 권리가 있는 자는 아무도 없었다.

만약 K가 어떤 희생이라도 감내할 계획을 세웠다면 차라리 스스로 옷을 벗고 태형관 앞에서 감시인들 대신 매를 맞으면 간단한 일이었다. 하지만 태형관에게 이것은 부질없는 짓이었으며 직무 유기까지 될 수 있는 사안이었다. 그리고 법원의 어떤 관리도 상해를 입힐 수 없었으므로 기소 중인 K에게 이중으로 죄를 짓게 될 수도 있었다. 물론 특수한 규정이 적용될 가능성도 있었다. 어찌 되었든 K는 문을 닫아버림으로써 태형 장면을 다른 사람들이 보지 못하게 한 것만으로도 충분히 할 일을 했다. 마지막에 프란츠를 살짝 밀쳐낸 것이 마음에 걸렸지만 그가 지나치게 흥분한 상태였기 때문에 어쩔 수 없었다.

멀리서 직원들의 발소리가 들렸다. K는 그들의 눈에 띄지 않도록 창문을 닫고 중앙에 있는 계단으로 향했다. 폐기물 창고 앞에 잠시 멈춰 귀를 기울였지만 아무런 소리도 들리지 않았다. 태형관이 감시인들을 채찍으로 쳐서 죽여버렸는지도 몰랐다. K는 문손잡이에 손을 가져갔다가 이내 거뒀다.

이제는 그 누구도 구할 방도가 없었다. 곧 직원들이 올 것이다. 그러나 K는 이 문제를 나중에라도 반드시 파고들어 진짜 범인, 즉 한 번도 그의 눈앞에 나타나지 않은 고위직 관리들을 엄벌에 처하기로 결심했다. 은행의 계단을 내려오면서 K는 프란츠의 약혼녀로 보이는 여자를 찾았지만 누군가를 기다리는 듯한 여인은 보이지 않았다. 동정표를 얻기 위한 프란츠의 거짓이었다. K는 궁지에 몰린 사람이 취할 만한 행동이었다고 생각했다.

이튿날에도 감시인들의 모습이 머리에서 떠나지 않았다. 일이 손에 잡히지 않아 평소보다 긴 시간 동안 사무실에 남아 있어야만 했다. 퇴근길에 K는 폐기물 창고를 지나다가 습관적으로 문을 열어봤다. 어두컴컴하리라 생각했던 공간은 어제와 달라진 것이 없었다. K는 자신의 눈을 믿을 수가 없었다. 문 쪽으로 쌓인 인쇄물과 잉크병, 채찍을 든 태형관, 여전히 발가벗긴 채 있는 감시인들이 모두 그대로였다. 이때 감시인이 외쳤다.

"이보시오!"

그러나 K는 즉시 문을 닫고 나서 더욱 단단히 닫으려는 듯 주먹으로 문을 두들겼다. 그는 울상이 되어 복사기 앞에서 묵묵히 일을 하던 직원들에게 달려갔다. 직원들은 조용히 일을 하다가 K를 보고 깜짝 놀랐다.

"제발 폐기물 창고를 좀 청소하게!"

K가 말했다.

"먼지 속에 파묻히겠군!"

직원들이 내일 하겠다고 말하자 K는 고개를 끄덕였다. 늦은 밤 시간이라서 더 이상 강요할 수는 없었다. 그들을 옆에 붙들어두기 위해 잠시 옆에 앉아 있다가 검사하는 척하며 복사한 인쇄물을 몇 장 뒤적였다. 그리고 직원들이 K와 함께 퇴근할 의향이 없음을 깨닫고는 피곤하고 멍한 상태로 집으로 돌아갔다.

6장

숙부 / 레니

어느 날 오후(아침 우편물 마감을 앞두고 K는 몹시 바빴다) 서류를 들고 오는 직원을 밀치고 숙부 칼이 나타났다. 숙부는 시골에 땅을 가진 소유주였다. K는 숙부가 온다는 사실을 이미 오래전부터 알고 있었기 때문에 그리 놀라지는 않았다. K는 그가 온다는 것을 한 달 전부터 알고 있었다. 그 소식을 들은 순간 K는 허리가 약간 굽은 숙부가 왼손에 납작한 파나마모자(남아메리카에서 자라는 식물의 어린잎을 잘게 쪼갠 섬유로 만든 모자—옮긴이)를 들고 오른손은 멀리서부터 K에게 내민 채 오다가 자신의 진로에 방해되는 것들을 밀쳐내버리는 장면을 떠올렸다. 숙부는 언제나 서두르는 성격이었다. 그는 수도에 머무르게 되더라도 하루 이상은 있지 않았다. 예정한 계획을 그 하루 동안에 해치우려 서둘렀고 면회, 상담, 여흥거리조차 놓치지 않으려고 했다. K는 지난날 자신을 보살펴준 숙부의 일을 돕고 자신의 집에서 하룻밤 묵으시도록 했다. K는 숙부를 '시골에서 온 유령'이라고 불렀다.

인사를 하고 난 뒤(K는 소파에 앉기를 권했지만 숙부는 그럴 시간이 없었다) 숙부는 단둘이 이야기를 나누자고 했다.

"꼭 그래야만 한다."

숙부는 고통스럽게 침을 삼키며 말했다.

"그래야 내가 안심이 되는구나."

K는 즉시 직원들을 방에서 내보냈다. 아무도 들여보내지 말라는 지시도 했다.

"내가 무슨 말을 들은 것이냐, 요제프?"

두 사람만 남자 숙부는 이렇게 외치고 책상 위에 걸터앉았다. 자리가 불편할 텐데도 서류를 엉덩이 밑에 깔아둔 채였다. K는 가만히 있었다. 무슨 이야기인지 알고 있었지만 일에 집중했던 긴장감이 풀리자 창밖을 편안하게 바라봤다. 그곳에는 두 개의 상점 진열장 사이에 있는 빈 벽으로 이루어진 조그마한 삼각형 모양만이 보였다.

"대체 어디를 보고 있는 거냐!"

숙부는 두 팔을 들며 말했다.

"세상에나, 나한테 말 좀 해보거라. 그것이 사실이냐?"

"사랑하는 숙부님."

K는 상념에서 벗어나 대답했다.

"무슨 말씀이신지 알 수가 없네요."

"요제프."

숙부는 경고의 의미가 담긴 목소리로 말했다.

"지금까지 네가 나에게 숨기는 일은 없다고 생각했다. 하지만 이제 보니 그렇지도 않은 것 같구나."

"무슨 말씀이신지 알겠습니다."

K는 공손하게 말했다.

"제 소송에 대한 소문을 들으셨나보군요."

"그래."

숙부는 천천히 고개를 끄덕였다.

"누가 알려주던가요?"

K가 물었다.

"에르나가 편지로 알려주었다. 사실 그 아이는 너와 별로 왕래를 하지 않는 걸로 알고 있다. 네가 그 아이에게 신경을 쓰지 않는 것은 섭섭한 일이다. 그렇지만 에르나는 너의 일을 알고 있었다. 편지를 받고 곧장 이리로 왔다. 다른 볼일은 없지만 이것만으로도 내가 와야 할 충분한 이유는 된단다. 너에 대해 쓴 부분을 읽어주마."

숙부는 가방에서 편지를 꺼냈다.

“여기 있다. 이렇게 썼구나. ‘오랫동안 요제프를 만나지 못했어요. 지난주에 은행에 갔지만 요제프가 너무 바빠서 만나지 못했어요. 거의 한 시간을 기다리다가 피아노 수업 때문에 집으로 돌아왔습니다. 꼭 만나려고 했는데 다음번에 기회가 또 있겠지요. 제 생일에는 큰 상자에 초콜릿을 보내주었습니다. 이런 자상한 마음씨에 감사드려요. 그때는 잊어버리고 아버지께 말씀드리지 못했는데 아버지께서 물어보셔서 생각이 났어요. 초콜릿 같은 것은 기숙사에서 금방 없어지고 만답니다. 그것을 선물 받았다는 사실을 미처 알기도 전에 말이지요. 오늘은 요제프에 대해 좀 더 알려드릴 것이 있어요. 처음 말씀드렸다시피 제가 은행에 갔을 때 어떤 사람을 만나고 있어서 저는 만날 수가 없었어요. 한참을 기다리다가 상담이 길어지겠느냐고 직원에게 물었습니다. 그런데 직원이 이사님이 기소된 소송건으로 시간이 꽤 길어질 것이라고 대답했습니다. 그래서 제가 어떤 소송인지, 잘못 알고 있는 것은 아닌지 물어봤어요. 하지만 그 사람은 잘못 안 게 아니라 기소 사실은 틀림이 없고 더군다나 그 사안이 매우 심각하다고 말했습니다. 하지만 그 이상은 모른다고 했어요. 이사님은 훌륭하고 정직한 분이기 때문에 자신도 돕고 싶지만 방법을 모르고 다만 영향력 있는 분들이 이사님을 보살펴주길 바란다고 하네요. 그는 틀림없이 그렇게 될 것이고 좋은 결말로 마무리되겠지만 어쨌든 지금 이사님의 기분은 그리 좋지는 않은 상태라고 말해주었습니다. 저는 이 이야기를 그리 심각하게 받아들이지 않았어요. 그리고 그 단순한 직원을 진정시키고 다른 사람에게는 말하지 않도록 당부해두었습니다. 저는 이 모든 일들이 말도 안 된다고 생각해요. 하지만 아버지, 다음에 이곳에 오시게 되면 어떻게 된 일인지 자세히 알아보시는 게 좋을 것 같아요. 아버지는 저보다 더 자세한 내용을 아실 수 있으실 거예요. 그리고 필요한 경우 아버지의 영향력 있는 친구분의 힘을 빌려 수습하실 수도 있을 거예요. 꼭 그럴 필요는 없는 것 같지만 이 딸이 아버지의 품에 안길 수 있는 기회를 빨리 만들어주시면 기쁘겠어요.' 아이고 착한 내 딸."

편지를 다 읽은 숙부는 눈물을 닦았다. K는 고개를 끄덕였다. 최근 일어난 여러 가지 일 때문에 에르나에 대해서는 완전히 잊고 지냈다. 생일까지도 말이다. 초콜릿에 대한 이야기는 에르나가 숙부와 숙모 앞에서 K를 감싸주기 위해 지어낸 말이었다. 정말 기특한 아이였다. 그동안 K는 그녀에게 연극표라도 정기적으로 보내줄 생각이었는데 그것만으로는 충분하지 못할 것 같았다. 하지만 지금으로서는 기숙사까지 찾아가 열여덟 살짜리 어린 여자아이와 이야기를 나눌 기분은 아니었다.

"그래, 어찌된 일이냐?"

편지 때문에 서두르며 흥분했던 일을 잠시 잊고 있던 숙부는 이렇게 묻고 다시 편지로 눈을 돌리는 듯했다.

"네 숙부님."

K가 말했다.

"사실이에요."

"사실이라고?"

숙부가 소리쳤다.

"뭐가 사실이라는 것이냐? 도대체 어떻게 그런 일이 사실일 수가 있다는 것이냐? 무슨 소송에 걸린 것이냐, 설마 형사 소송은 아니겠지?"

"형사 소송입니다."

K가 대답했다.

"그런데 너는 이렇게 가만히 앉아 있단 말이냐?"

숙부의 목소리가 점점 높아졌다.

"침착하게 대응할수록 좋은 결과가 나옵니다."

K가 지친 목소리로 말했다.

"걱정 마세요."

"그런 말로 나를 안심시키려고 하지 마라!"

숙부가 소리쳤다.

"사랑하는 요제프, 요제프야, 너는 우리 집안의 명예였다. 네 스스로의 명예나 우리 가문의 명예를 생각해보렴. 네가 우리 집안의 수치가 되어서는 안 된다."

그는 머리를 옆으로 기울여 K를 봤다.

"너의 태도는 썩 좋지 못하구나. 결백한 피고인의 자세가 아니야. 무슨 사건인지 말을 해보아라. 내가 너를 도와주겠다. 물론 은행에 관한 일이겠지?"

"아닙니다."

K는 자리에서 일어났다.

"숙부님 목소리가 너무 큽니다. 직원이 문 뒤에서 듣고 있을지도 모릅니다. 불쾌한 일이지요. 밖으로 나가시겠습니까? 그러면 숙부님의 질문에 모두 대답해드릴게요. 집안 식구들에게 설명이 필요하다는 것은 저도 잘 알고 있습니다."

"그래. 맞는 말이다. 어서 나가자꾸나. 요제프!"

숙부가 외쳤다.

"그 전에 몇 가지 지시할 것이 있습니다."

K는 전화로 자신의 부하 직원을 불렀다. 직원은 곧 들어왔다. 흥분한 상태였던 숙부는 그를 보자마자 당신을 부른 것은 이 사람이라는 표시로 K를 손가락으로 가리켰다. K는 책상 앞에 서서 여러 가지 서류를 들고 자신이 없는 동안 처리해야 할 일을 차분하게 설명했다. 젊은 직원은 주의 깊게 그 말을 듣고 있었다. 물론 숙부는 그것을 같이 듣는 것은 아니었지만 처음에는 눈을 크게 뜬 채 입술을 깨물며 옆에 서 있는 모습만으로도 방해가 되었다. 그러다가 숙부는 사무실 안을 이리저리 돌

아다니며 창문이나 벽에 걸린 그림 앞에서 중얼거렸다.

"도무지 이해할 수가 없구나. 나에게 설명을 좀 해보란 말이다!"

젊은 직원은 그런 숙부의 행동이 전혀 신경 쓰이지 않는 듯 행동하며 K의 지시 사항을 끝까지 조용히 듣고 메모를 하고는 K와 숙부에게 인사를 하고 나갔다. 그때 숙부는 등을 돌리고 창밖을 바라보며 손으로 커튼을 만지고 있었다. 문이 닫히는 동시에 숙부는 말했다.

"네 부하 직원도 나갔으니 우리도 어서 밖으로 나가자."

바깥 복도에는 은행원 몇 명과 직원, 마침 부지점장도 지나가고 있었다. 하지만 그곳을 지나는 동안에 숙부의 질문을 막을 도리가 K에게는 없었다.

"그래, 요제프."

숙부는 인사를 하는 사람들에게 답례를 하면서 말하기 시작했다.

"어떤 소송인지 솔직하게 말해보아라."

K는 의미 없이 몇 마디를 내뱉고 나서 다른 사람들 앞에서는 말하고 싶지 않다는 속내를 털어놓았다.

"그래, 네 말이 맞다."

숙부가 수긍했다.

"이제는 됐으니 말해보아라."

인적이 뜸해지자 초조한 모습으로 담배를 피우던 숙부는 고개를 숙여 귀를 기울였다.

"먼저 숙부님이 알아두셔야 할 것은 이번 재판은 보통 재판소에서 진행하는 것이 아니라는 사실입니다."

K가 말했다.

"그렇다면 좋은 일은 아니구나."

숙부가 말했다.

"어떻게 나쁘다는 말씀이신가요?"

K가 물었다.

"내 예감으로는 좋지 않은 일이구나."

숙부가 반복해서 말했다. 두 사람은 밖으로 나가는 현관 계단에 서 있었다. 수위가 그들의 말을 엿듣는 것 같은 느낌에 K는 숙부를 아래로 끌어당겼다. 그들은 많은 사람들이 지나다니는 거리로 나갔다. K의 팔에 이끌려가는 숙부는 소송에 대해 더 이상 조급하게 묻지 않았다. 잠시 동안 그들은 아무 말 없이 걷기만 했다.

"그나저나 대체 어떻게 그런 일이 일어난 거니?"

숙부가 이렇게 물으면서 갑자기 멈춰 섰기 때문에 뒤에 걸어오던 사람들이 깜짝 놀라서 피해 갔다.

"이런 일은 갑자기 생기는 것이 아니라 오래전부터 사전 준비를 해야만 가능하다. 그렇다면 어떤 조짐이 보였을 텐데 왜

나에게 미리 편지를 안 쓴 거냐? 너도 알겠지만 나는 아직 너의 후견인이다. 나는 그 사실을 아주 자랑스럽게 여기고 있다. 물론 지금도 나는 너를 도울 생각이지만 이미 소송이 시작되었기 때문에 일이 아주 어렵게 되었다. 일단 너는 잠시 휴가를 내어 시골에 있는 우리 집에 오는 것이 좋겠다. 그러고 보니 많이 마른 것 같구나. 시골에 있으면 몸도 회복할 수 있을 거야. 앞으로 분명히 힘든 일이 많을 것이니 그러는 편이 좋겠다. 그리고 시골에 있으면 재판소에서도 거리를 둘 수 있지 않겠니. 이곳에서는 저 사람들이 온갖 수단을 동원하여 권력으로 너를 억압하려 들 것이다. 하지만 시골에 있으면 관리들을 보내거나 전보나 전화를 이용해서 내게 영향력을 행사하는 것이 전부야. 그렇게 되면 자연스럽게 영향력은 줄어들고 네가 완전히는 아니더라도 어느 정도 숨을 돌릴 수 있는 여유는 찾을 수 있을 것이라고 생각한다."

"하지만 이곳을 떠나도록 저들이 가만히 두진 않을 거예요."

K는 숙부의 제안에 흥미를 느끼면서도 이렇게 말했다.

"설마 그러지는 않을 거다."

숙부는 심사숙고하는 듯한 태도로 말했다.

"네가 여행을 떠난다고 해서 저들에게 손해가 날 일은 없지 않느냐?"

"숙부님은 저보다 이 일을 그리 심각하게 받아들이지 않으실 줄 알았는데 그게 아니군요."

"요제프."

숙부는 이렇게 외치며 K의 손을 뿌리치려 했지만 그는 손을 놓지 않았다.

"너는 변해버렸구나. 예전에는 사리분별에 능한 아이였는데 그것이 가장 필요할 이런 시기에 바보가 되어버린 것이냐? 패소해도 상관이 없다는 말이냐? 그럼 그다음에는 어떻게 될지 생각해봤니? 그럼 모든 게 끝장이 나버린다. 넌 다시는 재기할 수가 없어. 우리 집안의 친지들도 모두 그렇게 되거나 너는 얼굴도 들고 다닐 수조차 없게 된다는 말이다. 요제프, 제발 정신 좀 차려라. 일이 어떻게 되어도 좋다는 네 무심한 태도를 보고 있으니 내가 다 넋이 나갈 지경이다. 너를 보니 '소송에 한 번 말려든 사람은 이미 진 것이나 다름없다'는 속담을 믿을 수밖에 없구나."

"사랑하는 숙부님."

K가 말했다.

"흥분하실 필요는 없습니다. 저도 그렇지만 흥분해서 좋을 것은 하나도 없습니다. 흥분을 하면 이 소송에서 승소할 수 없어요. 숙부님의 풍부한 경험에 저는 항상 놀라움을 금치 못하고 있으며 지금도 존중하지만 제가 겪은 실제 경험도 잘 들어주시면 좋겠습니다. 이 소송이 가족에게도 힘든 일이 된다고 말씀하시니(저는 아무리 애를 써도 이해되지 않지만 일단은 부수적인 문제이므로 제쳐두겠습니다) 무엇을 말씀하시든 그대로 따르겠습니다. 하지만 시골로 가는 것은 그렇게 좋은 생각 같지가 않아요. 그곳으로 간다면 제 스스로 죄를 인정하고 도망치는 모습으로밖에 보이지 않을 것입니다. 그리고 여기 머문다면 사람들이 저를 더 쫓아다닐 수는 있지만 다른 한편으로는 제 나름대로 사건 해결의 실마리를 찾을 수 있다고 생각해요."

"그래 네 말이 맞다."

숙부는 이제야 서로의 의견이 가까워진다는 말투로 말했다.

"내가 그런 의견을 낸 것은 네 태도가 하도 무관심한 것 같아서였다. 네 그 모습으로 인해 사건을 더 위태롭게 만들 것 같아서 내가 대신 일을 처리하는 편이 낫다고 생각해서 그랬다. 하지만 네가 자발적으로 사건을 처리하겠다는 마음을 먹었다면 그것이 더 나은 결과를 가져올 것이다."

"그럼 저희 의견은 어느 정도 합의를 보았군요."

K가 말했다.

"그럼 이제 제가 먼저 할 일이 무엇이라고 생각하시는지 조언을 해주실 것이 있으신가요?"

"일단 내가 먼저 이 사건을 면밀하게 검토해봐야겠구나."

숙부가 말했다.

"너도 알다시피 내가 이미 20년이란 긴 세월을 시골에서 보냈기 때문에 판단력이 예전 같지가 않다. 이 분야에 대해 더 잘 알 만한 사람과도 친분을 쌓을 기회가 없었다. 사실 이런 일이 닥치고 보니 실감이 나는구나. 물론 에르나의 편지를 읽을 때부터 대강 짐작은 했고 네 얼굴을 보고 사건의 내용은 파악할 수가 있었다. 하지만 이 일은 여전히 예상 밖의 일임이 틀림없다. 어쨌든 이런 것은 아무래도 좋다. 지금은 시간을 헛되이 보내지 않는 것이 무엇보다 중요하다."

이야기를 하는 동안 숙부는 발꿈치를 들고 서서 손짓을 하여 택시를 불러세우고 기사에게 주소를 말했다. 그리고 K를 잡아 차에 태웠다.

"우리는 지금 훌트 변호사에게 가고 있다."

숙부가 말했다.

"그 사람은 내 동창이야. 너도 이름은 알고 있지? 아니 모른단 말이냐? 이상하구나. 그는 주로 가난한 사람을 돕는 변호사로 매우 유명하다. 하지만 무엇보다 나는 그의 사람 됨됨이를 높이 사고 있다."

"숙부님이 하시는 일은 무엇이든 찬성입니다."

K는 이렇게 말했지만 독단적으로 급히 서두르는 숙부의 행동이 불편했다. 자신은 피고인의 입장에 있는 데다 가난한 자들의 대변인이라니. 분명 달가운 일은 아니었다.

"이런 사건에도 변호사가 필요한 줄은 몰랐네요."

K가 말했다.

"물론 필요하고말고."

숙부가 대꾸했다.

"당연한 일이 아니냐. 왜 아니겠니? 자, 이제 너에게 일어난 일을 하나도 빠짐없이 이야기해보아라."

K는 말을 시작했다. 그는 숙부에게 아무것도 숨기지 않았다. 솔직한 태도만이 피소를 당한 것만으로도 집안의 수치라고 생각하는 숙부의 생각에 맞서는 유일한 방법이었다. 뷔르스트너 양의 이름은 단 한 번 언급했지만 그것이 거짓은 아니었다. 그녀는 소송과 아무런 관련이 없었기 때문이다. 대화를 하면서 창밖을 보니 바로 재판소가 있는 교외 근방이었다. 숙부에게 그것을 알려주었으나 숙부는 크게 신경 쓰지 않았다.

차는 어느 불 꺼진 집 앞에 멈춰 섰다. 숙부는 1층 첫 번째 문의 초인종을 눌렀다. 잠시 기다리는 동안 그는 환하게 이를 드러내고 웃으며 속삭였다.

"벌써 8시구나. 변호 업무를 이야기하러 가기에는 늦은 시간이지만 훌트는 나를 이해해주겠지."

그때 문에 나 있는 작은 창이 열리고 검정색 눈동자가 보였다. 하지만 문은 열리지 않았다. 숙부와 K는 서로 그 눈을 똑똑히 봤다.

"새로 온 하녀가 낯선 사람을 경계하는구나."

숙부는 주먹을 쥐고 문을 두드렸다.

"우리는 훌트 변호사의 친구입니다!"

"변호사님은 아프십니다."

문 뒤에서 작은 목소리가 들려왔다. 좁은 복도 끝에 있는 문에서 잠옷을 입은 남자가 말했다. 오랫동안 기다리느라 화가 난 숙부는 갑자기 몸을 돌리면서 소리쳤다.

"아파요? 훌트가 아프다는 말입니까?"

그리고 숙부는 그 남자가 병균이라도 되는 듯이 고압적인 자세로 다가갔다.

"문이 열렸군요."

남자는 변호사 집의 문을 가리키더니 잠옷을 추스르고 집으로 들어갔다. 문은 정말 열려 있었다. 젊은 여인이(K는 까맣게 약간 튀어나온 눈이 숙부와 자신을 바라보던 좀전의 그 사람이라는 것을 알았다) 길고 흰 앞치마를 두르고 손에는 촛불을 든 채 대기실에 있었다.

"다음번에는 문을 좀 빨리 열어주시오."

숙부가 인사 대신 말했다. 그러자 그녀는 무릎을 살짝 굽혀 인사했다.

"이리 와라, 요제프."

숙부는 K에게 말하고 그녀의 옆을 천천히 지나갔다.

"변호사님은 몸이 좋지 않으십니다."

숙부가 멈추지 않고 방문을 향해 가자 여자가 말했다.

K가 놀라서 그녀를 바라보니 현관문을 다시 잠그려고 몸을 돌리고 있었다. 그녀의 얼굴은 인형처럼 둥글었다. 창백한 뺨과 턱도 마찬가지였지만 관자놀이와 이마도 그랬다.

"심장 문제인가?"

"그런 것 같습니다."

여자는 촛불을 들고 앞장서 방문을 열었다. 불빛이 비치지 않는 방구석에 있는 침대에서 누군가가 몸을 일으켰다. 수염을 길게 기른 사람이었다.

"레니, 누가 왔니?"

촛불에 눈이 부셔 손님을 알아보지 못한 변호사가 물었다.

"자네의 오랜 친구, 알베르트라네."

숙부가 말했다.

"아, 알베르트."

변호사는 숙부에게는 예의를 차릴 필요가 없다는 듯 다시 누워 베개를 베었다.

"얼마나 아픈가?"

숙부는 이렇게 물으며 침대 모서리에 앉았다.

"전부터 앓던 심장병이 도진 모양이야. 곧 나을 거야."

"그래야지."

"그런데 이번에는 증세가 예전과는 다르게 숨이 차고 한숨도 잘 수가 없고 매일 허약해지는 것 같은 기분이야."

"그런가."

숙부는 무릎에 놓인 파나마모자를 큰 손으로 눌렀다.

"좋지 않은 소식이군. 치료는 제대로 받고 있나? 그런데 이 방은 너무 어둡고 음침하군. 내가 이곳에 온 지도 꽤 오랜 세월이 흘렀네. 그때는 좀 더 밝은 분위기였는데. 저 아가씨도 그렇게 밝아 보이지는 않아. 일부러 그러는지는 모르지만 말이야."

여자는 여전히 촛대를 들고 문 쪽에 서 있었다. 그녀의 시선은 K를 향하고 있있다. 자신의 이야기를 히는 숙부보다는 K에게 더 관심을 두고 있는 것이었다. K는 그녀 옆으로 밀쳐진 의자에 몸을 기대고 있었다.

"나같이 몸이 아픈 사람에게는 안정이 중요하다네. 우울하거나 그러지는 않아."

변호사가 말을 잠시 멈췄다가 이어갔다.

"레니는 나를 잘 보살펴주고 있어. 좋은 아이야."

그러나 숙부는 친구의 말을 믿지 않고 그 간병인에게 반발심리를 가지고 있는 것 같았다. 친구에게는 더 이상 말하지 않았지만 숙부는 그녀가 침대로 다가가 탁자에 촛불을 내려놓고 환자에게 몸을 숙여 베개를 매만져주는 것을 계속 뚫어지게 바라봤다. 숙부는 아픈 친구에 대한 걱정은 잊고 일어나서 간병인의 뒤를 졸졸 따라다녔다. K는 그 모습을 보고 숙부가 그녀의 뒤통수를 붙잡아 끌어낸다고 해도 놀라지 않을 것이라고 생각했다. K는 이 모든 것을 관망하는 자세로 바라보고만 있었다. 변호사가 아픈 것도 그에게는 반가운 일이었다. 숙부가 K의 사건을 해결하기 위해 열성적으로 반응하는 것을 어느 정도 진정시킬 수 있어서 다행이었다. 그때 숙부가 간병인을 모욕하려는 의도가 다분한 목소리로 말했다.

"아가씨, 잠시 자리를 좀 비켜주시지요. 개인적인 일로 친구와 이야기를 해야 합니다."

마침 환자에게 몸을 가까이 숙이고 벽에 닿는 시트를 펴고 있던 간병인은 고개만 돌린 채 분노로 가득 찬 숙부의 말투와는 상반되게 조용히 말했다.

"보시다시피 변호사님은 편찮으시기 때문에 그런 이야기는 나누실 수가 없습니다."

간병인이 숙부의 요청을 거절한 것은 별다른 악의가 있던 것은 아니었겠지만 제삼자의 입장에서 들어도 그녀의 대답은 사람을 비웃는 것으로 들렸다. 물론 숙부도 이것을 느끼고는 엄청나게 화가 난 듯한 목소리로 소리를 질렀다.

"빌어먹을!"

처음 흥분해서 소리를 낼 때부터 알아차리긴 했지만 K는 얼른 숙부에게로 가서 입을 막으려고 했다. 다행히 그녀의 뒤에서 변호사가 몸을 일으키자 숙부는 떫은 감을 씹은 표정으로 침착하게 말했다.

"물론 우리가 이성을 잃은 것은 아니오. 내 요구가 들어줄 수 없는 것이라면 요구하지도 않을 것이오. 자, 이제 좀 나가 주시오!"

간병인은 침대 옆에 똑바로 서서 숙부를 정면으로 바라봤다. 그녀가 한쪽 손으로 변호사의 손을 만지는 것을 K는 알 수 있었다.

"레니 앞에서는 무슨 말이라도 괜찮아."

변호사는 애원조로 말했다.

"내 문제가 아니라네."

숙부가 말했다.

"나의 비밀 이야기가 아니란 말일세."

그러고는 그에게 더 이상 말하지 않겠다는 의미로 등을 돌렸다.

"그럼 도대체 누구의 문제로 왔는가?"

변호사는 힘없는 소리로 대답하고 다시 누웠다.

"내 조카의 문제라네. 여기 같이 왔어."

숙부는 변호사에게 K를 소개했다.

"은행에서 이사직을 맡고 있는 요제프 K라네."

"아."

변호사는 훨씬 생기가 도는 목소리로 말하며 K에게 손을 내밀었다.

"미안하네. 전혀 알아보지 못했구먼. 레니, 나가줘요."

변호사가 간병인에게 말하자 그녀는 순순히 물러났다. 그는 헤어지기 아쉽다는 듯 그녀에게 손을 내밀었다. 숙부의 기분이 안정되어 친구의 곁으로 가자 변호사가 말했다.

"그럼 자네는 병문안이 아니라 볼일이 있어서 온 것이로군."

마치 병문안을 온 것에 침울했다는 듯 변호사는 이제야 기운을 차리며 말했다. 그는 상체를 팔꿈치로 받치고 수염을 만지작거렸다.

"저 마녀 같은 여자가 나가니 자네가 훨씬 건강해 보이는군."

숙부는 말을 하다가 갑자기 입을 다물고는 문으로 달려갔다.

"그 여자가 틀림없이 엿듣고 있겠지!"

숙부가 문을 열자 그곳에는 아무도 없었다. 그러자 숙부는 실망했다기보다 오히려 엿듣지 않은 행동이 더 큰 흉계라도 꾸미는 것으로 생각하고 화를 냈다.

"자네는 그녀에 대해 오해를 하고 있군."

변호사는 이렇게 말했지만 더 이상 그녀를 감싸려고는 하지 않았다. 그는 이렇게 말함으로써 그녀를 두둔할 필요가 없다는 것을 표현하고 싶었다. 그리고 흥미진진한 이야기를 들은 사람의 목소리로 말을 이어갔다.

"자네 조카에 대한 일이라면 이 사건은 힘든 것이 되겠지만 미약한 내 힘이나마 보탤 수 있다면 다행으로 생각하겠네. 다만 내 힘이 그만큼도 안 될 것 같아 염려되는군. 어찌 되었건 시도는 해보겠네. 나로 부족하다면 다른 사람에게 부탁을 해볼 수도 있어. 솔직히 이번 일은 내 구미가 당기는 사건이라서 손을 떼고 싶지 않네. 만약에 내 심장이 이 일을 견뎌내지 못한다면 변호사 업을 그만둘 수 있는 좋은 핑곗거리가 생기겠군."

K는 변호사의 말을 하나도 이해하지 못했다. 설명을 구하는 눈으로 숙부를 바라봤지만 그는 촛불을 손에 들고 탁자 위에 앉을 뿐이었다. 그 바람에 탁자 위의 약병이 바닥에 깔린 양탄자 위로 떨어졌다. 숙부는 변호사의 말에 모두 동의한다는 의미로 고개를 끄덕이고 K도 그러기를 바라는 듯 이따금 그를 쳐다봤다.

혹시 숙부가 언젠가 K의 소송에 관한 이야기를 한 것일까? 하지만 K는 그렇지 않다는 것을 이곳에서 이루어진 대화로 짐작할 수 있었다. 그래서 이렇게 말했다.

"저는 이해가 되지 않습니다."

"그런가? 내가 자네를 오해하고 있다는 말인가?"

변호사도 K처럼 당황한 말투로 대답했다.

"내가 성급했던 것 같군. 그럼 대관절 나를 찾아온 이유가 무엇이란 말인가? 나는 자네의 소송건에 관해 의논하러 왔다고 생각했는데."

"물론이네."

이때 숙부가 끼어들어 말하고 K에게 물었다.

"대체 왜 이러는 거냐?"

"그것은 맞는 말씀입니다. 하지만 변호사님은 저와 제 소송건에 대한 이야기를 어디에서 들으셨습니까?"

K가 물었다.

"아, 그것 때문이군."

변호사는 미소를 지으며 말했다.

"내 직업의 특성상 재판소에 있는 사람들과는 항상 교류가 있다네. 그러다보면 여러 가지 소송이나 특별한 소송건에 대한 이야기도 하는데 그것이 친구의 조카에 관한 일이라면 더욱 기억에 남을 수밖에 없지 않겠나. 이상하게 생각할 것은 없다네."

"대체 뭐가 어떻다는 것이냐?"

숙부가 말했다.

"왜 이렇게 침착하지 못한지 모르겠구나."

"재판소 사람들과 교류가 있으시다고요?"

K가 물었다.

"그렇다네."

변호사가 말했다.

"대체 무엇이 궁금한 것이냐."

숙부가 다시 한 번 물었다.

"같은 분야 종사자들끼리 교류하지 않는다면 대체 누구와 교류하겠는가?"

변호사가 이어서 말했다.

그 말은 사실이었으므로 K도 아무런 대답을 하지 않았다. K는 변호사에게 이렇게 말하고 싶었지만 참았다.

'하지만 당신도 지붕 밑의 다락방에서 일하는 것은 아니겠지요?'

"자네는 이 점을 염두에 두고 있어야 하네."

변호사는 당연한 일을 말할 필요는 없지만 이왕에 말이 나온 김에 당부한다는 뜻으로 말했다.

"이런 교류 활동으로 나는 내 의뢰인들에게 도움이 될 만한 정보를 알아낸다네. 그것도 여러 가지 면에서 말이지. 이런 이야기는 극비 사항이네. 물론 지금은 예전보다 정보력이 약해졌지만 가끔 문병을 오는 친구들이 있어 듣는 말이 조금 있다네. 아마도 내가 건강했더라면 온종일 재판소에서 죽치고 있는 사람들보다 더 많은 것을 알아냈을 것이네. 예를 하나 들자면 바로 지금 이곳에도 반가운 손님이 한 분 와계시다네."

그리고 어두운 방의 한쪽 구석을 가리켰다.

"어디에 계신다는 말입니까?"

K는 놀란 나머지 자신도 모르게 거칠게 말했다. 그는 어리둥절한 표정으로 주위를 둘러봤으나 작은 초의 불빛은 방구석까지 비추기에는 무리가 있었다. 그때 정말로 어둠 속에서 움직임이 느껴졌다. 그곳에 사람이 있다는 사실을 아무도 알아채지 못한 것을 보니 아마도 그는 숨도 쉬지 않고 있었는지도 모를 노릇이었다. 그 사람은 시선이 자신에게 쏠린 것이 마음에 들지 않는 듯 자리에서 일어났다. 그는 두 손을 날개처럼 펄럭거리며 인사 같은 것은 필요 없다는 몸짓을 했다. 자신은 방해할 마음이 조금도 없으니 그냥 어둠 속에 내버려두고 잊어달라는 뜻인 것 같았다. 하지만 그렇게 할 수는 없었다.

"당신 때문에 모두 놀란 것 같군요."

변호사는 이렇게 말하고 설명하는 목소리로 남자를 가까이 오도록 했다. 남자는 변호사의 권유에 따르지 않을 수 없었다. 그는 천천히 망설이면서도 기품을 풍기며 다가왔다.

"서기관님. 아, 죄송합니다. 소개를 안했군요. 이쪽은 제 친구 알베르트 K. 여기는 그 조카 요제프 K입니다. 은행에서 이사직을 맡고 있습니다. 이쪽은 서기관님이시네. 서기관님이 고맙게도 나를 찾아오신 거라네. 이분은 매우 바쁜 몸이기 때문에 이런 방문이 얼마나 의미 있는 일인지는 나처럼 아는 사람만 안다네. 그래서 내 건강이 허락하는 한 이야기를 나누고 있었지. 찾아올 사람이 아무도 없어서 레니에게 손님이 오면 거절하라는 말도 해두지 않았네. 우리 둘만 있고 싶었지. 그런데 알베르트 자네가 주먹으로 문을 두드리는 바람에 서기관님이 탁자와 의자를 가지고 저 구석으로 자리를 옮기신 거라네. 하지만 이제 우리가 자네 조카의 일을 같이 의논하려 한다면 다 같이 자리를 하도록 하지 않겠나. 그럼, 서기관님 이쪽으로."

변호사는 머리를 숙이고 비굴한 웃음을 지으며 침대 근처에 놓인 안락의자에 앉기를 권했다.

"유감스럽게도 몇 분밖에 머물 여유가 없네요."

서기관은 친절하게 말하고는 안락의자에 앉아 몸을 펴고 시계를 쳐다봤다.

"할 일이 워낙 많아서요. 하지만 내 친구의 절친한 벗을 사귈 기회를 놓치고 싶지는 않습니다."

서기관은 숙부를 향해 고개를 약간 숙였다. 숙부는 새로운 인물의 등장에 만족한 모양이었으나 평소에 해오던 습관이 있어 그런 마음을 드러내지는 못하고 그저 헛기침만 했다. 얼마나 보기 흉한 광경인가! 아무도 K에게는 관심이 없었기 때문에 그는 모든 것을 조용히 관찰할 수 있었다. 서기관의 원래 습관인지는 모르겠지만 그는 일단 대화에 끼어들자 금세 주도권을 잡았다. 변호사는 몸이 아프다고 한 것이 숙부와 K를 쫓아내기 위한 것이 아니었나 생각될 정도로 손을 귀에 대면서까지 열성적으로 듣고 있었다. 숙부는 촛불을 들고 있었는데(촛대를 허벅지에 놓고 있었는데 쓰러지지 않도록 잡고 있었지만 변호사는 걱정이 되는지 자주 그쪽을 바라봤다) 이제는 어색한 기분은 사라졌는지 서기관의 말솜씨와 손짓에 매료되어 있었다. 그들은 침대 기둥에 기대어 있는 K를 완전히 잊어버린 것 같았다. K는 그들이 무슨 이야기를 하는지 이해조차 할 수 없었다. 그래서 그는 아까 만난 간병인에 관한 일이나 숙부가 그녀에게 행한 부당한 처사를 생각하기도 하고 서기관을 어디선가 본 적은 없는지 생각했다. 어쩌면 그의 첫 심리가 있던 날에 모여 있던 군중 속에서 보지 않았을까 하고 생각도 해봤다. 자신의 착각일 수도 있겠지만 이 사람은 그날 맨 앞줄에 앉았던 수염 난 노인들 가운데 있었을지도 몰랐다. 바로 그때, 대기실에서 그릇 깨지는 듯한 소리가 들려와 모두들 귀를 기울였다.

"제가 한번 가보겠습니다."

K는 이렇게 말하고 천천히 방을 나섰다. 그 모습이 마치 방 안의 사람들이 자신을 붙잡을 기회를 주는 것처럼 느렸다.

대기실로 들어서서 엄습한 어둠에 갈피를 못 잡고 헤매고 있자 문고리를 붙잡은 K의 손 위로 작은 손이 올라왔다. 그리고 조용히 문이 닫혔다. 아까의 그 간병인이었다.

"아무 일도 아니랍니다."

그녀가 속삭였다.

"당신을 불러내려고 접시를 하나 벽에 집어 던졌어요."

K는 당황해서 말했다.

"저도 당신일 거라고 생각했습니다."

"그렇다면 더 잘되었군요!"

간병인이 말했다.

"이쪽으로 오세요."

둘이서 안쪽으로 걸어 들어가자 반투명 유리문이 있었다. 간병인은 K 앞에서 문을 열었다.

"들어오세요."

그녀가 말했다. 그곳은 변호사의 시재였다. 방 안에는 큰 창문 세 개가 있었는데 그곳으로 달빛이 들어와 창문 바로 아래의 바닥만을 네모 모양으로 밝히고 있었다. 하지만 서재가 오래된 가구들로 장식되어 있음은 알 수 있었다.

"이리 오세요."

그녀는 이렇게 말하고 나무 등받이가 달린 상자를 가리켰다. 그 위에 앉은 K가 서재를 둘러보니 천장이 높은 아주 큰 방이었다. 가난한 자들을 변호한다는 이 변호사의 의뢰인들이 이곳에 오면 넋이 나갈 것 같았다. K는 손님들이 큰 책상 앞으로 걸어가는 조심스러운 발걸음이 눈에 보이는 듯했다. 그러나 곧 그런 생각은 잊고 자신의 옆에 바짝 다가와 그를 팔걸이로 밀어내고 있는 여자에게 정신이 팔렸다.

"제가 굳이 부르지 않아도 당신이 저에게 올 거라고 생각했어요."

그녀가 말했다.

"그런데 참 이상하게도 방에 들어오던 순간부터 저를 그렇게 뚫어져라 쳐다보고는 저를 이렇게 기다리게 만들었군요. 참, 저는 레니라고 해요. 레니라고 불러주세요."

그녀는 무언가에 쫓기는 듯 빠른 속도로 말했다.

"기꺼이 그렇게 하지요."

K가 말했다.

"레니, 당신은 이상하다고 말했지만 그렇게 단순하게 설명할 수 있는 일이 아니에요. 먼저 저는 어르신들의 말씀을 듣고 있었기 때문에 아무 이유도 없이 그 자리를 떠날 수 없었어요. 그리고 저는 그렇게 저돌적인 남자가 못 됩니다. 오히려 수줍어하는 편에 가깝습니다. 그리고 레니, 당신도 한 번에 저에게 올 거라는 확신이 없었어요."

"그렇지 않은데요."

레니는 의자 등받이에 팔을 걸치고 K를 봤다.

"하지만 당신은 제가 마음에 썩 들지는 않았을 겁니다. 지금도 마찬가지일 테고요. 글쎄요, 마음에 든다는 말로만은 좀 부족하겠지요."

"아하!"

그녀는 미소를 지으며 외쳤다. 그리고 K의 말과 자신의 짧은 감탄사로 자신이 우월한 위치에 있다는 사실을 느꼈다. 그래서 K는 잠시 아무 말도 하지 않았다. 어두운 방 안이 시간이 지나면서 눈에 들어왔기 때문에 안에 놓인 작은 물건들까지도 식별이 가능했다. 특히 문의 오른쪽에 걸린 큰 그림이 눈에 들어와서 그것을 더 자세히 보기 위해 몸을 앞으로 굽혔다. 그것은 판사복을 입은 어떤 남자의 그림이었다. 그는 왕들이 앉는 의자에 앉아 있었는데 의자의 금빛 색상이 특히 강조되어 있었다. 이상한 점은 판사가 가만히 앉아 있는 것이 아니라 왼팔을 의자 등받이와 팔걸이에 붙이고 오른팔을 완전히 뻗고 있는 모습으로 그려져 있다는 것이었다. 그 장면은 마치 판사가 즉시 무슨 판결을 내리고 있는 것처럼 보였다. 피고는 계단 아래에 있다고 짐작이 되었는데 그림에는 노란색 양탄자로 덮인 계단의 윗부분까지만 표현되어 있었다.

"아마도 제 소송을 담당하는 재판관일지도 모르겠군요."

K가 손가락으로 그림을 가리키며 말했다.

"저 사람은 저도 알고 있는 사람이에요."

레니가 그림을 보며 말했다.

"이곳에 자주 와서 알고 있어요. 저 그림은 그가 젊었을 때의 모습을 그렸다고 하는데 그때도 저런 모습은 아니었을 거예요. 그 사람은 원래 아주 작거든요. 그런데도 그림은 저렇게 과장해서 그려놓았다니까요. 이곳에 오는 사람들은 말도 안 되는 허영심으로 가득 차 있으니 당연하겠지요. 저도 그런 걸요. 그리고 제가 당신 마음에 들지 않는다는 사실이 서운하네요."

그녀의 마지막 말에 K는 대답 대신 레니를 끌어당겨 꼭 안았다. 그녀는 그의 어깨에 조용히 머리를 기댔다. 그리고 K는 말했다.

"어떤 직책을 가진 사람인가요?"

"예심판사예요."

여자는 자신을 안고 있는 K의 손을 잡고 만졌다.

"또 기껏해야 예심판사라니."

K는 실망한 듯 말했다.

"고위직 관리들은 어디 숨어 있기라도 한 모양이군. 그런데 이 남자는 왕좌 같은 의자에 앉아 있는 걸."

"모두 날조된 거예요."

레니는 K의 손으로 얼굴을 갖다 대며 말했다.

"사실은 부엌 의자 위에 낡은 말안장 덮개를 올리고 앉아 있는 거랍니다. 그나저나 당신, 제가 여기 있는데도 계속 소송에 대해서만 생각하는 건가요?"

그녀가 천천히 말했다.

"아니요, 천만에요."

K가 말했다.

"오히려 너무 생각하지 않는 것 같은데요."

"그건 당신 잘못이 아니에요."

레니가 말했다.

"듣기로는 당신 고집이 너무 세다던데요."

"누가 그런 말을 하지요?"

K가 이렇게 묻고 자신의 가슴께에 닿은 여자의 몸을 느끼며 촘촘히 땋은 풍성한 검은 머리를 내려다봤다.

"그것을 말하면 제가 너무 많은 것을 누설하게 되지요."

레니가 대답했다.

"이름은 묻지 마세요. 하지만 당신의 잘못은 인정하고 이제는 고집을 꺾어야 해요. 이 재판은 거부할 수 없는 것이고 당신은 자백을 해야만 해요. 다음번에는 자백을 하세요. 그래야 벗어날 방도가 생겨요. 그러나 다른 사람의 도움이 없이는 불가능해요. 제가 도와드릴게요. 걱정하지 마세요."

"당신은 이 재판이나 여기에 필요한 속임수를 잘 알고 있군요."

K는 적극적으로 안겨오는 여자를 무릎 위로 올렸다.

"이렇게 하니 좋네요."

그녀는 치마의 주름을 펴고 블라우스의 매무새를 가다듬으며 K의 무릎에서 편하게 자세를 잡았다. 그리고 두 손으로 그의 목에 매달려서는 몸을 뒤로 젖히고 한참을 쳐다봤다.

"제가 자백하지 않으면 당신은 저를 도울 수 없는 건가요?"

K가 시험 삼아 물었다. 그리고 이상하리만큼 여자들이 나를 도우려고 하는군, 하고 K는 생각했다. 처음에는 뷔르스트너 양 그리고 재판소 직원의 부인, 지금은 이 자그마한 간병인까지. 이 여자는 K에게 이해할 수 없는 욕구를 품고 있는 것 같았다. 마치 자신의 무릎이 유일하게 있어야 할 곳인 양 앉아 있지 않은가!

"안 돼요."

레니는 느리게 고개를 저었다.

"그러면 당신을 도울 수 없어요. 무엇보다 당신은 내 도움이 필요하다고 생각하지 않고 있어요. 아무것도 중요하게 생각하지 않는군요. 당신은 고집불통이라서 남의 말은 듣지도 않아요."

"애인이 있으신가요?"

잠시 후 그녀가 물었다.

"아니오, 없습니다."

K가 대답했다.

"오, 있을 것 같은데요."

그녀가 말했다.

"사실은 있습니다."

K가 말했다.

"아니라고는 하지만 사진까지 가지고 있답니다."

여자가 부탁하는 바람에 그는 엘사의 사진을 보여줬다. 여자는 K의 무릎에 앉은 자세 그대로 허리를 구부려 사진을 자세히 봤다. 엘사의 스냅사진은 술집에서 추는 춤이 끝나고 찍은 것이었다. 치마는 원을 그리며 춤을 출 때 펼쳐진 그대로 몸에 감겨 있고 꽉 조인 허리에 두 손을 대고 목을 펴고 옆을 보며 웃는 사진이었다. 누구를 보고 웃는 것인지 사진으로는 알 수 없었다.

"허리를 꽉 조였네요."

레니는 그렇게 짐작되는 곳을 가리켰다.

"이 여자는 제 마음에 들지 않아요. 불편하고 야성적으로 보여요. 어쩌면 당신에게는 부드럽고 다정할지도 모르겠네요. 사진만 봐도 알 수 있어요. 이렇게 키가 크고 건강한 여자는 부드럽고 다정하게 구는 흔한 행동밖에는 할 줄 몰라요. 하지만 당신을 위해 스스로를 희생할 수 있을까요?"

"그렇지는 않을 거예요."

K가 말했다.

"이 여자는 부드럽지도 상냥하지도 않고 저를 위해 희생 같은 건 못할 겁니다. 제가 그런 일을 요구한 적도 없지만요. 사실 이 사진을 당신처럼 자세히 본 적조차 없어요."

"그렇다면 당신은 이 여자에 관해 별로 관심이 없는 거로군요."

레니가 말했다.

"그럼 이 여자는 당신의 애인이 될 수 없어요."

"애인은 맞아요."

K가 말했다.

"제 발언을 취소하지는 않겠어요."

"그럼 이 여자가 현재 당신 애인일지도 모르지만 이 사람을 보내고 다른 여자, 예를 들어 저를 애인으로 삼아도 이 여자를 그렇게 그리워할 정도는 아니라는 거군요."

"그렇습니다."

K는 웃으며 말했다.

"그렇게 생각할 수 있겠네요. 그러나 이 여자는 당신과 비교해보면 이 사람만의 장점이 있어요. 내 소송에 대해서 아직 모른다는 것이 그 첫 번째 이유고, 두 번째는 또 안다고 해도 그것을 염두에 두지 않을 여자입니다. 제 앞에서 자기주장을 내세우거나 저를 설득하려고 하지도 않을 것입니다."

"그런 것은 장점이라고 할 수 없어요."

레니가 말했다.

"이 여자에게 다른 장점이 없는 한 저는 자신감을 가지고 있을 거예요. 이 사람 몸에는 어떤 결함이 있나요?"

"결함이요?"

K가 물었다.

"네"

레니가 말했다.

"저는 여기에 작은 결함이 있어요. 보시겠어요?"

그녀는 오른손 중지와 약지를 벌렸다. 그 사이의 피부가 짧은 손가락 끝마디까지 이어져 있었다. 하지만 주변이 어두웠기 때문에 K는 그녀가 보여주는 것이 무엇인지 정확히 알 수가 없었다. 그래서 레니는 K의 손을 자신의 손으로 가져가 만져보게 했다.

"이건 정말 자연의 신비 같은 일이군!"

K는 그녀의 손을 보고 말했다.

"정말 예쁜 갈퀴가 달린 것 같네요!"

K가 놀라며 손가락을 오므렸다 펼쳤다 하자 레니는 자신이 특별한 존재가 된 것 같아 우쭐해졌다. K는 그녀의 손에 살짝 입을 맞추었다.

"오!"

그러자 그녀가 외쳤다.

"저에게 입을 맞췄어요!"

레니는 K의 무릎으로 올라왔다. 그녀는 입을 약간 벌리고 있었다. K는 깜짝 놀라서 그녀를 봤다. 그녀에게서 후추 향처럼 맵고 자극적인 냄새가 났다. 그녀는 K의 머리를 안고 몸을 굽혀 목을 물고 키스하고 머리카락도 물었다.

"당신은 저를 애인으로 삼기로 했어요!"

그녀는 몇 번이나 외쳤다.

"이것 봐요. 이제 제가 당신의 애인이에요!"

그때 무릎이 미끄러져 그녀가 짧게 소리 지르며 바닥에 깔린 양탄자로 미끄러질 뻔했다. K는 그녀를 잡으려고 했지만 오히려 끌려가는 셈이 되고 말았다.

"이제 당신은 제 것이에요."

그녀가 말했다.

"여기 열쇠가 있어요. 언제든 오고 싶을 때 저를 찾아오세요."

그녀가 마지막으로 말했다.

레니는 문을 나서는 K의 등에 키스를 했다. 현관을 나오니 비가 약하게 내리고 있었다. K는 길의 중앙으로 가서 창문 옆의 레니를 한 번 더 보려고 했다. 그때 집 앞에 기다리고 있던 자동차에서(K는 정신이 없어 그곳에 자동차가 있는지도 눈치채지 못했다) 숙부가 뛰어 나와서 K의 팔을 잡고 현관문 쪽으로 밀었다.

"얘야!"

그가 외쳤다.

"어떻게 그런 짓을 할 수가 있니! 잘될 수도 있었던 일을 스스로 망쳤구나. 더러운 것의 꼬임에 빠져들어가 한참 동안 나타나지 않았어. 게다가 그 여자는 변호사의 애인이란 말이다. 너는 핑계를 대볼 생각도, 비밀스럽게 행동할 생각도 없이 완전히 드러내놓고 그 여자에게 가서 머물러 있었어. 그동안 이숙부는 너를 위해 꼭 필요한 변호사와 누구보다 현재 네 사건에 큰 영향을 미칠 수 있는 서기관과 같이 있었다. 어떻게 하면 너를 구할 수 있을지 의논해보려는 생각이었다. 나는 변호사를 신중한 자세로 대해야 했고 변호사는 그 나름대로 서기관에게 그래야 했어. 그리고 너는 나를 전폭적으로 지원했어야 하지 않니? 그런 일은 고사하고 너는 어디론가 가버렸더구나. 결국에는 숨길 수도 없는 일이었지만 그 사람들은 예의 바르고 노련한 사람들이어서 거기에 대해서는 아무런 말도 하지 않고 나를 배려해줬다. 하지만 그들도 견디다 못해 결국 입을 다물고 말았어. 그 일에 대해 드러내놓고 말할 상황도 아니지 않느냐. 우리는 몇 분간 침묵을 지키고 앉아 혹시 네가 돌아오지는 않는지 귀를 기울이고 있었다. 하지만 모든 것이 부질없는 일이었다. 예상보다 훨씬 오랫동안 앉아 있던 서기관이 자리에서 일어나 작별 인사를 하며 나를 도와주지 못해 미안하다는 말을 전했다. 게다가 믿을 수 없이 친절한 태도로 문 쪽에서 또 한참 동안이나 기다리다 가버렸다. 그분이 가고 나서야 비로소 나는 안도했다. 그전에는 숨이 막힐 것만 같더구나. 병석에 누운 변호사에게는 이 모든 상황이 힘들고 괴로웠다. 내가 인사를 할 때도 사람 좋은 그 친구는 전혀 말할 수 있는 상태가 아니었다. 네가 그 사람을 완전히 절망하게 만들었고 네가 의지할 만한 사람을 죽음의 위험으로 내몬 것이다. 그리고 네 숙부를 이렇게 빗속에 내버려두고(나를 만져보아라, 완전히 젖어버렸구나) 한참을 기다리게 하고, 네 걱정으로 괴롭히고 있었구나."

7장

변호사 / 공장주 / 화가

어느 겨울 오전 시간(밖에는 흐린 날씨에 눈이 내리고 있었다) 아직 이른 때인데도 K는 이미 상당히 피곤해 보였다. K는 중요한 일을 하는 중이니 아무도 들여보내지 말라고 일러두었다. 그러나 말과는 다르게 일은 하지 않고 의자를 돌려 책상 위에 놓인 물건 몇 개를 천천히 밀었다가 무의식적으로 팔을 책상 위로 뻗어 머리를 숙인 채 가만히 있었다.

소송에 대한 생각이 K의 머릿속에서 떠나지 않았다. 청원서를 법정에 내는 것에 대해 자주 생각했다. 거기에 간단히 약력을 쓰고, 비교적 중요한 사건에 대해서는 어떤 이유로 자기가 그런 행동을 취했는지, 지금 판단해보면 그런 행동은 비난받아야 하는지, 또는 타당하다고 인정받을 수 있는지, 또 그 이유는 무엇인지를 설명하려고 했다. 아무래도 이의가 있을 수 있는 변호사의 단순한 변론보다 이러한 변론 서류가 도움이 되리라는 것은 의심할 여지가 없었다. 사실 변호사가 어떤 계획을 세우고 있는지 K로서는 전혀 알 수 없었다. 아무튼 대단한 계획은 아닐 것이다. 벌써 한 달 동안이나 그는 K를 부르지 않았다. 게다가 K는 이미 몇 번 만나 이야기했을 때도 변호사가 그에게 많은 것을 해줄 수 없으리라는 느낌을 받았다.

무엇보다도 변호사는 그에게 질문을 한 적이 전혀 없었다. 이 사건에는 당연히 많은 질문이 있어야 했다. 질문을 하는 것이 모든 일의 중심에 있어야 했다. K는 직접 자신에게 필요한 모든 질문을 열거할 수 있다고 생각했다. 그런데 변호사는 질문은커녕 혼자서 설명을 하거나 아무 말도 없이 마주앉아 있을 뿐이었다. 아마도 귀가 어두워서인지 책상 위로 몸을 약간 굽히고는 수염 한 가닥을 잡아당기며 양탄자를 내려다봤다. 그곳은 K가 레니와 함께 누워 있던 장소였다. 이따금 그는 아이들에게나 하는 공허한 충고 몇 가지를 K에게 하기도 했다. 그것은 지루하고 쓸데없을 뿐이라서 K는 소송이 끝나고도 비용을 지불하지 않겠다고 다짐했다. 변호사는 그를 충분히 실망하게 만들었다고 생각한 다음에는 재차 습관적으로 약간의 용기를 주곤 했다.

변호사 본인은 이미 이와 비슷한 여러 소송에서 완전히 또는 부분적으로 승소를 했다고 말했다. 사실 K의 소송보다 덜 힘들었을지는 몰라도 보기에는 이길 가능성이 훨씬 낮은 소송들이었다. 그 소송 기록이 이 서랍 안에 들어 있는데(변호사는 책상 서랍 하나를 두드렸다) 미안하지만 이 문서는 공문서로 비밀을 지켜야 하기 때문에 보여줄 수 없다고 했다. 그러나 이 모든 소송을 통해 얻은 풍부한 경험은 이제 당연히 K를 위해 쓸 것이라고도 했다. 물론 그는 곧 일에 착수해서 첫 번째 청원서는 이미 거의 작성이 끝나가고 있었다. 변호에 있어 첫 인상이 전체 소송 과정의 방향을 잡는 데 중요했다. 안타깝지만 이 청원서를 재판소에서는 읽어보지도 않을 수 있다는 것을 K는 알고 있어야만 했다. 재판소에서는 그것을 그냥 다른 서류 사이에 끼워두고 우선 피고를 심문하고 감시하는 것이 서류나 들춰보는 것보다 중요한 일이라고 주장한다. 그리고 신청인이 재촉을 하면 그제야 재판소 측에서는 당연히 모든 자료는 다른 서류들과 함께 처리되며 피고인의 청원서도 판결을 내리기 전에 검토한다고 말한다. 그러나 유감스럽게도 꼭 그렇지는 않다. 첫 청원서는 잘못 보관되거나 완전히 없어져 버리고 만다. 물론 변호사가 소문으로 들었다고 하지만 청원서가 끝까지 보관되어 있더라도 재판소에서는 전혀 읽지 않는다고 한다. 이 사실은 마음 아픈 일이지만 부당하다고 할 수도 없다. 재판 과정은 재판소에서 필요하다고 생각할 때에만 공개가 된다. 하지만 그렇다고 해서 법률에까지 공개하라는 조항이 있지는 않다는 사실을 K는 염두에 두고 있어야 했다. 그렇기 때문에 재판소 측의 문서 중 특히 기소장은 피고나 변호인은 열람할 수 없다. 따라서 첫 번째 청원서를 쓸 때 전반적으로 무엇에 대해 써야 하는지 모르거나 적어도 정확하게 알지 못하는 것이 문제다. 그래서 청원서가 사건에 중요한 사항을 가리키게 된다면 그것은 우연의 일치일 뿐이다. 실제로 정확한 증거로 이끄는 부분이 있다면 피고를 심문하는 동안 각각의 공소점과 공소 이유가 확실하게 드러나거나 추측 가능할 때만 작성할 수 있다. 이런 관점에서 K의 변호사도 어려운 처지에 있는 것이다.

그러나 이 또한 그렇게 정해진 수순이다. 변호인이란 역할은 법이 정의하고 있지 않은 존재이다. 이들이 허용되고 있다는 것을 해당 법률 조항에서 밝힐 수 있느냐 하는 문제가 터지면 역시 논쟁의 소지가 있다. 따라서 엄밀히 말하면 재판소 공인 변호사란 없고 현재 이 재판소에 변호사라고 오는 자들은 따지고 보면 모두 무면허 변호사들이다. 물론 모든 변호사들은 이 사실에 대해 수치스럽게 생각한다. 만약 K가 법률 사무소에 가게 되면 그런 사실을 알아두기 위해 변호사 사무실을 한번 구경해보는 것도 좋다. 그곳에 모인 사람들을 보면 아마 깜짝 놀랄 것이다. 그들에게 배당된, 좁고 천장이 낮은 방만

봐도 재판소에서 그들을 얼마나 하찮게 생각하는지 알 수 있다. 그 방은 작은 통풍창 하나를 통해서만 햇빛이 겨우 들어오는데 창문이 너무 높아서 밖을 한 번 보려면 먼저 동료 한 명을 데려와 그의 등을 타고 올라가야 한다. 하지만 창밖에 얼굴을 잘못 내밀기라도 하면 바로 앞에 있는 굴뚝의 연기가 코로 들어오고 얼굴이 새까매진다.

(같은 예를 하나 더 들자면) 이 방의 바닥에는 뚫린 지 1년이 넘은 구멍이 있는데 사람이 빠질 정도는 아니지만 그래도 웬만한 사람의 발 하나는 빠질 만한 구멍이다. 그런데 변호사 사무실은 다락방 2층에 있기 때문에 누가 그 구멍에 빠지기라도 하면 다리가 1층 다락으로 삐져나온다. 더욱이 1층에는 피고인들이 상시 대기 중인 복도가 있다. 변호사들이 이러한 상태를 수치스럽게 여기는 것도 과언은 아니다. 관리국에 사정해도 소용이 없을뿐더러 변호사들은 방 안의 어느 것도 자기 돈을 들여 함부로 고칠 수 없었다.

그러나 변호사들의 이런 대우에도 이유가 있다. 가능한 한 변호인을 제외하고 피고 스스로 모든 일을 처리하게 하기 위해서였다. 근본적으로 나쁜 생각은 아니지만 재판소 내에서 피고에게 변호사가 필요 없다고 단정 짓는 것은 아주 성급하고 잘못된 결론이다. 반대로 재판소만큼 변호사가 필요한 곳도 없다. 소송 과정은 일반 사람들에게만 비밀이 아니라 피고에게도 비밀로 되어 있다. 물론 비밀로 할 수 있는 한도가 정해져 있지만 그 범위가 매우 넓다. 이 말은 피고조차 재판 서류를 볼 수 없고 심문 후에 그것의 근거가 되는 서류를 알아보기도 어렵다는 뜻이다. 그것은 특히 정신적으로 혼란에 빠진 피고에게는 더욱 어려운 일이다. 이때 변호사가 개입하는 것이다. 일반적으로 심문에는 변호인이 입회할 수 없다. 심문 종료 후 가능하면 심문실 문 앞에서 기다리다가 피고에게 심문 내용을 물어야 한다. 이때 피고의 진술이 희미해지기 시작하는 경우가 잦기 때문에 거기에서도 변호에 쓸 만한 것을 캐내야 한다. 그러나 이 방법으로는 많은 것을 알아내는 데 한계가 있기 때문에 가장 중요한 일은 따로 있다.

물론 언제나 그렇듯 유능한 자라면 이런 경우 남들보다는 알아내는 것이 좀 더 많을 테지만 가장 중요한 것은 변호사의 개인적인 연줄이다. 이것이 변호의 중심점이 되는 것이다. K도 이미 경험한 바대로 재판소의 최하부 조직은 완벽과는 거리가 멀다. 그래서 본연의 의무를 망각하고 매수당하는 직원들이 있기 때문에 재판소에서 갖가지 보안을 강구해도 허점이 드러나는 것이다. 많은 변호사들이 바로 이곳을 파고들어 직원을 매수하기도 하고 비밀을 알아내기도 한다. 일전에는 심지어 서류를 훔치는 일까지 있었다. 이런 방법으로 피고인에게 이상적인 결과물을 가져다준 경우가 있다.

자신이 이런 일을 했다고 광고하며 새로운 고객층을 확보하는 거만한 변호사들이 있다. 하지만 소송이 진행되다보면 이런 자잘한 꼼수는 통하지 않거나 전혀 이로울 것이 없게 되는 경우가 많다. 오로지 고위 관리들과 진실하게 쌓은 개인적 친분이야말로 진정한 가치가 있는 것이다. 이런 관계는 처음에는 잘 드러나지는 않지만 소송이 진행될수록 영향을 줄 수 있다. 그런 일을 할 수 있는 변호사는 소수에 불과한데 이 점에서 K는 매우 유리한 사람을 택했다. 이 훌트 박사처럼 좋은 연줄을 가진 변호사는 극히 드물다. 물론 그런 변호사들은 변호사 사무실에 나오는 사림돌은 거들떠보지도 않고 그들과 교류하지도 않는다. 그러나 재판소 직원들과는 그만큼 더 밀접한 관계를 맺고 있다. 재판소까지 찾아가 예심판사실 앞에 대기하다가 판사들이 우연히 나타나면 그들의 기분에 따라 던져주는 정보 같은 것을 모으러 다닐 필요가 없다. K도 직접 봤지만 훌트 변호사에게는 관리들이 제 발로 찾아온다. 그중에는 상당히 높은 직책을 맡고 있는 관리도 있다. 이들이 스스로 찾아와서 확실하거나 적어도 판단하기 쉬운 정보를 제공하고 앞으로 진행될 소송에 대해서도 말을 해주기도 한다. 그러다 보면 변호사의 의견을 듣고 설득되기도 한다. 이 경우에는 그들을 너무 믿어서는 안 된다. 그들은 변호에 유리하게 작용하는 이런 의견에 동의하다가도 사무실로 돌아가면 이튿날에는 정반대의 판결을 내릴 수 있기 때문이다. 처음에는 자신의 판단을 포기했다고 주장하고는 이튿날 피고에게 훨씬 더 가혹한 판결을 내린다는 말이다. 물론 이런 일이 벌어지는 것을 막을 길은 없다. 왜냐하면 일대일로 이뤄진 대화는 그것으로 끝일 뿐, 관리가 베푸는 호의를 받는다 해도 공식적인 결과에는 영향을 미칠 수 없기 때문이다. 다른 한편으로는 물론 그들이 인간애나 우호적인 감정에서만 변호사, 즉 전문적인 일에 정통한 변호사와 관계를 갖는 것도 아니다. 어떻게 보면 그들이 변호사에게 의존하고 있는 부분도 있다. 바로 이런 점에서 처음부터 비밀재판을 결정지어버린 사법 조직의 단점이 보이는 것이다.

관리들에게는 일반 대중과의 유대가 결여되어 있고 일반적이고 평범한 소송에 대해서는 준비를 잘 갖추고 있다. 그런 소송은 거의 이미 정해진 규율대로 흘러가기 때문에 그것을 벗어나지만 않게끔 보조해주면 된다. 그러나 아주 간단한 사건들에서 힘든 사건과 마찬가지로 어려움을 겪는다. 그들은 늘 법에 억눌려 있기 때문에 인간관계에 대한 개념이 정립되어 있지 못해서 오히려 그런 사건을 다루는 데 어려움이 있다. 이때 그들은 변호사의 조언을 구하기 위해 찾아오는데 이들의 부하 직원이 뒤따라오면서 이전에는 그렇게도 기밀을 유지하던 서류를 가지고 오는 것이다. 변호사가 책상 앞에 앉아 어떤 조언을 해줘야 할지 서류를 들여다보며 연구하고 있으면 관리들은 이 창문 앞에 서서 멍하니 골목길을 내려다보고 있다. 전에는 여기서 볼 생각조차 못한 사람을 볼 수 있는 것이다. 이런 일을 통해 이들이 얼마나 큰 사명감을 가지고 일하고 있으며 일의 특성상 극복할 수 없는 장애물 때문에 얼마나 큰 절망에 빠지는지를 알 수 있다. 그들의 입장은 절대 가벼운 것이 아니다. 따라서 그들에게 부정을 행하지 말고 일을 가벼이 여기지 않도록 해야 한다.

재판소의 서열과 등급의 수는 헤아릴 수 없이 많고 그곳 사정에 밝은 사람이라도 속속들이 알기는 힘들다. 그러나 법정에서 이뤄지는 소송 과정은 일반적으로 하급 관리에게 비밀로 유지되므로 그들은 자신들이 관련된 사건이 어떻게 진행되는지 완벽하게 예측하기가 힘들다. 그래서 재판의 시작과 끝이 알지 못하는 사이에 흘러가 사라져버리는 것이다. 그러므로 각각의 소송을 단계별로 연구해서 최종 판결과 그 이유를 알아낼 만한 식견을 관리들이 가지고 있지 않다. 그들은 법률이 규정한 소송에만 관련되어 있으며 그 이상의 일, 즉 자신이 한 일의 결과에 대하여 보통은 소송이 거의 끝날 때까지 피고와 관계를 맺고 있는 변호사만큼도 알지 못한다. 그래서 이런 점에서도 그들은 변호사에게서 몇몇 쓸 만한 정보를 얻을 수 있다.

이 모든 일을 비춰볼 때 K는 피고에게(누구나 이런 경험이 있다) 모욕적인 태도를 보이는 관리들의 신경질적인 자세를 이상하게 생각할 것이다. 그들은 모두 화가 나 있다. 침착해 보이다가도 별안간 날카로워진다. 별 볼일 없는 변호사들은 특히 이런 관리들의 특성 때문에 괴롭힘을 많이 당한다.

예전에 상당히 신빙성 높은 실화가 있었다. 착하고 조용한 성격의 한 늙은 관리가 변호사의 청원서로 혼란스러워지고 힘든 재판을 밤낮으로 쉬지 않고 검토했다(이 관리는 실제로 어느 누구보다 부지런했다). 온종일 별 성과를 올리지 못하고 아침이 되자 출입구 쪽에 숨어 있다가 안으로 들어오려고 하는 변호사들을 모두 계단 밑으로 밀어버렸다. 떠밀린 이들은 계단 밑에 모여서 해결책을 강구했다. 원칙적으로는 들여보내달라고 요구할 권리가 그들에게는 없었기 때문에 합법적인 방법으로 그 관리와 맞서는 것은 불가능했다. 이미 언급했지만 관리들과 반대되는 일을 해서 이로울 것이 없다. 그러나 재판소에 들어가지 않으면 그날은 허탕을 치게 되니 어떻게든 안으로 들어가야 했다. 결국 그들은 늙은 관리를 지치게 만들기로 했다. 변호사들은 계속해서 한 사람씩 계단을 올라갔다. 소극적이기는 했지만 있는 대로 버텨보다 떠밀리면 다른 동료들이 그를 붙잡았다. 이 일을 한 시간 가량 계속하자 밤을 새워 지친 상태였던 관리는 완전히 녹초가 돼서 사무소로 돌아가버렸다.

변호사들은 처음에는 이를 믿지 못하고 그곳이 정말 비었는지 우선 한 사람을 보내 문 뒤를 살펴보게 했다. 그런 뒤에야 들어갔는데 그렇다고 해도 아마 불평조차 못했을 것이다. 왜냐하면 변호사들은(아무리 별 볼 일 없는 변호사도 최소한 부분적인 사실은 안다) 재판소에 개선점을 건의하거나 우겨서 관철시킬 생각은 전혀 없었기 때문이다. 그러나 (이것이 특수한 경우였다) 피고들은 아주 평범했던 사람도 소송을 시작하면 개선점을 생각해내곤 한다. 다른 곳에서 더 유용하게 사용되었을 시간과 노력을 낭비해버리는 것이다. 여기에서 한 가지 바람직한 태도가 있다면 현실에 만족하는 것이다. 사소한 것을 좀 개선하면 (터무니없는 미신이다) 다른 사건에 도움이 될지도 모른다. 하지만 이를 제안한 당사자는 관리들의 주의를 끌어 보복의 대상이 되거나 큰 손해를 입는다. 절대 주의를 끌지 마라! 아무리 이해가 가지 않아도 침착하게 행동하라! 이 거대한 사법 조직은 결코 개인의 힘으로 움직이지 않는다. 이곳에서 독자적으로 행동하면 어느 곳에도 속하지 못한 채 실패할 것이다. 그러나 거대한 조직은 사소한 방해 같은 것은 다른 곳에서(전체적으로 연결되어 있는 조직이다) 전체가 대응하여 더욱 폐쇄적이고 조심스러워질 것이다. 어쩌면 더 악랄해질지도 모른다. 그렇지 않은 경우 그대로 그것을 받아들여야 한다. 그래서 일을 복잡하게 하지 말고 변호사에게 맡겨야 한다. 특히 그 이유를 완벽하게 파악하지 못할 바에야 비난하는 것은 별 소용이 없다.

그러나 서기관에 대한 일전의 태도로 K가 자신의 사건을 얼마나 불리하게 만들었는지 말하지 않을 수가 없다. 영향력이 있던 그 사람은 이제 K를 도와주지 않을 것이다. 이 소송에 대해 언급해도 그는 일부러 못 들은 척해버릴 것이다. 여러모로 관리들은 정말 어린아이 같다. 관리들은 별 의미 없는(물론 유감스럽게도 K의 행동은 그렇지 않았지만) 일에도 금방 기분이 상해 친한 친구와 말도 하지 않고 만나도 외면하며 가능한 모든 일을 방해하려 한다. 그러다 아무 생각 없이 던진 농담에 갑자기 웃어버리며 화해한다. 그들과 상대하는 것은 어렵기도 하고 쉽기도 한데 정해진 규칙은 없다. 가끔은 놀랍지만 여기에서 어느 정도 성공적으로 일할 수 있는 방법을 터득하려면 그저 평범한 생활을 하는 것만으로 충분하다. 물론 누구나 그렇지만 우울할 때도 있다. 아무것도 이룬 것이 없고, 처음부터 좋은 결과를 거두게 된 소송이라서 도와주지 않았어도 어차피 잘 되었으리라는 생각이 들 때가 첫 번째이다. 그리고 어떤 소송은 분주하게 돌아다니며 애를 써서 성공을 앞두고 기뻐했는데 결국 졌을 때가 두 번째이다. 그렇게 되면 확실한 것은 아무것도 없는 것 같고 내버려두면 오히려 잘 흘러갔을 소송이 손을 대는 바람에 틀어졌다는 생각을 떨치기가 힘들다.

그것도 물론 일종의 자신감이겠지만 어차피 남는 것은 그

뿐이 아닌가. 오랫동안 자신의 손에서 만족스럽게 진행되던 소송을 갑자기 빼앗기면 변호사는 폭발(이것은 폭발이라고 밖에 설명할 방법이 없다)할 수밖에 없는데 이것은 아마 변호사에게 일어날 수 있는 가장 불쾌한 일일 것이다. 피고는 변호사를 해고하여 진행 중인 사건을 포기하게 해서는 안 된다. 그런 일은 절대 일어나서는 안 된다. 일단 변호사를 정하면 피고는 무슨 일이 있어도 그 변호사를 떠나서는 안 된다. 일단 도움을 청했는데 어떻게 혼자 해나갈 수 있겠는가? 그러므로 그런 일은 있을 수 없는 일이다. 그러나 가끔 변호사도 어쩔 수 없이 따라갈 수밖에 없는 방향으로 소송이 흘러갈 수 있다. 그러면 피고인을 비롯하여 소송 그 자체와 그 밖의 모든 것이 자동으로 떨어져나간다. 그러면 관리들과 아무리 좋은 관계를 유지해도 소용이 없다. 왜냐하면 그들도 아는 것이 없기 때문이다. 이 경우 본소송은 어떤 도움의 손길도 미치지 못하는 곳에서 어떤 접근도 거부한 채 진행된다. 그렇게 되면 피고인도 변호사와의 접촉이 불가능하다. 그러던 어느 날 집에 돌아온 변호사는 자신의 책상 위에 열정을 가지고 임했던 사건의 청원서만 한가득 쌓여 자신을 반기는 광경을 볼 것이다. 새로 진행되는 소송에서는 이 서류들이 반영되기 않기 때문에 이것들은 휴지조각 신세가 되어버린다. 하지만 아직 패소했다고 생각하기에는 이르다. 단지 소송의 진행 상황을 더 이상 알 수 없게 되었을 뿐이다. 하지만 다행인 것은 이런 일은 아주 예외적인 경우이고 만약 K의 사건이 그렇다고 해도 아직은 이런 단계가 아니다. 현재로서는 아직 변호사가 활동할 기회가 얼마든지 존재하고 그것이 K를 확실하게 보호하게 될 것이었다.

전에 말한 것처럼 청원서는 아직 제출하지 않았다. 이것이 급한 게 아니라 유력한 관리들과 이야기를 나누는 것이 훨씬 더 중요했다. 그리고 그 일은 이미 시작되었다. 더 솔직히 말하면 여러 성과를 거두고 있었다. 세부적인 것을 너무 미리 말하면 K에게 영향을 끼쳐 쓸데없는 희망에 부풀거나 겁을 먹을 것이므로 좋지 않았다. 일단 매우 호의적으로 대해주고 기꺼이 도우려는 태도를 보이는 사람도 있고 그리 호의적이지는 않지만 후원을 절대 거절하지 않는 사람이 있다는 것까지만 말해두겠다. 전체적인 결과는 매우 만족스럽지만 벌써 결론을 내려서는 안 된다. 왜냐하면 모든 협상은 이런 방식으로 시작해서 이것이 어떤 가치가 있는가는 오로지 나중에 소송이 전개된 후에야 알 수 있다. 아무튼 아직은 아무것도 손해를 본 것은 없었다. 어떻게든 서기관을 데려올 수만 있다면(지금 다양한 방법을 강구 중이다) 그걸로 성공한 것이나 다름없었다. (의료인들이 말하듯) 깨끗한 상처가 되면 근심 없이 미래를 기다릴 수 있다.

K가 찾아갈 때마다 변호사는 이런 비슷한 이야기를 끝도 없

이 늘어놓으며 되풀이했다. 매번 진전이 있다고는 하지만 어떻게 진전되고 있는지는 한 번도 말해주지 않았다. 항상 첫 번째 청원서를 작성하고 있다고 하며 다음번에 K가 올 때쯤에는 그것이 큰 효과를 낼 것이라고 했다. 그런데 아직은 미완성이라고 했다. 왜냐하면 자신이 예측하지 못한 상황이 있었는데 지금까지 서류를 내기에는 우리에게 불리하게 상황이 돌아가고 있기 때문이라고 했다. 이제 K는 변호사의 이런 이야기에 지쳐가고 있었다. 여러 가지 어려움이 있다고 해도 너무 느리게 진행되었다. 가끔 그런 말을 하면 변호사는 이것은 결코 느린 것이 아니며 K가 적당한 때에 일을 의뢰했더라면 훨씬 더 진전이 있었을 것이라고 했다. 하지만 유감스럽게도 그렇게 하지 못했기 때문에 시간에 관련된 문제만이 아니라 다른 불리한 점도 생기는 것이라고 답했다.

이 상담을 중단해준 유일한 사람은 레니였다. 항상 이성적으로 행동하는 그녀는 K가 변호사와 이야기를 나누는 시간에 차를 가져왔다. 그리고 K 뒤에 서서 변호사가 목이 말라 찻잔 위에 몸을 깊이 숙이고 차를 따라 마시는 것을 보는 시늉을 하며 K에게 손을 내밀었다. 방 안은 조용했다. 변호사는 차를 마시고 K는 레니의 손을 쥐고 있었다. 레니는 대담하게도 K의 머리를 부드럽게 쓰다듬었다.

"아직도 여기 있었나?"

차를 다 마신 변호사가 물었다.

"찻잔을 치우려고요."

레니는 마지막으로 K의 손을 다시 한 번 꼭 쥐었다.

변호사는 입가를 닦고 다시 기운을 찾은 듯이 K에게 말하기 시작했다. 변호사는 이런 말을 해서 안심을 시키려는 것일까, 아니면 의심을 심는 것일까? K는 알 수 없었다. 다만 한 가지 확실한 것은 자신의 사건이 제대로 다뤄지지 않고 있다는 것이었다. 물론 변호사의 설명이 맞을 수도 있다. 왜냐하면 그가 자신을 되도록 앞에 내세우려 하는 데다 K의 소송만큼 큰 규모의 소송을 맡아본 적이 없을 것이 분명하기 때문이다. 그러나 그가 개인적으로 관리들과 깊은 친분 관계를 유지한다고 지속적으로 이야기하는 것이 K는 왠지 미덥지가 않았다. 그 관리들이 K의 뜻대로만 움직여줄 것인가? 변호사 또한 항상 그들이 하급 관리직이라고 여러 번 강조했는데 그렇다면 결국 그들도 소송의 결과에 좌지우지되는 사람들일 뿐이다. 그러므로 소송을 마무리 지으려 피고에게 불리하도록 변호사를 움직이는 일도 가능하지 않을까? 분명 모든 소송건이 그렇지는 않을 것이다. 변호사에게도 자신의 일을 위해 명성을 지키는 것도 중요하기 때문에 관리들이 어느 정도 손해를 감수할 수 있는 것이다. 그러나 정말 변호사가 설명한 대로 일이 진행된다면 K의 소송에서는 무엇을 얻어가려 할까? 이 소송은 매우 어렵고 중요한 데다 시작과 동시에 법정에서 큰 관심을 끌지 않았던가?

그들이 어떤 일을 할지 전혀 예상되지 않는 것은 아니다. 소송이 시작된 지 이미 수개월이 지났는데도 첫 청원서가 아직도 제출되지 않았고, 변호사에 따르면 모든 것이 아직도 초기 단계에 있는 점으로 알 수 있었다. 여기에는 피고를 무기력하게 만들어놓고 갑자기 판결을 내려 충격을 주거나, 피고에게 불리한 판결을 내린다는 서류를 상급기관에 보내 불이익을 주려는 의도가 보였다. 이 겨울의 이른 시간, 무기력하게 머리에 떠오르는 온갖 생각 때문에 몹시 피곤해도 이것만은 확실했다. 반드시 K가 직접 뛰어들어야만 했다. 그때까지 K가 소송을 우습게 여기던 생각은 없어졌다. 이 세상에서 K 혼자라면 소송 따위는 가볍게 무시해버릴 수도 있었지만 그렇다면 소송이란 것이 아예 생기지도 않았을 것이다.

그러나 지금은 숙부가 자신을 변호사와 연결해주고 있고 가족을 생각해야 했다. 그의 생각은 이제 소송의 진행 상황과 맥락을 같이하고 있었다. K 스스로 조심성 없이 친지들 앞에서 소송에 대해 떠벌리기는 했지만 알 수 없는 경로로 이미 알고들 있었다. 뷔르스트너 양과의 관계도 소송 때문에 흔들리는 것 같았다. 그에게는 소송을 받아들이거나 거부할 수 있는 선택권이 없었다. 그는 이미 여기에 휘말려버렸고 자신을 방

어할 방법을 찾아야 했다. K가 벌써 지쳐버렸다면 이는 매우 좋지 않은 일이었다.

물론 미리 심하게 걱정을 하는 것도 좋지 않다. K는 비교적 짧은 시간 내에 은행에서 높은 직책에 올랐고, 이 능력을 자신의 현재 문제에 사용한다면 좋은 결과가 있을 것이 분명했다. 이제 본격적으로 일을 하려면 자신에게 죄가 있을지도 모른다는 생각은 하지 말아야 했다. 그는 결백하고 소송은 그가 맡은 업무 중 규모가 큰 것에 불과했다. 이것을 반드시 자신에게 이득이 되는 것으로 만들어야 하고 그 안에는 큰 위험이 도사리고 있었다. 그래서 K는 오늘 저녁이라도 더 이상 변호사를 선임하지 않겠다고 말해야만 했다.

지금까지 변호사의 말에 비추어 볼 때, 그는 아직까지 이런 경험을 하지 않은 것 같았다. 그래서 무례하게 들리겠지만 K가 아무리 노력을 해도 변호사는 방해만 되는 것 같아서 견딜 수가 없었다. 일단 변호사를 떼어내고 나서 즉시 청원서를 제출해서 검토하라고 독촉할 생각이었다. 그러려면 다락방 복도에 있던 피고인들처럼 그곳에 죽치고 앉아 있는 것은 별 소용이 없었다. 자신이 직접 가거나, 여자들이나 직원을 날마다 관리들에게 보내 창살 너머로 복도만 내다보고 있지 말고 책상에 앉아서 K의 청원서를 연구하라고 독촉해야 한다. 이런 노력을 지속적으로 해서 모든 일을 조직적으로 계획하고 감시해야 한다. 재판소도 자신의 권리를 지킬 줄 아는 피고한테 한 번 당해봐야 한다.

K는 이 모든 일을 실행할 수 있다고 자신했지만 청원서를 작성하는 일이 매우 어려웠다. 약 일주일 전까지만 해도 언젠가 청원서를 직접 작성하게 되면 수치스러울 것 같다는 생각만 막연히 했을 뿐 힘이 들 것이라는 생각은 미처 하지 못했다. K는 어느 날 오전 시간을 회상했다. 업무로 바쁜 시간에 할 일을 제쳐두고 자신이 생각한 청원서의 초안을 변호사에게 보여주려고 종이를 꺼냈던 날이었다. 그런데 바로 그 순간 부지점장실 문이 열리더니 부지점장이 큰 소리로 웃으며 들어왔다. 물론 부지점장은 K 때문에 웃은 것이 아니었다. 하지만 방금 들은 농담 때문이었다 해도 K는 모욕감을 느꼈다. 어떤 농담이었는지 설명하기 위해 부지점장은 K의 책상 위로 몸을 숙이고 K의 손에서 펜을 가져가서 쓰려던 종이 위에 그림을 그렸다.

K는 이제 더 이상 주저하지 말고 청원서를 꼭 써야 한다고 생각했다. 사무실에서는 쓸 시간이 나지 않을 게 뻔하니 밤에 집에서 써야 했다. 그것으로 부족하면 휴가라도 내서라도 중도에 포기하면 안 됐다. 업무에 관한 것이 아닌 어떤 경우라도 도중에 그만두는 것은 바보 같은 일이다. 물론 청원서를 쓴다는 것은 끝이 없는 일이다. 조급한 마음을 가지지 말고 청원서가 하루아침에 작성이 되는 것이 아님을 받아들여야 한다. 게

으르거나 간계를 부린다면 아무리 변호사라도 청원서 작성을 끝내지 못할 것이다. K의 경우 현재 소송과 앞으로의 진행 방향을 전혀 몰랐다. 그 상태에서 지금까지 해왔던 아주 사소한 행동과 사건까지 모두 기억해내는 것이 어려웠고 또 그것을 모든 각도에서 검토해야 했다. 이런 일은 아직 젊은 K에게 우울한 작업이었다.

그러나 지금 K는 모든 생각을 업무에 집중하고 있고 직장에서 승진을 거듭해서 부지점장에게 위협적인 존재로 떠올랐다. 매 순간이 아주 빠르게 지나가고 짧아진 저녁 시간만큼은 젊은 혈기로 좀 즐기며 살고 싶었는데 이 청원서가 K의 발목을 잡고 있었다. 그는 이런 생각을 떨쳐내려고 무의식적으로 대기실로 통하는 전자 초인종을 눌렀다. 시계가 11시를 가리키고 있는 것을 보니 귀중한 시간을 이미 두 시간이나 보내버렸다. 그러고 나니 더 피곤했다. 하지만 결단을 내렸으니 시간을 헛되게 보낸 것은 아니었다. 직원이 두 장의 명함을 가지고 들어왔다. 오랫동안 K를 기다린 두 사람의 것이었다. 그들은 매우 중요한 고객들로 어떤 경우에도 기다리게 해서는 안 되는 사람들이었다. 그들은 닫힌 문 뒤에서 부지런한 K가 왜 업무 시간을 다른 일로 낭비하는지 비난하는 것 같았다. 왜 이렇게 좋지 않을 때에 찾아왔을까? K는 이미 지쳐 있었고 앞으로 일어날 일에도 그랬다. 그는 손님을 맞이하려 자리에서 일어났다.

그 사람은 키가 작고 쾌활한 신사로 K가 잘 알고 있는 공장주였다. 중요한 업무 중에 방해한 것을 미안하다고 공장주가 사과하자, K 쪽에서도 너무 오래 기다리게 해서 미안하다고 했다. 그러나 K의 말투가 기계적이고 억양도 어색해서 만일 공장주가 자신의 일에 신경 쓰고 있지 않았다면 틀림없이 눈치를 챘을 것이었다. 대신 공장주는 서둘러 가방에서 청구서와 도표를 꺼내 K의 눈앞에 펼쳐놓고 여러 가지 항목을 설명했다. 빠른 속도로 검토하는 와중에도 계산이 잘못된 곳이 눈에 띄면 즉시 수정을 했다. 그러면서 1년여 전 K가 자신과 계약을 맺은 비슷한 일을 언급했다. 그리고 이번에는 다른 은행에서 이 사업에 대해 좋은 조건을 제시하고 있다고 이야기하고는 말을 멈추고 K의 답을 기다렸다. 사실 처음에는 K도 공장주의 말을 경청하며 중요한 사업이라는 생각에 마음이 끌리기도 했다. 그러나 안타깝게도 시간이 지남에 따라 그런 생각은 사라지고 곧 공장주의 말에 고개만 끄덕이게 되었다. 나중에는 그조차도 그만두고 서류를 들여다보고 있는 공장주의 벗겨진 머리를 바라보며 그가 언제쯤 자신의 말이 아무 소용없다는 사실을 깨달을지 기다리고 있었다.

공장주가 말을 멈추자 K는 자신이 공장주의 얘기를 듣고 있지 않다는 사실을 알아차려서 그런 줄로만 믿었다. 하지만 어떤 말이라도 들을 준비가 되어 있는 듯한 공장주의 긴장된 눈빛을 보는 순간 이 상담이 계속되리라는 예감이 들었다. 그래서 K는 명령을 받은 듯 머리를 숙이고 연필을 들고 서류를 아래위로 천천히 살펴봤다. 동작을 멈춘 채 수치를 뚫어지게 쳐다보기도 했다. 공장주는 K가 수치가 부정확하다고 생각한다고 추측했다. 그것이 결정적인 것은 아니었는지 공장주는 손으로 서류를 덮고 K에게 가까이 와서 사업에 대한 전반적인 설명을 다시 시작했다.

"힘들겠는데요."

유일하게 파악할 수 있는 서류가 가려져 있어 K는 입술을 움직이며 의자 팔걸이에 불안하게 기댔다. K는 맥이 빠진 눈빛으로 지점장실 문이 열리며 얇은 베일 뒤에서 나타나는 듯한 부지점장의 모습을 멍한 눈으로 바라봤다. K는 더 이상 깊이 생각하지 않고 그다음에 일어난 일을 만족스럽게 생각했다. 공장주가 즉시 의자에서 일어나 부지점장에게로 달려갔기 때문이다. K는 부지점장이 다시 나가버릴까봐 공장주의 동작을 좀 더 빠르게 하고 싶었다. 그러나 이는 기우에 불과했다. 두 사람은 서로 악수를 하더니 K의 책상으로 걸어왔다. 공장주는 이사가 사업에 관심이 없다고 불평하면서 K를 가리켰다. K는 그런 부지점장의 시선을 느끼며 다시 서류를 들여다보고 있었다. 그러고 나서 두 사람은 책상에 기대섰다. 공장주가 부지점장을 자기편으로 끌어들이려고 애쓰는 동안 K는 머리 위에서 무슨 일이 일어나고 있는지 살펴보려고 천천히 눈을 위로 치켜떴다. 그리고 책상에서 서류 한 장을 집어 들어 펼친 손에 놓고 그들에게 쓱 내밀었다. 어떤 목적을 가지고 한 행동이 아니었다. 언젠가 그 이름도 거창한 청원서를 끝내면 후련한 마음으로 이렇게 할 것 같다는 생각에 그렇게 한 것이었다.

공장주의 이야기에 온통 주의를 기울이고 있던 부지점장은 이사에게 중요한 일이 자신에게는 아니라는 듯 서류를 그저 흘끗 쳐다보고 내용은 전혀 읽어보지도 않고 K의 손에서 서류를 가져가며 말했다.

"고마워요. 이미 다 알고 있어요."

부지점장은 서류를 책상 위에 도로 내려놓았다. K는 기분이 상해서 그를 곁눈질로 쳐다봤다. 그러나 부지점장은 K의 모습을 전혀 알아차리지 못했는지 아니면 알고 있어서 즐거운지 자꾸 큰 소리로 웃었다. 재치 있는 언변으로 공장주를 들었다 놨다 하다가 결국 그를 자신의 사무실로 초대해 일을 마무리하자고 제안했다.

"이것은 매우 중요한 일입니다."

부지점장이 공장주에게 말했다.

"충분히 이해합니다. 그리고 이사에게는(이렇게 말하면서도 K는 쳐다보지도 않고 공장주만 보고 있었다) 이 일을 맡기지 않는 것이 좋겠어요. 신중히 생각해야 할 사안이니까요. 그런데 이사는 오늘 매우 바쁩니다. 많은 사람들이 대기실에서 벌써 한 시간 넘게 기다리고 있답니다."

K는 부지점장한테서 몸을 돌려 공장주에게 친절하지만 어색한 미소를 겨우 보내는 것 외에는 아무것도 할 수 없었다. K는 계산대에 서 있는 점원처럼 허리를 약간 굽히고 두 손으로 책상을 짚고 서서 두 사람이 이야기를 계속하며 책상에서 서류를 집어 들고 부지점장실로 들어가는 모습을 바라봤다. 이때 공장주는 문간에서 돌아서더니 아직 가는 것이 아니니 상담 결과에 대해서는 나중에 말씀드리겠으며 또 한 가지 잠깐 전할 말씀이 있다고 했다.

마침내 K는 혼자 남게 되었다. 또 다른 고객을 만날 생각은 전혀 없었다. 밖에 있는 사람들이 K가 아직도 공장주와 상담 중이므로 아무도, 심지어 직원도 들어올 수 없다고 생각하면 얼마나 좋을까 하는 생각이 막연하게 들었다. 그는 창가로 가서 한 손으로 창문 손잡이를 꼭 쥐고 창문턱에 앉아 광장을 내다봤다. 눈이 아직도 내리고 있어 날이 전혀 개지 않았다.

그는 오랫동안 그대로 앉아 있었다. 무엇이 자신을 이렇게 불안하게 하는지 알 수 없었다. 이따금 무슨 소리가 들리는 것 같아 흠칫 놀라 어깨 너머로 대기실 문 쪽을 바라봤다. 그러나 아무도 들어오지 않았으므로 안심하고 세면대로 가서 찬물로 얼굴을 씻었다. 머리가 좀 맑아져 창문가로 돌아왔다. 자기 힘으로 변호를 해야겠다는 결심이 처음보다 더 굳어졌다. 변호사에게 맡겨두기만 해서는 소송을 멀리서 바라볼 수밖에 없었다. 사건이 어떻게 되어가고 있는지 알고 싶을 때는 알아보고, 그렇지 않을 때는 그저 고개를 돌리면 그만이었다. 자신이 직접 변호를 맡으면(적어도 얼마간은) 완전히 재판소에 붙어 있어야만 했다. 결국 완전한 자유를 최후에는 얻게 되겠지만 그렇게 되려면 어쨌든 당장은 지금까지보다 훨씬 더 큰 위험을 겪어야만 한다.

이 부분이 K에게 불안한 요소로 작용했지만 오늘 부지점장, 공장주와 만나고 보니 확신이 충분히 생겼다. 자기 힘으로 변호를 해보겠다는 결심에만 사로잡혀서 앉아 있지 않았던가? 그러나 이 일은 장차 어떻게 될 것인가? 자신 앞에는 어떤 미래가 놓여 있을까! 이 모든 일을 좋게 마무리할 수 있는 길을 찾을 수 있을까? 신중하게 변호하려면 (그 밖의 것은 모두 무의미하다) 가능한 한 다른 모든 문제와는 관계를 끊어야 하지 않을까? 그것을 무사히 극복할 수 있을까? 그리고 그것이 끝날 때까지 은행에서 자신을 이해해줄까? 청원서쯤이야 휴가를 내는 정도면 되겠지만(지금으로서는 휴가를 요청하는 것도 큰 모험이다) 청원서가 문제가 아니라 얼마나 걸릴지도 모르는 소송 전체가 문제였다. K의 경력에는 난데없는 걸림돌일 수밖에 없었다.

이런 상황에서 은행 업무를 봐야 한단 말인가(그는 책상을 바라봤다)? 이런데도 고객을 맞아 상담을 해야만 한단 말인가? 지금도 소송은 진행 중이며 재판소의 다락방에서는 재판소 관리들이 이 소송에 관한 서류들을 검토하고 있는데 은행 업무나 보고 있단 말인가? 이 업무가 마치 소송과 관련된 고문처럼 K를 괴롭히도록 재판소에서 행하는 것으로 보이지 않는가? 은행에서는 그의 업무 능력을 평가할 때 지금 그가 처한 특수한 상황을 고려해줄 것인가? 절대 그렇지 않을 것이다. 물론 누가 어느 정도까지 알고 있는지는 확실하지 않지만 사람들이 그의 소송에 대해서 전혀 모르는 것은 아니다. 그러나 아직 부지점장의 귀에까지 소문이 들어가지는 않은 모양이다. 그렇지 않았다면 그자는 동료 간의 의리도 인정도 없이 K의 약점으로 이용했을 것이다. 그리고 지점장은 어떠한가? 물론 그는 K에게 호의를 갖고 있으며 소송에 대한 소문을 듣는다면 곧 K를 위한 여러 가지 편의를 봐주려 할 것이다. 그러나 언제까지나 그렇지는 못할 것이다. 왜냐하면 이제까지 균형을 이루고 있던 K의 힘이 약해지기 시작하면 지점장의 괴로운 처지를 자신의 입지를 강화하는 기회로 이용할 사람들이 널렸기 때문이다. 그렇다면 K는 무엇에 희망을 걸어볼 수 있을까? 아마도 이런 상념들이 그가 맞서 싸울 힘을 잃게 하는지도 모른다. 하지만 착각에 빠지지 않고 지금 할 수 있는 일을 명확하게 바라봐야만 했다.

특별한 이유 없이 바로 일을 하러 책상으로 돌아가고 싶지 않아서 그는 창문을 열었다. 그러나 문이 잘 열리지 않아 두 손으로 손잡이를 돌려야 했다. 창문을 열자 연기가 섞인 안개가 방 안에 가득 차서 약하게 타는 냄새가 진동했다. 눈송이도 약간 날아 들어왔다.

"기분 나쁜 가을 날씨군요."

등 뒤에서 공장주의 목소리가 들려왔다. 그가 부지점장과 헤어져 K의 방에 들어왔는데 알아차리지 못했던 것이다. K는 머리를 끄덕이며 공장주가 들고 있는, 면담 결과가 들어 있을 서류가방을 불안하게 바라봤다. 그러나 공장주는 K의 시선을 눈치채고 가방을 손으로 툭툭 치며 말했다.

"어떻게 되었는지 듣고 싶으시겠지요. 이미 가방 속에 계약서가 들어 있는 거나 다름없습니다. 부지점장은 멋진 분이에요. 하지만 방심해서도 안 되죠."

그는 K와 악수를 하며 K도 같이 웃기를 바라는 것 같았다. 그러나 K는 공장주가 서류를 보여주지 않는 것이 수상했고 그의 말이 웃을 만큼 재미있지도 않았다.

"이사님."

공장주가 말했다.

"날씨 때문에 그러십니까? 오늘 참 우울해 보이시는군요."

"네."

K는 손으로 관자놀이를 짚었다.

"골치도 아프고 집안에 걱정거리도 있어서요."

"맞습니다."

성격이 급한 공장주는 K의 말을 조용히 듣고 있지 못하고 말했다.

"걱정거리가 없는 사람은 없으니까요."

K는 무의식적으로 공장주를 배웅하려는 듯이 문 쪽으로 걸음을 옮겼다. 이때 공장주가 말했다.

"이사님, 잠깐 말씀드릴 게 있습니다. 오늘 같은 날 이런 말씀을 드리면 귀찮으실까봐 무척 염려됩니다만, 전에도 두 번이나 왔었는데 번번이 잊어버렸죠. 하지만 더 미루면 의미가 없어질 것입니다. 제가 말씀드리려는 내용이 아주 쓸모없는 것은 아니니 그렇게 되면 안타까울 것입니다."

K가 대답할 사이도 없이 공장주는 가까이 다가와서 손끝으로 K의 가슴을 가볍게 치며 조용히 말했다.

"피소를 당하셨다면서요, 그렇지요?"

K는 뒤로 물러서며 외쳤다.

"부지점장이 말했군요!"

"아, 아닙니다. 부지점장이 그걸 어떻게 아시겠어요?"

공장주가 말했다.

"그럼 당신은 어디에서 들은 건가요?"

K는 훨씬 침착해진 태도로 물었다.

"재판소의 일이라면 여기저기서 듣습니다. 제가 말씀드리려는 것도 바로 그에 관한 겁니다."

"재판소와 관계 있는 사람이 참 많기도 하군!"

K는 고개를 숙이며 말하고 공장주를 책상 쪽으로 데리고 갔다. 그들은 아까처럼 다시 자리에 앉았다. 공장주가 말했다.

"제가 알려드릴 수 있는 게 유감스럽게도 별로 많지 않습니다. 그렇지만 이런 일에는 조그만 일에도 소홀해서는 안 되니까요. 게다가 제 도움이 보잘것없더라도 어떻게든 당신을 도와주어야겠다고 생각했습니다. 우린 이제까지 좋은 사업 파트너가 아니었습니까? 자, 그럼."

K는 오늘 공장주와의 면담에서 지신이 보인 태도에 대해 사과하려 했다. 하지만 공장주는 자신의 말을 중단시키지 못하게 하고 바쁘다는 표시로 겨드랑이에 끼고 있는 서류가방을 들어 올리고는 이야기를 계속했다.

"당신의 소송에 대해서는 티토렐리라는 사람한테서 들었습니다. 그는 화가인데 티토렐리는 예명이고 본명은 전혀 모릅니다. 몇 해 전부터 가끔 제 사무실에 조그마한 그림 몇 개를 가지고 옵니다. 그는 거지나 다름없어요. 그래서 제가 늘 적선하는 셈 치고 그림을 사줍니다. 들판 풍경이나 그 비슷한 그림들인데 그런대로 괜찮은 그림들이에요. 이런 일(저희는 둘 다 이것에 익숙해졌습니다)이 일상처럼 일어났지요. 그런데 한번은 너무 자주 찾아와서 혼을 좀 냈습니다. 그때 이런저런 대화를 했습니다. 저는 티토렐리가 그림만 그려서 어떻게 살아갈 수 있는지 궁금했는데 놀랍게도 그의 주된 수입원이 초상화라는 것을 알게 되었습니다. 재판소 일을 맡아서 한다더군요. 그래서 어느 재판소냐고 물었더니 재판소에 대해 얘기해주더군요. 그 이야기를 듣고 내가 얼마나 놀랐는지는 당신도 아마 잘 아실 겁니다. 이후로 그는 올 때마다 무엇이든 재판소에 관한 소식을 알려주었습니다. 그래서 저도 차츰 이 문제에 대해 어느 정도 알 수 있게 되었습니다. 티토렐리는 수다스럽고 거짓말도 잘하는데, 무엇보다도 저 같은 장사치는 제 사업 문제로도 미칠 지경입니다. 그래서 다른 일에 너무 많은 관심을 쏟을 수도 없으니 그를 자주 쫓아낼 수밖에 없습니다. 이건 그냥 드리는 말씀이고 어쩌면 티토렐리가 당신에게 약간 도움이 될지도 모른다는 생각이 들었습니다. 그는 판사들을 많이 알고 있으니 자신은 큰 힘이 없을지라도 영향력 있는 여러 사람들에게 접근할 수 있는 방법을 가르쳐줄 수 있을 겁니다. 그리고 그의 조언 자체는 결정적인 것이 못 된다 해도 제 생각에 당신이 들어두면 매우 유익할 것 같습니다. 당신은 변호사나 다름없는 분이니까요. 저는 언제나 K 이사님은 변호사나 다름없는 분이라고 말합니다. 오, 전 당신의 소송 문제에 대해 하나도 걱정하지 않습니다. 하지만 그에게 한번 가보시겠습니까? 제가 추천했다고 하면 그는 틀림없이 할 수 있는 일은 무엇이든 할 겁니다. 저는 당신이 꼭 가봐야 한다고 생각합니다. 꼭 오늘이 아니라도 언젠가 적당한 기회에 말이지요. 혹시나 해서 말씀드리지만 물론 제가 말씀드린다고 해서 티토렐리를 꼭 찾아가야 할 필요는 없습니다. 그래요, 티토렐리의 힘을 빌리지 않아도 된다고 생각하시면 그를 아예 모르는 것이 낫겠지요. 아마도 당신은 이미 구체적인 계획을 세우셨을 테니 티토렐리가 방해가 될지도 모릅니다. 그래요, 그럼 절대로 티토렐리에게 가시면 안 됩니다! 사실 그런 사내의 충고를 듣는 것도 참을성이 필요합니다. 그럼, 마음대로 하세요. 여기 소개장과 주소가 있습니다."

K는 힘없이 소개장을 받아 주머니에 넣었다. 일이 아무리 잘된다 해도 이 소개장이 가져올 이익이란 공장주가 K의 소송 문제를 알고 있고 그 화가가 소문을 퍼뜨려 가져올 손해와는 비교할 수도 없을 정도로 작을 것 같았다. 공장주는 이미 문 쪽으로 걸어가고 있어서 고맙다는 인사 몇 마디조차 할 수가 없었다.

"조만간 가보겠습니다."

문간에서 공장주와 헤어지면서 K가 말했다.

"아니면 제가 요즘 매우 바쁘니까 언제 한번 제 사무실로 와 달라고 편지를 하겠어요."

"저는 알고 있습니다."

공장주가 말했다.

"당신이 최선책을 찾아내리라는 것을 말입니다. 소송 문제를 상의하기 위해 티토렐리 같은 사람을 은행으로 부르지는 않으시리라고 생각했습니다. 그런 사람에게 편지를 보내는 것도 이로울 것이 없습니다. 하지만 틀림없이 모든 문제를 충분히 생각하셨을 테니 어떻게 해야 할지 잘 아실 거라고 생각합니다."

K는 머리를 끄덕이고 대기실을 지나서까지 공장주를 배웅했다. 하지만 겉으로 보이는 평온함과 달리 K는 지금 매우 놀란 상태였다. 왜냐하면 K가 티토렐리에게 편지를 쓰겠다고 말한 것은 단지 공장주의 조언을 진심으로 받아들였고, 티토렐리와 만날 가능성을 심사숙고하겠다는 뜻을 나타내려는 것뿐이었기 때문이다. 만일 티토렐리의 도움이 가치 있는 것이라고 생각했다면 망설이지 않고 정말로 편지를 썼을 것이다. 그러나 그 결과로 생길 위험성을 공장주의 말을 듣고서야 비로소 깨달았다. 실제로 그의 이해력이 이 정도로 떨어져버린 것인가? 수상한 사람에게 자세한 내용을 적은 편지를 보내고 은행으로 불러들인다고 가정해보자. 부지점장과 겨우 문 하

나를 사이에 두고 있는 곳에서 소송에 관한 조언을 부탁하게 된다는 뜻이다. 그렇다면 K는 다른 위험에 처할 가능성도 있다. K에게 경고를 해줄 사람이 언제나 곁에 있는 건 아니다. 그리고 최선을 다해야 할 바로 이 순간, 이렇게 경계심을 허물어뜨리는 일이 일어나야 한다는 말인가! 직장에서 일할 때 느꼈던 어려움이 이제 소송에서도 시작된 것일까? 어떻게 티토렐리에게 편지를 써서 은행으로 부르려는 생각을 했는지 도저히 이해할 수 없었다.

그런 생각을 하며 고개를 흔들고 있을 때 직원이 옆으로 다가와 대기실 의자에 앉아 있는 세 사람을 가리켰다. 그들은 K를 만나려고 벌써 오랫동안 기다리고 있었다. 직원이 K와 이야기를 하는 모습을 보고는 기회를 놓치지 않으려는 듯 세 사람이 다가왔다. 은행 측에서 그들을 배려해주지 않고 대기실에서 오랫동안 기다리게 했기 때문에 그들도 더는 양보하지 않으려 했다.

"이사님."

그중 한 사람이 말했다.

그러나 K는 직원에게 겨울 코트를 가져오게 하여 그의 도움을 받아 입으면서 세 사람 모두에게 말했다.

"미안합니다, 여러분. 죄송스럽게도 지금은 여러분과 면담할 시간이 없습니다. 대단히 죄송합니다만 급한 용무를 해결하러 곧 나가봐야 하거든요. 보시다시피 너무 오랫동안 붙잡혀 있었습니다. 내일이나 언제라도 다른 때에 다시 와주시겠습니까? 전화로 얘기하는 것은 어떠신가요? 아니면 지금 간단히 말씀해주시면 제가 서면으로 자세히 대답해드리겠습니다. 물론 가장 좋은 방법은 다음에 오시는 것입니다."

K의 말은 듣자 이제까지 기다린 게 완전히 헛수고가 된 손님들은 놀란 나머지 할 말을 잃고 서로를 쳐다보고만 있었다.

"그럼 그렇게 하시겠습니까?"

K는 다시 묻고 모자를 들고 온 직원을 돌아봤다. 열려 있는 K의 사무실 문을 통해 밖에서 눈발이 더욱 굵어진 것이 보였다. 그래서 K는 코트 깃을 위로 올리고 목 아래까지 단추를 채웠다. 바로 그때 옆방에서 부지점장이 나오더니 코트를 입은 채 고객들과 이야기하고 있는 K에게 웃음을 띠고 물었다.

"지금 나가는 건가요, 이사님?"

"네."

K는 이렇게 말하며 몸을 똑바로 세웠다.

"업무로 나가봐야 할 일이 있습니다."

그러나 부지점장은 이미 고객들 쪽을 돌아보고 있었다.

"그러면 이분들은?"

그가 물었다.

"내가 알기로는 벌써 오랫동안 기다리신 것 같은데."

"이미 얘기가 끝났습니다."

K가 말했다.

그러나 고객들은 더는 참을 수 없어 K를 에워싸고 중요한 용건이 아니라면 몇 시간이나 기다리지 않았다며 당장 개별적으로 만나 이야기해야 한다고 주장했다. 부지점장은 잠시 그들의 말을 듣다가 모자를 손에 들고 여기저기 먼지를 털고 있는 K를 바라보고 나서 말했다.

"여러분, 매우 간단한 해결책이 있습니다. 저라도 좋으시다면 이사를 대신해서 제가 기꺼이 상담해드리겠습니다. 물론 여러분의 일에 관한 면담을 즉시 진행하겠습니다. 저희도 여러분처럼 사업을 하는 사람으로 여러분의 시간이 소중하다는 것을 잘 알고 있습니다. 이리로 들어오시겠어요?"

그리고 그는 본인 사무실의 대기실로 들어가는 문을 열었다.

K가 지금 어쩔 수 없이 포기해야만 하는 일을 부지점장이 모두 차지하지 않았는가! K는 꼭 필요한 것 이상으로 너무 많은 것을 포기하지는 않았는가? K가 불확실하고 자신이 생각하기에도 희박한 희망을 품고 잘 알지도 못하는 화가한테 가는 동안 은행에서의 그의 신망은 곤두박질칠 것이다. 코트를 벗어두고 아직 나란히 앉아 대기 중인 고객 두 명과 면담을 진행하는 편이 훨씬 나을 것이다. 그때 K의 방 책꽂이에서 부지점장이 마치 자기 것처럼 무엇인가 찾는 모습을 보지 않았다

면 아마 그렇게 했을지도 모른다. K가 화가 나서 문 쪽으로 다가가자 부지점장이 외쳤다.

"아, 아직도 나가지 않았군요!"

그는 K에게 얼굴을 돌렸다. 긴장한 얼굴에 잡힌 수많은 주름살은 그가 나이가 들었다기보다 오히려 활기를 나타내는 것처럼 보였다. 그는 곧 다시 서류를 찾기 시작했다.

"계약서를 찾고 있어요."

부지점장이 말했다.

"저 회사 사장님이 당신에게 계약서가 있다는데, 좀 찾아주겠어요?"

K가 한 걸음 들어섰으나 부지점장은 "아닙니다. 벌써 찾았습니다" 하면서 계약서뿐 아니라 다른 여러 가지 서류까지 들어 있는 커다란 서류철을 들고 자기 방으로 들어갔다.

"지금은 저 사람에게 힘을 쓸 수는 없지만."

K는 혼자 중얼거렸다.

"지금 이 일만 해결되면 정말 저 사람부터 아주 따끔하게 손을 봐야지."

그런 생각을 하자 마음이 약간 진정되었다. 그리고 아까부터 복도로 나가는 문을 열어놓고 기다리는 직원에게 기회를 봐서 업무 때문에 외출했다고 지점장에게 전해달라고 부탁했다. 그리고 잠시 동안 자신의 일에 집중할 수 있음에 행복해하며 은행 문을 나섰다.

그는 차를 타고 즉시 화가에게 갔다. 화가는 재판소 사무국이 있는 곳과 정반대 쪽의 교외에 살고 있었다. 그곳은 훨씬 더 가난한 사람들이 사는 지역이었다. 집들은 매우 낡았고 골목길은 녹은 눈 위로 천천히 떠다니는 오물로 가득 차 있었다. 화가가 살고 있는 집에는 커다란 문이 한쪽만 열려 있었다. 다른 쪽에는 담 밑으로 구멍이 나 있었는데 K가 다가가려는 순간 마침 그 구멍으로 역겨운 냄새를 풍기며 연기가 나는 노란 액체가 쏟아졌다. 그리고 그것을 피해 쥐 몇 마리가 옆에 있는 하수구로 도망쳤다. 계단 밑에는 어린아이가 땅 위에 엎드려 울고 있었지만 맞은편에 있는 철물공장의 소음 때문에 이 아이의 울음소리는 들리지 않았다.

공장의 문은 열려 있었고 인부 세 명이 빙 둘러서서 뭔가를 망치로 두들기고 있었다. 벽에 걸린 커다란 양철 판에서 반사된 희미한 빛이 두 명의 인부 사이로 흘러들어 그들의 얼굴과 앞치마를 비추고 있었다. K는 가능한 한 빨리 용무를 마치고 은행으로 돌아가고 싶었다. 만일 여기서 조금이라도 성과가 있다면 오늘 은행에서 할 일에도 좋은 영향을 미칠 것이다. 4층까지 올라가니 숨이 차 걸음을 늦춰야 했다. 층마다 계단이 너무 높은 데다 화가는 맨 꼭대기 다락방에서 살고 있다고 했다. 공기도 너무 답답하고 층계참도 없었다. 좁은 계단 양쪽은 벽으로 막혀 있고 맨 위 몇 군데에 작은 창이 달려 있었다. K가 잠시 걸음을 멈췄을 때 마침 어떤 방에서 여자아이 몇 명이 뛰어나오더니 깔깔거리며 계단으로 급히 올라갔다. K는 천천히 뒤따라가다가, 발이 걸려서 넘어지는 통에 뒤처진 아이와 함께 가게 됐다. 나란히 올라가며 K는 그 아이에게 물었다.

"여기 티토렐리라는 화가가 사니?"

그러자 열세 살쯤 되어 보이고 등이 약간 굽은 아이는 팔꿈치로 K를 쿡 찌르며 곁눈질로 그를 쳐다봤다. 나이도 어리고 몸이 불편한 아이는 이미 완전히 타락한 사람의 모습을 하고 있었다. 아이는 웃지도 않고 날카롭고 도전적인 눈길로 K를 뚫어지게 쳐다봤다. K는 그런 태도를 못 본 체하며 물었다.

"티토렐리라는 화가를 아니?"

소녀는 머리를 끄덕이며 물었다.

"무슨 일로 그러세요?"

K는 티토렐리에 대해 미리 조금이라도 알아두는 게 좋다고 생각했다.

"내 초상화를 그려달라고 부탁하려고 하거든."

"초상화를 그려달라고 한다고요?"

소녀는 뜻밖에 놀랍거나 말도 안 되는 소리라도 들은 듯 입을 크게 벌리고 손으로 K를 슬쩍 쳤다. 그러고는 안 그래도 짧은 치마를 두 손으로 잡아올리고 온 힘을 다해 재빨리 다른 아이들을 뒤쫓아 올라갔다. 다른 아이들이 떠드는 소리가 높은 곳에서 어렴풋이 들리고 있었다. 그러나 계단이 구부러지는 다음 모퉁이에서 K는 소녀들을 다시 만났다. 분명 그들은 등이 굽은 아이를 통해 K의 방문 목적을 전해 듣고 그가 오기를 기다리고 있었던 것 같았다. 그들은 계단 양쪽에 서서 K가 편안히 지나갈 수 있도록 벽에 등을 꼭 붙이고 손으로 앞치마를 모아쥐고 있었다. 아이들의 얼굴이나 양쪽에 늘어서 있는 태도에는 어린아이다움과 악함이 뒤섞여 있었다. 아이들은 웃으며 K의 뒤를 따라오고 맨 앞에 선 등 굽은 아이가 길을 안내했다. 그 아이 덕분에 K는 길을 제대로 찾을 수 있었다. K는 원래 계속 곧장 올라가려 했는데 아이가 티토렐리의 방으로 가려면 옆으로 난 계단으로 가야 한다고 가르쳐줬다. 그 계단은 유난히 좁고 매우 긴 데다 꺾여 돌아가지도 않았기 때문에 그 끝이 다 보였는데, 닫힌 티토렐리의 방문도 볼 수 있었다. 문 위에 비스듬하게 난 작은 채광창이 있어 다른 계단과는 달리 비교적 햇빛이 밝게 비치는 문이었다. 그 문은 아무런 처리가 되지 않은 각목으로 만들어져 있었고 티토렐리라는 이름이 굵은 붓으로 빨갛게 쓰여 있었다. 아이들을 뒤에 거느리고 K가 계단 중턱에 이르기도 전에 문이 열렸다. 잠옷만 입은 듯한 남자가 문틈으로 나타났다. 그는 "오!" 하고 외치더니 다시 사라졌다. 등이 굽은 아이는 기뻐서 손뼉을 쳤다. 다른 소녀들은 좀 더 빨리 올라가도록 K의 등을 밀었다. 그들이 다 올라가기도 전에 화가는 문을 활짝 열어젖히고 고개를 깊이 숙여 인사하며 들어오라고 권했다. 그러나 아이들은 들어오지 못하게 했다. 아이들이 아무리 애원을 하고 들어가려고 애를 써도 한 사람도 들여보내지 않았다. 쭉 펼친 화가의 팔 밑을 등 굽은 아이만이 통과해 들어갈 수 있었지만 화가가 뒤쫓아가서 아이의 치마를 붙잡고 한 바퀴 돌려 문 밖의 다른 아이들 곁으로 밀어냈다. 나머지 아이들은 화가가 더 이상 문을 가로막지 않고 있어도 문턱을 넘지 않았다. 그런데 이 광경은 어떻게 생각하면 모두 정답게 장난이라도 치는 것처럼 보여 K는 어리둥절할 수밖에 없었다.

문 옆에 있는 아이들은 앞뒤로 줄지어 서서 목을 길게 빼고 K에게는 잘 들리지 않으나 화가에게 농담을 하고 있는 모양이었다. 그러는 사이 등이 굽은 아이를 손에 잡고 날릴 듯이 돌려놓던 화가도 웃고 있었다. 그러고 나서 화가는 문을 닫고 K에게 다시 한 번 인사를 하고 악수를 청하며 자기소개를 했다.

"화가 티토렐리입니다."

K는 밖에서 소녀들이 속삭이고 있는 문을 가리키며 말했다.

"이 집에서 대단히 인기가 좋으시군요."

"아, 저 장난꾸러기들!"

화가는 이렇게 말하며 잠옷 맨 위 단추를 채우려 했으나 채워지지 않았다. 그는 맨발에 통이 넓고 노란 리넨 바지를 입고 있었는데 허리에 맨 끈이 길게 늘어져 이리저리 흔들리고 있었다.

"정말 귀찮은 개구쟁이들입니다."

그는 말을 계속하며 맨 위 단추가 결국 떨어지자 잠옷에서 손을 떼고 의자 하나를 가져와 K에게 앉으라고 권했다.

"오늘은 없었지만 저 애들 중 한 아이를 그린 적이 있는데 그 뒤부터 저렇게 모두 저를 따라다닙니다. 제가 방에 있으면 허락하지 않는 한 들어오지 않는데 제가 없을 때는 늘 적어도 한 아이는 제 방에 들어와 있죠. 제 방 열쇠를 만들어서 서로 빌려주고 있답니다. 얼마나 성가신지 상상할 수도 없을 겁니다. 한번은 초상화를 그리려고 한 부인을 데리고 와서 열쇠로 문을 열었더니 저 등 굽은 아이가 입술을 붓으로 빨갛게 칠하고 저 책상 옆에 서 있었습니다. 그 아이를 따라온 동생들은 제멋대로 돌아다니며 온 방을 지저분하게 만들고 있었습니다. 바로 어제도 밤늦게 돌아와서(그 점을 감안해서 제 모습이나 방 안이 이렇게 지저분한 것을 용서하십시오) 침대에 들어가려는데 누군가가 제 다리를 꼬집었습니다. 침대를 들여다보고 저 애들 중 하나를 끌어냈습니다. 저 애들이 왜 이렇게 절 성가시게 하는지 알 수 없지만 제가 끌어들이지 않은 것만은 지금 당신도 보셨으니 아실 겁니다. 그 때문에 물론 일에도 방해가 되죠. 제가 이 아틀리에를 무료로 쓰고 있지 않았다면 벌써 이사했을 겁니다."

그때 문 뒤에서 가냘프고 겁먹은 듯한 작은 목소리가 들렸다.

"티토렐리 아저씨, 이젠 들어가도 돼요?"

"안 돼."

화가가 대답했다.

"저 혼자도 안 되나요?"

아이가 다시 물었다.

"그래도 안 돼."

화가는 문으로 가서 자물쇠를 잠갔다.

그동안 K는 방 안을 둘러봤다. 이렇게 누추하고 비좁은 방을 도저히 아틀리에라고 부를 수는 없을 것 같았다. 큰 걸음으로 걸으면 길이와 폭이 두 걸음도 안 될 것 같았다. 마루나 벽, 천장은 모두 나무로 되어 있고 그 사이에는 틈이 벌어져 있었다. K의 맞은편 벽 옆에 침대가 있었는데 그 위에는 알록달록한 이불이 덮여 있었다. 방 한가운데 이젤 위에 놓여 있는 그림은 셔츠로 덮여 있었는데 셔츠 소매가 마루까지 늘어져 있었다. K의 뒤에는 창문이 있고 밖은 안개 때문에 눈 쌓인 옆집 지붕밖에 보이지 않았다.

자물쇠를 채우느라 열쇠를 돌리는 소리가 들리자 K는 금세 돌아갈 마음을 먹었던 것을 기억해냈다. 그래서 주머니에서 공장주의 소개장을 꺼내 화가에게 내밀며 말했다.

"당신을 아는 분께 얘기를 듣고 찾아왔습니다."

화가는 소개장을 대충 읽고는 침대 위에 던졌다. 공장주는 티토렐리를 자기가 아는 사람이고 자신이 베푸는 자선에 의지하고 있는 사람이라고 말했는데 아무리 봐도 그런 기색이 없었다. 공장주의 말을 듣지 않고 지금 티토렐리의 행동을 봤다면 그가 공장주를 모르거나 적어도 기억이 나지 않는 모양이라고 생각했을 것이다. 화가는 다시 물었다.

"그림을 사실 겁니까, 아니면 초상화를 그리실 겁니까?"

K는 깜짝 놀라며 화가를 쳐다봤다. 도대체 편지에 뭐라고 쓰여 있는 것일까? K는 당연히 공장주가 그 편지에서 K가 소송 문제로 상의하고 싶다는 점을 화가에게 말했다고 생각했다. 잘 살펴보지도 않고 너무 서둘러 왔구나! 그러나 지금은 화가에게 어떻게든 대답해야 했기 때문에 이젤을 쳐다보며 말했다.

"마침 그림을 그리시는 중이군요?"

"네."

화가는 그림 위에 덮여 있던 셔츠를 편지와 마찬가지로 침대 위에 던졌다.

"초상화예요. 좋은 일거리지만 아직 완성이 덜 됐어요."

우연히도 그것은 틀림없이 어떤 재판관의 초상화였기 때문에 K가 자연스럽게 재판소에 대한 이야기를 할 수 있는 기회가 되었다. 그림은 변호사 서재에 있던 것과 눈에 띄게 비슷했다. 물론 이 그림에 있는 사람은 전혀 다른 재판관으로 양쪽 뺨에 검은 수염이 텁수룩하고 뚱뚱한 사람이었다. 그리고 변호사의 서재에 있던 그림은 유화였지만 이것은 파스텔로 흐릿하고 희미하게 그린 것이었다. 그러나 그 밖에는 거의 비슷했다. 이 그림에서도 역시 재판관은 왕좌 같은 의자의 팔걸이를 꽉 붙들고 위협적인 자세로 일어나고 있는 모습이었다.

K는 "재판관이군요"라는 말이 목구멍까지 나왔으나 참았다. 그리고 그림을 자세히 살펴보려는 듯이 그림 가까이로 걸어갔다. 왕좌 같은 의자의 등받이 한가운데 그려져 있는 커다란 형체가 무엇인지 알 수 없어서 화가에게 물었다. 화가는 좀 더 손질해야 한다고 대답하고 책상에서 파스텔 한 개를 가지고 와서 그 것의 가장자리를 약간 다듬었지만 그래도 K는 알 수가 없었다.

"정의의 여신입니다."

결국 화가가 말했다.

"이제 알겠습니다. 눈을 가리고 있고 여기 저울이 있군요. 하지만 발꿈치에 날개가 있어 날고 있는 것 같군요?"

"네. 그렇게 주문을 받아서 그린 거예요. 사실은 정의의 여신과 승리의 여신을 합친 겁니다."

"그것은 좋은 결합이 아닙니다."

K는 웃으며 말했다.

"정의의 여신은 움직이지 말아야 합니다. 그렇지 않으면 저울이 흔들려서 공정한 판결을 내릴 수 없습니다."

"저는 주문하는 사람이 원하는 대로 그릴 뿐입니다."

"물론 그렇겠죠."

K는 화가의 기분을 상하게 하고 싶지 않아서 말했다.

"사람을 정말 이런 의자에 앉히고 그렸겠군요."

"아니요. 여신상이나 왕좌는 보지도 못했고 모두 상상으로 그린 겁니다. 그러나 무엇을 그려야 할지는 주문에 따릅니다."

"뭐라고요?"

K는 일부러 화가의 말을 제대로 이해하지 못한다는 듯이 물었다.

"아무튼 이것은 자기 자리에 앉아 있는 재판관이겠지요?"

"네, 하지만 지위가 높은 재판관은 아니고 이렇게 훌륭한 의자에는 한 번도 앉아본 적이 없는 사람입니다."

"그런데도 이렇게 엄숙한 자세로 그려달라는 겁니까? 마치 재판장같이 앉아 있군요."

"네, 이 사람들은 허영심이 많죠."

화가가 대답했다.

"상부에서 이렇게 그려도 좋다는 허락을 받았답니다. 다만 신분에 따라 엄격한 규정이 있습니다. 단지 이 그림만 보고는 복장이나 의자의 자세한 부분까지 분간할 수 없습니다. 파스텔은 이런 표현에는 적당하지 않습니다."

"그렇군요."

K가 대답했다.

"이 재판관이 그렇게 주문했습니다."

화가가 말했다.

"분명 어떤 부인에게 줄 겁니다."

그림을 바라보고 있으니 창작 욕구라도 솟았는지 화가는 셔츠 소매를 걷어 올리고 파스텔을 몇 개 손에 쥐었다. K는 파스텔 끝이 움직임에 따라 재판관의 머리에 붉은 그림자가 바깥을 향해 선처럼 뻗어나가는 것을 바라봤다. 그림자가 점점 뚜렷해지자 머리 위의 장식이나 예의 상징처럼 보였다. 정의의 여신상 주위는 색을 알아볼 수 없을 정도로 밝게 남겨뒀다. 그 밝은 배경 속의 여신은 특히 두드러져 보였다. 그러나 이제 그것은 정의의 여신도 승리의 여신도 아닌, 오히려 완전한 사냥의 여신 같아 보였다. 화가의 작업은 생각했던 것보다 K의 흥미를 끌었다. 그래서 막상 이곳까지 찾아온 용건은 꺼내지도 못했다. 결국 K가 입을 열었다.

"이 재판관 이름이 뭡니까?"

갑자기 K가 물었다.

"그건 말할 수 없습니다."

화가는 대답하면서 그림 앞으로 몸을 깊숙이 굽혔다. 처음에는 아주 조심스럽게 손님을 맞이하더니 이제는 무시하고 있었다. 변덕이 심한 사내라고 생각하면서 K는 시간을 허비한 것에 화가 났다.

"당신은 분명 재판소의 중개인이죠?"

K가 물었다.

그러자 화가는 파스텔을 옆에 내려놓고 몸을 일으키더니 두 손을 비비고 웃으며 K를 바라봤다.

"성급한 분이군요."

화가가 말했다.

"소개장에도 쓰여 있듯이 당신은 재판소에 대해 알아보려고 와서는 환심을 사려고 먼저 제 그림에 대해 이야기를 한 겁니다. 그러나 불쾌하게 생각하지는 않겠습니다. 그런 것이 제게는 통하지 않는다는 걸 모르셨겠죠. 오, 괜찮아요!"

K가 변명을 하려고 하자 화가는 날카롭게 가로막으며 말을 계속했다.

"아무튼 당신 말대로 전 재판소의 중개인입니다."

K가 그 사실을 확인할 수 있는 시간을 주려는 듯이 화가는 잠시 말을 멈췄다. 문 뒤에서 또 소녀들의 목소리가 들렸다. 아

마도 열쇠 구멍 앞으로 몰려와서 틈 사이로 방 안을 들여다보는 모양이었다. K는 적당히 사과하려다 그만뒀다. 그것으로 화가가 화제를 돌릴지도 모르기 때문이었다. 그러다가 화가가 너무 거만해져 다루기 힘들게 되어서도 안 되겠기에 질문을 던졌다.

"그것은 정식 직책인가요?"

"아닙니다."

화가는 그 때문에 말문이 막혔다는 듯이 짤막하게 대답했다. 그러나 K는 화가가 입을 다물게 하지 않으려고 다시 말했다.

"그런데 정식 직책을 가진 자들보다 그렇지 않은 사람들이 대부분 영향력이 더 많더군요."

"제 경우가 바로 그렇습니다."

화가는 이마를 찌푸리며 고개를 끄덕였다.

"어제 당신 사건에 대해 공장주와 이야기했습니다. 나더러 당신을 도와주겠느냐고 묻기에 아무튼 한번 저한테 오시는 게 좋겠다고 대답했어요. 이렇게 곧장 와주시니 반갑습니다. 사건이 매우 걱정되시는 모양입니다만 물론 이상할 것도 없죠. 우선 코트를 벗으시겠습니까?"

K는 이곳에 아주 잠시만 있을 생각이었지만 화가가 그렇게 권하자 오히려 반가웠다. 방 안의 공기가 점점 답답해지고 있었기 때문이다. K는 이상하게 생각하며 틀림없이 불을 피우

지 않은 구석의 난로를 자꾸 쳐다봤다. 방이 더운 이유를 알 수가 없었다. K가 외투를 벗고 상의 단추까지 풀자 화가는 변명하듯 말했다.

"전 따뜻한 것을 좋아합니다. 방 안이 아주 아늑하죠, 그렇지 않나요? 그런 점에서 이 방은 위치가 참 좋아요."

K는 아무 대답도 하지 않았다. 그를 불편하게 하는 것은 방 안이 더워서가 아니라 숨이 막힐 듯 답답한 공기 때문이었다. 방 안은 오랫동안 환기를 시키지 않은 모양이었다. 화가 자신은 방 안에 하나밖에 없는 이젤 앞의 의자에 앉으면서 K에게는 침대 위에 앉으라고 했기 때문에 K의 기분이 더 나빠졌다. 게다가 K가 침대 가장자리에 앉아 있는 이유를 잘못 생각했는지 편히 앉으라고 권하고 K가 주저하자 직접 다가와서는 침대 안쪽 깊숙이 베개에 기대도록 K를 밀었다. 그리고 다시 자기 자리로 돌아가더니 K가 다른 생각을 할 겨를도 주지 않고 단도직입적으로 물었다.

"당신은 결백합니까?"

"네."

K가 대답했다. K는 관리가 아닌 사람에게 구속이나 책임을 느끼지 않고 자유로운 심정으로 대답할 수 있는 것이 기뻤다. 이제까지 그에게 이렇게 솔직하게 질문한 사람은 없었다. 이 기쁨을 한껏 맛보려고 그는 다시 덧붙였다.

"저는 아무 죄도 없습니다."

"그래요."

화가는 머리를 숙이고 깊이 생각하는 듯했다. 갑자기 그는 머리를 다시 들며 말했다.

"당신이 결백하다면 문제는 아주 간단합니다."

K의 눈빛이 우울해졌다. 자칭 재판소 중개인이라는 사람이 아무것도 모르는 어린애처럼 말하고 있었다.

"제가 죄가 없다고 해서 문제가 간단해지지는 않습니다."

K가 말했다. 하지만 그는 웃음을 지으며 천천히 머리를 흔들었다.

"재판소가 몰두하고 있는 자질구레한 일들이 문제입니다. 거기서는 원래 아무것도 없었던 곳에서 난데없이 큰 죄를 만들어냅니다."

"네, 네, 알고 있습니다."

화가는 K가 쓸데없이 자신의 생각을 어지럽힌다는 듯이 말했다.

"하지만 당신은 결백하지 않습니까?"

"그렇다니까요."

K가 말했다.

"그게 핵심 문제입니다."

화가가 말했다. 사실 화가는 반대 이유에 영향을 받을 사람이 아니었다. 다만 단호한 태도에도 불구하고 그가 확신이 있어 그렇게 말하는 것인지 아니면 무관심해서 그렇게 말하는 것인지 분명하지 않았다. K는 우선 그 점을 확인하고 싶어서 말했다.

"사실 당신은 재판소에 대해 저보다 더 잘 알겠지요. 저는 물론 여러 사람한테서 들은 것 이상은 모릅니다. 그러나 고소라는 것이 그냥 제기되는 것이 아니고 일단 고소를 하면 재판소에서는 피고의 유죄를 확신하고 있기 때문이라고 합니다. 그리고 이것을 번복한다는 것은 쉬운 일이 아니라고 모두들 얘기합니다."

"어렵다고요?"

화가는 한쪽 손을 높이 흔들었다.

"그 말로는 부족하지요. 절대로 불가능합니다. 차라리 제가 이 캔버스에 재판관들을 모두 그려놓고 당신이 그 앞에 서서 자신을 변호하는 편이 실제로 재판소에 가서 하는 것보다 더 효과가 있을 겁니다."

"네."

K는 혼자 중얼거리며 화가의 의중을 알아보려던 생각을 접었다.

그때 문 뒤에서 다시 한 소녀가 묻기 시작했다.

"티토렐리 아저씨, 손님은 아직 안 갔어요?"

"조용히 해!"

화가는 문 쪽을 향해 외쳤다.

"손님과 얘기하고 있는 걸 몰라?"

그러나 소녀는 그 정도로는 물러나지 않았다.

"손님을 그릴 거예요?"

화가가 대답하지 않자 소녀는 다시 말했다.

"그렇게 못생긴 사람은 제발 그리지 마세요."

그러자 알아들을 수는 없었지만 찬성하는 듯한 소리가 뒤섞여 들렸다. 화가는 문으로 달려가 문을 조금 열고(애원하듯 모아쥐고 내민 아이들의 손이 보였다) 말했다.

"조용히 하지 않으면 모두 계단 밑으로 던져버릴 거다. 여기 계단에 앉아서 얌전히 있어."

그래도 아이들은 떠들고 서 있었다. 화가가 다시 소리쳤다.

"계단에 앉아!"

그제야 겨우 조용해졌다.

"미안합니다."

K 쪽으로 돌아와서 화가가 말했다. K는 문 쪽은 돌아보지도 않고 화가에게 자신을 맡기는 심정으로 앉아 있었다. 그때 화가가 K에게 몸을 숙이고 밖에서 들을세라 그의 귀에 대고 속삭였다.

"저 아이들도 재판소에서 일합니다."

"뭐라고요?"

K는 머리를 옆으로 빼고 화가를 쳐다봤다. 그러나 화가는 다시 의자에 앉더니 절반은 농담처럼 절반은 설명하듯 말했다.

"모두가 재판소에 속해 있죠."

"그건 미처 몰랐는데요."

K는 짤막하게 말했다. 화가의 말이 차분했기에 아이들에 관한 이야기로 새삼 불안해지지는 않았다. 그러나 K는 잠시 문 쪽을 바라봤다. 문 뒤에는 아이들이 계단 위에 조용히 앉아 있었다. 한 아이는 나무 틈 사이로 지푸라기를 들이밀고 천천히 위아래로 흔들고 있었다.

"재판소가 어떤 곳인지 전혀 모르시나보군요."

화가는 두 발을 넓게 벌리더니 발끝으로 마룻바닥을 두드렸다.

"그러나 당신은 결백하니 문제없을 겁니다. 저 혼자서도 충분합니다."

"어떻게 그렇게 하시겠어요?"

K가 물었다

"조금 전에 당신도 말했다시피 재판소에서는 어떤 증거도 통하지 않는다면서요."

"법정에 내놓는 증거만 통하지 않는다는 거죠."

화가는 K가 미묘한 차이를 깨닫지 못한다는 듯이 집게손가락을 내밀었다.

“그러나 그런 이유에서 공개적인 법정을 피하고 회의실이나 복도, 또는 여기 아틀리에 같은 곳에서라면 사정이 달라집니다.”

이제 화가의 이야기는 신빙성이 높아 보였고 K가 다른 사람들한테 들은 이야기와 상당히 일치하는 점도 많았다. 그렇다, 게다가 매우 희망적이었다. 변호사가 말한 대로 개인적인 친분만으로 재판관들을 정말 그렇게 쉽게 주무를 수 있다면 허영심이 강한 재판관들과 화가의 관계는 특히 중요했다. 어쨌든 결코 얕잡아볼 일이 아니었다. 그리고 화가는 K가 차츰 주위에 모아놓은 원조자들과도 아주 잘 어울렸다. 언젠가 은행에서 K가 조직 생활에 재능이 있다는 말을 들었다. 그러니 온전히 홀로 사건을 해결해야 하는 지금이야말로 그 재능을 한껏 시험해볼 수 있는 좋은 기회였다. 자신의 설명이 K에게 얼마나 효과가 있었는지 살피고 있던 화가는 약간 불안한 어조로 말했다.

“제가 법률가처럼 말하는 게 이상하지 않습니까? 재판소 사람들과 만나다보니 이렇게 되었습니다. 물론 거기서 얻는 것도 많지만 그림을 그리는 일에는 많은 제약을 받습니다.”

“도대체 어떻게 재판관들과 처음 인연을 맺게 되었습니까?”

곧장 자신의 일에 끌어들이기 전에 우선 화가의 신임을 얻으려고 K가 물었다.

"아주 간단합니다."

화가가 말했다.

"이 인연은 아버지에게 물려받은 겁니다. 저희 아버지는 재판소 전속 화가였어요. 이 지위는 세습되기 때문에 다른 사람을 쓸 수 없습니다. 즉, 각계각층의 관리들을 그리는 데는 여러 가지 비밀 규칙이 있어서 화가의 가문 밖으로는 절대로 알려지지 않습니다. 예를 들어 저 서랍 속에 우리 아버지가 남기신 기록이 있지만 아무에게도 보여주지 않습니다. 그 기록을 아는 사람만이 재판관을 그릴 수 있습니다. 그러나 저 기록을 잃어버려도 여러 가지 규칙을 저 혼자 머릿속에 간직하고 있기 때문에 제 지위가 흔들릴 염려는 없을 겁니다. 재판관들은 모두 자신의 초상화를 예전의 위대한 재판관들의 초상화처럼 그리게 하고 싶어 하는데, 그렇게 그릴 수 있는 사람은 저밖에 없거든요."

"참 부럽군요."

K는 이렇게 말하며 은행에서의 자신의 지위를 생각해봤다.

"그러니까 당신의 지위는 견고하겠군요?"

"네, 확고합니다."

화가는 자랑스럽게 어깨를 으쓱했다.

"그렇기 때문에 이따금 소송에 걸려 있는 불쌍한 사람을 도와주려는 생각도 할 수 있죠."

"그런데 어떻게 도와주죠?"

화가가 방금 말한 불쌍한 사람이 자신은 아니라는 듯이 K가 물었다. 그러나 화가는 말머리를 돌리지 않고 말했다.

"예를 들어 당신의 경우는 결백하니 이렇게 할 생각입니다."

자신이 결백하다는 말이 여러 번 되풀이되자 K는 부담스러워졌다. 화가는 그런 말을 함으로써 소송이 원만히 해결되는 전제로 도와주겠다는 것 같았다. K는 그렇다면 당연히 도움 따위는 필요 없다고 생각했다. 그러나 K는 그런 의심을 억누르고 화가의 말을 막지 않았다. 화가의 도움을 거절하고 싶지 않아서 도움을 받기로 결심했고 변호사보다 화가의 도움이 더 믿을 만해 보였다. 게다가 화가가 악의 없이 솔직하게 말했기 때문에 훨씬 마음에 들었다. 화가는 의자를 침대 쪽으로 바싹 끌어당기더니 낮은 목소리로 이야기를 계속했다.

"먼저 물어봤어야 하는데 잊어버렸군요. 어떤 종류의 무죄를 원하시는 건가요? 세 가지 가능성이 있습니다. 실질적 무죄와 형식적 무죄, 그리고 소송의 진행 방해입니다. 실질적인 무죄가 가장 좋지만 그런 식으로 해결되게 할 만한 영향력이 제겐 없습니다. 제 생각으로는 실질적인 무죄로 만들어줄 수 있는 사람은 아무도 없습니다. 그러려면 피고가 무죄여야만 하죠. 당신은 무죄니까 그 점에만 의지하는 것도 가능할 겁니다. 그러나 그런 경우에는 저뿐만 아니라 어느 누구의 도움도 필요 없죠."

논리적인 설명에 K는 처음엔 당황했으나 곧 화가처럼 나직한 목소리로 말했다.

"당신의 말은 모순된 것 같군요."

"어째서요?"

화가는 별로 노여운 기색을 비치지 않으며 묻고는 미소 지으며 의자에 몸을 기댔다. 그렇게 웃는 것을 보니 자신이 지금 화가의 이야기에서 모순을 발견한 것이 아니라 재판소 소송 과정 자체의 모순을 발견한 것 같은 느낌이 들었다. 그러나 물러서지 않고 그는 말했다.

"당신은 처음에 재판소에서는 어떤 증거도 통하지 않는다고 말했습니다. 그다음에는 이것은 공식적인 재판에 관한 일이라고 한정하더니, 이제는 죄가 없는 사람은 재판소에서 아무 도움도 필요 없다고 말했습니다. 그게 벌써 모순입니다. 게다가 아까 당신은 개인적으로 포섭하여 재판관의 마음을 움직일 수 있다고 말하더니 실질적인 무죄라고 부르는 그 무죄 판결은 개인적인 포섭으로는 도저히 받을 수 없다고 말하고 있습니다. 그게 두 번째 모순입니다."

"그러한 모순은 간단히 설명할 수 있습니다."

화가가 말했다.

"그것은 이렇게 생각해야 합니다. 저는 법률에 정해져 있는 일, 제가 개인적으로 경험한 일, 이렇게 성질이 다른 두 가지 문제를 이야기하고 있는 겁니다. 이 두 가지를 혼동해서는 안 됩니다. 물론 저는 법률 책을 읽은 적은 없습니다만 법률에는 한편으로 죄가 없는 자는 무죄가 된다고 쓰여 있겠지요. 하지만 재판관을 매수할 수 있다고는 쓰여 있지 않을 것입니다. 그러나 저는 그와 정반대되는 경우를 봤습니다. 실질적 무죄는 몰라도 재판관의 마음을 움직인 예는 많이 알고 있어요. 물론 제가 알고 있는 사건들은 모두 실제로 무죄가 아니었을 수도 있습니다. 그러나 그런 일이 정말 있을 수 있겠습니까? 그처럼 많은 사건 속에 단 하나의 무죄도 없었겠습니까? 어렸을 때부터 우리 아버지가 집에서 소송에 관해 말씀하시는 것을 들었고, 아버지의 아틀리에로 찾아오는 재판관들도 재판에 관한 이야기를 했어요. 우리 주위에서는 온통 재판 이야기밖에는 하지 않았습니다. 제 자신이 재판소에 가는 기회가 있으면 곧 언제나 그런 기회를 십분 이용해서 중요한 단계에 있는 수많은 소송을 방청하고 볼 수 있는 한 쫓아다녔습니다. 하지만 실질적인 무죄 선고는 본 적이 없다는 점을 고백해야겠군요."

"그러니까 단 한 번도 무죄 판결이 없었군요."

K는 자신과 자신이 품은 희망에게 말하듯 대답했다.

"그 말씀을 들으니 제가 이미 재판소에 대해 생각하고 있던 것이 옳았습니다. 뚜렷한 방침이 없는 재판소라면 사형 집행인 한 사람만 있으면 재판소 전체를 대신할 수 있겠어요."

"그렇게 일반화해서는 안 됩니다."

화가는 못마땅한 듯이 말했다.

"저는 제 경험을 말했을 뿐입니다."

"그만하면 충분합니다. 그렇지 않으면 오래전에는 실질적인 무죄라는 것이 있었다는 얘길 들은 적이 있습니까?"

"확인하기는 무척 힘든 일이지만 물론 그런 무죄 판결이 있었다고 합니다. 재판소의 최종 판결은 공개되지도 않고 재판관도 알지 못하기 때문에 오래전에 있었던 재판에 대해서는 그저 전설로만 들을 수 있을 뿐이죠. 그러한 전설에는 실제적인 무죄 판결에 대한 이야기도 많이 있는데 믿을 수는 있겠지만 증명할 수는 없습니다. 하지만 그것을 전적으로 무시해서는 안 됩니다. 그 전설에는 어느 정도 진실도 들어 있으니까요. 저는 이런 전설을 소재로 해서 그림을 몇 장 그려본 일도 있습니다."

"단순한 전설이 제 의견을 바꾸지는 못합니다. 재판소에서도 그런 전설을 증거로 내세울 수는 없지 않습니까?"

화가는 웃으며 말했다.

"네, 그럴 수는 없습니다."

"그럼 그런 이야기를 하는 건 쓸데없지요."

K는 화가의 이야기가 아무리 믿어지지 않고, 다른 이야기에

모순되더라도 우선은 그의 의견을 받아들이기로 했다. 지금은 화가가 한 이야기의 사실 여부를 확인하거나 반박할 시간이 없었고, 결정적인 도움은 아니더라도 어떻게든 자신을 도와주도록 화가를 움직인 것만도 다행이었다. 그래서 그는 말했다.

"그럼 실질적인 무죄 판결에 대한 이야기는 그만두기로 하죠. 그런데 다른 두 가지 가능성도 언급하셨죠?"

"형식적 무죄와 소송의 진행 방해 말이죠? 그 두 가지만을 고려해볼 수 있습니다. 그런데 이야기를 시작하기 전에 상의를 벗지 않겠습니까? 더우실 텐데."

"네."

K는 그때까지 화가의 이야기에만 정신이 팔려 있었는데 이제 더위를 느끼자 이마에서 땀이 흘렀다.

"견딜 수 없을 지경이군요."

화가는 K의 불편을 아주 잘 이해한다는 듯이 머리를 끄덕였다.

"창문을 열 수 없을까요?"

K가 물었다.

"안 됩니다. 유리만 끼워놓은 것이기 때문에 열 수 없습니다."

그제야 K는 화가가 창문을 활짝 열어젖히기만을 바라고 있었다는 것을 깨달았다. 안개라도 좋으니 입을 벌려 공기를 마시고 싶었다. 이 방이 완전히 차단되어 있다는 것을 생각하자

어지러웠다. 그는 옆에 있는 깃털 이불을 손으로 가볍게 두드리며 나직한 목소리로 말했다.

"이래서는 기분도 나쁘지만 건강에도 좋지 않습니다."

"오, 아닙니다."

화가는 창문에 대해서 변명이라도 하려는 듯이 말했다.

"유리 한 장이지만 열리지 않기 때문에 이중창보다 방 안의 온기가 더 잘 유지되죠. 나무 틈새로 공기가 얼마든지 들어오기 때문에 그다지 필요하지는 않지만 환기를 하고 싶으면 출입문 한쪽을 열거나 양쪽 모두 열면 됩니다."

이 설명을 듣고 약간 안심한 K는 또 다른 문은 어디 있는지 주위를 둘러봤다. 화가가 그것을 알아채고 말했다.

"당신 뒤에 있어요. 침대로 가려놓았습니다."

화가가 말했다.

그제야 K는 벽에 붙은 작은 문을 봤다.

"이 방은 모든 게 너무 작아서 아틀리에로는 적합하지 않아요."

화가는 K의 비난을 미리 막으려는 듯이 말했다.

"될 수 있는 대로 잘 배치해야 했어요. 물론 문 앞에 침대가 있는 것은 아주 나쁜 배치지요. 예를 들어 내가 지금 그리고 있는 이 재판관도 언제나 침대가 놓여 있는 저 문으로 들어오지요. 제가 없을 때에도 방 안에 들어와서 기다릴 수 있도록 제가 그에게 열쇠도 줬습니다. 그런데 그분은 대개 아침 일찍 제가 아직 자고 있을 때 찾아옵니다. 침대 옆의 문이 열리면 아무리 깊은 잠이 들어 있어도 당연히 잠이 깨게 마련이죠. 이른 아침에 침대로 올라오는 재판관을 맞을 때 내가 욕설을 퍼붓는 걸 들으면 당신도 재판관에 대한 경외심이 사라질 겁니다. 물론 열쇠를 빼앗을 수도 있겠지만 그렇게 하면 더 골치 아픈 일만 생길 겁니다. 여기 문들은 조금만 힘을 줘도 문짝이 떨어지니까요."

이야기를 들으면서 K는 상의를 벗어야 할지 말아야 할지 생각하고 있었지만, 결국 벗지 않으면 더는 방 안에 있을 수 없으리라는 생각이 들어서 일단 벗고 이야기가 끝나면 다시 입으려고 무릎 위에 올려놓았다. 그 광경을 본 아이가 외쳤다.

"벌써 상의를 벗었어!"

그리고 뒤이어 소녀들이 그 장면을 보려고 온통 나무 틈새로 몰려드는 소리가 들렸다.

"저 애들은 제가 당신을 그리려고 해서 당신이 옷을 벗는다고 생각하는 거죠."

화가가 말했다.

"그래요?"

K는 셔츠 바람으로 앉아 있게 되었으나 그다지 기분이 나아지지는 않았기 때문에 시큰둥하게 말했다. 그러고는 투덜거리듯이 물었다.

"두 가지 다른 가능성이라는 것은 뭐죠?"

K는 벌써 그 표현을 잊어버렸다.

"형식적 무죄와 진행 방해 작전입니다. 어느 편을 택하실지는 당신에게 달렸습니다. 물론 힘이 안 드는 것은 아니지만 둘 다 제가 도와드리면 할 수 있습니다. 형식적 무죄는 일시에 힘을 쏟아야 하는 반면에 방해 작전은 힘은 훨씬 덜 들지만 지속적으로 노력해야 한다는 차이가 있습니다. 우선 형식적 무죄에 대해 말씀드리죠. 이것을 원하신다면 제가 당신이 무죄라는 증명서를 한 장 쓰겠습니다. 증명서식은 우리 아버지에게서 물려받은 것이라서 전혀 흠잡을 데가 없습니다. 그리고 이 증명서를 들고 제가 알고 있는 재판관들을 순회하는 거죠. 우선 제가 지금 그리고 있는 재판관이 오늘 저녁 여기에 오면 증명서를 보이겠습니다. 그리고 당신은 무죄이고, 제가 보증한다고 설명하겠어요. 그저 형식적인 보증이 아니라 실제로 책임지는 보증을 하는 겁니다."

귀찮은 일을 맡았다는 심정이 화가의 눈초리에 어려 있었다.

"매우 친절하시군요."

K가 말했다

"그런데 재판관은 당신을 믿으면서도 제게 실제 무죄 판결을 내리지는 않는단 말이죠?"

"그 점은 이미 말씀드렸습니다."

화가가 대답했다.

"게다가 모든 재판관이 저를 믿어줄지도 전혀 확신할 수 없습니다. 예를 들어 본인을 직접 데리고 오라고 요구하는 재판관도 있을 겁니다. 그러면 당신이 한 번 같이 가셔야 됩니다. 물론 그런 경우에는 이미 절반은 성공한 거죠. 특히 재판관을 만날 때 어떻게 행동해야 할지를 제가 미리 자세히 알려드리거든요. 그보다도 곤란한 것은 아예 처음부터 저를 외면하는 재판관들입니다. 그런 경우도 생깁니다. 여러 가지로 노력해도 안 되면 단념해야 합니다. 재판관 개개인이 결정권을 갖고 있는 것은 아니니까 단념해도 괜찮습니다. 이렇게 해서 증명서에 충분한 숫자의 재판관 서명을 받으면 당신의 소송을 담당하고 있는 재판관에게 이 증명서를 가지고 가는 겁니다. 어쩌면 그 재판관의 서명도 얻을 수 있을 수 있을지 모르지요. 그러면 모든 일에 약간 더 빠른 진전이 있을 것입니다. 그 후로는 대체로 장애물도 별로 없고 피고로서는 가장 안심할 수 있는 때입니다. 이상하지만 사실 사람들은 무죄 판결을 받은 다음보다도 이때에 더 안심합니다. 그때는 더 이상 특별히 애쓸 필요가 없죠. 재판관은 증명서에 많은 동료들의 서명을 받았으니 안심하고 당신에게 무죄 판결을 내릴 수 있습니다. 물론 여러 가지 수속은 끝내야 합니다. 그리고 당신은 법정을 걸어 나와 자유로워지는 겁니다. 저를 비롯해서 당신의 다른 가족들에게도 반가운 일이지요."

"그렇게 되면 전 자유로워지는 거로군요."

K는 망설이며 말했다.

"네. 그러나 형식적인 무죄에 지나지 않습니다. 또는 일시적인 무죄라고 하는 게 좋겠군요. 제가 알고 있는 사람들은 말단에 있는 지위가 낮은 재판관들이기 때문에 최종적인 무죄 판결을 내릴 권한은 없어요. 그 권한은 대법원만이 갖고 있는데 그곳은 우리 모두 절대 접근이 불가합니다. 대법원이 어떤지 우리는 모르고(말이 나왔으니 말이지만) 알려고 하지도 않습니다. 아무튼 우리가 아는 재판관들은 기소된 사람을 석방할 수 있는 큰 권한은 없지만 일시적으로 놓아줄 권한은 있습니다. 말하자면 이런 식의 무죄 판결을 받으면 일시적으로 풀려나지만 기소는 여전히 유효합니다. 그러니 상부의 명령이 있는 즉시 다시 효력이 발생하게 됩니다. 저는 재판소와 밀접한 관계를 갖고 있기 때문에 말씀드릴 수 있습니다. 재판소 사무국 규정에 있는 실질적인 무죄 판결과 형식적 무죄 판결의 차이는 순전히 피상적인 것에 지나지 않습니다. 실제적인 무죄 판결을 받으면 소송문서는 완전히 폐기 명령이 내려집니다. 기소뿐 아니라 소송과정과 심지어 무죄 선고 자체도 모두 소멸됩니다. 형식적인 무죄 판결의 경우는 사정이 좀 다릅니다. 서류상으로는 무죄 확인서, 무죄 판결문, 무죄 판결 사유서가 첨가될 뿐 다른 변화는 일어나지 않습니다. 그러나 소송 절차는 계속되고 있어 서류는 재판소 사무국과의 끊임없는 교섭에 필요하기 때문에 상급 재판소로 넘어갔다가 하급 재판소로 되돌아오기도 합니다. 그렇게 시간 간격을 두고 진행됩니다. 이러한 경로는 예측할 수 없습니다. 겉으로 보기에는 모든 것이 오래전에 잊혀 서류는 분실되고 완전한 무죄가 된 것처럼 보입니다. 그러나 이 사정을 잘 아는 사람은 그것을 믿지 않습니다. 서류는 하나도 분실되는 일이 없으며 재판소에서도 잊어버리는 일이 없습니다. 아무도 예측하지 못하지만 어느 날 어떤 재판관이 주의 깊게 그 서류를 손에 들고 이 사건은 공소가 아직 유효하다는 것을 확인하고 즉시 체포명령을 내립니다. 지금 제가 한 말은 형식적인 무죄 판결이 있은 후 다시 체포할 때까지 상당한 시간이 경과한다는 것을 가정한 것인데, 무죄 판결된 사람이 재판소에서 집으로 돌아가보니 벌써 그를 다시 체포하기 위해 집에서 기다리고 있는 경우도 얼마든지 있습니다. 그러면 자유로운 생활은 물론 끝난 거지요."

"그럼 소송이 다시 시작되나요?"

K는 믿을 수 없다는 듯이 물었다.

"물론이죠."

화가가 말했다.

"소송은 다시 시작됩니다. 그러나 전처럼 형식적인 무죄 판결을 받을 가능성이 있으니 포기하지 말고 다시 최선을 다해야 합니다."

아마도 마지막 말은 K가 기가 죽은 것을 보고 한 말 같았다.

"그러나."

K는 화가가 또 무슨 사실을 말할까 두려워 얼른 물었다.

"두 번째 무죄 판결은 처음보다 힘들지 않을까요?"

"그 점에 있어서는 뭐라 확실하게 말할 수 없습니다. 재판관들이 두 번 체포된 피고에게는 불리하게 판결하리라고 생각하시는 거죠? 그렇지 않습니다. 재판관들은 무죄 판결을 내릴 때 이미 다시 체포할 것을 예견하고 있기 때문입니다. 그러므로 이런 상황은 아무 영향을 미치지 않습니다. 그러나 그 밖의 이유로 재판관의 기분이나 사건에 대한 법률적 판단이 달라졌을 수 있으므로 두 번째 무죄 판결을 위해서는 변화된 상황에 맞춰 노력해야 하고, 대체로 첫 번째와 마찬가지로 노력해야 합니다."

"그러나 두 번째 무죄 판결로 모든 것이 끝나는 것은 아니겠죠?"

K가 물었다.

"물론이죠."

화가가 말했다

"두 번째 무죄 판결 다음에는 세 번째 체포가 따르고, 세 번째 무죄 판결 다음에는 네 번째 체포가 따르고, 그렇게 계속됩니다. 형식적인 무죄 판결이라는 말 자체가 그런 의미를 가지고 있습니다."

K는 아무 말도 하지 않았다.

"형식적인 무죄 판결을 분명 좋아하시지 않는 것 같군요."

화가가 말했다.

"당신에게는 진행 방해 작전이 더 적합할 것 같습니다만, 설명해드릴까요?"

K는 머리를 끄덕였다. 화가는 의자에 기대 벌어진 잠옷 속으로 손을 넣어 가슴과 옆구리를 문질렀다.

"방해 작전이라는 것은."

화가는 아주 적절한 표현이라도 찾는 듯이 잠시 허공을 바라봤다.

"그것은 소송을 계속 하급 재판소에 붙잡아두는 것을 말합니다. 그러려면 피고와 조력자, 특히 조력자가 끊임없이 재판소와 개인적인 접촉을 해야 합니다. 다시 말씀드리자면 형식적인 무죄 판결을 얻어낼 때만큼 노력이 들지는 않지만 세심한 주의가 필요합니다. 소송에서 계속 눈을 떼지 않고 담당 재판관을 규칙적으로 또 특별한 일이 있을 때마다 찾아가야 하고 어떻게든 친밀한 관계를 유지하려 노력해야 합니다. 담당 재판관과 개인적인 친분이 없다고 해서 직접 대화를 나누기를 포기하지 말고 아는 재판관을 통해 담당 재판관의 마음을 움직여야 합니다. 이러한 점을 게을리하지 않아야 소송이 더 이상의 단계를 넘어서지 않게 할 수 있습니다. 확실하게 소송이 끝나는 것은 아니지만 피고는 유죄 판결을 피할 수 있는 겁니다. 자유로운 상태와 거의 똑같이 말입니다. 형식적인 무죄 판결과는 반대로 이 작전은 피고의 장래가 덜 불안하다는 장점을 갖고 있습니다. 피고는 불시에 체포되어 놀라는 일을 당하지 않아도 되고 여러 가지 상황이 매우 불리할 때에도 형식적인 무죄 판결을 받기 위해 필요한 노력과 흥분을 떠맡을 걱정을 하지 않아도 됩니다. 물론 소송 진행 방해 작전도 피고가 과소평가해서는 안 될 단점이 있습니다. 피고가 결코 자유로운 몸이 될 수 없다는 점을 말하는 게 아닙니다. 그 점은 형식적인 무죄 판결의 경우도 근본적으로는 마찬가지니까요. 소송을 지체시키려면 구실이 필요합니다. 그러므로 때때로 여러 가지 지시를 하거나 또는 피고를 심문하거나 심리를 여는 등의 일들이 행해져야 합니다. 소송은 언제나 인위적으로 제한된 작은 범위 내에서 진행되어야 합니다. 이 점은 물론 피고에게 어느 정도 불쾌한 기분을 안겨주지만 너무 나쁘게 상상해서는 안 됩니다. 모든 게 그저 형식에 지나지 않으니까요. 예를 들어 심문도 아주 간단합니다. 재판소에 나갈 시간이 없거나 흥미가 없을 때는 출두하지 않아도 되고 심지어 어떤 판사들의 경우에는 장기간의 지시 사항을 사전에 같이 상의하여 정할 수도 있습니다. 피고 입장에서는 담당 재판관을 간혹 찾아가는 것 자체가 중요한 겁니다."

화가의 말이 끝나기도 전에 K는 벗어둔 상의를 팔에 걸치며 자리에서 일어섰다. 순간 문 밖에서 외치는 소리가 들렸다.

"그 사람이 일어난다!"

"벌써 가시려고요?"

화가도 자리에서 일어나며 물었다.

"분명히 공기 때문에 견딜 수가 없으신 거군요. 대단히 죄송합니다. 아직도 할 얘기가 많이 있는데 아주 간단히 말씀드릴 걸 그랬군요. 하지만 이해하셨길 바랍니다."

"오, 그래요."

K는 억지로 이야기를 듣느라 긴장하고 있었기 때문에 머리가 아팠다. K가 이해했다고 말했는데도 집으로 돌아가는 K에게 위안을 줄 생각인지 화가는 모든 것을 다시 한 번 요약해서 말했다.

"두 방법 모두 피고의 유죄 판결을 막는다는 공통점이 있습니다."

"그러나 실질적인 무죄 판결도 받지 못하게 되죠."

K는 그것을 깨달은 게 부끄럽다는 듯이 나직한 소리로 말했다.

"당신은 문제의 핵심을 파악하신 겁니다."

화가가 얼른 말했다.

K는 코트에 손을 댔지만 아직 상의도 입지 못하고 있었다. 될 수 있으면 옷을 모두 움켜쥐고 공기가 맑은 바깥으로 뛰쳐나가고 싶었다. 아이들이 K가 옷을 입는다고 소리쳤지만 K는 옷을 입을 수가 없었다. 화가는 K의 심중을 알아보는 게 중요하다고 생각하고 말했다.

"제 제안에 대한 결정을 아직 못 내리셨군요. 당연하다고 생각합니다. 저도 서둘러 결정하지 마시라고 권하고 싶으니까요. 장점과 단점은 종이 한 장 차이입니다. 모든 것을 정확하게 판단해야 합니다. 물론 시간을 너무 허비해도 안 되지만."

"조만간 다시 오겠습니다."

K는 웃옷을 입고 외투는 어깨에 걸치고 급히 문 쪽으로 갔다. 문 뒤에서 소녀들이 비명을 지르기 시작했다.

"약속을 지키셔야 합니다."

화가는 K의 뒤에다 대고 말했다.

"그렇지 않으면 제가 직접 물어보러 은행으로 가겠습니다."

"문 좀 열어주세요."

K는 손잡이를 잡아당겼으나 누르는 힘이 느껴지는 것으로 보아 밖에서 소녀들이 꼭 붙잡고 있음을 알 수 있었다.

"저 애들이 성가시게 굴 것이 분명하니 차라리 이 문으로 나가세요."

화가는 침대 뒤에 있는 문을 가리켰다. K는 이에 동의하고 침대로 되돌아왔다. 그러나 화가는 문을 여는 대신 침대 밑으로 기어들어가더니 그 밑에서 물었다.

"잠깐만 기다리세요. 그림을 한 장 보시지 않겠어요? 당신에게 팔 수도 있는데요."

K는 냉정하게 굴 수 없었다. 화가는 사실 K의 일을 떠맡아 앞으로 도와주겠다고 약속했는데, K가 보수 문제에 대해서 전혀 언급하지 않았으니 지금 화가의 제안을 거절할 수도 없었다. 그는 아틀리에를 나가고 싶어서 초조하게 서성거리면서도 그림을 보여달라고 했다. 화가는 침대 밑에서 액자에 넣지 않은 먼지투성이 그림들을 잔뜩 꺼냈다. 화가가 맨 위에 있는 그림의 먼지를 훅 불었을 때 K는 눈앞의 자욱한 먼지 때문에 한동안 숨이 막힐 지경이었다.

"황야의 풍경입니다."

화가는 그림을 K에게 내밀며 말했다. 어두운 풀밭에 가느다란 나무 두 그루가 멀찍이 떨어져 서 있고 배경에는 찬란한 색채로 석양이 그려져 있었다.

"아름답군요. 사겠습니다."

K는 생각도 하지 않고 그냥 간단히 말했다. 화가가 기뻐하며 바닥에서 또 다른 그림을 집어 들었다.

"이것은 이 그림과 반대되는 그림입니다."

화가가 말했다

반대되는 그림을 그리려고 했는지는 몰라도 첫 번째 그림과 다른 점을 조금도 알아챌 수 없었다. 역시 나무와 풀밭이 있고 해가 지고 있었다. 그러나 K는 그런 것을 상관하지 않았다.

"아름다운 풍경이군요. 두 장 다 구입해서 제 사무실에 걸겠습니다."

"주제가 마음에 드신 모양이군요."

화가는 또 한 장을 집어 올렸다.

"여기 비슷한 그림이 또 한 장 있으니 다행입니다."

비슷한 정도가 아니라 완전히 똑같은 풍경화였다. 화가는 낡은 그림을 팔아버리려고 이 기회를 철저히 이용하고 있었다.

"이 그림도 사겠습니다. 전부 얼마죠?"

"그 얘긴 다음에 하죠. 지금은 바쁘시고, 우린 계속 연락을 할 테니까요. 아무튼 그림이 마음에 든다니 반갑습니다. 이 밑에 있는 그림도 모두 드리겠습니다. 전부 황야 풍경뿐입니다. 저는 황야 풍경을 많이 그렸습니다. 너무 어두워서 싫다는 사람도 많지만 바로 그런 그림을 좋아하는 사람들도 있습니다. 당신처럼요."

그러나 K는 지금 가난한 화가의 직업 체험을 들을 기분이 아니었다.

"그림을 모두 싸주세요."

K는 화가의 말을 가로막으며 외쳤다.

"내일 직원을 보내서 가져가겠습니다."

"그러실 필요 없습니다."

화가가 말했다.

"지금 함께 갈 짐꾼을 찾을 수 있을 겁니다."

그러고는 마침내 침대 위로 몸을 굽혀 문을 열었다.

"사양하시지 말고 침대 위로 올라가세요. 이 방에 들어오는 사람은 누구나 다 그러니까요."

K는 화가가 권하지 않아도 사양할 생각이 없었으므로 이미 깃털이불 한가운데에 한쪽 발을 올려놓고 있었는데, 열린 문으로 밖을 내다보고는 발을 뒤로 다시 뺐다.

"저게 뭐죠?"

K는 화가에게 물었다.

"왜 그렇게 놀라십니까?"

화가도 같이 놀라 물었다.

"그것은 재판소 사무실입니다. 여기에 재판소 사무실이 있는 걸 몰랐습니까? 지붕 밑 방은 거의 어디나 재판소 사무실로 사용하고 있으니 여기라고 왜 없겠습니까? 제 아틀리에도 사실은 재판소 사무실 소유인데 재판소에서 제게 빌려준 겁니다."

K는 여기서도 재판소 사무실을 발견한 것에 놀랐다기보다 자신이 재판소에 관해 너무 모른다는 점에서 더욱 놀랐다. 피고의 몸가짐 중 기본 규칙 하나는 늘 준비를 하고 있어 결코

놀라지 않는 것이다. 왼편에 재판관이 서 있다고 해서 아무 생각 없이 오른쪽을 바라봐서는 안 되는 것이다. 그는 바로 이 원칙에 어긋나는 짓을 자꾸 저지르고 있었다. K의 눈앞에는 기다란 복도가 뻗어 있었는데 복도에서 불어오는 공기에 비하면 아틀리에의 공기가 훨씬 상쾌했다. K의 소송 관할 사무국 대기실과 똑같이 여기도 복도 양쪽에 의자가 놓여 있었다. 사무국 시설에 대해 상세한 규정이 있는 모양이었다. 이곳은 소송 당사자들의 왕래가 그리 많지 않은 모양이었다. 한 남자가 반쯤 누워 얼굴을 팔에 묻고 자고 있는 것 같았다. 어두컴컴한 복도 끝에 또 한 남자가 서 있었다. K가 침대를 넘어가자 화가도 그림을 들고 그의 뒤를 따랐다 그들은 곧 재판소 직원 한 사람을 만났다(정리들은 모두 평상복의 보통 단추들 사이에 금단추를 달고 있기 때문에 K는 이제 그들을 모두 알아볼 수 있었다). 화가는 그 직원에게 그림을 들고 K를 따라가라고 부탁했다. K는 점점 더 어지러워져서 손수건으로 입을 가렸다. 출입구 가까이 이르렀을 때 소녀들이 그들을 향해 달려왔는데 이들에게 잡히면 K도 빠져나갈 수 없을 것 같았다. 소녀들은 틀림없이 아틀리에의 다른 문이 열린 것을 알고는 이쪽으로 들어가려고 복도를 돌아온 것이다.

"더는 같이 가지 못하겠군요!"

소녀들에게 떠밀려 웃으며 화가가 외쳤다.

"안녕히 가세요! 그리고 너무 오래 생각하지 마세요."

K는 뒤를 돌아보지도 않았다. 골목길에 나서자 그는 바로 지나가는 마차에 올라탔다. 어떻게든 따라온 재판소 직원을 쫓아버려야 했다. 다른 사람들의 눈에는 띄지 않겠지만 K에게는 그의 금단추가 자꾸 눈에 거슬렸다. 직원은 임무를 완수하려는 듯이 마부석에 앉으려 했지만 K는 그를 마차에서 내려가도록 밀어냈다. 은행에 도착했을 때는 정오가 훨씬 지나 있었다. 그림은 마차에 내버려두고 싶었으나 언젠가 화가에게 이 그림들을 증거로 보여줄 필요성을 느꼈다. 그래서 그림을 사무실로 가져가서 최소한 며칠 동안만이라도 부지점장의 눈에 띄지 않도록 책상 맨 아래 서랍에 넣어두었다.

8장

상인 블로크 / 변호사 해약

결국 K는 자신의 소송 담당 변호사를 해약하기로 결심했다. 그렇게 하는 게 옳은지 의심도 했지만 그래야 된다는 생각이 앞섰다. 변호사에게 가려고 한 날, K는 거기에 정신이 팔려 은행 일에 집중할 수 없었다. 그래서 아주 늦게까지 사무실에 남아 있어야 했다. 그리고 마침내 변호사네 집 문 앞에 다다랐을 때는 이미 밤 10시가 넘어 있었다. 초인종을 누르기 전에 K는 변호사에게 전화나 편지로 해약을 통보하는 게 더 좋지 않을까 생각했다. 직접 만나는 것은 분명 몹시 거북하리라는 생각이 들었다. 그러다 결국 직접 만나기로 했다. 다른 방식으로 해약을 하면 변호사가 아무 말도 하지 않거나 형식적인 몇 마디의 말만 할 것이었다. 레니에게 따로 부탁을 하지 않는 한,

변호사가 K의 해약을 어떻게 받아들였는지 알 길이 없었다. 그리고 변호사의 의견을 아예 고려하지 않을 수 없었기 때문에 이 해약이 K에게 어떤 결과를 가져올지도 알아둬야만 했다. 변호사가 K와 마주앉아 있으면 갑자기 해약한다는 말을 듣고 변호사가 솔직하게 말하지는 않아도 그의 표정이나 태도에서 얻는 것이 있을 터이다. 게다가 해약을 취소하고 그대로 변호를 맡기는 게 좋겠다고 생각하게 될 가능성도 배제할 수는 없었다.

변호사네 집 문의 초인종을 눌렀으나 언제나 그렇듯 처음에는 아무 기척이 없었다.

'레니가 좀 더 동작이 재빨랐으면 좋겠군.'

K는 생각했다.

그래도 예전처럼 잠옷 차림의 남자나 다른 누군가가 끼어들어 귀찮게 굴지 않는 것만 해도 다행이었다. 다시 초인종을 누르며 다른 문 쪽을 돌아봤으나 오늘은 그 문도 닫혀 있었다. 드디어 문에 붙은 작은 창에 두 개의 눈동자가 나타났지만 레니의 눈은 아니었다. 누군가가 빗장을 풀고 나서 잠시 그대로 문을 막고 서서 집 안을 향해 소리쳤다.

"그 사람이에요!"

그다음에야 문을 활짝 열었다. 뒤에서 다른 집 문의 열쇠가 돌아가는 소리가 들렸기 때문에 K는 변호사네 집 문을 밀고 있던 참에 문이 열리자마자 곧바로 대기실로 뛰어들어갔다. 그러자 방들 사이에 있는 복도로 레니가 속옷 차림으로 도망가는 모습이 보였다. 문을 연 남자가 소리친 이유가 그녀에게 경고하기 위한 것이었다. K는 잠시 레니의 뒷모습을 바라보다 문을 연 남자를 돌아봤다. 그는 키가 작고 빼빼 마른 사람으로 수염을 텁수룩하게 기르고 손에 촛불을 들고 있었다.

"당신은 여기서 일하고 있습니까?"

K가 물었다.

"아니오."

그 남자가 대답했다.

"저는 이 집 사람이 아닙니다. 단지 변호사님이 제 소송 담당인이어서 와 있을 뿐입니다."

"상의도 안 입고 말이오?"

K는 손짓으로 그 남자의 단정치 못한 옷차림을 가리켰다.

"아, 죄송합니다."

그는 자신의 모습을 처음 보는 듯이 촛불로 자신을 비췄다.

"레니는 당신의 애인입니까?"

K가 짤막하게 물었다.

K는 다리를 약간 벌리고 두 손으로 모자를 들고 뒷짐을 지고 있었다. 두툼한 코트를 입고 있는 것만으로도 키가 작고 야윈 남자보다 자신이 훨씬 우월한 것처럼 느껴졌다.

"이런, 세상에."

그 남자는 놀라 자신을 방어하려는 듯이 손을 들어 얼굴을 가렸다.

"아니요, 아닙니다. 도대체 무슨 생각을 하는 겁니까?"

"당신은 믿을 만한 사람인 것 같군요."

K는 웃으며 말했다.

"어쨌든 좋습니다. 들어갑시다."

그는 모자로 그 남자에게 손짓해서 앞장서게 했다.

"그런데 이름이 뭡니까?"

걸어가며 K가 물었다.

"블로크, 상인 블로크입니다."

키가 작은 남자가 말하며 K 쪽으로 돌아섰지만, K는 그를 계속 걸어가게 했다.

"본명인가요?"

K가 물었다.

"왜 의심이 가나요?"

"이름을 숨길 이유가 있다고 생각했기 때문입니다."

K는 말했다.

그는 낯선 곳에서 신분이 낮은 사람들과 이야기할 때에나 느낄 수 있는 자유로운 기분이 들었다. 자신을 철저히 숨기고 침착하게 다른 사람의 문제에 대해서만 이야기하여 상대방을 치켜세우기도 하고 마음대로 깎아내릴 수도 있을 것 같았다. K는 변호사의 서재 앞에서 걸음을 멈추고 문을 열며 공손한 자세로 계속 걸어가는 상인에게 소리쳤다.

"그렇게 서두르지 말고 여기 좀 비춰주세요!"

K는 레니가 이 방에 숨어 있지 않을까 하고 상인에게 촛불을 구석구석 비추게 했지만 방 안에는 아무도 없었다. 재판관의 그림 앞에서 K는 상인의 바지 허리끈을 붙잡아 세웠다.

"저 사람을 아시나요?"

K는 집게손가락으로 위를 가리키며 물었다. 상인은 촛불을 들어 올리고 눈을 깜박거리며 쳐다보더니 말했다.

"재판관입니다."

"지위가 높은 재판관인가요?"

K는 그 그림이 상인에게 어떤 인상을 주었는지 관찰하기 위해 상인 앞쪽으로 비스듬히 가서 섰다. 상인은 감탄하며 올려다보고 있었다.

"지위가 높은 재판관이군요."

그가 말했다.

"당신은 아무것도 모르는군요."

K가 말했다.

"지위가 낮은 예심판사 중에서도 가장 낮은 사람입니다."

"이제 생각났소."

상인은 촛불을 내렸다.

"저도 그런 말을 들었습니다."

"물론이죠."

K가 소리쳤다.

"제가 잊고 있었는데, 물론 당신도 틀림없이 들었을 겁니다."

"하지만 왜 그렇죠, 도대체 왜 그렇다는 거요?"

상인은 K에게 두 손으로 떠밀려 문 쪽으로 가며 물었다. 복도로 나가자 K가 말했다.

"레니가 어디 숨어 있는지 알고 있죠?"

"숨었다고요?"

상인이 말했다.

"그렇지 않아요. 그녀는 부엌에서 변호사님의 수프를 만들고 있을 거예요."

"왜 미리 말해주지 않았습니까?"

K가 물었다.

"제가 당신을 그곳으로 데려가려고 했는데 당신이 저를 불러 세우지 않았소?"

상인은 모순된 요구에 혼란스럽다는 듯이 대답했다.

"본인이 매우 영리하다고 생각하시는군요."

K가 말했다.

"그럼 부엌으로 갑시다."

K는 부엌에 가본 것이 처음이었다. 부엌은 놀랄 만큼 크고 호화로운 설비가 갖추어져 있었다. 화덕만 해도 보통 화덕의 세 배정도 컸다. 입구에 있는 작은 등잔 하나만이 부엌을 비추고 있었기 때문에 나머지는 자세히 볼 수 없었다. 레니는 평소처럼 하얀 앞치마를 두르고 화덕 앞에 서서 냄비에 달걀을 깨서 넣고 있었다.

"안녕, 요제프."

그녀는 곁눈질을 하며 말했다.

"안녕."

K는 레니에게 인사하고 한쪽 손으로 옆에 있는 의자를 가리키며 상인에게 앉으라고 손짓했다. 그가 시키는 대로 상인이 앉자, K는 레니 바로 뒤로 가서 그녀의 어깨 위로 몸을 숙이고 물었다.

"저 남자는 누구지?"

레니는 한쪽 손으로 K를 안고 다른 손으로는 수프를 저으며 그를 앞으로 끌어당기고 말했다.

"가엾은 사람이에요. 불쌍한 상인이랍니다. 저 사람을 한번 보세요."

두 사람은 뒤를 돌아봤다. 상인은 K가 가리킨 의자에 앉아서 이제는 필요 없게 된 촛불을 불어서 끄고 연기가 나지 않도록 손가락으로 심지를 누르고 있었다.

"당신은 속옷 차림이었어."

K는 손으로 여자의 머리를 잡아 다시 화덕 쪽으로 돌렸다. 그녀는 아무 말도 하지 않았다.

"저 사람, 당신의 애인인가?"

K가 물었다. 그녀는 수프 냄비를 붙잡으려고 했으나, K는 그녀의 두 손을 붙잡고 말했다.

"대답해!"

"사무실로 가요. 전부 설명할 테니."

그녀가 말했다.

"안 돼."

K가 말했다.

"여기서 설명해."

그녀는 그에게 매달려 키스를 하려 했으나 K는 밀쳐내고 말했다.

"지금 키스 같은 건 하고 싶지 않아."

"요제프."

레니는 애원하듯 그의 이름을 부르며 똑바로 K의 눈을 봤다.

"블로크 씨를 질투해선 안 돼요."

그러고 나서 그녀는 상인을 돌아보며 말했다.

"루디, 나를 도와줘요. 이봐요, 나는 의심받고 있어요. 초 같은 건 아무래도 좋아요."

상인은 주의를 기울이고 있는 것 같지 않았지만 사실 빠짐없이 듣고 있었다.

"저도 당신이 왜 질투하는지 모르겠군요."

상인이 말했다.

"저도 사실 모릅니다."

K는 미소를 지으며 상인을 쳐다봤다. 레니는 큰 소리로 웃으며 K가 방심한 틈에 그의 품 안으로 파고들며 속삭였다.

"이제 저 사람은 내버려둬요. 어떤 사람인지 알잖아요. 내가 저 사람을 좀 돌봐주는 것은 변호사님의 큰 고객이기 때문이지 다른 이유는 없어요. 그런데 당신은 오늘 변호사님과 얘기할 생각이에요? 변호사님은 오늘 많이 편찮으세요. 그래도 만나겠다면 당신이 왔다고 말씀드리겠어요. 하지만 오늘 밤에는 꼭 나와 함께 있어줘요. 벌써 오랫동안 이곳에 오지 않았잖아요. 변호사님도 당신에 대해 물으셨어요. 소송을 소홀하게 생각하지 마세요. 나도 내가 들었던 여러 가지 이야기를 당신에게 알려주겠어요. 하지만 우선 코트부터 벗어요."

그녀는 K가 코트를 벗는 것을 도와주고 그에게서 모자를 받아들어 대기실에 걸어두고 돌아와 수프를 살펴봤다.

"변호사님에게 당신이 왔다는 말을 먼저 할까요, 아니면 수프를 먼저 가져갈까요?"

"내 얘기를 먼저 해줘."

K가 말했다. 그는 화가 났다. 사실은 자신의 문제, 특히 변호사를 해약하는 일에 관해 레니와 자세히 상의할 계획이었다. 그러나 상인이 나타나는 바람에 그럴 생각이 사라졌다. 그러나 자신의 문제는 매우 중요했으므로 상인 같은 사람 때문에 방해받을 수는 없다고 생각하고 이미 복도로 나간 레니를 다시 불러들였다.

"수프를 먼저 가져가도록 해. 나와 면담을 하려면 기운을 차려야 할 테니 필요할 거야."

"당신도 변호사님의 의뢰인이로군."

상인이 한쪽 구석에서 확인하듯 낮은 소리로 말했다. 그러나 그 말은 좋은 뜻으로 들리지는 않았다.

"그게 당신과 무슨 관계가 있소?"

K가 말하자 레니도 말했다.

"당신은 잠자코 계세요. 그럼 먼저 수프를 가져가겠어요."

레니는 K에게 말하고, 수프를 접시에 따랐다.

"하지만 곧 잠이 드실까봐 걱정이에요. 식사를 하고 나면 금세 주무시거든요."

"내가 하는 말을 들으면 정신이 번쩍 들걸."

K가 말했다.

그는 이쯤이면 레니가 자신이 변호사와 중요한 문제를 상담하려 한다는 것을 눈치채고 무슨 말이라도 물어와주기를 바랐다. 그러면 우선 그녀의 조언을 구할 생각이었다. 그러나 그녀는 그가 시키는 대로만 하고 있었다. 그녀는 쟁반을 들고 K의 옆을 지나며 일부러 가볍게 그에게 부딪치며 속삭였다.

"수프를 다 드시면 곧 당신 얘기를 할게요. 그래야 당신이 될 수 있는 대로 빨리 내게 돌아오지 않겠어요?"

"어서 가기나 해."

"좀 더 다정하게 굴어요."

그녀는 쟁반을 들고 문 앞에서 다시 한 번 뒤돌아봤다. K는 그녀의 뒷모습을 바라봤다. 변호사를 해약하겠다는 결심을 굳혔으니 사전에 레니와 그 문제에 대해서 이야기할 수가 없게 된 게 오히려 잘된 일인 듯했다. 그녀는 문제 전체에 대해 충분히 알지 못하니 틀림없이 K에게 해약하지 말라고 권할 테고, 아마 K도 이번에는 해약을 단념하고 여전히 의혹과 불안에 싸여 있게 될 것이다. 그러나 그는 이미 확고하게 결심했기 때문에 행동에 옮기는 것은 시간문제였다. 그러니 결심을 빨리 실행할수록 손해를 더 많이 줄일 수 있을 것이다. 이 점에 대해 저 상인이 무슨 좋은 의견을 가지고 있을지도 몰랐다. K가 몸을 돌리자, 상인이 일어서려 했다.

"그대로 앉아 계세요."

K는 의자 하나를 상인 옆에 끌어다 놓고 물었다.

"당신은 언제부터 이 변호사에게 의뢰하고 있습니까? 오래

되었나요?"

상인이 말했다.

"그렇소. 아주 오래전부터 의뢰하고 있소이다."

"몇 년이나 됐습니까?"

K가 물었다.

"무슨 뜻인지 모르겠군요."

상인이 말했다.

"저는 곡물 장사를 하고 있는데 장사를 시작했을 때부터 이 분에게 부탁했기 때문에 사업상의 법률문제를 의뢰한 것은 거의 20년 전부터의 일이오. 당신은 아마 제 자신의 소송에 대해서 말하는 것 같은데, 이것도 역시 처음부터 이분이 변호를 맡고 있으니 이미 5년이 더 됐죠. 그래, 5년이 훨씬 넘었소."

이렇게 덧붙이고는 낡은 수첩을 꺼냈다.

"여기에 전부 기록했습니다. 모두 기억하기는 어려우니 원하신다면 정확한 날짜를 말씀해드리지요. 소송은 어쩌면 훨씬 전부터 시작됐을 거요. 아내가 죽은 후에 시작됐는데, 아내가 죽은 것도 벌써 5년 반이 넘었습니다."

K가 상인에게 좀 더 다가가 물었다.

"그럼 이 변호사는 일반 법률 사건도 맡나요?"

재판소와 법률학이 이렇게 결부되어 있는 것이 K에게는 매우 안심이 되었다.

"물론이죠."

상인은 이렇게 답하고 다시 K에게 속삭였다.

"사람들 말이 변호사님은 다른 어떤 사건보다 일반 법률 사건에서 더 유능하다고 합니다."

그러나 그는 그런 말을 한 것을 이내 후회하는 듯 K의 어깨 위에 손을 올려놓으며 말했다.

"부디 제가 한 말은 비밀로 해주시기 바랍니다."

K는 상인을 안심시키기 위해 그의 무릎을 두드리며 말했다.

"그럼요, 저는 배신자가 아닙니다."

"저분은 말하자면 복수심이 강하거든요."

상인이 말했다.

"그러나 당신 같은 충실한 의뢰인에게는 저분도 틀림없이 아무 짓도 하지 않을 겁니다."

K가 말했다.

"오, 아닙니다."

상인이 말했다.

"저분은 흥분하면 분별력이 없어집니다. 그리고 저도 사실은 저분에게 충실한 건 아닙니다."

"왜 아니라는 거죠?"

K가 물었다.

"당신을 믿고 말해도 되겠습니까?"

상인은 미심쩍은 듯 말했다.

"하셔도 됩니다."

K가 말했다.

"그럼 일부만 말하겠습니다만, 우리 두 사람이 변호사님에게 아무 말도 하지 않겠다는 약속을 꼭 지키기 위해서 당신도 제게 비밀을 하나 말해줘야 합니다."

상인이 말했다.

"당신은 매우 조심성이 많은 사람이네요."

K가 말했다.

"그렇다면 당신을 완전히 안심시킬 비밀을 한 가지를 말하겠습니다. 자, 변호사에 대해 당신이 불성실한 점은 도대체 무엇입니까?"

상인은 주저하며 부끄러운 일을 고백하는 듯한 어조로 말했다.

"저분 외에 다른 변호사들에게도 의뢰했습니다."

"그건 별로 나쁜 일이 아니잖아요."

K는 약간 실망해서 말했다. 자신의 비밀을 고백한 이후 줄곧 괴로운 듯 한숨을 몰아쉬던 상인은 K의 대답을 듣고 신뢰감이 더 생긴 모양이었다.

"여기에서는 그게 허용되지 않아요. 그리고 저명한 변호사 외에 무면허 변호사에게 부탁하는 일은 더욱 안 됩니다. 그런데 바로 제가 그렇게 하고 있습니다. 저는 이분 외에도 무면허 변호사가 다섯 사람이나 더 있어요."

"다섯 명이나요!"

K는 소리쳤다. 우선 그 숫자에 놀랐던 것이다.

"저분 외에 변호사가 다섯 명이나 더 있다고요?"

상인은 고개를 끄덕였다.

"지금 여섯 번째 변호사와 교섭 중입니다."

"하지만 도대체 무엇 때문에 그렇게 많은 변호사가 필요합니까?"

K가 물었다.

"모두 필요하지요."

상인이 말했다.

"그 이유를 설명해주지 않겠습니까?"

K가 물었다.

"좋습니다."

상인이 말했다.

"우선 소송에 지고 싶지 않기 때문이지요. 이건 말할 필요도 없는 사실이지만 그래서 유능한 사람은 하나도 남김없이 끌어모으려고 합니다. 도움이 될 가능성이 아주 적더라도 포기할 수는 없지요. 그래서 저는 전 재산을 소송에 쏟아부었습니다. 자세히 말씀드린다면 사업 자금을 탕진한 것은 물론이고 전에는 건물 한 층을 차지하던 점포도 지금은 뒷구석의 작은 방 하나로 줄었고, 점원도 한 사람만 데리고 있습니다. 이렇게 된 원인은 물론 돈을 써버린 탓도 있지만 소송에 최선을 다하지 못했기 때문입니다. 소송에 몰두하면 사업에는 소홀해질 수밖에 없습니다."

"그럼 당신은 재판소에 직접 나가서 일합니까?"

K가 물었다.

"바로 그 점에 대해 듣고 싶은데요."

"그 점에 대해서는 얘기할 게 거의 없어요."

상인이 말했다.

"처음에는 물론 그렇게 하려고도 했지만 곧 그만뒀죠. 너무 피곤한 일인 데다 효과도 별로 없습니다. 직접 재판소에서 일하고 교섭하는 것은 적어도 저로서는 전혀 불가능하다는 것을 알게 되었습니다. 거기에서는 그냥 앉아 기다리는 것도 몹시 힘이 들어요. 당신도 사무국의 그 답답한 공기를 아시지 않나요?"

"제가 거기 갔던 것을 도대체 어떻게 아세요?"

K가 물었다.

"당신이 지나갔을 때 저도 마침 대기실에 있었습니다."

"정말 우연이군요!"

K는 완전히 열중해서, 이제까지 상인을 우습게 여겼던 것도 잊고 외쳤다.

"그럼 저를 봤군요! 제가 지나갔을 때 당신이 대기실에 있었다고요? 그래요, 거길 한 번 지나간 적이 있어요."

"별로 우연이랄 것도 없어요."

상인이 말했다.

"저는 거의 매일 거기에 가니까요."

"저도 아마 앞으로는 종종 가야 할 겁니다."

K가 말했다.

"이제는 저를 그때처럼 공손하게 맞아주지는 않겠지만 그때는 모두 일어서더군요. 저를 재판관이라고 생각한 모양이에요."

"아닙니다."

상인이 말했다.

"그때 우리는 당신과 동행한 재판소 직원에게 인사를 한 거예요. 당신이 피고라는 사실은 모두들 알고 있었어요. 이런 소문은 아주 빨리 퍼지니까요."

"그럼 이미 알고 있었군요."

K가 말했다.

"그렇다면 제 태도가 아마 거만하게 보였을 겁니다. 그 점에 대해서는 말이 없었습니까?"

"아닙니다."

상인이 말했다

"그 반대지요. 하지만 그건 바보짓이에요."

"뭐가 바보짓이라는 겁니까?"

K가 물었다.

"그걸 왜 묻는 겁니까?"

상인이 화를 내며 말했다.

"당신은 그곳 사람들을 아직 잘 모르시는 모양입니다. 아마 잘못 이해하고 있는 것 같군요. 이 소송 과정에서는 여러 가지 일이 계속 입에 오르내린다는 점을 고려하지 않으면 안 됩니다. 이런 일들은 아마 머리로는 이해하기가 힘들 겁니다. 모두들 지치고 많은 일에 정신을 빼앗겨 자연스레 미신에 의지하게 됩니다. 남의 말을 하고 있지만 저도 별 다를 것이 없어요. 한 예를 들자면 많은 사람들이 피고의 얼굴, 특히 입술 모양에서 소송의 진행 과정을 읽을 수 있다고 생각합니다. 그래서 그곳의 사람들은 당신의 입술 모양을 보고 당신이 틀림없이 유죄 판결을 받을 거라고 했어요. 다시 한 번 말하지만 이건 어리석은 미신이고 대부분의 경우 사실과 정반대입니다. 하지만 그것을 믿는 사람들 사이에 있으면 이런 생각에서 벗어나기 힘이 듭니다. 이런 미신이 얼마나 큰 영향력이 있는지 한번 생각해보시기 바랍니다. 당신은 그곳에서 한 남자에게 말을 걸었죠? 그런데 그 남자는 당신에게 대꾸도 못했지요. 물론 그곳에서는 사람을 당황케 하는 요인도 많지만 당신의 입술을 본 것도 그 이유 중 하나입니다. 나중에 그 사람이 당신의 입술에서 자신이 유죄 판결을 받을 것을 알았다고 말하더군요."

"제 입술이오?"

K는 손거울을 꺼내 들여다보았다.

"제 입술에서 특별한 점은 알아챌 수 없는데요. 당신은 어떻게 생각합니까?"

"저도 그렇게 생각합니다."

상인이 말했다.

"전혀 그렇게 보이지 않아요."

"참 미신을 좋아하는 사람들이로군!"

K가 외쳤다.

"제가 그렇다고 말했잖아요."

상인이 대답했다.

"그럼 그 사람들은 서로 교류도 많고 의견도 교환합니까? 저는 이제까지 아무하고도 왕래하지 않았는데요."

K가 말했다.

"대체로 그들은 서로 간에는 왕래하지 않습니다."

상인이 말했다.

"인원이 너무 많아서 그건 불가능합니다. 게다가 서로에게 공통되는 이익도 거의 없습니다. 가끔 어느 한 집단에서 어떤 점이 그들 모두에게 이익이 되는 일이라고 믿는 수도 있지만, 곧 그것은 착각으로 드러나게 됩니다. 재판소에 대해서 공동으로 할 수 있는 일은 아무것도 없어요. 각 사건은 단독으로 조사하니까요. 이 재판소는 정말 신중한 자세로 일을 처리합니다. 그러므로 공동의 요구로는 아무것도 관철시킬 수 없어요. 다만 개인적으로 무엇인가를 비밀리에 처리하는 일은 가끔 있지요. 그러나 그것이 성공한 후에야 비로소 다른 사람들도 알게 되므로 어떻게 했는지는 아무도 모릅니다. 그러니 공동으로 행하는 일은 별로 없을 수밖에요. 대기실에서 이따금 서로 마주치는 일은 있지만 거기서 상의하는 일은 없습니다. 미신이란 옛날부터 전해 내려오며 계속 거기에 살이 붙어 전해지는 것입니다."

"대기실에서 기다리고 있는 그 사람들을 봤습니다. 그들이 거기서 하는 것은 아무 소용없는 일이라고 생각했습니다."

K가 말했다.

"기다리는 것은 소용없는 일이 아니지요."

상인이 말했다.

"자기 혼자 무엇을 해보려는 것이야말로 아무 소용이 없는 것입니다. 이미 말했듯이 저는 지금 이 변호사님 외에도 변호사가 다섯 사람이나 더 있습니다. 그들에게 소송 문제를 완전히 일임할 수 있으리라고 생각하겠지요. 저 자신도 처음에는 그렇게 생각했습니다. 그러나 그것은 완전히 잘못된 생각입니다. 단 한 사람에게 맡기는 것보다도 더 믿을 수가 없어요. 무슨 말인지 이해가 안 되십니까?"

"네."

K는 대답하고 상인이 너무 빨리 이야기하지 않도록 진정시키듯이 자신의 손을 그의 손 위에 올려놓았다.

"제발 좀 더 천천히 이야기해주세요. 모두 제게는 매우 중요한 일인데 따라갈 수가 없습니다."

"그 말을 해줘서 다행입니다."

상인이 말했다.

"그런데 당신은 초보자이고 아직 젊습니다. 당신의 소송은 이제 반년쯤 되었지요, 그렇지 않습니까? 그래, 그 말은 들었습니다. 그러니까 아직 새로운 소송이라고 할 수 있겠습니다. 저 같은 경우 지금까지 몇 번이나 소송 때문에 고생했고 그 소송의 다른 면까지도 속속들이 잘 알고 있습니다."

"당신의 소송은 꽤 진행되었겠군요. 그렇지요?"

K가 물었으나 상인의 사건이 어떤 상태에 놓여 있는지 노골적으로 물을 생각은 없었다. 상인도 분명하게 대답하지 않았다.

"그래요, 5년을 시달렸습니다."

상인은 머리를 숙였다.

"쉬운 일이 아닙니다."

그러고 나서 그는 잠시 아무 말도 없었다. K는 혹시 레니가 오지 않을까 하고 귀를 기울였다. 아직도 묻고 싶은 게 많았다. 상인과 이렇게 마음을 터놓고 이야기하고 있을 때 레니가 방해하는 것을 원치 않았다. 그래서 한편으로는 그녀가 오지 않기를 바랐고 다른 한편으로는 자기가 와 있는데도 이렇게 오랫동안 변호사한테 가 있는 것에 화가 났다. 수프를 가져다주는 일뿐이라면 이렇게 시간이 걸릴 리가 없었다.

"저는 아직도."

상인이 다시 이야기를 시작했기 때문에 K는 주의를 집중했다.

"제 소송이 지금 당신처럼 얼마 되지 않았을 때의 일을 정확히 기억하고 있습니다. 그때에는 이 변호사님에게만 의뢰했지만 완전히 안심하고 있었던 것은 아닙니다."

K는 이제 모든 이야기를 들을 수 있겠다고 생각하고 상인을 부추겨 알아둘 가치가 있는 것은 모두 말하게 하기 위해 힘차게 고개를 끄덕였다. 상인은 말을 계속했다.

"제 소송은 전혀 진행되지 않았습니다. 그래도 심리는 진행되었습니다. 저는 그때마다 출두해서 자료를 모으고 제 영업장부를 전부 재판소에 제출했습니다. 나중에 들었지만 그게 모두 헛수고였습니다. 그러나 저는 계속 변호사님에게 달려갔고 변호사님도 청원서를 여러 개 내주셨습니다."

"여러 청원서라고요?"

K가 물었다.

"그래요, 물론이죠."

상인이 말했다.

"그것은 제게 매우 중요한 말씀인데요."

K가 말했다.

"제 소송의 경우 저 변호사는 아직도 첫 번째 청원서를 작성하고 있는 중입니다. 저분은 아직까지 아무 일도 안 했어요. 이제 저 변호사가 비열하게도 저를 무시하고 있는 걸 알겠군요."

"청원서가 아직 완성되지 않은 데는 여러 가지 타당한 이유가 있을 겁니다."

상인이 말했다.

"게다가 제 청원서들의 경우도 나중에 완전히 쓸데없는 것으로 드러났어요. 재판소 어느 관리의 호의로 제가 직접 읽어보기까지 했습니다. 그 청원서는 보기에는 그럴듯했지만 내용은 그야말로 아무것도 없었습니다. 우선 읽을 수도 없는 라틴어가 빽빽하게 적혀 있었습니다. 그리고 재판소에 대한 일반적인 탄원이 몇 페이지나 계속되었고 재판관 개개인을 향한 아부와 아첨으로 가득 차 있었습니다. 이름을 들지는 않았지만 사정을 잘 아는 사람이라면 틀림없이 짐작할 수 있을 겁니다. 다음으로 비굴한 방식으로 재판소 앞에 자신을 낮추며 결국은 변호사님 자신에 대한 자화자찬을 늘어놓았습니다.

끝으로 예전에 있었던 소송 중에서 제 사건과 비슷한 판례를 조사해 써놓았더군요. 그 조사는 물론 제가 보기에는 매우 신중했습니다. 이러한 것으로 변호사님이 하는 일에 대해 판단을 내리려는 것은 아닙니다. 제가 읽은 청원서도 많은 청원서 중 하나일 뿐이지만 아무튼 그 당시 제 소송에 아무 진전도 볼 수 없었다는 점만은 말하고 싶군요."

"어떤 방향으로 진행되기를 기대하셨습니까?"

K가 물었다.

"적절한 질문입니다."

상인이 웃으며 말했다.

"이 소송 과정에서 진전은 거의 기대할 수 없었습니다. 그런데 그 당시에 저는 그것을 몰랐습니다. 그때, 상인인 저는 지금보다 장사꾼 기질이 강했으므로 뚜렷하게 보이는 진전을 원했습니다. 전체적으로 해결에 가까워진다든지 또는 적어도 뭔가 형태가 보이는 발전이 아니면 만족하지 못했습니다. 그런데 그렇게 되지는 않고 대체로 똑같은 내용의 심문만 계속되었습니다. 저는 답변을 기도문처럼 외워버렸지요. 일주일에 몇 번씩이나 재판소 직원이 제 가게나 집, 그 밖에 저를 만날 수 있는 어느 곳으로든 찾아왔습니다. 물론 귀찮은 일이었습니다(적어도 그 점에선 지금이 훨씬 낫다고 할 수 있어요. 전화로 부르는 것은 훨씬 덜 성가시니까). 사업상의 친구들이나, 특히 친척들 사이에 제 소송에 대한 소문이 퍼지기 시작해서 여러 면에서 손해를 입었습니다. 그래도 재판소의 첫 심리가 있다는 징조마저 전혀 보이지 않더군요. 그래서 변호사님을 찾아가서 하소연을 했습니다. 변호사님은 장황하게 설명했으나 제가 원하는 바를 해주지는 않겠다고 딱 잘라 거절했습니다. 심리의 확정에 영향을 줄 수 있는 사람은 아무도 없으며 제가 요구하는 대로 청원서로 그것을 재촉한다는 것은 이제까지 들어본 적도 없는 일이라고 했습니다. 그리고 그런 짓을 했다간 저도 변호사님도 파멸해버린다는 거였어요. 저는 이 변호사님이 하려는 의지가 없는지 또는 못하는 것인지는 모르겠으나, 다른 변호사라면 혹시 가능할지도 모른다는 생각이 들었습니다. 그래서 다른 변호사들을 알아봤습니다. 미리 말하지만 그러고도 어느 변호사도 본 심리의 확정을 요구하지도 않았고 관철시키지도 못했어요. 그것은 물론 어떤 조건 때문에 정말 불가능한 일이지요. 그 조건에 대해서는 나중에 말하겠습니다. 그러므로 이 점에서는 이 변호사님이 제게 거짓말을 한 게 아닙니다. 하지만 다른 변호사들에게 부탁한 것을 저는 후회하지는 않았습니다. 당신도 틀림없이 훌트 박사에게서 무면허 변호사들에 대해 여러 가지 이야기를 들었을 것입니다. 그는 아마 그들을 매우 경멸하듯 묘사했을 텐데 그것은 사실입니다. 박사가 무면허 변호사들에 대해 이야기하면서 자신과 자신의 동료들을 그들과 비교할 때에 항상 자기 부류의 변호사들을 구별하기 위해 '대 변호사'라고 부릅니다. 하지만 그것은 잘못된 것입니다. 물론 누구든지 자기 마음대로 스스로를 대가라고 말할 수는 있지만 이 경우에는 오직 재판소의 관습에 따라 결정됩니다. 관습에 따르면 무면허 변호사 외에는 소 변호사와 대 변호사가 있어요. 그러나 여기 변호사님과 그의 동료들은 소 변호사에 지나지 않습니다. 대 변호사의 존재에 대해서는 저도 소문으로만 들었고 한 번도 본 적은 없습니다. 소 변호사들이 경멸하는 무면허 변호사들 위에 있는 것과는 비교가 되지 않을 정도로 실제 대 변호사들은 소 변호사들보다 훨씬 높은 곳에 있답니다."

"대 변호사라고요?"

K가 물었다.

"그들은 도대체 어떤 사람들입니까? 어떻게 하면 그들을 만날 수 있습니까?"

"당신은 이제까지 그들에 대해 들어보지도 못했군요."

상인이 말했다.

"그들에 대한 얘기를 듣고 나면 한동안 꿈같은 희망을 이 대 변호사에게 걸게 될 것입니다. 그러나 당신은 아예 그런 유혹에 걸려들지 마십시오. 대 변호사가 어떤 사람들인지는 저도 알지 못하고 아무도 그들에게 가까이 갈 수 없습니다. 대 변호사가 관여했다고 분명하게 말할 수 있는 사건은 하나도 보지 못했습니다. 대 변호사도 많은 피고들을 변호하기는 하지만 피고 자신의 의지로는 그렇게 할 수 없답니다. 대 변호사들은 그들이 변호하고 싶은 사람만을 변호한다는군요. 그러나 그들이 맡는 사건이란 하급 재판소에서는 다루지 않는 사건이 분명합니다. 아무튼 대 변호사에 대한 생각은 하지 않는 편이 좋을 겁니다. 그렇지 않고는 다른 변호사들과 의논하거나 그들의 충고와 도움이 백해무익하다고 생각하기 때문입니다. 저 자신도 차라리 모든 것을 팽개쳐버리고 집 침대에 누워서 더 이상 아무것도 듣지 않는 게 낫겠다고 생각한 적이 있습니다. 그러나 물론 이것 또한 어리석은 짓입니다. 언제까지나 침대에 편안히 누워 있을 수도 없는 일이지 않습니까."

"그럼 당신은 그 당시 대 변호사에 대한 생각을 하지 않았단 말입니까?"

K가 물었다.

"그리 오래 생각하지는 않았습니다."

상인은 다시 웃음을 지었다.

"전혀 생각하지 않을 수는 없지요. 특히 밤이면 이런 생각이 자꾸 떠오릅니다. 그러나 당시 저는 빠른 해결을 원했기 때문에 무면허 변호사에게 의뢰를 했습니다."

"세상에, 어떻게 된 거죠? 두 사람이 함께 붙어 앉아서는!"

레니가 쟁반을 손에 들고 돌아와 입구에 선 채 말했다. 실제로 두 사람은 지나치게 붙어 앉아 있었다. 몸을 약간 돌리기만 해도 서로 머리를 부딪쳤을 것이다. 상인은 워낙 키가 작은 데다 등을 구부리고 있어서 한 마디도 놓치지 않고 들으려면 K도 몸을 깊숙이 숙이지 않을 수 없었던 것이다.

"잠깐만 기다려!"

K는 레니가 가까이 오지 못하게 소리치고 그때까지 상인의 손 위에 올려둔 자신의 손을 신경질적으로 움직였다.

"이분이 내 소송에 대한 이야기를 듣고 싶다는군."

상인이 레니에게 말했다.

"얘기하세요. 어서!"

그녀는 말했다. 그녀는 상인에게 다정하게 말했으나 경멸하는 어조도 함께 담겨 있어 K는 불쾌했다. 그제야 안 사실이지만 상인 블로크는 적어도 경험이 풍부했고 그것을 잘 이야기할 줄 알았다. 아무래도 레니는 상인을 과소평가하고 있었다. 이제 레니는 상인이 여태껏 들고 있던 초를 빼앗아 치우고 그의 손을 앞치마로 닦아주고는 그 옆에 무릎을 꿇고 앉아 바지에 떨어진 촛농을 긁어냈다. K는 화가 나서 그 모습을 지켜보고 있었다.

"무면허 변호사 얘기를 하다 말았네요."

K는 말하면서 레니의 손을 밀어냈다.

"도대체 왜 이래요?"

레니는 이렇게 물으며 가볍게 K를 치고 하던 일을 계속했다.

"그래, 무면허 변호사에 대해 애기하고 있었지요."

상인은 생각에 잠기는 듯이 이마에 손을 댔다.

K는 그를 도와주려고 말했다.

"사건을 빨리 해결하려고 무면허 변호사에게 의뢰를 했다고 하셨지요."

"그래, 맞아요."

상인은 이렇게 말하고는 이야기를 계속하지는 않았다.

'아마 레니 앞에서는 그 말을 더 하고 싶지 않은가보군.'

K는 이렇게 생각하고, 그다음 이야기를 지금 당장 듣고 싶은 초조함을 간신히 억누를 수 있었다.

"변호사에게 내가 왔다는 말은 전했나요?"

K는 레니에게 물었다.

"물론이죠."

그녀가 말했다.

"당신을 기다리고 계세요. 이제 블로크하고는 그만하세요. 블로크는 여기 있을 테니까 나중에라도 이야기할 수 있어요."

그러나 K는 머뭇거렸다.

"여기 계속 계시겠습니까?"

그는 상인에게 물었다.

그는 상인에게서 직접 대답을 듣고 싶었다. 레니가 마치 상인이 이 자리에 없는 것처럼 말하는 게 싫었다. 오늘은 레니에게 화가 잔뜩 나 있었다. 또 레니가 대답했다.

"이분은 종종 여기에서 자요."

"여기서 잔다고?"

K가 외쳤다.

K는 변호사와 얘기를 얼른 끝낸 다음, 상인과 함께 다른 곳에서 아무 방해도 받지 않고 자세하게 의논하고 싶었다. 그래서 상인에게 변호사와 이야기를 마칠 때까지만 여기서 기다려 달라고 할 생각이었다.

"그래요."

레니가 말했다

"누구나 당신처럼 아무 때나 찾아와서 변호사님을 만나지는 못해요, 요제프. 변호사님이 편찮으신데도 불구하고 게다가 밤 11시에도 당신을 만나주시는 것을 당신은 전혀 고맙게 생각하지 않는 것 같군요. 당신의 친구들이 당신을 위해 해주는 일을 아주 당연한 일처럼 생각하는군요. 하지만 당신의 친구들, 또는 적어도 나는 기꺼이 그렇게 해주는 거예요. 나는 아무 보답도 바라지 않고 또 필요하지도 않아요. 그저 당신이 나를 사랑해주기만 하면 돼요."

'당신을 사랑해달라고?'

그제야 K의 머릿속을 스쳐 가는 생각이 있었다.

'그렇구나, 나는 이 여자를 사랑하고 있군.'

그러나 K는 일단 다른 일은 모두 무시하고 말했다.

"나는 변호사의 의뢰인이니 당연히 나를 만나줘야 하는 거야. 만나는 것도 다른 사람의 도움이 필요하다면 매 순간마다 애원하고 고맙다는 인사를 해야겠군."

"저 사람 오늘은 좀 이상하군요. 말끝마다 트집을 잡으려 하니, 안 그런가요?"

레니가 상인에게 물었다.

'이번에는 내가 이 자리에 없는 것같이 말하는군.'

K는 이렇게 생각했는데, 상인이 레니의 무례함을 이어받아 다음과 같이 말해서 상인에게도 화가 났다.

"변호사님이 이분을 만나는 데는 다른 이유도 있어. 이분의 사건이 내 사건보다는 더 흥미롭거든. 게다가 이분의 소송은 이제 막 시작되어 아직 별로 진행되지도 않았을 거야. 그래서 변호사님은 이분 일에 열심이시지. 나중에는 달라지겠지만."

"그래요, 그래."

레니는 웃으며 상인을 봤다.

"이분은 얼마나 수다스러운지 몰라요! 그러니까 당신은."

그러면서 그녀는 K를 돌아봤다.

"이분을 절대로 믿어서는 안돼요. 좋은 사람이기는 하지만 너무 수다스럽거든요. 아마 그 때문에 변호사님도 이분에 대해서 참지 못하시는 걸 거예요. 아무튼 변호사님은 마음이 내키실 때에만 이분을 만나줘요. 변호사님의 마음을 바꿔보려고 무던히 애써 봤지만 안 돼요. 몇 번씩이나 블로크가 왔다고 전해도 사흘이나 지나서야 겨우 만나주시는 거예요. 하지만 변호사님이 부를 때 블로크가 그 자리에 없으면 모든 게 허사가 되고 처음부터 다시 시작하지 않으면 안 돼요. 그래서 나는 블로크가 여기서 자는 걸 허락했어요. 변호사님이 한밤중에 벨을 눌러 이분을 부른 적도 있었어요. 그래서 이제는 블로크는 밤중에도 준비하고 있어요. 그런데 요즘은 블로크가 여기 있다는 걸 알면 변호사님이 이분을 들여보내라던 지시를 취소해버리는 일도 자주 있어요."

K는 사실이냐고 묻듯이 상인을 쳐다봤다. 상인은 머리를 끄덕이고 조금 전에 K와 이야기했던 것처럼 솔직하게 말했다. 수치심 때문에 당황한 모양이었다.

"그래요, 누구나 나중에는 변호사에게 완전히 의존하게 되죠."

"이분은 겉으로만 불평하고 있는 거예요."

레니가 말했다.

"이분은 여기서 자는 걸 아주 좋아한다고 이미 내게 자주 얘기했어요."

그녀는 작은 문으로 가서 그것을 열었다.

"이분 침실을 보겠어요?"

K는 그쪽으로 가서 문지방에 선 채 방 안을 들여다봤다. 천장이 낮고 창문도 없는 방에 좁은 침대 하나가 방 안을 꽉 차지하고 있었다. 침대 위에 올라가려면 침대 난간을 넘어가야 했다. 침대 머리 쪽 벽은 안으로 움푹 패어 있고 거기에는 초 한 자루와 잉크병, 펜, 소송 관련 서류인 듯한 한 묶음의 종이가 꼼꼼하게 정돈되어 있었다.

"하녀 방에서 자는군요?"

K는 상인 쪽을 돌아봤다.

"레니가 이 방을 내게 내줬소."

상인이 대답했다.

"아주 편안합니다."

K는 한참 동안 상인을 쳐다봤다. 그가 상인에게서 받은 첫 인상은 아주 정확했던 것 같다. 소송이 이미 오랫동안 계속되었기 때문에 경험을 갖고 있었고 그 경험에 값비싼 대가를 지불했던 것이다. 갑자기 K는 상인의 모습이 측은하게 보였다.

"이 사람을 침대로 데리고 가!"

그가 레니에게 소리쳤으나 그녀는 그가 하는 말을 전혀 이해하지 못하는 것 같았다. 그는 변호사한테 가서 해약을 통고하고 이젠 변호사뿐만 아니라 레니와 상인과도 관계를 끊으리라고 다짐했다. 그러나 문 앞까지 채 가기도 전에 상인이 작은 목소리로 말을 걸었다.

"이사님."

K는 성난 얼굴로 뒤돌아봤다.

"당신은 약속을 잊었군요."

상인은 이렇게 말하고 의자에 앉아 애원하는 자세로 팔을 뻗었다.

"당신도 제게 비밀을 한 가지 말해주겠다고 하지 않았습니까."

"맞아요."

K는 자신을 주의 깊게 지켜보고 있는 레니를 힐끗 쳐다봤다.

"말씀드려야지요. 사실 이제 와서 별로 비밀이랄 것도 없습니다. 저는 지금 변호사에게 해약 통보를 하러 가는 겁니다."

"이 사람이 변호사를 해약하겠대!"

상인은 이렇게 외치며 의자에서 벌떡 일어나 두 팔을 들고 부엌을 이리저리 뛰어다녔다. 그는 계속해서 소리쳤다.

"이 사람이 변호사를 해약한대!"

레니는 곧 K에게 달려가려 했으나 상인이 가로막자 두 주먹으로 그를 때렸다. 그녀는 계속 주먹을 쥐고 K의 뒤를 쫓아갔으나 K는 훨씬 앞서 가고 있었다. K가 이미 변호사의 방 안에 들어섰을 때에야 레니는 그를 따라잡았다. K가 방문을 거의 닫을 때 레니가 문틈에 발을 집어넣어 문이 닫히지 않게 하고 K의 팔을 붙잡아 끌어내려 했다. 그러나 K가 그녀의 손목을 너무 세게 눌렀기 때문에 그녀는 신음소리를 내며 손을 놓을 수밖에 없었다. 그녀는 더 이상 방 안에 들어오려 하지 않았으나 K는 열쇠로 문을 잠갔다.

"아주 오랫동안 당신을 기다리고 있었소."

변호사는 침대에 누운 채 말했다. 촛불의 불빛에서 읽던 서류를 침대 옆 책상 위에 내려놓고 안경을 쓰더니 K를 날카롭게 응시했다. K는 사과는 하지 않고 말했다.

"곧 다시 돌아갈 겁니다."

사과가 아니었기 때문에 변호사는 K의 말을 못 들은 채 흘려버리고 말했다.

"다음에는 이렇게 늦은 시각에는 만나지 않겠소."

"제 생각과 같군요."

K가 말했다.

변호사는 K의 이런 태도가 의아한 듯 그의 얼굴을 쳐다봤다.

"앉으시오."

변호사가 말했다.

K가 의자를 책상 옆으로 끌어당겨 앉았다.

"문을 잠근 것 같군."

변호사가 말했다.

"네."

K가 말했다.

"레니 때문에 그랬습니다."

그는 누구도 감싸줄 생각이 없었다. 그러나 변호사가 물었다.

"그 애가 또 귀찮게 했소?"

"귀찮게 하다니요?"

변호사는 말하고 웃다가 기침을 터뜨렸는데 기침이 그치자 또 웃기 시작했다.

"당신도 눈치를 채고 있다고 생각했습니다만?"

변호사는 무심코 책상을 짚고 있던 K의 손을 두드렸기 때문에 K는 얼른 손을 치웠다.

"당신은 그것을 별로 신경 쓰지 않는 모양입니다."

K가 아무 말도 하지 않자 변호사는 말했다.

"그편이 더 나을 겁니다. 그렇지 않으면 내가 아마도 당신에게 사과하지 않으면 안 될 테니까요. 레니에게는 이상한 면이 있습니다. 내가 오래전부터 그 아이의 버릇을 잘못 들여놓았습니다. 당신이 방금 문을 잠그지 않았다면 나도 거기에 대해 말하지 않았을 거요. 물론 당신에게 설명할 필요는 없겠지만 당신이 그렇게 놀란 눈으로 나를 바라보니 말해두겠습니다. 그 이상한 점이란, 레니가 대부분의 피고들을 멋지다고 생각한다는 것이오. 그 애는 피고라면 누구에게나 접근해 아무나 다 사랑하고, 또 그들에게서도 사랑받는 것 같소. 그리고 나를 즐겁게 해주기 위해 가끔 그에 대해 얘기해준다오. 당신은 몹시 놀라는 모양인데, 나는 그 일에 별로 놀라지 않소. 제대로 볼 줄만 알면 피고들을 정말로 멋지다고 생각하는 것은 흔히 있는 일이오. 아무튼 그것은 자연스러운 현상이오. 물론 기소가 되었다고 해서 눈에 띄게 외모가 달라지는 것은 아닙니다. 다른 재판 사건의 경우와는 달라서 대부분의 피고는 하던 대로 일상생활을 계속합니다. 사건을 맡아서 처리해주는 좋은 변호사가 붙어 있기만 하면 소송으로 인한 괴로움을 당하지는 않아요. 경험 풍부한 변호사는 수많은 군중 속에서도 피고 개개인을 구별할 수 있답니다. 무엇을 보고 그럴 수 있느냐고 묻겠지요? 내 대답이 만족스럽게 여겨지지 않을 거요. 그건 피고들이 가장 아름답기 때문이라오. 죄가 그들을 아름답게 만드는 것은 아닙니다. 왜냐하면 (나는 적어도 변호사로서 이렇게 말하는 것입니다) 모든 피고가 죄가 있는 건 아니니까요. 그리고 또 마땅한 처벌을 받는다는 점이 그들을 미리 아름답게 만드는 것도 아니요. 피고 모두가 반드시 처벌받는 것은 아니기 때문입니다. 그러므로 피고를 매력적으로 보이게 하는 것은 그들에게 제기된 소송이 이유가 됩니다. 물론 멋진 이들 가운데도 특출한 사람이 있기 마련입니다. 그러나 피고 모두가 멋진 것은 확실하오. 저 가련한 벌레 같은 블로크마저도 아름답지."

변호사가 말을 끝냈을 때 K는 완전히 침착한 상태가 되었다. 그리고 변호사의 마지막 말에 대해서는 눈에 띌 정도로 고개를 끄덕였다. 변호사는 이제까지처럼 이번에도 또 문제의 본질과는 관련도 없는 말만 늘어놓으며 K의 주의를 딴 데로 돌리고 있었다. 그가 K의 소송 문제에 대해 실제로 어떤 일을 했는지에 대한 언급을 피하려는 생각이 확실하게 들었다. 그래서 K는 고개를 끄덕인 것이다. 변호사도 K가 이전보다 더 그에게 거부감을 느끼고 있음을 깨달은 모양인지 입을 다물고 K가 말을 꺼낼 기회를 주었다. 그러나 K가 잠자코 있자 변호사가 물었다.

"오늘은 무슨 특별한 얘기라도 있는 모양인데요?"

"네."

K는 변호사를 좀 더 잘 보려고 손으로 촛불을 약간 가렸다.

"오늘은 당신에게 제 변호를 그만둬달라고 말씀드리러 왔습니다."

"내가 제대로 알아들은 건가?"

변호사는 누워 있던 침대에서 몸을 반쯤 일으켜 한 손을 베개에 올려놓고 몸을 기댔다.

"알아들으셨으리라 생각합니다."

K는 상대방의 반격에 미리 대비하듯이 몸을 꼿꼿이 세우고 앉아 있었다.

"그럼 우리 그 계획에 대해서도 의논해봅시다."

잠시 후 변호사가 말했다.

"이건 계획이 아닙니다."

K가 말했다.

"그럴지도 모르죠."

변호사가 말했다.

"하지만 우리는 무슨 일이든 성급하게 서둘러서는 안 됩니다."

변호사는 '우리'라는 말을 써서, K에게서 손을 뗄 생각이 없으며 설사 변호인이 될 수 없을지라도 최소한 계속 조언자로는 남아 있겠다는 의지를 나타냈다.

"성급히 서두르는 게 아닙니다."

K는 천천히 일어서서 자신의 의자 뒤로 갔다.

"충분히 생각했고, 어쩌면 너무 오래 생각한 것 같습니다. 제 결심은 확고합니다."

"그렇다면 내 얘길 몇 마디만 들어보시오."

변호사는 이불을 걷어치우고 침대 가장자리에 걸터앉았다. 흰 털이 난 벌거벗은 다리는 추위로 떨고 있었다. 그는 K에게 긴 의자에서 담요를 갖다 달라고 부탁했다. K는 담요를 가지고 와서 말했다.

"일부러 침대 밖으로 나와 추위에 떠실 필요는 없는데요."

"아니, 이 일은 매우 중요하오."

변호사는 깃털이불로 상반신을 감싸고 두 다리를 담요 속에 집어넣었다.

"당신 숙부는 내 친구고, 시간이 흐르면서 당신과도 친해졌소. 솔직히 말하는 거요. 이렇게 말하는 것을 부끄러워할 필요는 없겠지요."

노인의 이러한 감상적인 이야기가 K에게는 몹시 달갑지 않았다. K의 결심을 바꾸지는 못했지만 마음의 동요를 일으키기에는 충분했기 때문이다. 그래서 K는 여유를 두지 않고 변호사를 향해 입을 열었다.

"친절하게 걱정해주셔서 감사합니다."

K가 말했다.

"당신이 제 사건을 될 수 있는 한 제게 유리하도록 해준 것도 잘 알고 있습니다. 그러나 저는 최근에 그것으로는 충분치 않다는 확신을 갖게 되었습니다. 물론 당신처럼 나이도 많고 경험이 많은 분 앞에서 제 생각을 강요하는 것은 아닙니다. 만일 제가 무의식중에 그런 태도를 보였다면 용서하십시오. 그러나 당신도 말했듯이 이 일은 매우 중요합니다. 제가 확신하는 바로는 이제까지 한 것보다 훨씬 더 강력하게 소송에 대응해야만 합니다."

"무슨 마음인지 이해합니다."

변호사가 말했다.

"당신은 초조한 거요."

"저는 초조한 게 아닙니다."

K는 약간 화가 나서 말했다. 이제는 조심스럽게 말할 필요가 없다고 생각했다.

"숙부님과 함께 당신을 처음 찾아왔을 때, 제가 소송에 그다지 신경을 쓰고 있지 않았다는 것을 당신도 알아차렸을 겁니다. 누군가 제게 억지로 상기시켜주지 않았다면 저는 소송에 대해 완전히 잊고 있었을 겁니다. 그러나 숙부님이 당신에게 변호를 위임하라고 고집하셨기 때문에 숙부님 뜻대로 해드리려고 그렇게 했던 겁니다. 그리고 이제 소송의 부담을 조금이라도 덜기 위해 변호사에게 변호를 맡겼으니 전보다는 편해지리라고 기대했습니다. 그러나 정반대였습니다. 당신이 제 변호를 맡기 전까지는 오히려 소송 때문에 이렇게까지 걱정을 한 적이 없었습니다. 저 혼자 소송에 대처하고 있었을 때에는 제 자신의 사건에 대해서 아무것도 안 한 것은 사실이지만, 그렇다고 걱정을 하지도 않았습니다. 그런데 법률 대리인이 생긴 이후로는 무슨 일이 생겨도 만반의 준비가 되어 있어 당신이 손을 써주기를 긴장한 상태로 계속 기다리고 있었으나 아무 소용이 없었습니다. 물론 다른 사람에게서는 얻지 못했을, 재판소에 대한 여러 가지 정보를 당신에게서 얻기는 했습니다. 그러나 소송이 저도 모르는 사이 점점 더 다가오고 있는 지금은 그것만으로는 부족합니다."

K는 의자를 밀치고 일어나 두 손을 상의 주머니에 넣고 똑바로 서 있었다.

"소송의 어느 특정 시기에는 실질적으로 아무런 일도 일어나지 않습니다. 당신처럼 소송 절차 중인 의뢰인들이 내 앞에 서서 얼마나 많이 당신과 똑같은 말을 했는지 아시오!"

변호사는 낮은 목소리로 침착하게 말했다.

"그렇다면 그와 같은 의뢰인들도 모두 저처럼 당연한 이유가 있었겠지요. 그런 것은 전혀 저에 대한 반박이 되지 않습니다."

K가 말했다.

"당신의 의견에 반박할 의사는 없소."

변호사가 말했다.

"당신은 다른 사람들과 달리 판단력이 있으리라고 기대했다는 말을 하려던 거요. 당신에게는 특히 다른 의뢰인들에게 했던 것보다 사법제도와 내가 하고 있는 일에 대해 더 자세히 가르쳐 주었으니까요. 그런데 이제 그 모든 것에도 불구하고 당신이 나를 믿지 않는 것 같아 유감입니다. 당신은 날 힘들게 하는군요."

변호사는 K에게 말할 수 없이 비굴하게 나오고 있었다. 바로 지금이야말로 변호사로서의 체면을 세울 때인데 그런 것은 완전히 잊은 것 같은 태도였다. 왜 저렇게 행동하는 것일까? 일거리도 많고 돈도 있는 모양인데 의뢰인 하나쯤 잃는다고 해서 그 자체가 큰 문제가 되지는 않을 것이다. 게다가 몸이 좋지 않으니 일을 줄이는 것도 나쁘지 않을 터인데도 말이다. 그럼에도 K를 이처럼 붙잡고 늘어지다니! 무엇 때문일까? 숙부에 대한 개인적인 친분 때문일까? 아니면 K의 소송을 특별히 생각해서(이런 가능성도 전혀 없지는 않았다) K에게나 재판소 동료들에게 자신의 실력을 보여주기 위해서일까? K도 주저하지 않고 변호사를 빤히 쳐다봤으나 아무것도 알아차릴 수 없었다. 일부러 과묵한 표정을 짓고 지신이 한 말의 효과를 기다리고 있다고 생각할 수 있는 모습이었다. 그러나 그는 K의 침묵을 분명히 자신에게 매우 호의적인 것으로 해석하고는 말을 계속했다.

"당신도 눈치챘다고 생각합니다. 나는 큰 사무실을 갖고 있지만 조수는 한 사람도 쓰지 않습니다. 전에는 젊은 법률가 서너 명이 나를 위해 일해주던 때도 있었지만 지금은 나 혼자서 일하고 있소. 그 이유는 내가 전문 분야를 바꿔 차츰 당신 사건과 같은 법률 사건만을 다루게 되었기 때문이기도 하고, 다른 한편으로는 이런 종류의 법률 사건에 대해 더욱 깊은 인식을 갖게 됐기 때문이기도 합니다. 내 의뢰인들이나 내가 맡은 일에 대해 실수를 하지 않으려면 이 일을 다른 누구에게도 맡겨서는 안 된다는 것을 깨달았습니다. 그러나 모든 일을 내가 직접 하겠다고 결심하자 당연한 결과가 뒤따랐습니다. 변호 의뢰를 거의 모두 거절하지 않으면 안 되었던 것입니다. 나와 특히 친한 사람들의 청만 들어주게 된 것이오. 그래서 내가 포기한 찌꺼기를 탐내 덤벼드는 무리가 내 주위에는 상당히 많습니다. 아주 가까운 사람들 사이에도 있지요. 게다가 과로로 인해 이렇게 병까지 얻었습니다. 그러나 이 결심을 나는 조금도 후회하지 않소. 변호 의뢰를 더 적게 받았어야 한다는 생각도 있습니다. 어떻든 간에 내가 좋아서 맡은 사건이니 만큼 열성을 다하지 않을 수 없었고 그렇게 해서 성과도 얻었지요. 언젠가 일반적인 법률 사건을 변호하는 것과 내가 취급하는 이런 사건을 변호하는 것의 차이점을 아주 잘 표현한 글을 읽은 적이 있소. 거기에 이렇게 쓰여 있더군요. 일반 사건을 맡은 변호사는 의뢰인을 가느다란 실로 간신히 판결로 이끌어 갑니다. 하지만 나 같은 변호사는 의뢰인을 어깨에 짊어지고 도중에 내려놓는 일 없이 판결뿐만 아니라 그 너머로까지 이끈다는 표현을 썼는데 훌륭한 표현이라고 생각합니다. 그러나 이런 힘든 일을 결코 후회하지 않는다고 말한다면 그것도 거짓입니다. 가령 당신한테서처럼 이렇게 심각한 오해를 받으면 이런 직업에 환멸을 느끼게 됩니다."

K는 변호사의 이야기에 설득되기보다는 오히려 초조해졌

다. K는 변호사의 말투에서 어쩐지 그가 K에게 기대하는 게 무엇인지 알 것 같다는 생각이 들었다. 지금 그가 물러서면 변호사는 또 희망을 주는 말을 시작할 것이다. 청원서 작성에 진척이 있다거나, 재판소 관리들의 기분이 한결 나아졌다거나 하는 말들이다. 그러나 앞으로 여러 가지 커다란 난관이 있을 것이라든지 요컨대 지겹도록 들어온 그 이야기들을 되풀이할 것이다. 그렇게 되면 K는 다시 막연한 희망을 품게 되거나 정체 모를 위험에 고통받을 것이다. 이러한 것을 사전에 저지해야만 했다. 그렇게 생각한 K는 말했다.

"변호를 계속하게 된다면 제 사건에 대해 어떤 일을 하시겠습니까?"

변호사는 이런 모욕적인 질문을 받고도 참으며 대답했다.

"당신을 위해서 이제까지 해온 것을 계속할 생각이오."

"그럴 줄 알았어요."

K가 말했다.

"이젠 더 말할 필요도 없습니다."

"아니 한 마디 더 해야겠습니다."

변호사는 도리어 자신이 화가 나야 마땅하다는 듯이 말을 계속했다.

"당신이 변호사로서의 내 능력을 올바르게 평가하지 않고 여러 가지로 인식이 부족한 태도를 보이고 있습니다. 그 이유는 당신이 피고의 몸이면서도 재판소의 조치가 지나치게 미온적인 탓으로 생각됩니다. 좀 더 정확히 말하자면, 당신에 대한 재판소의 태도가 부당하리만큼 관대하다는 것입니다. 그러나 거기에는 이유가 있소. 때로는 자유로운 것보다 사슬에 매여 있는 게 나을 때가 있습니다. 다른 피고들이 어떤 대우를 받고 있는지 직접 보여주겠소. 그걸 보면 교훈을 얻게 될지도 모르지. 이제 블로크를 부를 테니 당신은 문을 열고 이 책상 옆에 앉아 있으시오."

"그러지요."

K는 변호사가 시키는 대로 했다. 그는 언제나 배울 준비가 되어 있었다. 그러나 어떤 경우에든 확실히 하기 위해 그는 다시 물었다.

"하지만 제가 당신에 대한 변호 의뢰를 해약한 것은 아셨겠죠?"

"알겠소."

변호사가 말했다.

"하지만 당신은 그 말을 오늘 밤 안으로 취소할지도 모르오."

그는 다시 침대에 누워 이불을 턱밑까지 끌어올리고 벽 쪽으로 돌아눕더니 벨을 눌렀다. 벨소리와 거의 동시에 레니가 나타났다. 그녀는 무슨 일이 있었는지 살피려고 재빨리 주위를 둘러보더니 K가 변호사의 침대 옆에 가만히 앉아 있는 것을 보고는 안심하는 모양이었다. 그녀는 자신을 빤히 쳐다보는 K에게 웃으며 고개를 끄덕였다.

“블로크를 불러와.”

변호사가 말했다.

레니는 블로크를 데리러 가지 않고 문 앞에서 소리쳤다.

“블로크! 변호사님이 부르세요!”

레니는 변호사가 벽을 향해 누운 채 아무것도 상관하지 않고 있기 때문인지 살그머니 K의 의자 뒤로 왔다. 그러고는 의자등받이 너머로 몸을 굽히고 아주 부드럽고 조심스럽게 두 손으로 K의 머리카락을 쓰다듬기도 하고 뺨을 어루만지기도 하면서 그를 귀찮게 했다. 급기야 K는 그런 짓을 못하게 하려고 그녀의 한쪽 손을 붙잡았다. 그녀는 잠시 저항하다가 그가 하는 대로 내버려두었다.

블로크는 부름을 받자 곧 달려왔으나 문 앞에 서서는 들어와야 할지 어떨지 망설이는 듯했다. 그는 눈썹을 추켜세우고 머리를 숙인 채 변호사가 다시 들어오라고 명령할 때까지 기다리는 것 같았다. K가 그에게 들어오라고 할 수도 있었지만 변호사뿐만 아니라 이 집에 있는 모든 사람들과 관계를 끊어버릴 결심을 했기 때문에 가만히 있었다. 레니도 말이 없었다. 적어도 자신을 몰아내는 사람이 없다는 것을 깨달았는지 블로크는 발끝을 세우고 살금살금 걸어 들어왔다. 얼굴은 긴장하고 뒷짐 진 두 손은 떨고 있었다. 되돌아나가게 될 경우를 생각해서 문은 그대로 열어두었다. 상인은 K를 쳐다보지도 않고 깃털 이불만 바라보고 있었다. 하지만 변호사는 벽에 바싹 붙어 누워서는 이불을 뒤집어쓰고 있었기 때문에 모습이 보이지도 않았다. 그때 변호사의 목소리가 들렸다.

"블로크는 왔나?"

그가 물었다.

그 말은 방 한가운데 서 있는 블로크의 가슴과 등을 한 대 때린 듯한 충격을 준 것 같았다. 그는 비틀거리며 허리를 깊이 숙인 채 말했다.

"분부만 내리십시오."

"뭐야, 자네는?"

변호사가 물었다.

"왜 이런 때에 와?"

"부르시지 않으셨나요?"

블로크는 변호사보다 자신에게 묻듯이 반문하며 두 손을 방어하듯 내밀고는 금방이라도 도망갈 자세를 갖췄다.

"부르기는 했지만 그래도 마땅하지 않을 때에 왔단 말이야."

그리고 잠시 후에 다시 덧붙였다.

"자네는 언제나 상황이 좋지 않을 때에 오는군."

변호사가 말을 시작한 후부터 블로크는 너무 눈이 부셔서 변호사를 바라볼 수 없다는 듯이 더는 침대를 바라보지 않고 방 한쪽 구석을 응시하며 그저 귀만 기울이고 있었다. 변호사가 벽을 향해 낮은 소리로 빨리 말했기 때문에 알아듣기도 힘들었다.

"그럼 다시 나갈까요?"

블로크가 물었다.

"기왕 왔으니까 그냥 있어!"

변호사가 말했다.

변호사가 블로크의 소원을 들어준 게 아니라 채찍으로 때리겠다고 위협이라도 한 듯이 블로크는 이제 부들부들 떨기 시작했다.

"어제 나는."

변호사가 말했다.

"내 친구인 세 번째 재판관에게 가서 은근히 자네 이야기를 흘렸네. 재판관이 뭐라고 했는지 알고 싶은가?"

"오, 제발 말해주세요. 부탁입니다."

블로크가 말했다.

변호사가 곧 대답을 하지 않자 블로크는 다시 간청하고 무릎이라도 꿇을 듯이 몸을 굽혔다. 그때 K가 그에게 소리쳤다.

"무슨 짓이오?"

K가 소리치지 못하도록 레니가 막으려 했기 때문에 그는 레

니의 다른 한쪽 손도 붙잡았다. 애정 어린 손짓으로 꽉 잡은 게 아니었기 때문에 그녀는 신음하며 손을 뿌리치려 했다. K가 소리친 덕분에 블로크만 변호사에게 혼쭐이 났다. 변호사가 블로크에게 물었다.

"도대체 자네 변호사는 누구야?"

"선생님입니다."

블로크가 말했다.

"나 외에는?"

변호사가 물었다.

"선생님 외에는 아무도 없습니다."

블로크가 말했다.

"그럼 다른 사람 말은 듣지 말아야 해."

변호사가 말했다.

블로크는 변호사가 말하는 의미를 재빨리 알아채고 증오에 찬 시선으로 K를 바라보며 머리를 세차게 흔들었다. 그 태도를 말로 표현한다면 거친 욕설임에 틀림없었다. K는 이런 사람과 친밀하게 자신의 소송에 대해 이야기하려 했다니 놀랄 수밖에 없었다.

"더는 방해하지 않겠소."

K는 의자에 기대며 말했다.

"무릎을 꿇건 네발로 기건, 하고 싶은 대로 하시오. 난 상관하지 않을 테니."

그러나 블로크는 적어도 K에 대해서는 자존심이 있었는지 주먹을 휘두르며 가까이 다가오더니 낮은 목소리로 위협하듯 말했다.

"당신은 내게 그런 말을 할 자격이 없습니다. 왜 나를 모욕하는 거요? 하필이면 변호사님 앞에서 말입니다. 지금 변호사님의 넓으신 아량으로 우리는 여기 이렇게 있지 않습니까! 당신도 기소되어 소송 중에 있으니 나보다 나을 게 없잖소? 당신이 신사라고 한다면 나도 더 훌륭하다고는 할 수 없을지라도 당신 못지않은 신사요. 그러니 나도 신사로서 대접받겠소. 바로 당신에게 말이오. 나는 당신 표현대로 네발로 기고 있는데 당신은 거기 앉아서 이야기만 듣고 있다고 해서 당신이 우대를 받고 있다고 생각한다면 재판소의 오래된 격언을 가르쳐 주겠소. '용의자는 가만히 있는 것보다 움직이는 게 낫다. 가만히 있으면 자기도 모르는 사이에 저울 위에 올라 죄를 저울질 당하기 때문이다'."

K는 아무 말도 하지 않고 이 사람을 노려봤다. 불과 몇 분 만에 사람이 이렇게 변할 수 있을까! 소송 때문에 이리 몰리고 저리 몰리다보니 누가 친구이고 누가 적인지도 분간하지 못하게 된 것일까? 변호사가 그를 고의로 모욕하고 있으며 혹시 K도 굴복시킬 수 있지 않을까 해서 바로 K 앞에서 자신의 권

력을 과시하려 한다는 것을 모른다는 말인가? 그러나 블로크가 그것을 간파할 능력이 없거나 그걸 알아챘다 해도 변호사가 너무 두려워서 어쩔 도리가 없다고 가정해보자. 그럼 어떻게 변호사를 속이고 다른 변호사에게 자기 일을 해달라고 의뢰할 뿐만 아니라 그 사실을 숨길 만큼 간교하고 대담할 수 있단 말인가? 그리고 그 비밀을 폭로할 수도 있는 K에게 감히 어떻게 대들 수 있을까? 그뿐 아니라 블로크는 변호사의 침대 옆으로 가서 K에 대한 불평을 늘어놓기 시작했다.

"변호사님."

블로크가 말했다.

"저 사람이 지금 제게 하는 말을 들으셨습니까? 소송이 시작된 지 아직 얼마 되지도 않는 주제에 5년간이나 소송 중인 저에게 훈계를 하며 모욕까지 합니다. 아무것도 모르는 주제에 예절, 의무 그리고 재판소의 관습에 대해 적지 않게 연구한 저를 모욕하고 있습니다."

"남이야 어떻든 상관할 것 없지 않은가."

변호사가 말했다.

"자네가 옳다고 생각하는 일이나 하게."

"물론입니다."

블로크는 자신을 스스로 격려하듯이 말하고 흘끔 곁눈질을 하며 침대 바로 옆에 무릎을 꿇고 앉아 말했다.

"변호사님, 저는 이렇게 무릎을 꿇었습니다."

그러나 변호사는 아무 말도 없었다. 블로크는 한 손으로 조심스럽게 이불을 어루만졌다. 방 안이 고요해지자 레니가 K의 손을 뿌리치며 말했다.

"아파요. 놔요. 난 블로크한테 갈 거예요."

그녀는 그쪽으로 가서 침대 가장자리에 앉았다. 블로크는 레니가 오는 것을 보고 매우 기뻐하며 말없이 변호사에게 잘 얘기해달라며 몸짓으로 열심히 애원했다. 그는 분명 재판관이 뭐라고 했는지 몹시 듣고 싶어 했는데 아마도 자신이 선임한 다른 변호사들로 하여금 이용하게 하려는 목적 때문이었을 것이다. 레니는 변호사의 비위를 어떻게 하면 잘 맞출 수 있는지 아는 모양이었다. 그녀는 변호사의 손을 가리키며 키스하라는 듯이 입술을 내밀었다. 블로크가 얼른 변호사의 손에 두 번 키스했다. 그러나 변호사는 여전히 아무 말이 없었다. 그러자 레니는 변호사 위로 몸을 숙였다 그렇게 몸을 뻗으니 아름다운 몸매가 그대로 드러났다. 그녀는 변호사의 얼굴에 바싹 다가가 그의 길고 흰 머리칼을 쓰다듬었다. 그러자 그는 대답하지 않을 수 없었는지 한마디 했다.

"그 말을 저 사람에게 전해줘야 할지 망설여지는군."

변호사는 이렇게 말하고 머리를 흔들었는데, 레니의 손길을 좀 더 진하게 느끼려고 그러는 것 같았다. 블로크는 엿듣는 것이 명령을 어기는 것이라도 되는 듯이 머리를 수그리고 귀를 기울였다.

"왜 망설이세요?"

레니가 물었다.

K는 그들의 이 대화가 수없이 연습해온 것이며 앞으로도 종종 되풀이될 것임을 알았다. 또한 블로크 말고도 수많은 사람들이 저 소리를 들었으리라는 느낌이 들었다.

"오늘 그의 태도는 어땠지?"

대답 대신 변호사가 물었다.

대답을 하기 전에 레니가 블로크를 내려다보자 그는 그녀 쪽으로 손을 들고 애원하며 비벼댔다. 그녀는 잠시 그 모습을 바라보다가 마침내 심각하게 고개를 끄덕이고 변호사 쪽으로 얼굴을 돌리고는 말했다.

"조용하고 열심이었어요."

수염을 길게 기른 늙은 상인이 젊은 여인에게 애원하고 있었다. 무슨 속셈이 있는지 모르지만 같은 입장에 있는 사람의 눈으로도 정당하게 생각되는 점은 하나도 없었다. K는 변호사가 어떻게 이런 연극을 해서 K를 수중에 넣으려 했는지 이해할 수 없었다. 이제까지는 K를 쫓아내지 않더니 이제 이런 장면을 보여줌으로써 오히려 K를 쫓아내는 셈이었다. 변호사는 이 장면을 보고 있는 사람을 모욕했다. 다행히 K는 그다지 오랫동안 끌려다니지 않았다. 하지만 변호사의 이런 술수는 의뢰인이 다른 모든 일을 잊고 소송이 끝날 때까지 미로와 같은 곳에 계속 끌려다니는 것에 만족하도록 하는 것이었다. 이젠 의뢰인이 아니라 변호사의 개였다. 변호사가 상인에게 개집으로 들어가듯이 침대 밑으로 기어들어가 짖으라고 명령한다 해도 상인은 기꺼이 그렇게 했을 것이다. K는 여기서 하는 이야기들을 모두 정확하게 기억해뒀다가 적당한 곳에서 그 내용을 보고할 임무를 띤 사람처럼 주의 깊고 신중하게 귀를 기울였다.

"온종일 그는 뭘 했지?"

변호사가 물었다.

"저는 그를."

레니가 말했다.

"제 일에 방해되지 않도록 그가 늘 묵는 하녀 방에 가둬두었어요. 이따금 문틈으로 뭘 하고 있나 들여다보았더니 침대 위에 무릎을 꿇고 앉아 선생님이 빌려주신 서류들을 창문턱에 올려놓고 읽고 있더군요. 저는 좋은 인상을 받았어요. 사실 그 창문은 통풍구로만 통해 있을 뿐 햇빛은 거의 들어오지 않아요. 그런데도 블로크가 책을 읽고 있기에 정말 순종적인 사람이라는 생각이 들었어요."

"그 말을 들으니 기쁘군."

변호사가 말했다.

"하지만 뜻이나 알고 읽던가?"

대화가 진행되는 동안 블로크는 끊임없이 입술을 움직였는데, 자기가 하고 싶은 말을 레니가 대신 잘 얘기해달라고 소리 없이 부탁하는 것 같았다.

"물론 거기에 대해서는."

레니가 말했다.

"확실하게 말씀드릴 수 없어요. 아무튼 철저하게 읽는 것 같았어요. 온종일 같은 페이지를 펴놓고 한 줄 한 줄 손으로 짚어가며 읽더군요. 읽기가 무척 힘이 드는지 간혹 한숨을 쉬더군요. 그에게 빌려주신 서류들은 아마도 이해하기가 어려운가 봐요."

"그래."

변호사가 말했다.

"물론 이해하기 힘들지. 나도 그가 이해하리라고 생각하지는 않아. 그저 그를 변호하기 위해 내가 얼마나 힘든 투쟁을 하고 있는지 그가 짐작이나 하길 바랄 뿐이지. 더구나 누굴 위해 내가 이 힘든 투쟁을 하고 있는 거야? 말하기조차 우습지만, 블로크를 위해서잖아. 그게 무슨 뜻인지도 그는 이해할 수 있어야 해. 쉬지 않고 읽던가?"

"거의 쉬지 않고 읽었어요."

레니가 대답했다.

"딱 한 번 물을 마시고 싶다고 해서 통풍창으로 물을 한 컵 줬어요. 그리고 8시에 밖으로 불러내 먹을 걸 좀 줬어요."

블로크는 자신이 지금 칭찬을 받고 있으니 당신도 똑똑히 들어두라는 듯이 곁눈질로 K를 힐끗 쳐다봤다. 그는 이제 희망을 가졌는지 좀 더 여유 있는 몸짓으로 무릎을 꿇은 채 이리저리 움직였다. 그래서 변호사의 청천벽력과 같은 말을 듣고 겁에 질리는 모습이 더 두드러져 보였다.

"네가 블로크를 이렇게 칭찬하는데 말이야."

변호사가 말했다.

"바로 그래서 나는 말을 전하기가 어렵다는 거야. 재판관은 블로크나 그의 소송에 대해서 그다지 호의적으로 말하지 않았거든."

"호의적이 아니라고요?"

레니가 물었다.

"어떻게 그럴 수가 있어요?"

블로크는 레니라면 이미 오래전에 재판관이 한 말이라도 유리하도록 바꿔놓을 수 있는 능력이 있다고 믿는 듯 긴장된 시선으로 그녀를 쳐다봤다.

"내가 블로크에 대해 이야기를 시작하자마자 재판관은 불쾌한 표정을 지으며 '블로크 이야기는 하지 마시오' 하고 말했지. 내가 '그는 제 의뢰인입니다'라고 했더니 '당신은 이용당하고 있어요'라는 거야. 그래서 내가 '그가 패소한다고 생각하지 않습니다'라고 했더니 또 '당신은 분명 이용당하고 있어요'라고 되풀이하는 거야. 나는 '그럴 리가 없습니다'라고 말했지. '블로크는 소송에 성실한 자세로 임하고 있고 사건의 진행 상황에 항상 주목하고 있으며 새로운 소식을 알기 위해 우리 집에서 먹고 자기까지 하고 있습니다. 보기 드물게 열심인 사람입니다. 사실 인간적으로는 호감이 가는 사람이 아니고 예의도 없고 불결하지만, 소송 문제에 있어서만은 나무랄 데가 없습니다' 하고 말했어. 나무랄 데가 없다고 말했지만 그건 의식적으로 과장한 거야. 그러자 재판관은 '블로크는 교활한 자입니다. 그는 많은 사람들의 경험담을 듣고 소송을 지연시키는 방법을 알고 있소. 그러나 교활한 것보다 더 나쁜 건 무식한 거요. 만일 소송이 아직 시작되지도 않았고, 소송의 개시를 알리는 종소리조차 울리지도 않았다는 사실을 그에게 알려주면 그는 도대체 뭐라고 할까요?'라고 하더군. 가만있어, 블로크."

블로크가 무릎을 휘청거리며 일어서면서 설명을 청하려 하자 변호사가 즉시 제지했다. 변호사가 바로 블로크에게 분명하게 말한 것은 이번이 처음이었다. 피곤한 눈길로 변호사는 허공을 보는 것 같기도 하고 블로크를 내려다보는 것 같기도 했는데 블로크는 그 시선에 눌려 천천히 다시 무릎을 꿇었다.

“재판관이 무슨 말을 해도 자네에게는 아무 의미도 없어.”

변호사가 말했다.

“무슨 말을 할 때마다 일일이 놀라지 마. 또 그러면 앞으로는 아무것도 말해주지 않겠어. 도대체 무슨 말만 하면 최종 판결이라도 받는 것 같은 표정이니 견딜 수가 있어야지. 여기 내 의뢰인도 계시는데 좀 부끄러운 줄 알게나! 당신의 그런 태도가 나의 신용에도 영향을 미치는 거야. 도대체 왜 그러나? 자네는 아직 살아 있고, 아직 내 보호 아래 있으니 쓸데없는 걱정은 말라는 거야! 최종 판결은 대개 누군지도 모를 사람의 입에서 아무 때나 불시에 내려진다는 것을 자네도 어디선가 읽었지 않았나. 상황에 따라 다르겠지만 아무튼 그건 사실이야. 그러나 자네의 걱정은 나로서는 몹시 불쾌하네. 이것은 자네가 나에 대한 신뢰가 부족하다는 반증이기도 하네. 내가 무슨 특별한 말이라도 했나? 어떤 재판관이 한 말을 전했을 뿐이야. 자네도 알다시피 소송을 둘러싸고는 여러 가지 해석이 있으니 예측이 어렵네. 예를 들어 지금 말한 재판관은 소송이 시작되는 시기에 대해 나와 다른 의견을 가지고 있어. 견해 차이일 뿐, 그 이상 아무것도 아니야. 소송이 어느 정도 진전되면 예로부터의 관습에 따라 종을 울리는데, 이 재판관의 견해로는 그때 소송이 시작된다는 거야. 그에 대한 반박을 지금 자네에게 모두 얘기해 줄 수는 없고 자네는 이해하지도 못하겠지만, 아무튼 반박의 여지가 얼마든지 있다는 것만 알아두게."

블로크는 어쩔 줄 모르며 침대 옆에 깔려 있는 양탄자의 털을 손가락으로 만지고 있었다. 그는 재판관의 말이 걱정되었기 때문에 자신이 변호사에게 의지하고 있는 처지라는 것을 잠시 잊고 재판관의 말만 여러 가지로 생각하고 있었다.

"블로크."

레니는 타이르는 어조로 말하며 그의 상의 깃을 살짝 잡아당겼다.

"양탄자는 그냥 두고 변호사님 말씀이나 잘 들어요."

(이 장은 미완성이다.)

9장

대성당에서

K는 은행의 중요한 고객이며 이 도시에 처음 체류하는 어느 이탈리아인에게 예술적 가치가 있는 곳을 안내하라는 지시를 받았다. 예전 같으면 이를 분명 영광으로 생각했을 것이다. 하지만 은행에서 종전의 평가를 유지하는 일만으로도 버거운 요즘은 그다지 반가운 일이 아니었다. 그렇다고 해서 거절할 처지도 못 되었다. 잠시라도 사무실을 떠나는 것이 불안했다. 업무 시간도 전처럼 잘 활용하지 못하는 데다 그저 일하는 흉내만 내며 지내는 경우가 많았기 때문이었다. 그리고 K가 사무실을 비우면 자신의 약점을 노리는 부지점장이 자꾸 K의 사무실에 들어와 책상 앞에 앉아서 K의 서류들을 들추고 긴 세월을 두고 K와 친구처럼 지내온 고객들을 가로챈다든지 하는

모습이 눈앞에 어른거렸다.

K는 지금 사방에서 위협이 다가오는 것을 알았지만 피할 도리가 없었다. 그래서 아무리 특별한 이유라도 업무상의 외출이나 단기 출장 명령을 받으면(우연히도 최근에 이런 지시가 아주 많아졌다) 자신을 잠시 사무실에서 내보내고 업무 실태를 조사하려는 게 아닐까 하는 의심이 들었다. 아니면 적어도 자기 같은 사람은 있으나마나 한 사람으로 취급하는 게 아닌가 하는 생각이 자꾸 들었다. 이러한 지시를 대개 어렵지 않게 거부할 수도 있겠지만 그렇게 하지 않은 것은, 자신의 불안이 전혀 근거가 없다면 그런 지시를 거절하는 일이 오히려 자신이 불안해한다는 것을 고백하는 꼴이 되기 때문이었다. 이런 이유에서 K는 이런 지시들을 겉으로 태연하게 받아들였다. 심지어 이틀에 걸친 힘든 출장 명령을 받았을 때 심한 감기에 걸려 있었는데도 마침 가을비가 계속 오고 있으니 가지 말라고 할까봐 참았다. 극심한 두통을 견디고 출장에서 돌아온 이튿날에는 이탈리아 고객을 안내해야 한다는 사실을 알았다. 무엇보다도 직무와 직접 관련이 없었으므로 적어도 이번만은 거절하고 싶은 생각이 간절했다. 하지만 고객을 접대하는 일은 그 자체로 상당히 중요했다.

K는 업무 실적을 올려야만 현재 직책을 유지할 수 있다고 생각했다. 그렇지 않으면 이탈리아인을 아무리 감동하게 만

들어도 아무 소용이 없다는 생각이었다. 그는 하루라도 직장을 떠나고 싶지 않았다. 다시 돌아오지 못할 것 같은 불안이 너무도 컸기 때문이다. K는 그것이 지나친 불안이라는 것을 아주 잘 알면서도 마음을 졸였다. 물론 이번 경우에는 합당한 핑계를 찾을 수 없었다. K의 이탈리아어 실력은 그리 대단하지는 않았지만 그런대로 충분했다. 그러나 결정적인 이유가 있었다. K에게는 미술에 대한 지식이 약간 있었고 시내의 고미술 보존회의 일원으로 등록되어 있었는데 이것이 지나치게 과장되어 은행 안에 소문이 난 것이다. 게다가 그 이탈리아인이 미술 애호가라니 K가 그의 안내자로 선정된 것은 당연한 일이었다.

비가 세차게 내리고 바람이 몰아치는 아침, K는 하필 이런 날 잡힌 일정에 대해 매우 언짢았다. 그리고 출근 시간으로는 이른, 아침 7시에 은행에 도착했다. 이탈리아인이 오기 전에 최소한 몇 가지 일이라도 처리하기 위해서였다. K는 간밤에 복잡한 이탈리아어 문법을 공부하느라 밤늦게까지 자지 못했기 때문에 몹시 피곤했다. 요즘 들어 자주 창문 앞에 앉아 있는 버릇이 생긴 탓에 책상보다 창문가로 가고 싶었지만 그 유혹을 누르고 일을 하려 책상 앞에 앉았다. 그러나 유감스럽게도 바로 그때 직원이 들어와서 이사가 출근했는지 보고 오라고 지점장이 보냈다며, 만일 출근했으면 이탈리아 손님이 벌써 와 있으니 미안하지만 응접실로 오라는 말을 전했다.

"알았네, 곧 가겠소."

K는 자그마한 사전을 주머니에 넣고 외국인을 위해 준비한 시내 명소 앨범을 옆구리에 끼고 부지점장의 방을 지나 지점장실로 들어갔다. 일찍 출근한 덕분에 금방 호출에 응할 수 있게 되어서 K는 만족스러웠다. 사실 아무도 그가 벌써 나와 있으리라고는 예상하지 못했을 것이다. 물론 부지점장의 방은 아직 한밤중처럼 텅 비어 있었다. 아마 부지점장도 불러오라고 직원을 보냈겠지만 소용이 없었을 것이다. K가 응접실로 들어가자 두 신사는 푹신한 안락의자에서 일어섰다. 지점장은 다정한 웃음을 지었다. K가 와서 매우 기쁜 기색이 역력했다. 그는 곧 두 사람을 인사시켰다. 이탈리아인은 K와 힘차게 악수하고 웃으며 참 부지런한 사람이라고 말했다. K는 누구를 두고 하는 말인지 이해하지 못했다. 특이한 단어를 구사하는 바람에 그 뜻을 한참 후에야 짐작할 수 있었다. K가 유창한 말로 대답을 하자 이탈리아인은 또 웃으며 고개를 끄덕이고 긴장한 손짓으로 수염을 여러 번 만졌다. 푸르스름하고 회색빛이 도는 텁수룩한 수염에 향수를 뿌린 것 같아 괜히 가서 맡아보고 싶었다.

모두 자리에 앉아 이야기를 시작했는데 K는 이탈리아인의 이야기를 부분적으로밖에 이해할 수 없다는 것을 깨닫고 무척 거북했다. 아주 천천히 말하면 다 알아들을 수 있었지만 그런 일은 아주 드물었다. 대개는 말을 쏟아내듯이 하면서 신나게 머리를 흔들었다. 게다가 도저히 이탈리아어라고는 생각할 수 없는 사투리가 때때로 섞여 들렸다. 하지만 지점장은 그 말을 이해할 뿐 아니라 대답까지 했다. 이탈리아인의 고향인 남부 이탈리아에서 지점장이 2~3년간 지낸 적이 있으니 K도 짐작할 수 있는 일이었다. 아무튼 K는 이 이탈리아인과는 의사소통이 꽤 어려우리라는 생각이 들었다. 그가 하는 프랑스어도 이해하기 힘들었고, 입술을 보면 이해에 도움이 될 수도 있었겠지만 그마저도 수염에 가려 보이지 않았다. K는 여러 가지 불편한 일이 생기리라고 예상했다. 그리고 그의 말을 이해하려는 노력은 단념하고(지금은 지점장이 이탈리아인의 말을 잘 이해하고 있으니 애쓸 필요도 없었다) 내키지 않는 기분으로 이탈리아인을 관찰하고만 있었다. 이탈리아인은 의자에 편안하게 깊숙이 몸을 파묻고 짧고 꼭 끼는 상의를 자꾸 잡아당기며 한 번은 팔을 올리고 손목을 흔들며 무엇인가를 표현하려 했다. K는 몸을 굽히고 이탈리아인의 두 손을 열심히 들여다봤지만 그 뜻을 알 수가 없었다. 결국 주고받는 이야기를 시선으로만 좇을 뿐 할 일이 없어진 K는 방심한 나머지 자리에서 일어나 돌아서서 나가려다 얼른 정신을 차렸다.

마침내 이탈리아인은 시계를 보더니 벌떡 일어섰다. 그는 지점장에게 작별 인사를 하고 K에게 급히 다가왔는데, 너무 나 가까이 다가왔기 때문에 K는 몸을 움직이려고 안락의자를 뒤로 밀어야 했다. 지점장은 K가 이탈리아어 때문에 난처해 하는 것을 눈치채고 두 사람의 대화에 끼어들었다. 지점장의 태도가 재치 있고 상냥해서 겉으로는 조언을 하는 것처럼 보였지만 사실은 지치지도 않고 지껄이는 이탈리아인의 이야기 내용을 간결하게 K에게 알려주는 것이었다. 지점장의 말을 들으니 이탈리아인은 우선 처리해야 할 업무가 몇 가지 있고, 별로 여유가 없을 테니 모든 명소를 다 돌아볼 수는 없고 차라리(물론 결정권은 K에게만 있으니 K가 찬성한다면) 대성당만큼은 찬찬히 구경할 생각이라고 했다. 그는 이렇게 학식 있고 친절한 분(이것은 K를 가리킨 말이지만 K는 이탈리아인의 말은 건성으로 듣고 지점장이 통역해주는 내용에만 열중했다)의 안내를 받으며 구경할 수 있게 되어 매우 기쁘다고 했다. 그리고 시간이 괜찮으면 두 시간 후인 10시쯤에 대성당으로 와달라고 부탁했다. 그 시간에는 틀림없이 만날 수 있다는 뜻이었다. K는 적당히 대답했다. 이탈리아인은 우선 지점장과 악수하고 K와 악수하더니 다시 한 번 지점장과 악수했다. 그는 앞장서서 문 쪽으로 걸어가며 반쯤 몸을 돌려 뒤따라오는 두 사람을 돌아보며 쉬지 않고 떠들며 사라졌다.

그 이후에 K는 잠시 지점장과 같이 있었는데, 지점장은 오늘 특히 기분이 안 좋은 것 같았다. 지점장은 K에게 양해를 구하려는 생각이 들었는지(그들은 정답게 나란히 서 있었다) 자신이 이탈리아인과 갈 생각이었으나 결국(자세한 이유는 말하지 않았다) 그냥 K를 보내기로 결정했다고 말했다. 그리고 처음에는 이탈리아인의 이야기를 이해하기 어려울지 모르지만 곧 이해하게 될 테니 당황하지 마라, 그리고 하나도 못 알아들어도 괜찮다, 그 사람은 상대방이 이해를 하건 말건 전혀 상관하지 않는다고 말했다. 또한 K의 이탈리아어 실력은 놀랄 만큼 훌륭하며 분명히 일을 잘 끝낼 것이라고 덧붙였다. 그러고 나서 K는 지점장과 헤어졌다.

남은 시간 동안 K는 대성당 안내에 필요하지만 잘 쓰이지는 않는 단어들을 사전에서 찾아 적었다. 그것은 매우 귀찮은 일이었다. 직원이 우편물을 가져왔고, 은행원들이 업무와 관련된 문의를 하려고 왔다가 K가 바쁜 것을 보고는 문 옆에 서서 K의 반응을 기다렸다. 부지점장도 자꾸 들어와 손에서 사전을 빼앗고 찾을 것도 없는 것이 분명한데 책장을 뒤지면서 K를 괴롭혔다. 그리고 문이 열릴 때마다 어두컴컴한 대기실에서 고객들이 얼굴을 내밀고 머뭇거리며 인사를 했다(K의 주의를 끌려고 그러는 것이겠지만 K가 그들을 봤는지도 확실치 않아서였다).

K를 중심으로 이러한 일들이 일어나고 있는 동안 K 본인은 필요한 단어들을 생각해내 사전에서 찾아 적고 발음을 연습

하고 외우려고 애썼다. 그러나 예전의 그 비상한 기억력은 다 없어진 것 같았다. 자신을 이렇게 만든 그 이탈리아인에게 화가 나서 준비고 뭐고 다 그만둘 생각도 했다. 하지만 그 손님과 벙어리처럼 멍청하게 대성당 안을 돌아다닐 수도 없는 일이었다. 그래서 마음을 다시 다잡고 사전을 꺼내 들었다.

정확히 9시 30분에 그가 막 나가려는데 전화가 왔다. 레니가 아침 인사를 하고 안부를 물었다. K는 대성당에 가야 하기 때문에 지금은 얘기할 시간이 없다고 말했다.

"대성당에요?"

레니가 물었다.

"그래, 대성당에 가야 해."

"거기를 왜 가세요?"

레니가 말했다.

K는 간단히 설명하려는데 그가 말을 시작하기도 전에 레니가 갑자기 말했다.

"그들이 당신을 쫓고 있는 거예요."

K는 자신이 요구하거나 기대하지 않았던 이런 동정을 견딜 수가 없었다. 그는 작별 인사를 짧게 하고 수화기를 내려놓으며 반은 자신에게, 반은 이젠 들리지 않겠지만 수화기 저편의 레니에게 말했다.

"그래, 그들이 나를 쫓고 있지."

이미 시간이 늦어 약속 시간에 닿지 못할까봐 K는 택시를 잡았다. 사무실을 떠나기 직전에 시내 명소 앨범 생각이 났다. 아침에 앨범을 건네줄 기회가 없었으므로 지금 갖고 가기로 했다. 차를 타고 가는 내내 그는 무릎 위에 놓인 앨범을 초조하게 두드렸다. 빗줄기는 약해졌지만 축축하고 춥고 어두웠다. 대성당 안에서는 거의 아무것도 보이지 않을 것이다. 게다가 차가운 돌바닥 위에 오랫동안 서 있으면 감기만 악화될 것 같았다. 대성당 앞의 광장에는 아무도 없었다. K는 어렸을 때 이 좁은 광장 주위의 집들이 언제나 거의 모든 창문의 커튼을 내리고 있는 것을 이상하다고 생각했던 사실을 기억했다. 오늘 같은 날씨에는 당연한 일이었다. 대성당 안에도 아무도 없는 것 같았다. 이런 날씨에 이곳을 찾아오고 싶은 사람은 물론 없을 것이다. K는 양쪽 통로를 걸어갔지만 노파 한 사람을 만났을 뿐이었다. 노파는 따뜻한 목도리를 두르고 마리아상 앞에 무릎을 꿇고 앉아 앞을 쳐다보고 있었다. 그리고 멀리 한쪽 벽에 난 문으로 성당지기가 다리를 절며 들어가는 게 보였다. K가 대성당 안으로 들어설 때 마침 10시를 알리는 종소리가 울렸으니 그는 정각에 온 것인데 이탈리아인은 아직 나타나지 않았다. K는 다시 정문으로 가서 한동안 서 있다가 혹시 그 사람이 옆문에서 기다리지 않나 해서 비를 맞으며 대성당 주위를 한 바퀴 돌았다. 그러나 아무 데도 없었다. 지점장이 약속 시간을 잘못 알아들은 게 아닐까? 그 사람이 하는 말을 도대체 누가 제대로 알아들을 수 있겠는가? 그러나 어쨌든 적어도 30분 정도는 기다려줘야 할 것 같았다.

K는 피곤했기 때문에 자리에 앉으려고 다시 대성당 안으로 들어갔다. 계단 위에 양탄자 조각 같은 것이 있어서 그는 그것을 발끝으로 가까운 의자에 밀어 넣고 외투로 몸을 더 깊이 감싸고 옷깃을 세우고 자리에 앉았다. 시간을 보내기 위해서 앨범을 펼쳐 몇 장 뒤적여보았지만 너무 어두워서 그만뒀다. 고개를 들고 보니 가까운 통로의 물건도 분간할 수 없었다.

멀리 중앙 계단에는 촛불이 세 가닥으로 뻗은 촛대에서 반짝이고 있었다. 처음 들어왔을 때부터 켜져 있었는지는 확실하지 않았다. 어쩌면 방금 켜진 것 같기도 했다. 성당지기들은 직업상 살금살금 걸어 다니기 때문에 아무도 그들의 발소리를 알아채지 못했다. K가 우연히 뒤돌아보니 그리 멀지 않은 곳의 기둥에 달려 있는 촛대에도 긴 초가 타고 있었다. 무척 아름답기는 했으나 주로 어두운 측면 제단에 걸려 있는 그림들을 밝히기에는 너무 불빛이 약해서 오히려 그림들을 더 어둡게 만드는 것 같았다.

K는 이탈리아인이 오지 않은 것은 무례한 일이기는 하지만 오히려 현명하다고 생각했다. 왔더라도 아무것도 보지 못했을 것이고 K가 가진 손전등으로 그림 몇 장을 조금씩 비춰보

는 것으로 만족해야 했을 것이다. 어느 정도 알아볼 수 있는지 시험해보려고 K는 가까운 측면 계단으로 가서 계단을 몇 개 오른 뒤 낮은 대리석 난간 너머로 몸을 굽히고 손전등으로 제단 그림을 비춰봤다. 감실(가톨릭에서 성체를 모셔두는 곳, 이곳에는 항상 영원의 빛이 켜져 있다—옮긴이)의 불빛이 앞에서 어른거려 방해가 되었다. 처음 눈에 띈 것은 그림 가장자리에 그려진 사람이었는데 부분적으로 추측하건데 몸집이 큰 갑옷을 입은 기사였다. 기사는 여기저기 풀 몇 포기만이 나 있는 황량한 땅에 칼을 꽂고 기대어 서서 눈앞의 어떤 광경을 주시하고 있는 듯했다. 그곳으로 다가가지 않고 그렇게 가만히 서서 바라보고만 있는 게 이상했다. 어쩌면 감시를 하고 있는지도 몰랐다. 오랫동안 그림을 본 일이 없는 K는 손전등의 녹색 불빛에 눈이 부셔 계속 눈을 깜박이면서 그 기사를 한참 쳐다봤다. 그리고 손전등으로 그림의 나머지 부분을 비췄다. 그것은 일반적인 구도로 그려진 그리스도의 매장 모습이었다. 비교적 최근에 그린 그림 같았다. K는 손전등을 주머니에 넣고 앉아 있던 자리로 돌아갔다. 더 이상 이탈리아인을 기다릴 필요는 없을 것 같았다. 하지만 밖에는 틀림없이 폭우가 내릴 것이고 대성당 안은 생각했던 것보다 춥지 않았기 때문에 K는 잠시 여기 그대로 있기로 했다.

바로 옆에 커다란 강론대가 있었는데, 작고 둥근 천장에 황

금색 십자가 두 개를 비스듬하게 세워 맨 끝 부분만이 서로 교차되게 세워놓았다. 난간 바깥벽과 받침 기둥이 연결되는 부분에는 푸른 잎이 조각되어 있고 어린 천사들이 나뭇잎을 붙잡고 있었다. 거기에는 발랄한 표정의 천사도 있고 얌전한 표정의 천사도 있었다. K는 강론대 앞으로 가서 이리저리 살펴봤다. 돌을 조각한 솜씨는 매우 정교해서 나뭇잎 장식과 그 뒷면은 깊은 어둠의 조각이 지탱하고 있는 것 같았다. K는 그 사이로 손을 넣어 조심스럽게 만져봤다. 여태껏 강론대가 있는 것을 전혀 몰랐다. 그때 그는 바로 옆에 있는 예배석 뒤에 성당지기가 서 있는 것을 우연히 알아챘다. 그는 축 늘어져 주름이 많이 잡힌 검은 옷을 입고 왼손에는 코담배갑을 들고 K를 살피고 있었다.

'저 사람은 도대체 무엇을 하려는 것일까?'

K는 생각했다.

내가 수상한 사람처럼 보이나? 아니면 팁이라도 받고 싶은가? 그러나 K가 자신을 쳐다보는 것을 알아챈 성당지기는 오른손으로(두 손가락 사이에 코담배가 쥐여 있었다) 어딘가를 가리켰다. 도무지 알 수 없는 동작이어서 K는 잠시 더 기다려봤다. 그러나 성당지기는 계속 손으로 무엇인가를 가리키고 머리를 끄덕여 보였다.

"저 사람이 대체 뭘 어떻게 하라는 거지?"

K는 낮은 소리로 중얼거렸다. 성당 안이라 감히 소리를 지르지는 못했다. 이번에는 지갑을 들고 그에게 다가가려고 의자들 사이로 급히 걸어갔다. 그러나 성당지기는 곧 손을 내저으며 어깨를 으쓱해 보이더니 절뚝거리며 물러섰다. 절뚝거리며 급히 걸어가는 그런 걸음걸이를 K는 어렸을 때 말 탄 사람 흉내를 내려고 해본 적이 있었다.

'이상한 노인이로군.'

K는 생각했다.

'겨우 성당지기에나 알맞은 사람이로군. 내가 멈추면 자기도 멈추고, 내가 다시 달려들려는지 동정을 살피고 있는 꼴이라니.'

K는 웃는 표정으로 노인의 뒤를 따라 측면 통로를 지나 거의 제단 위에까지 올라갔다. 노인은 무엇인가를 가리키는 동작을 그치지 않았다. 노인의 행동이 자신을 쫓아오지 못하게 하려는 것이라고 생각하고 K는 일부러 돌아보지 않았다. K는 노인을 그냥 내버려두기로 했다. 노인을 너무 겁주고 싶은 생각은 없었고, 만일 이탈리아인이 지금이라도 올 경우를 생각해서 노인을 완전히 쫓아버리고 싶지도 않았기 때문이다.

앨범을 놓아둔 자리를 찾으려고 중앙 통로를 지나던 K는 합창단 좌석과 이어진, 아무 장식 없는 푸르스름한 돌로 단순하게 만든 작은 강론대가 기둥 옆에 있는 것을 봤다. 그것은 너무 작아서 멀리서 보면 성자의 조각상을 넣어두는 감실이 아직 비어 있는 것처럼 보였다. 그 단상에 서면 강론자는 난간에서 한 걸음도 뒤로 물러설 수 없을 것 같았다. 게다가 강론대의 돌로 된 둥근 천장이 이상하게 낮은 데서부터 시작되어 아무 장식 없이 둥글게 위로 솟아 있었다. 그곳에서는 키가 중간 정도인 사람도 똑바로 서지 못하고 계속 난간 위로 몸을 굽히고 있어야 할 것 같았다. 모든 조건이 강론자를 괴롭히기 위해서 만든 듯했다. 훌륭하게 장식된 커다란 강론대가 있는데 왜 이런 강론대가 또 필요한지 알 수 없었다.

강론 직전에 켜놓는 불이 단상에 켜져 있지 않았다면 K도 이 작은 강론대를 알아채지 못했을 것이다. 이제부터 강론이 시작되려는 것일까? 아무도 없는 성당에서? 기둥 옆에서 강론대까지 통해 있는 계단을 내려다봤지만, 그것은 너무 좁아서 사람이 오르내리기 위해 만든 계단이 아니라 그저 기둥을 장식하기 위해 만든 것 같아 보였다. 그런데 강론대 밑에 정말로 신부가 서 있었다. K는 어이가 없어서 살짝 웃었다. 신부는 난간을 붙잡고 강론대 위로 올라가려다 K를 쳐다보더니 가볍게 머리를 숙였다. K도 신부를 바라보며 성호를 긋고 허리를 굽혔다. 신부는 살짝 뛰어올라 짧고 빠른 걸음으로 강론대 위로 올라갔다. 정말 강론을 시작하는 것일까? 성당지기가 이상 행동을 한 것이 아니라 K를 강론자 쪽으로 가게 하려던 게 아닐까? 사실 성당이 텅 비어 있었으니 그럴 필요가 있었을 것이다. 그뿐 아니라 어딘가 마리아상 앞에 노파가 있었는데 그 노파도 불러와야 할 것 같았다. 그리고 정말 강론이 시작된다면 왜 오르간 연주가 없을까? 오르간은 울리지 않고 저 높은 어둠 속에서 희미하게 반짝일 뿐이었다.

K는 지금 얼른 나가버리는 게 좋지 않을까 하고 생각했다. 지금 나가지 않으면 강론이 끝날 때까지 앉아 있어야만 할 것이다. 사무실에서도 많은 시간을 허비했다. 이탈리아인은 이미 오래전에 기다릴 필요가 없어졌다. 시계를 보니 11시였다. 그런데 정말 강론을 할 수 있을까? K 혼자서도 청중이 될 수 있을까? 만일 그가 대성당을 구경하러 온 이방인에 불과하다면 어떻게 할 것인가? 사실 그는 다름 아닌 이방인이었다. 이렇게 지독한 날씨에 주일도 아닌 평일 오전 11시에 강론이 있으리라고 생각하는 것은 어리석은 일이었다. 신부는(매끈하고 침착한 얼굴의 그 젊은 남자는 신부임에 틀림없었다) 분명히 잘못 켜놓은 불을 끄려고 강론대로 올라갔을 것이다.

그러나 그렇지 않았다. 신부는 등잔을 살펴보더니 오히려 심지를 약간 높이고 천천히 난간 쪽으로 돌아서서 앞쪽의 모난 가장자리를 두 손으로 붙잡았다. 그는 잠시 그대로 서서 머리는 움직이지 않고 주위를 둘러봤다. K는 성큼 뒤로 물러서서 맨 앞줄 예배석에 팔꿈치를 대고 기댔다. 그는 정확하게 가리킬 수는 없지만 어딘가에서 성당지기가 일을 끝낸 후처럼 평온한 모습으로 등을 구부리고 웅크리고 앉아 있는 것을 멍한 눈길로 바라봤다. 지금 이 성당 안은 얼마나 고요한가! 그러나 K는 여기 그대로 있을 생각이 없었으므로 그 고요를 깨뜨리지 않을 수 없었다. 정해진 시간에 강론하는 것이 신부의 의무라면 상황이 어떻든 강론을 하면 되고, K의 협력이 없어도 잘할 수 있을 것이다. 또 K가 있다고 해서 강론의 효과가 더 커질 리도 없을 것이다. 그래서 K는 천천히 걷기 시작했다. 발끝으로 의자를 더듬으며 넓은 중앙 통로로 가서 전혀 방해받지 않고 통로를 걸어갔다. 하지만 아무리 발소리를 죽여도 규칙적인 발소리가 돌바닥에 울리는 것은 어쩔 수 없었다. 희미하기는 하지만 끊임없이 성당의 천장으로 울려 퍼졌다. 어쩌면 신부가 그를 지켜보고 있을지도 몰랐다.

아무도 없는 예배석을 혼자 지나가며 K는 약간 쓸쓸한 생각이 들었다. 대성당의 규모가 한 명의 인간이 간신히 견딜 정도라고 생각했다. 자신이 조금 전 앉아 있던 자리로 온 K는 지체 없이 그곳에 놓인 앨범을 얼른 집어 들었다. 어느덧 예배석을 지나 예배석과 출입문 사이의 넓은 공간에 거의 이르렀을 때, 처음으로 신부의 목소리가 들렸다. 힘차고 잘 다듬어진 목소리였다. 소리가 잘 울리는 대성당 안에서 그 소리는 어찌나 크게 울려 퍼지는지! 그러나 신부가 부른 것은 일반 예배자들이 아니었다. 그것은 아주 명확해서 어떻게도 피할 수 없는 이름이었다. 신부는 외쳤다.

"요제프 K!"

K는 우뚝 서서 눈앞의 돌바닥을 내려다봤다. 아직은 자유로운 몸이니까 계속 앞으로 걸어가서 그다지 멀지 않은 곳에 있는 작고 어두운 나무문 세 개 중에 하나만 지나면 밖으로 나갈 수 있었다. 그러면 그가 부르는 소리를 알아듣지 못했거나, 혹은 알아듣기는 했지만 상대할 생각이 없다는 것을 의미하게 된다. 그러나 뒤돌아보면 그가 잘 알아들었을 뿐만 아니라, 불린 사람은 정말로 자기 자신이며 그의 말에 복종하겠다는 뜻이 되니 꼼짝없이 붙들리게 된다. 신부가 다시 한 번 불렀더라면 K는 그대로 나가버렸을 텐데, 더 이상 그의 이름은 불리지 않았다. 그래서 신부가 무엇을 하고 있는지 보려고 K는 고개를 약간 돌렸다. 신부는 방금 전처럼 강론대에 그대로 서 있었다. 그러나 K가 고개를 돌리는 것을 알아챈 것이 분명했다. 이제 와서 K가 몸을 완전히 돌리지 않는다면 어린아이들 장난이나 다름없었다. K가 몸을 돌리자 신부가 가까이 오라고 손짓을 했다. 그는 이젠 어쩔 수 없으니(사실 호기심도 있고 또 용건을 속히 끝내고 싶어서) 빠른 걸음으로 성큼성큼 강론대로 다가갔다. 예배석 맨 앞줄의 의자 옆에서 그는 멈춰 섰다. 그러나 신부는 거리가 아직도 너무 멀다고 생각했는지 손을 쭉 뻗고 집게손

가락을 아래로 내밀어 강론대 바로 앞의 한 지점을 가리켰다. K는 신부의 지시에 따라 그 앞에 가서 섰지만 그 자리에서 K가 신부의 얼굴을 보려면 머리를 뒤로 젖혀야 했다.

"당신이 요제프 K죠?"

신부는 난간을 짚고 있던 한쪽 손을 들며 알 수 없는 손짓을 했다.

"네."

K가 말했다.

전에는 언제나 얼마나 떳떳하게 자신의 이름을 말했던가 하고 생각했다. 언제부터인지 자신의 이름이 무거운 짐이 되었고 이젠 처음 만나는 사람들도 자신의 이름을 알고 있었다. 서로 소개한 다음에야 비로소 서로 알게 된다면 얼마나 좋을까.

"당신은 기소되었지요."

신부는 유달리 작은 목소리로 말했다.

"네."

K가 말했다.

"그렇다고 알려주더군요."

"그렇다면 당신이 내가 찾고 있는 사람이군요."

신부가 말했다.

"나는 교도소 신부입니다."

"그런가요."

K가 말했다.

"내가 당신을 여기로 오게 했습니다."

신부가 말했다.

"당신과 얘기하려고요."

"전 몰랐습니다. 저는 어떤 이탈리아인에게 이 성당을 보여 주려고 여기 온 겁니다."

"쓸데없는 말은 그만두세요."

신부가 말했다.

"손에 들고 있는 건 뭡니까? 기도서인가요?"

"아니요."

K가 대답했다.

"이 도시의 명소를 소개한 앨범입니다."

"그런 건 내버려두세요."

신부가 말했다.

K가 앨범을 힘껏 내던지자 책장이 펼쳐져 구겨진 채 바닥 위를 몇 번 굴러갔다.

"당신의 소송이 불리한 상태라는 것은 알고 있습니까?"

신부가 물었다.

"저도 그렇게 생각하고 있습니다."

K가 말했다.

"여러 가지로 애를 썼지만 지금까지는 아무 효과가 없었습니다. 물론 청원서도 아직 작성하지 못했습니다."

"결국 어떻게 되리라고 생각합니까?"

"전에는 잘될 것이라고 생각했지만 요즘은 그런 자신도 없어져버렸습니다. 어떻게 될지 알 수 없어요. 신부님은 아십니까?"

"아니요. 하지만 결과가 나쁠 것 같습니다. 사람들은 모두 당신이 유죄라고 생각합니다. 당신의 소송은 아마 하급 재판소의 범위를 결코 벗어나지 못할 겁니다. 최소한 당신의 죄가 입증되었다고 생각하니까요."

"하지만 저는 결백합니다."

K가 말했다.

"무엇인가 잘못되었습니다. 인간이 유죄라는 것을 누가 정할 수 있습니까? 같은 인간이 정할 수 있는 일인가요? 저도, 신부님도 마찬가지로 우리는 모두 인간입니다."

"옳은 말이오. 그러나 죄가 있는 사람들은 늘 그렇게 말하죠."

"신부님도 제게 선입견을 갖고 있습니까?"

K가 물었다.

"나는 당신에 대해 아무 선입견도 없습니다."

"고맙습니다."

K가 말했다.

"하지만 소송의 관계자들은 모두 제게 선입견을 갖고 있습니다. 그들은 아무 관계가 없는 사람들한테도 그런 선입견을 퍼뜨리고 있습니다. 제 입장만 점점 더 곤란해지고 있어요."

"당신은 사실을 오해하고 있습니다. 판결은 단번에 내려지는 게 아닙니다. 소송 절차가 서서히 진행되어 마지막에 판결이 납니다."

"그렇군요."

K는 머리를 숙였다.

"당신 사건에 대해 우선 어떻게 할 생각입니까?"

신부가 물었다.

"좀 더 도움을 구할 생각입니다."

K는 자신의 말을 신부가 어떻게 판단하는지 보려고 고개를 들었다.

"아직도 제가 할 수 있는 일들이 있으니까요."

"당신은 너무 남의 도움만 바라고 있어요."

신부가 불쾌한 듯이 말했다.

"특히 여자들의 도움을 받으려 하는데 그런 것은 진정한 도움이 되지 못한다는 걸 모릅니까?"

"신부님 말씀이 어느 정도는, 아니 상당히 옳다고 생각합니다. 그러나 반드시 그렇지는 않습니다. 여자들은 굉장한 힘을 갖고 있습니다. 만일 제가 아는 몇몇 여자들이 저를 위해 공동으로 협력하게 하면 저는 반드시 목적을 달성할 수 있을 겁니다. 특히 이 재판소에는 여자라면 사족을 못 쓰는 사람들만 모여 있으니까요. 가령 예심판사한테 멀리서 여자를 보여줘보세요. 그러면 그는 책상 따위는 걷어차버리고 얼른 여자한테 달려갈 겁니다."

신부는 난간 쪽으로 머리를 숙였다. 이제야 강론대 천장이 그를 내리누르는 모양이었다. 바깥 날씨는 얼마나 사나울까? 흐린 낮이 아니라 어느덧 깊은 밤이었다. 커다란 창문의 스테인드글라스는 어두운 벽에 한 줄기 희미한 빛도 비추지 못했다. 바로 그때 성당지기가 중앙 제단 위의 촛불을 하나씩 끄기 시작했다.

"제게 화가 나셨나요?"

K가 신부에게 물었다.

"신부님은 자신이 일하고 있는 재판소의 실체를 모르시는 것 같습니다."

신부는 아무 대답도 없었다.

"제 경험을 말한 것뿐입니다."

K가 말했다. 위에서는 여전히 아무 말이 없었다.

잠시 침묵이 흐른 뒤 신부가 밑에 있는 K에게 소리쳤다.

"도대체 당신은 한 치 앞도 못 봅니까?"

그것은 분노에 찬 외침이었지만, 또한 넘어지는 사람을 보고 놀란 나머지 엉겁결에 외치는 소리 같기도 했다. 이번엔 두 사람 다 오랫동안 침묵했다. 강론대 밑이 어두워서 신부는 K

의 얼굴을 잘 볼 수 없었지만 K 쪽에서는 작은 등잔의 불빛을 받고 있는 신부의 얼굴이 똑똑히 보였다. 왜 신부는 내려오지 않을까? 신부는 강론을 한 게 아니라 K에게 몇 가지 소식을 전했을 뿐이다. 가만히 생각해보면 그런 소식은 K한테는 아무 소용도 없고 오히려 해가 될 것이었다. 그러나 신부가 좋은 뜻으로 그러는 것만은 틀림없는 것 같았다. 그래서 그가 아래로 내려오면 자신과 의견의 일치를 볼 수도 있을 것이다. 예를 들어 어떻게 소송에서 벗어나 그것을 피해 빠져나가 살지, 결정적이고 타당한 충고를 받을 수도 있을 것이다. 이런 방법은 반드시 있을 것이다. K는 최근에 자주 이렇게 생각했다. 혹시 신부가 이런 가능성 가운데 하나라도 알고 있다면, 물론 재판소에 소속되어 있으며 K가 재판소를 공격하자 고함을 치기는 했지만, K가 간청을 하면 알려줄지도 모른다.

"내려오시지 않겠습니까?"

K가 말했다.

"강론을 하고 계신 게 아니니까 이리 내려오세요."

"이제 내려갈 수 있습니다."

신부가 말했다. 그는 자신이 소리친 것을 후회하는 것 같았다.

등잔을 걸어둔 고리에서 떼어내며 그가 말했다.

"처음부터 거리를 두고 말하지 않으면 마음이 약해져서 임무를 잊어버리니 그렇습니다."

K는 계단 밑에서 신부를 기다렸다. 첫 계단을 내려오며 벌써 신부는 K에게 손을 내밀었다.

"저를 위해서 시간을 좀 내주시겠어요?"

K가 물었다.

"원하는 만큼 얼마든지."

신부가 작은 등잔을 K에게 넘겨주어 들게 했다. 가까이 왔어도 신부의 태도에는 어딘지 위엄이 남아 있었다.

"제게 정말 친절하시군요."

K가 말했다.

두 사람은 나란히 서서 측면 통로를 이리저리 걸어 다녔다.

"재판소 관계자 중에 신부님만은 예외이십니다. 이제까지 그 누구보다도 신부님에게 더 신뢰가 갑니다. 신부님과는 터놓고 말할 수 있겠어요."

"착각하지 마세요."

신부가 말했다.

"착각이라니 무슨 말씀입니까?"

K가 물었다.

"재판소에 대해 당신은 착각하고 있습니다."

신부가 말했다.

"그런 종류의 착각에 대해 법률 입문서에 다음과 같이 쓰여 있습니다. 법 앞에 문지기가 서 있다. 한 시골 사람이 이 문지기에게 와서 법 안으로 들여보내달라고 간청한다. 그러나 문지기는 지금은 들여보낼 수 없다고 말한다. 시골 사람은 곰곰이 생각하더니 그럼 나중에는 들어갈 수 있느냐고 묻는다. 문지기는 말한다. '그럴 수는 있지만 지금은 안 돼.' 법 안으로 들어가는 문은 항상 열려 있고 문지기는 옆으로 물러서 있기 때문에 시골 사람은 몸을 구부리고 그 안을 들여다보려 한다. 이것을 본 문지기는 껄껄 웃으며 말한다. '그렇게 들어가고 싶거든 내가 금지하는 것을 어기고라도 들어가보게나. 그러나 내겐 권력이 있다는 것을 기억해두게. 그리고 나는 신분이 가장 낮은 문지기에 지나지 않아. 문마다 문지기가 서 있으며 안으로 들어갈수록 더욱 권력이 강해진다네. 세 번째 문지기를 보면 나조차도 겁이 나.' 시골 사람은 이런 난관을 예상하지 못했고, 누구나 언제라도 법 안으로 들어갈 수 있어야 한다고 생각했다. 하지만 털로 된 코트를 입은 문지기를 좀 더 자세히 관찰하며, 그의 크고 뾰족한 코와 타타르인 같이 길게 기른 가느다랗고 검은 수염을 보고는 차라리 입장을 허가할 때까지 기다리기로 결심한다. 문지기는 의자를 내주며 문 옆에 앉게 한다. 여러 날 여러 해를 그는 거기 앉아 있다. 시골 사람이 안으로 들어가려고 갖은 애를 쓰고 간청을 하니 문지기는 지쳐버렸다. 문지기는 때때로 시골 사람에게 간단한 심문을 하며, 그의 고향이나 그 밖의 여러 가지를 묻는다. 그러나 그것은 높은 사람들이 괜히 해보는 것과 같은 뜻 없는 질문이고, 결국은 언제나 아직 들여보낼 수 없다고 말했다. 여행을 위해 잔뜩 준비를 해온 시골 사람은 값비싼 물건까지도 모두 문지기를 매수하기 위해 써버린다. 문지기는 무엇이든 다 받기는 하되 이렇게 말한다. '당신이 할 수 있는 방법을 다 해보지 않았다는 후회를 남기게 하지 않으려고 받는 거야.' 여러 해 동안 시골 사람은 계속 문지기를 지켜봤다. 다른 문지기들이 있다는 사실은 잊은 채 시골 사람은 이 첫 번째 문지기만을 법 안으로 들어가는 것을 가로막는 유일한 장애물로 여긴다. 처음 몇 해 동안 시골 사람은 이 불행한 재난을 큰 소리로 저주하지만 늙어서는 그냥 혼자 투덜거린다. 그는 어린아이처럼 변했다. 여러 해 문지기를 관찰한 끝에 문지기의 털 코트 깃에 벼룩이 있는 것을 알아채고는 문지기가 마음을 돌리도록 도와달라고 벼룩에게 애원한다. 마침내 시골 사람은 눈이 나빠져서 주위가 실제로 어두워진 것인지 자신의 눈이 흐려진 것인지 알 수 없게 된다. 그러나 이제 암흑 속에서 법의 문들을 꿰뚫고 영원불멸의 불빛이 새어나오는 것을 인지한다. 이제 그는 오래 살지 못한다. 죽음을 앞둔 그의 머릿속에서 지난 세월 동안의 모든 경험이 한 가지 질문으로 합쳐졌다. 그것은 이제까지 문지기에게 물어본 적 없는 질문이다. 굳어진 몸을 일으킬 기력도 없어 시골 사람은 문지기에게 눈짓을 한다. 서로 키가 다르기 때문에 문지기는 허리를 깊숙이 구부리지 않을 수 없다. '이제는 또 무엇을 알고 싶은 거지?' 문지기가 묻는다. '당신은 지치지도 않는군.' '모든 사람들이 법을 열망하고 있습니다. 그런데 그 오랜 세월 동안 나밖에는 아무도 안으로 들여보내달라고 원하는 사람이 없는 이유가 무엇인가요?' 시골 사람이 묻는다. 문지기는 이미 시골 사람의 최후가 가까워진 것을 깨닫고 멀어가는 그의 귀에 들리도록 큰 소리로 외친다. '이 문은 당신만을 위한 것으로 정해져 있었기 때문에 다른 사람은 들어갈 수 없었어. 이제는 가서 문을 닫아야지.' 이런 이야기입니다."

"그렇다면 문지기가 그 사람을 속였군요."

이 이야기에 매우 흥미를 느낀 K가 얼른 말했다.

"그렇게 속단하지 마세요."

신부가 말했다.

"남의 의견을 확인해보지 않고 받아들여서는 안 됩니다. 나는 책에 쓰여 있는 대로 말했을 뿐입니다. 속임수에 대한 이야기는 쓰여 있지 않았어요."

"그러나 속인 것이 분명합니다."

K가 말했다.

"그리고 신부님의 첫 번째 해석은 아주 옳았습니다. 문지기는 그 사람이 알아봤자 아무 소용도 없을 때에야 비로소 구원의 해답을 주었습니다."

"문지기도 그때가 되어서야 비로소 첫 질문을 받았으니까요."

신부가 말했다.

"또한 그는 문지기에 지나지 않았다는 점을 생각해보면 그는 자신의 의무를 다했습니다."

"왜 그가 자신의 의무를 다했다고 생각합니까?"

"그는 자신의 의무를 다하지 않았습니다. 그의 의무는 아마도 낯선 사람을 모두 저지하는 것이었을 겁니다. 그러나 그 문이 바로 그 사람만을 위한 것으로 정해져 있었다면 그 사람을 들여보내줬어야 합니다."

"당신은 이야기를 소중하게 생각하지 않고 멋대로 바꿔버리는군요."

신부는 K의 말에 짧은 한숨을 쉬고는 말을 이었다.

"이 이야기에는 법 안으로 들어가는 것에 대한 문지기의 중요한 설명 두 가지가 담겨 있습니다. 하나는 첫 부분에 있고 또 하나는 끝 부분에 있습니다. '지금은 들여보낼 수 없다'는 말과 '이 문은 당신만 들어가도록 정해져 있었다'는 것입니다. 만일 이 두 가지 설명 사이에 모순이 있다면 당신 말대로 문지기가 시골 사람을 속인 게 되겠지요. 그러나 아무 모순이 없습니다. 오히려 그 반대로, 첫 설명은 다음의 설명을 암시하고 있습니다. 문지기가 시골 사람에게 훗날 들어갈 가능성이 있다는 희망을 준 것은 사실 월권행위라고도 볼 수 있습니다. 그 당시 문지기의 의무는 시골 사람을 쫓아버리는 것뿐이었으니까요. 사실 이 책의 많은 주석자들도 정확한 것을 좋아하고, 자신의 직책에 엄격한 문지기가 왜 그런 암시를 했는지 이상하게 생각하고 있습니다. 여러 해 동안 그는 자신의 자리를 떠나지 않고 의무가 완전히 끝난 후에야 문을 닫았습니다. '내게는 권력이 있다'는 말을 보면 그는 자신의 의무의 중대성을 분명히 인식하고 있습니다. '가장 낮은 문지기에 지나지 않는다'는 말은 상관에 대한 경외심을 갖고 있으며 책에 쓰인 대로 수년간 '뜻 없는 질문'만을 한 것을 보면 그렇게 말이 많지도 않습니다. 그리고 그에게는 뇌물이 통하지 않았습니다. 왜냐하면 주는 물건을 받고는 '당신이 할 수 있는 방법을 다 해보지 않았다는 후회를 남기지 않으려고 받는 것뿐이다'라고 말했으니까요. 의무를 이행하는데 있어 그는 동요하지도, 화를 내지도 않았습니다. 왜냐하면 '시골 사람이 문지기가 지치도록 애원을 했다'고 쓰여 있으니까요. 끝으로 그의 외모, 즉 크고 뾰족한 코, 타타르인 같은 길고 가느다란 검은 수염도 그의 꼼꼼한 성격을 암시하고 있습니다. 이보다 더 직무에 충실한 문지기가 있을 수 있을까요? 그러나 이 문지기에게는 또 다른 특징들이 있는데, 들어가기를 원하는 사람에게는 매우 유리하고, 훗날의 가능성에 대한 암시를 줌으로써 그가 자신의 임무를 얼마간 벗어난 이유도 아무튼 이해할 수 있게 만드는 특징들입니다. 말하자면 그는 약간 단순하고 자부심이 강하다는 점을 알 수 있습니다. 자신의 권한이나 다른 문지기들의 권한, 보기만 해도 겁이 난다고 한 세 번째 문지기에 대한 말이 사실이라고 해도 그런 말을 하는 태도를 보면 그의 이해력이 단순함과 자부심으로 흐려져 있다는 것을 알 수 있어요. 주석자에 따르면 어떤 사물의 올바른 파악과 잘못된 인식은 반드시 대립하는 것이 아니라고 합니다. 그러나 아무튼 아무리 미미하더라도 그 단순함과 자부심이 감시의 능력을 좀먹게 한 것이 사실입니다. 뿐만 아니라 문지기는 천성적으로 친절해서 완벽한 감시는 하지 못합니다. 분명히 안으로 못 들어간다고 단호하게 말하고도 처음에 들어가보라면서 농담을 하고, 시골 사람을 쫓아내지 않고 의자를 주며 문 옆에 앉게 한 점에서 그의 성품을 알 수 있습니다. 몇 년에 걸친 시골 사람의 간청을 견뎌낸 인내심과 시골 사람에게 간단한 심문을 한 것, 그로부터 선물을 받은 것, 여기에 문지기가 있어 재수 없다고 옆에서 큰 소리로 저주해도 내버려두는 포용력이 그의 동정심을 짐작하게 합니다. 모든 문지기가 이렇게 행동하지는 않을 겁니다. 그리고 마지막에 시골 사람이 눈짓하자 몸을 깊숙이 숙이고 마지막 질문을 할 기회를 줍니다. 다만 '당신은 지치지도 않는군'이라는 말에 약간 참을성을 잃은 듯한 낌새가 나타나 있습니다. 문지기는 이제 최후가 다가왔다는 것을 알고 있었습니다. 많은 사람들이 이런 해석에서 더 나아가 '당신은 지치지도 않는군'이라는 말은 얕보는 뜻도 있지만 친근한 표현으로 보기도 합니다. 아무튼 이렇게 문지기의 성격은 당신 생각과는 차이가 있습니다."

"저보다는 신부님이 이 이야기를 훨씬 전부터 더 자세히 알고 있으니 당연한 일입니다."

K가 말했다.

두 사람은 잠시 아무 말이 없었다. 그러다가 K가 말했다.

"그럼 결론적으로 시골 사람이 속지 않았다는 것인가요?"

"내 말을 오해하지 마세요."

신부가 말했다.

"나는 이 이야기에 대한 여러 가지 견해를 소개했을 뿐입니다. 이 견해들에 너무 신경을 써서는 안 됩니다. 이 글은 바꿀 수 없는 것이고 여러 가지 견해는 이 글에 대한 절망을 표현하는 것에 지나지 않습니다. 심지어 이 경우 속은 것은 문지기라는 해석도 있습니다."

"극단적이군요."

K가 말했다.

"어떤 근거에서 그렇게 보는 거죠?"

"근거는."

신부가 대답했다.

“문지기의 단순함이 그 시발점입니다. 그는 법의 내부에 대해 알지 못하고 입구까지 가는 길만을 알고 있을 뿐이며 그마저도 입구 앞에서 늘 돌아서 있어야 합니다. 법의 내부에 대해 그가 갖고 있는 생각은 순진한 것입니다. 시골 사람에게 공포심을 주려고 하는데 그 대상에 대해 자신 스스로도 공포를 느끼고 있는 것 같으니까요. 사실 문지기는 시골 사람보다 훨씬 더 두려워하고 있습니다. 왜냐하면 시골 사람은 무서운 문지기들에 대한 이야기를 듣고도 오직 안으로 들어가기만을 원하지만, 이 문지기는 들어가려 하지 않습니다. 적어도 이 이야기에는 그런 의지가 나타나지 않습니다. 이 점에 대해서 어떤 사람들은 문지기가 법의 임명을 받았고 그것은 내부에서 행한 것이니, 이미 내부에 들어가본 적이 있을 거라고 말하기도 합니다. 그에 대한 반대 의견은 아무리 내부의 명령으로 문지기에 임명됐다 하더라도 세 번째 문지기를 보기만 해도 견디지 못하는 것을 보면 적어도 내부 깊숙이 들어가보지는 않았으리라는 겁니다. 뿐만 아니라 여러 해 동안 그가 문지기들에 대한 이야기 외에 내부에 대해 어떤 이야기를 했다는 언급이 없습니다. 아마 그런 말을 하는 것이 금지되어 있는지 모르겠습니다. 그러나 그는 금지당했다는 말도 하지 않았습니다. 이러한 모든 점으로 보아 문지기는 법 내부의 모습이나 의미에 대해 아무것도 모르며, 그저 착각에 빠져 있다고 할 수 있습니다. 문지기는 시골 사람에 대해서도 착각하고 있다는 의견이 있습니다. 왜냐하면 그는 시골 사람에게 귀속되어 있으면서도 그것을 몰랐으니까요. 문지기가 시골 사람을 자신보다 아랫사람으로 취급하는 것을 곳곳에서 볼 수 있고 당신도 기억할 겁니다. 그러나 이 견해에 의하면 사실은 문지기가 시골 사람에게 속한 존재라는 것도 분명히 드러납니다. 무엇보다도 자유로운 인간이 구속된 인간보다 우위에 있으니까요. 시골 사람은 사실 자유로운 몸으로 어디든지 가고 싶은 곳으로 갈 수 있습니다. 단지 법 안으로 들어가는 것만 금지되어 있고, 그것도 문지기 한 사람이 저지하는 것뿐입니다. 그가 문 옆 의자에 앉아 일생 동안 기다린 것은 그 자신의 자유의지에서 나온 일이지, 강요당했다는 말은 전혀 없습니다. 반대로 문지기는 직무상 그 자리에 묶여 있고 그곳을 떠날 수 없습니다. 또한 모든 것으로 추측해보건대 그가 안으로 들어가고 싶어도 들어갈 수 없습니다. 게다가 그는 법을 위해 일한다고 하지만 오직 이 입구를 지키는 것뿐입니다. 따라서 이 문으로 들어가게 되어 있는 단 한 사람을 위해 일한다는 말이 됩니다. 이런 이유에서도 문지기는 시골 사람보다 낮은 위치에 있는 사람입니다. 또 책에는 어떤 남자, 즉 장년의 사내가 왔다고 쓰여 있으므로, 문지기는 장년에 이르도록 긴 세월 동안 헛된 임무를 수행했다고 볼 수 있습니다. 왜냐하면 시골 사람이 임의로 왔다가 임의로 떠날 때까지 계속 기다려야 했으니까요. 또한 시골 사람이 죽고 나서 문지기의 의무가 끝났으니 그는 결국 마지막까지 그보다 낮은 존재였던 것입니다. 그리고 거듭 강조되기로는 그 모든 것에 대해 문지기는 아무것도 모르는 것 같다는 겁니다. 그러나 그 점은 이상할 것도 없습니다. 왜냐하면 이 견해에 의하면 문지기는 훨씬 더 심각한 착각에 빠져 있기 때문입니다. 그것은 그의 의무에 대한 것입니다. 그는 맨 마지막에 '이젠 가서 문을 닫아야지'라고 말하는데, 처음에는 법의 문이 항상 열려 있다고 쓰여 있었습니다. 만약 그 문이 항상 열려 있다면 그 문으로 들어가야 할 시골 사람의 생명과는 관계없이 항상 열려 있다는 뜻이니, 문지기도 마음대로 문을 닫을 수는 없습니다. 이 점에 관해서는 문을 닫겠다는 통지는 그저 대답일 뿐이다, 자신의 직분을 강조하려는 것이다, 마지막 순간에도 시골 사람을 후회와 슬픔 속에 빠뜨리려고 하는 말이라는 등 의견이 분분합니다. 그러나 문지기가 문을 닫을 수 없다는 점에 대해서는 의견이 일치하고 있습니다. 게다가 마지막에 시골 사람은 법의 문에서 흘러나오는 빛을 봤지만, 문지기는 본분을 다하기 위해 문을 등지고 돌아서 있을 테니 어떤 변화를 깨달았다는 말도 없습니다. 그래서 마지막 순간에는 깨달음에서도 문지기는 시골 사람보다 뒤처졌다고 봅니다."

"훌륭한 논리입니다."

신부의 설명을 부분적으로 혼자 되풀이해보던 K가 말했다.

"그렇습니다. 저도 이제는 문지기가 속은 것이라고 생각합니다. 하지만 그렇다고 해서 제가 전에 갖고 있던 의견을 버린 것은 아닙니다. 왜냐하면 두 의견이 부분적으로 서로 보완되기 때문입니다. 문지기가 분명하게 알았는지 혹은 속았는지 하는 문제는 단정 지을 수 없습니다. 아까 저는 시골 사람이 속았다고 말했습니다. 만일 문지기가 분명하게 알고 있다면 그것을 의심할 수도 있겠지만, 문지기가 속았다면 그의 착각은 반드시 시골 사람에게 옮겨갑니다. 그렇게 되면 문지기는 사기꾼은 아니지만 너무 단순하기 때문에 즉시 해고해야 합니다. 문지기의 착각은 자신에게는 해가 없지만 시골 사람에게 미친 피해는 매우 컸다는 것을 고려해봐야 합니다."

"거기에는 이런 반대 의견이 있습니다."

신부가 말했다.

"많은 사람들이 어느 누구에게도 문지기를 비판할 권리가 없다고 말하고 있습니다. 문지기가 우리들에게 어떻게 보이든 그는 법을 위해 일하는 사람이고, 따라서 법에 속해 있습니다. 그러므로 인간의 비판을 초월하는 존재라는 것입니다. 그리고 또 문지기가 시골 사람보다 낮은 위치에 있다고 생각해도 안 됩니다. 그의 직무 때문에 오직 법의 입구에만 묶여 있는 것은 세상에서 자유롭게 사는 것보다 비교할 수 없을 정도로 좋은 일입니다. 시골 사람은 나중에야 법에게로 오지만 문지기는 처음부터 그 자리에 있었습니다. 그는 법에 의해 그 직책에 임명됐으니 그의 존엄성을 의심하는 것은 법을 의심하는 것을 뜻합니다."

"그 의견에는 찬성할 수 없습니다."

K는 고개를 흔들며 말했다.

"만일 그 의견에 찬성한다면, 문지기가 하는 말이 모두 진실이라고 생각해야만 가능합니다. 그러나 그럴 수 없다는 것을 신부님께서 이미 상세하게 이유를 들어 증명하지 않았습니까?"

"그래요."

신부가 말했다.

"모든 것이 진실이라고 생각해서는 안 되고, 단지 필연적이라고 생각해야만 합니다."

"비참한 의견이군요."

K가 말했다.

"거짓이 지배하는 세상입니다."

K가 마지막으로 그렇게 말했으나 그것이 그의 최종 판단은 아니었다. 그는 너무 지쳐 있었다. 그 이야기의 모든 과정을 따라가는 것이 힘들었고 그에게 익숙하지 않았다. 그것은 K보다는 재판소 관리들이 토론하기에 더 알맞을 듯한 비현실

적 주제였다. 단순했던 이야기가 이상하게 흘러가자 K는 다 그만두고 싶었다. 이제는 깊은 동정심을 보이는 신부는 그런 K의 태도를 말없이 참아줬다. K의 의견이 자신의 견해와 분명히 일치하지 않는데도 잠자코 받아들이는 모양이었다.

둘은 잠시 말없이 계속 걸어갔다. K는 어디가 어딘지 분간도 못한 채 신부 옆에 바싹 붙어 있었다. 신부의 손에 들린 등불은 오래 전에 꺼져 있었다. 갑자기 눈앞에 은으로 만든 성자의 상이 나타나 은빛으로 반짝이다가 금방 다시 어둠 속으로 사라졌다. 너무 신부에게만 의지하고 있을 수도 없어서 K가 물었다.

"지금 우리가 정문 근처로 온 게 아닙니까?"

"아니오."

신부가 말했다.

"아직 멀었습니다. 벌써 돌아가려고요?"

K는 마침 그때 돌아갈 생각을 하고 있었던 것은 아니었지만 곧 말했다.

"물론입니다. 저는 돌아가야 합니다. 저는 한 은행의 이사입니다. 은행에서 저를 기다리고 있습니다. 저는 단지 어느 외국인 고객에게 이 대성당을 보여주려고 온 것뿐입니다."

"그럼 가보세요."

신부는 K에게 손을 내밀었다.

"하지만 이 어둠 속에서 저 혼자서는 길을 찾을 수 없습니다."

K가 말했다.

"왼쪽 벽을 손으로 짚고 계속 따라가면 문이 하나 보일 겁니다."

신부가 그에게서 서너 걸음 떨어지자 K가 아주 큰 소리로 외쳤다.

"제발 기다려주세요!"

"기다리고 있습니다."

신부가 말했다.

"제게 아직 용무가 남아 있지 않습니까?"

K가 물었다.

"아니오."

신부가 말했다.

"조금 전까지는 저를 친절하게 대하고 모든 것을 설명해주시더니 이젠 저 같은 것은 관심도 없다는 듯이 버리시는군요."

K가 말했다.

"하지만 당신은 돌아가야 한다고 하지 않았습니까."

신부가 말했다.

"그래요."

K가 말했다.

"하지만 잘 생각해보세요."

"당신이나 먼저 내가 누구인지 잘 생각해보세요."

신부가 말했다.

"당신은 교도소 신부님입니다."

K는 신부 쪽으로 다가갔다. 곧 은행으로 돌아가는 것이 그가 말한 만큼 급하지는 않았다. 여기 좀 더 있어도 아무 지장이 없었다.

"그러므로 나는 재판소에 속해 있는 사람입니다."

신부가 말했다.

"그러니 어떻게 당신에게 용무가 있겠습니까. 나는 당신에게 아무것도 바라지 않습니다. 당신이 오면 맞이하고, 가면 가도록 내버려둘 뿐입니다."

10장
종말

K의 서른한 번째 생일 전날 밤(거리가 정적에 잠긴 밤 9시경) 두 남자가 K의 하숙집으로 찾아왔다. 창백하고 뚱뚱한 몸집의 그들은 프록코트를 입고 움직이지도 않을 것 같은 실크해트를 쓰고 있었다. 남자들은 현관에 서서 인사치레로 몇 마디 말을 했다. 그리고 K의 방 앞에서도 의례적인 인사말을 반복했다. 그들이 온다는 통지를 받지 못했는데도 K는 그들과 마찬가지로 검은 정장을 입고 문 옆의 의자에 앉아 손에 꼭 맞는 새 장갑을 천천히 끼고 있었다. 마치 손님을 기다리고 있는 듯한 모습이었다. K는 곧 자리에서 일어나 두 사람을 호기심 어린 눈길로 쳐다봤다.

"내게 오기로 되어 있던 사람들이 당신들입니까?"

K가 물었다.

두 사람은 고개를 끄덕이고 손에 든 실크해트로 서로를 가리켰다. K는 자신이 기다리고 있었던 것은 다른 사람들이라고 생각했다. 그는 창가로 가 어두운 거리를 다시 한 번 바라봤다. 거리 맞은편의 창문들 역시 거의 모두 컴컴하고 대부분 커튼이 드리워져 있었다. 불이 켜진 2층 어느 창문으로 어린아이들이 놀고 있는 게 보였다. 아직 뛰어놀 만한 나이가 안 되었는지 아이들은 작은 손으로 서로를 만지며 장난을 치고 있었다.

"늙은 연극배우 같은 자들을 보냈군."

K는 이렇게 중얼거리며 다시 한 번 확인하기 위해 돌아봤다.

"시시한 방식으로 나를 처리하려고 하는군."

K는 갑자기 그들 쪽으로 돌아서며 물었다.

"당신들은 어느 극장에서 연극을 합니까?"

"극장이라니요?"

한 남자가 입술을 씰룩이며 다른 남자를 돌아보고 도움을 청했다. 그러나 그 남자는 말이 통하지 않는 생물을 상대로 싸우는 벙어리와 같은 몸짓을 보이고 있었다.

"두 분 모두 질문에 대답할 준비가 안 되어 있군요."

K는 중얼거리며 모자를 가지러 갔다.

두 남자는 계단에서부터 곧장 K의 팔을 붙잡으려 했으나 K가 말했다.

"밖에 나간 다음에 합시다. 나는 환자가 아닙니다."

그러나 문 앞에 나오자마자 그들은 K의 팔을 붙들었다. K는 지금까지 다른 사람과 그런 식으로 걸어본 적이 한 번도 없었다. 그들은 자신의 어깨를 K의 어깨 뒤에 바짝 붙이고 팔은 구부리지 않은 채 쭉 펴서 K의 팔을 휘감았다. 훈련받은 듯한 익숙한 동작으로 밑에서 K의 손을 꽉 잡으니 저항할 수가 없었다. K는 뻣뻣하게 몸이 굳은 채로 그들 사이에 끼어서 걸어갔다. 세 사람 중 한 사람이 얻어맞으면 세 사람이 함께 쓰러질 정도로 완전히 한 덩어리가 되어 있었다. 마치 무생물 같은 모양새였다.

너무 꼭 붙어 있어 힘들었지만 가로등 밑에서 K는 어두운 그의 방에서 잘 볼 수 없었던 두 사람의 얼굴을 좀 더 똑똑히 보려고 애썼다.

'어쩌면 테너 가수인지도 모르겠군.'

묵직한 이중 턱을 보고 K는 생각했다. 깔끔한 얼굴을 보니 속이 거북했다. 눈 주위를 비비고 윗입술을 문지르거나 턱의 주름을 긁는 깨끗한 손도 보였다. K가 그 손을 보고 걸음을 멈추자 그들도 걸음을 멈췄다. 그들은 여러 시설이 갖춰진 인적 없는 광장에 있었다.

"왜 하필 당신 같은 사람들을 보냈습니까!"

K는 묻는다기보다 소리치듯 말했다. 두 사람은 어떻게 대답

해야 할지 모르는 듯했다.

"더는 가지 않겠습니다."

그들의 마음을 떠보려고 K가 말했다. 그 말에 두 사람은 대답할 가치를 못 느끼는 듯 붙잡은 손을 풀지 않고 K를 그 자리에서 끌고 가려 했다. 그러나 K는 저항했다.

'앞으로는 이런 힘을 쓸 일도 없을 테니 지금 한번 써보자'라고 K는 생각했다.

끈끈이 막대에 걸린 파리가 벗어나기 위해 찢어진 다리로 허우적대는 모습이 생각났다.

'골탕을 좀 먹여줘야겠다.'

그때 그들 앞의 깊숙한 골목에서 뷔르스트너 양이 낮은 계단을 올라 광장에 나타났다. 정말 뷔르스트너 양인지 확실하지는 않았지만 비슷한 점이 아주 많았다. 그러나 정말 뷔르스트너 양이건 아니건 K에게는 상관이 없었다. 저항해봐야 아무 소용이 없다는 사실만이 얼핏 머리에 떠올랐다. 지금 반항하고 두 사람을 골탕 먹이며 삶의 마지막 순간을 즐기려 애써봤자 조금도 영웅적인 행동이 아니었다. K는 다시 걷기 시작했다. 두 남자가 이런 K의 순종적인 태도에 기뻐했으므로 K 스스로도 약간 만족했다. 이제 그들은 K가 가고 싶은 방향으로 가도 제지하지 않았다. 그래서 K는 앞서 여자가 걸어간 쪽으로 향했다. 그녀를 쫓아가서 좀 더 오랫동안 바라보고 싶어서가 아니라, 단지 그녀가 그에게 해준 경고를 잊지 않기 위해서였다.

"내가 지금 할 수 있는 유일한 일은."

K는 혼자 중얼거렸다. 그의 발걸음과 두 사람의 발걸음이 꼭 들어맞는 것이 그의 생각을 말해주고 있었다.

'내가 지금 할 수 있는 유일한 일은 끝까지 침착하고 분별력 있는 이성을 유지하는 것이다. 나는 단 하나의 정당한 목표 없이 언제나 스무 개의 손을 가진 자처럼 세상에 도전했다. 그것은 옳지 않았다. 일 년 동안이나 소송에 시달려왔어도 배운 게 아무것도 없다는 것을 지금 보여줘야 할까? 이렇게 우둔한 인간인 채로 사라져야 할까? 나는 처음에 소송을 끝내고 싶어 하더니 이제 종말에 와서는 소송을 다시 시작하고 싶어 한다는 뒷말을 들어도 좋은가? 나는 그런 말을 듣고 싶지 않다. 벙어리처럼 한 마디 말도 없는 길동무를 보내줬으므로 내 멋대로 생각하면 그만이니, 고마운 일이구나.'

그러는 동안 여자는 옆길로 들어서 사라져버렸다. K는 이미 그녀가 필요하지 않았으므로 동행한 남자들이 이끄는 대로 갔다. 이제 세 사람은 완전히 한마음이 되어 달빛이 비치는 어느 다리를 지나고 있었다. K가 조금만 움직여도 두 사람이 곧 따라 움직였다. K가 난간 쪽으로 조금 돌아서자 두 사람도 완전히 그쪽으로 몸을 돌렸다. 달빛에 반짝이며 넘실거리는 물이 작은 섬 주위에서 두 갈래로 갈라져 있었다. 섬에는 수목과 관목이 수풀처럼 한데 어우러져 수북이 쌓여 있었다. 그 밑으로 지금은 보이지 않지만 편안한 의자들이 놓인 자갈길이 있는데, 여름이면 K는 그 의자에 몸을 쭉 펴고 누워 있곤 했다.

"멈춰 설 생각은 전혀 없었어요."

동행인들이 지나치게 관대하게 대해주는 것이 미안해진 K는 이렇게 말했다. K의 등 뒤에서 공연히 발걸음을 멈춘 데 대해 한 사람이 다른 사람을 조용히 꾸짖는 것 같았다. 그리고 그들은 다시 계속 걸어갔다. 그들은 비탈진 골목 몇 개를 지나갔는데 경찰들이 여기저기 서 있거나 걸어 다니고 있었다. 멀리에도 있고 아주 가까운 곳에도 있었다. 텁수룩하게 수염을 기른 순경이 허리에 차고 있는 칼의 손잡이에 손을 얹은 채 수상하게 보일 만한 K 일행 쪽으로 다가왔다. 두 남자가 멈칫했다. 순경은 막 입을 열 것 같았는데 K가 얼른 두 남자를 힘차게 앞으로 끌고 갔다. 그는 혹시 경찰이 뒤따르지 않나 하고 조심스럽게 자꾸 뒤돌아봤다. 그러다 모퉁이를 돌아 다른 길로 접어들자 K는 뛰기 시작했다. 두 남자도 숨을 헐떡거리며 K의 뒤를 따랐다.

그렇게 해서 그들은 급히 시내를 벗어났다. 어느새 넓은 벌판이 펼쳐졌다. 도시적인 분위기를 지닌 어느 집 옆에 작은 채석장이 있었다. 그곳은 버려진 폐광이었다. 그곳이 처음부터 목적지였는지, 아니면 너무 지쳐서 더 이상 뛸 수가 없었기 때문이었는지 두 남자는 그 앞에 멈춰 섰다. 그들은 아무 말 없이 기다리고 있는 K를 놓아주고 실크해트를 벗고 손수건으로 이마의 땀을 닦으며 채석장을 둘러봤다. 어떤 조명에서도 찾아볼 수 없는 자연스러움과 고요함을 지닌 달빛이 사방을 비추고 있었다.

다음 일의 차례에 관해 서로 예의 바르게 말을 몇 마디 주고받은 후(두 사람은 명령만 받았을 뿐 일의 분담은 되어 있지 않은 모양이었다) 한 사람이 K에게 다가와서 상의와 조끼를 벗기고 속옷도 벗겨냈다. K가 자신도 모르게 떨고 있는 것을 보고 그 남자는 위로하듯 K의 등을 가볍게 한 번 두드렸다. 그러더니 그 남자는 당장은 아니더라도 나중에 사용할 수 있는 물건이라는 듯이 K의 옷가지들을 꼼꼼하게 한데 모아뒀다. K가 움직이지 않고 차가운 밤공기를 쏘이고 있는 것이 좋지 않다고 생각했는지 그 남자는 K의 팔짱을 끼고 잠시 이리저리 걸어 다녔다. 그동안 다른 남자는 채석장에서 적당한 자리를 찾고 있었다. 적당한 자리를 발견하고 그가 손짓을 하자 K 옆에 있던 남자는 K를 그곳으로 데리고 갔다. 채석장의 돌을 깨는 암벽 쪽이었는데 그곳에서 떨어져 나온 돌조각이 나뒹굴고 있었다. 두 남자는 K를 땅에 앉히고 돌에 몸을 기대게 하더니 머리가 위를 향하도록 눕혔다. 그들이 여러 가지로 연구하고 K도 그들이

시키는 대로 했지만 그 자세는 너무 거북하고 부자연스러웠다. 한 남자가 K를 눕히는 일을 잠시 자기한테만 맡기라고 다른 남자에게 청했으나 그래도 더 나아지지는 않았다. 결국 그들은 K를 한 자세로 고정시켜두었다. 그러나 그것도 지금까지 시도한 것 중 가장 나은 것도 아니었다. 그러고 나서 한 남자가 프록코트를 풀어헤치고 조끼에 둘러맨 띠에 달린 칼집에서 양면에 날이 선, 길고 가느다란 푸줏간 칼을 꺼냈다. 그는 그것을 높이 쳐들고 달빛에 칼날을 살펴봤다. 또다시 서로 미루는 말을 주고받기 시작하더니 K의 머리 위에서 한 남자가 다른 남자에게 칼을 넘겨주자 그 남자는 K의 머리 위로 다시 그 칼을 돌려줬다. K는 이제 그의 머리 위에서 오가는 그 칼을 자신이 받아쥐고 스스로 가슴을 찌르는 것이 자신의 의무라는 것을 알고 있었다. 그러나 그렇게 하지 않고 아직은 자유롭게 움직일 수 있는 목을 돌려 주위를 둘러봤다. 그는 자신의 결백을 완전히 입증하지 못했고 관리들에 관한 일도 해결하지 못했다. 그러나 이 마지막 실수에 대한 책임은 K에게 필요한 나머지 힘을 주지 않은 사람이 져야 한다. K의 시선이 채석장 옆에 있는 집의 맨 위층을 스쳤다. 갑자기 그곳의 불이 켜지며 창문이 활짝 열렸다. 거리가 먼 탓에 자세히 알아볼 수 없는 한 사람이 허리를 굽혀 몸을 앞으로 내밀고 팔을 앞쪽으로 뻗었다. 저것은 누구일까? 친구인가? 선한 사람일까? 관계자일까? 도와주려는 사람일까? 한 사람뿐인가? 모든 사람의 대표자인가? 아직 살아날 방법이 있을까? 할 말이 아직 남았는가? 분명히 남았을 것이다. 아무리 논리가 확고하다 해도 살려고 발버둥치는 인간에게는 대항하지 못한다. 한 번도 보지 못한 재판관은 어디 있는가? 끝내 구경도 못해본 상급 재판소는 어디 있는가? K는 두 손을 쳐들고 손가락을 쫙 펼쳤다. 그러나 한 남자가 두 손으로 K의 목을 누르고, 다른 남자는 칼로 K의 심장을 깊숙이 찌른 상태 그대로 칼을 두 번 비틀었다. 흐려져 가는 K의 눈에 두 남자가 얼굴을 맞대고 자신의 마지막을 지켜보는 것이 보였다.

"마치 한 마리 개처럼 죽는구나!"

K가 말했다.

그는 죽은 후에도 치욕스러울 것 같았다.

미완의 장

엘사에게로

어느 날 K가 막 외출하려는데 전화가 왔다. 건너편 목소리의 남자는 그에게 즉시 재판소 사무국으로 오라고 요구하며 따르지 않으면 안 된다고 경고했다. K가 심문을 아무리 해도 소용이 없고, 효과도 거둘 수도 없다, 이제는 절대로 출두하지 않겠다든가, 전화나 문서로 소환을 통보받아도 문제가 아니며 통지를 전하러 오는 자는 문밖으로 내쫓겠다는 등의 말들을 하고 다니는데 그것들은 모두 기록으로 남았으며 이미 K에게 매우 불리한 것이 되었다. 왜 얌전히 시키는 대로 하지 않는가? 당신의 복잡한 사건을 해결하기 위해 재판소에서는 시간과 돈을 아끼지 않고 노력해오지 않았는가? 그런데 그것을 제멋대로 방해하고 재판소에서 이제까지 미뤄둔 강제 조치를 하게 만들려는가? 소환하는 것은 오늘이 마지막이다, K는 하고 싶은 대로 해도 좋지만 상급 재판소가 조롱을 당하고 가만히 있지는 않을 것이라는 내용이었다.

그런데 K는 그날 밤 엘사에게 가겠다고 미리 이야기를 해둔 상태라 재판소에는 갈 수 없었다. 이것으로 변명거리가 생긴 것이 기뻤다. 물론 실제로 그것을 핑계로 대지 않겠지만 다른 선약이 없었다고 해도 재판소에는 분명 가지 않았을 것이다. 아무튼 자신에게도 충분한 권리가 있다고 생각하고 K는 만일 출두하지 않으면 어떻게 되느냐고 전화로 물어봤다.

"당신이 있는 곳은 금방 알 수 있다."

상대편의 대답이었다.

"그럼 내가 자진해서 출두하지 않으면 처벌을 받습니까?"

K는 어떤 대답이 나올지 예상하고 미소 지었다.

"아니오."

상대는 대답했다.

"아주 잘됐군요."

K가 말했다.

"그렇다면 내가 오늘 소환에 응해야 할 이유는 도대체 어디 있는 겁니까?"

"재판소의 권한에 어긋나는 일을 해서는 안 됩니다."

상대방의 목소리가 점점 작아지다가 마지막에는 거의 사라져 갔다.

'그런 행동을 한다면 매우 경솔한 일이겠지.'

K는 밖으로 나가며 생각했다.

'재판소의 권한이라는 것이 무엇인지 알아둘 필요는 있겠는걸.'

그는 주저하지 않고 엘사에게 가기 위해 출발했다. 자동차 한쪽 구석에 느긋하게 몸을 기대고 두 손은 코트 주머니에 넣은 채(이미 추워지기 시작하고 있었다) 번화한 거리를 바라봤다. 재판소가 정말로 일을 하고 있다면, 자신의 행동이 재판소를 귀찮게 할 것이라고 생각하며 그는 일종의 만족감을 느꼈다. 그는 재판소에 가겠다거나 가지 않겠다고 확실하게 말하지 않았다. 따라서 재판관은 기다리고 있을 것이다. 아마도 법정 관계자 모두가 모여 기다리고 있겠지만, K가 나타나지 않으니 특히 회랑에 있는 사람들이 실망할 것이다. 그는 재판소의 일에 구애받지 않고 자신이 가고 싶은 곳으로 가고 있었다. 재판소에 온통 정신이 팔려 마부에게 재판소 주소를 말한 게 아닌가 하는 생각이 순간 들었다. K는 마부에게 엘사의 주소를 큰 소리로 외쳤다. 마부는 고개를 끄덕였다. 아까 말한 주소도 같은 것이었다. 그때부터 K는 차츰 재판소 일을 잊고 전처럼 은행에 대한 이런저런 생각을 머릿속 가득 채우기 시작했다.

미완의 장

어머니에게 가는 길

점심을 먹다 말고 K는 갑자기 어머니가 보고 싶다는 생각이 들었다. 어느덧 봄이 가고 있었으니 그가 어머니를 보지 못한 지도 3년째가 되었다. 어머니는 3년 전, 생일날만이라도 꼭 오라고 당부하셨다. 여러 가지 곤란한 사정은 있었지만 생일날은 어머니 곁에서 보내겠다고 약속까지 했으면서도 K는 벌써 두 번이나 약속을 지키지 못했다. 그 대신 이번에는 생일이 되려면 2주일이나 남았지만 그때까지 기다리지 않고 지금 당장 가야겠다고 생각했다. 지금이 아니면 안 되는 이유는 없었다. 그와는 달리 어머니의 집 근처에 사는 사촌에게서 어느 때보다도 안심되는 소식을 전해 들은 참이었다. 사촌은 고향 마을에 작은 상점을 갖고 있으며 K가 어머니에게 보내는 돈을 관리하고 있는데, 두 달에 한 번씩은 K에게 소식을 전해줬다. 어머니의 눈은 실명 직전에 있었다. 하지만 그것은 의사의 말을 듣고 K도 이미 몇 년 전부터 예견하고 있던 일이었다. 반면 다른 점에서의 건강 상태는 더 좋아져서 노환 걱정은 없었다. 그래서인지 어머니의 불평도 적어졌다고 했다. 사촌은 아무래도 몇 년 전부터 부쩍 깊어진 어머니의 신앙심과 관련이 있는 것 같다고 전했다. 전에는 간신히 몸을 이끌고 가던 노인이 이제는 일요일에 교회에 모시고 갈 때면 사촌의 팔을 잡고 성큼성큼 걸어가신다고 아주 생생하게 편지에 써 보냈다. 본래 걱정이 많고 좋은 일보다 나쁜 일을 과장해서 말하는 사촌이 그렇게 썼으니 믿을 만한 일이었다.

그러나 그런 것과 별개로 K는 지금 가는 게 좋겠다고 결심했다. 요즈음 그는 자신의 바람직하지 못한 태도 중 하나로 자신의 헤픈 동정심을 꼽고 있었다. 자기가 하고 싶은 일은 그것이 무엇이든지 상관없이 이루고야 만다는 헛된 노력 같았다. 그러나 지금 경우에는 이것이 좋은 목적을 향해 있었다.

생각을 가다듬기 위해 창가로 갔다. 곧 식사를 치우게 하고 직원을 그루바흐 부인에게 보내서 여행을 떠난다는 것을 알릴 생각이었다. 필요하다고 생각되는 것을 여행 가방에 챙겨달라고 해서 가져오라고 했다. 그다음 퀴네 씨에게 자신이 없는 동안 처리되어야 할 업무 몇 가지를 지시했다. 퀴네 씨는 이미 습관이 된 무례한 태도로 얼굴을 옆으로 돌리고 자신이 해야 할 일을 잘 알고 있으니 이런 지시는 그저 예의상 참는다는 자세로 그의 이야기를 듣고 있었다. 하지만 K는 그에 대해 이번만은 거의 화를 내지 않았다. 그리고 마지막으로 지점장에게 갔다. 어머니한테 가야 하기 때문에 이틀 동안 휴가를 받고 싶다고 말하자, 지점장은 K의 어머니가 편찮으시냐고 물었다.

"아니요."

K는 그 이상은 설명하지 않았다. 그는 두 손을 등 뒤로 깍지끼고 방 한가운데에 서서 눈썹을 찌푸리고 생각에 잠겼다. 아무래도 여행 준비를 너무 서두른 것이 아니었을까? 여기 그대로 있는 편이 좋지 않을까? 고향에 돌아가서 무엇을 하겠다는 것인가? 충동적인 생각에서 가려는 것이 아닐까? 감상적인 생각에 젖어 어쩌면 이곳에서 소송과 같은 중대한 일에 필요한 어떤 기회를 놓치는 게 아닐까? 벌써 몇 주일 동안이나 소송 문제가 정지되어 있는 것 같고 아무런 특별한 소식도 오지 않았지만 언제 어느 때 그런 기회가 찾아올지 알 수 없었다. 게다가 자신의 깜짝 방문이 늙으신 어머니를 놀라게 하지는 않을까 하는 생각도 들었다. 물론 그럴 생각은 없지만 요즘은 만사가 본의 아닌 방향으로 흘러가는 일이 많아서 이번에도 그의 의도와는 달리 얼마든지 일어날 수 있는 일이었다. 또한 어머니가 그에게 오라고 하지도 않았다. 전에는 사촌의 편지에

어머니가 K를 간절히 보고 싶어 한다는 말이 늘 반복되고 있었는데, 언젠가부터 그런 언급이 없었다. 그러므로 어머니 때문에 가는 것은 아니었다. 그러나 자신이 어떤 희망이라도 품고 간다면 결국 절망만 느끼게 될 것이다. 이 모든 의혹은 K 자신의 것이 아니고 다른 사람들이 그를 상대로 품은 것이었다. 그래서 K는 이런 뚜렷한 자각을 지니고 있어야겠다는 결심을 했다.

그런 생각을 하고 있는 동안 지점장은 우연인지 아니면(이것이 더 진짜 이유일 것 같았다) K에 대한 각별한 배려에서인지 신문만 들여다보고 있다가 이윽고 눈을 들고 일어서면서 K에게 손을 내밀고, 더는 묻지 않고 잘 다녀오라고 말했다.

그러고 나서 K는 사무실 안을 이리저리 걸어 다니며 직원을 기다렸다. 부지점장이 K가 여행을 떠나는 이유를 알아내려고 몇 번씩이나 찾아왔지만 K는 거의 입도 떼지 않고 피했다. 마침 여행 가방이 도착하자 K는 미리 불러둔 마차가 있는 곳으로 급히 내려갔다. 층계를 내려가는데 마지막에 위에서 은행원 쿨리히가 나타났다. 그는 막 쓰기 시작한 편지를 손에 들고 있었는데 K에게 무슨 지시를 받으려는 모양이었다. K는 쿨리히에게 거절하는 손짓을 했으나, 이 머리만 큰 금발머리 사내는 눈치가 모자랐다. 그는 K의 신호를 잘못 이해하고는 편지를 흔들면서 위태로울 정도로 급히 뛰어 K를 쫓아왔다. K

는 너무 화가 나서 그의 손에서 편지를 빼앗아 찢어버렸다. 그러고 나서 K가 마차 안에서 뒤돌아보니, 아직도 자신의 실수를 깨닫지 못한 쿨리히는 그 자리에 선 채 떠나가는 마차를 바라보고 있었다. 그 옆에 서 있는 수위는 모자를 깊이 내려쓰고 있었다. 그런 걸 보면 K는 아직도 은행의 고위 직원 중 한 사람인 것이다. 그가 그것을 부정하려 해도 아마 수위가 반박할 것이다. 그리고 어머니는 K가 아무리 아니라고 해도 벌써 몇 년 전부터 K를 지점장이라고 생각하고 있었다. 아무리 K의 명예가 실추되어도 어머니는 자랑스럽게 여길 것이다. 재판소와 내통하는 듯한 직원의 편지를 사과도 없이 찢어버린 것이 아마도 좋은 징조로 보였다.

(이하는 지워져 있다.)

……다만 쿨리히의 창백하고 둥근 뺨을 두 대 정도 큰 소리가 나게 때리는 일은 하지 못했다. 그렇게 했더라면 물론 아주 좋았을 것이다. 왜냐하면 K는 쿨리히를 싫어하기 때문이다. 쿨리히뿐만 아니라 라벤슈타이너와 카미너도 싫었다. K는 오래전부터 그들을 싫어했다고 생각했다. 그들이 뷔르스트너 양의 방에 나타났을 때에야 비로소 그들에게 주의를 기울였지만 그보다 훨씬 전부터 그들을 미워했다. 그리고 최근에는 괴로운

심정마저 들었다. 이 기분을 없애지 못하기 때문이었다. 그들은 고작 말단 은행원이었으므로 좀처럼 만날 기회도 없다. 그들은 모두 너무 열등하고, 근속 기간 외에는 자신들의 힘으로 승진할 가능성이 없다. 승진을 한다고 해도 다른 누구보다도 진급 속도가 느릴 테니 그들의 출세를 방해한다는 것은 소용없는 일이었다. 다른 사람의 손에 의해 가해지는 어떤 방해도 쿨리히의 어리석음과 라벤슈타이너의 게으름과 카미너의 역겨운 비굴함만큼 클 수는 없었다. 그들에게 시도해볼 만한 유일한 일은 그들을 해고하도록 손을 쓰는 일이었다. 그것도 아주 쉽게 실현될 수 있는 일이어서 K가 지점장에게 몇 마디만 하면 충분하겠지만 K는 그 일을 꺼리고 있었다. K가 싫어하는 일이라면 무엇이든 공공연하게 또는 비밀리에 하려 드는 부지점장이 세 사람을 편들고 나선다면 K는 아마 그 일을 했을 것이다. 그런데 이상하게도 이 일에 있어서만큼은 부지점장이 예외적으로 K가 하고 싶어 하는 일을 똑같이 바랐다.

미완의 장

검사

은행에서 오래 근무하다보니 K는 사람을 보는 눈이나 세상일에 대한 경험을 얻게 되었다. 늘 함께 어울리는 모임의 회원들은 매우 존경할 만한 사람들로 여겨졌고, 이러한 모임에 속해 있는 것이 그에게 커다란 명예라는 것을 자신도 잘 알고 있었다. 거의 모두가 판사, 검사, 변호사로 이루어진 모임으로 젊은 관리와 수습 변호사에게 간혹 가입이 허용되기도 했다. 그러나 대부분 그들은 말석에 앉아 특별한 질문을 받았을 때에만 논쟁에 참여할 수 있었다. 그러나 이러한 질문은 대개 좌중의 흥을 돋우는 목적을 가진 것이었다. 늘 K의 옆에 앉는 하스테러 검사가 특히 이러한 방법으로 젊은 사람들을 부끄럽게 만들기를 좋아했다. 그가 크고 털이 많이 난 손을 책상 한

가운데에 펴놓고 말석 쪽을 바라보면 모두들 귀를 기울였다. 그리고 말석에서 누군가가 질문을 받기는 했으나 도저히 그 난제를 풀 수 없다든지, 생각에 잠겨 맥주잔을 바라본다든지, 말은 안 하고 그저 턱만 들썩거리고 있다든지, 심지어는(이것이 가장 비참한 일인데) 틀린 의견이나 확인되지 않은 의견을 끝없이 늘어놓으면 나이 많은 신사들은 웃음을 지으며 자기들 자리로 돌아앉아 그제야 흡족해하는 것 같았다. 정말 진지하고 전문적인 대화는 그들끼리만 하려고 남겨두고 있었다.

(이 장은 7장과 연결되는 장으로 보인다. 7장의 마지막 문장을 옮겨 쓴 종이에 이 단편의 제목이 적혀 있다.—막스 브로트)

K는 은행의 법률고문인 어느 변호사를 통해 이 모임에 어울리게 되었다. 언젠가 이 변호사와 은행에서 밤늦게까지 상담을 하고 난 후 우연히 그 변호사가 늘 가는 모임에서 같이 가서 저녁 식사를 하게 된 것이다. 이곳에는 학식 있고 사회적 신망이 두터우며 어떤 의미에서는 권력을 가진 신사들이 어울리고 있었다. 그들은 일상생활과는 관련 없는 어려운 문제를 있는 힘껏 해결하는 것으로 기분 전환을 했다. 물론 K 자신은 관여할 수 있는 일이 거의 없었다. 그래도 은행에서 도움이 될 많은 일들을 경험할 가능성을 얻을 수 있었고 재판소의

관리들과 개인적인 유대도 맺을 수 있었으므로 큰 이득이 되었다. 그 모임도 K를 기꺼이 받아들였다. 그는 이 모임 안에서 전문 직업인으로 인정을 받았다. 이 분야에 대한 그의 의견은 (그 점에 대해 빈정거리는 사람이 전혀 없지는 않았지만) 권위 있는 것으로 통했다. 어떤 사람들은 상법에 관련된 법률문제로 의견 충돌이 발생하면 그 문제에 대해 K의 의견을 구하기도 했다. 그리고 그들의 대화 중에 K의 이름이 계속 언급되면서 감당하기 힘든 논쟁에 휘말리는 경우도 자주 있었다. 물론 차츰 그는 많은 것을 알게 되었다. 특히 하스테러 검사가 옆에 붙어 있어 좋은 조언자가 되어주었기 때문이다. 그는 K와 친한 친구가 되어 종종 밤늦게 같이 귀가하기도 했다. 그러나 K는 자신을 모두 가려버릴 만큼 몸집이 큰 사람 옆에 나란히 걷는 일에는 오랫동안 익숙해지지 않았다.

그러나 시간이 흐르자 두 사람은 학식이나 직업, 나이차에 상관없이 친해졌다. 그들은 옛날부터 친했던 친구처럼 교류했다. 때때로 한쪽이 더 뛰어난 것처럼 보일 때가 있다면 그것은 하스테러가 아니고 K 쪽이었다. 왜냐하면 K의 실제적인 경험은 법관의 책상머리에서는 결코 알 수 없는 실제 경험들이었기 때문에 대부분 옳았다.

이들의 우정은 당연히 그 모임의 사람들 사이에 곧 널리 알려지게 되었다. 누가 K를 이 모임에 데려왔는지는 거의 잊히고 이젠 K를 옹호해주는 하스테러만이 남았다. 이 모임에 참석할 자격이 부족하다고 생각하면 K는 당연히 하스테러를 증인으로 내세울 수 있었다. K는 그로 인해 일종의 특별대우를 받는 입장에 서게 되었다. 왜냐하면 하스테러는 명성도 높았지만 사람들이 두려워했기 때문이다. 그의 법에 관한 견해나 솜씨는 매우 놀라웠다. 하지만 그것만으로는 그와 동등한 사람이 많았다. 그러나 그가 자신의 견해를 주장하며 보이는 격렬한 태도에는 맞설 사람이 없었다. K는 하스테러가 상대방을 설득시키지 못하면 상대방을 공포에 떨게 한다는 인상을 받았다. 그가 집게손가락을 세우기만 해도 많은 사람들이 슬금슬금 피했다. 하스테러는 이런 경우 상대방 또한 좋은 친구가 있는 같은 모임의 일원이라는 것도, 이론적인 문제를 다룰 뿐이라는 사실도, 실제로는 아무 일도 일어나지 않는다는 것도 잊어버린 것처럼 행동했다. 그러면 상대편은 벙어리처럼 입을 다물고 겨우 고개만 몇 번 흔들고 말았다.

상대방이 멀리 떨어져 앉아 있으면 이런 거리에서는 의견이 일치되기 힘들다고 생각한 하스테러가 음식이 담긴 접시를 밀어내고 천천히 일어나 상대방에게 다가가는 모습은 실로 무시무시했다. 가까이에 있는 사람들은 검사의 얼굴을 보려고 고개를 뒤로 젖혔다. 물론 그런 일은 비교적 드물었다. 무엇보다 그는 법률적인 문제에 대해서만 흥분하는데 주로 그 자신 이전에 담당했거나 현재 담당하고 있는 소송에 관한 문제들이었다.

이런 문제가 아닐 때에는 그는 친절하고 침착하며 웃음소리는 다정하고, 먹고 마시는 일에만 집중했다. 심지어 그는 모임에서 이루어지는 대화에 전혀 귀 기울이지 않고 K에게 얼굴을 돌리고 K가 앉은 의자 등에 팔을 걸치고 작은 소리로 그에게 은행 일에 대해 물었다. 그리고 자신의 일에 대해 말하기도 하고 재판소 일만큼이나 바쁜 여자관계에 대해서도 이야기하곤 했다. 그 모임의 다른 누구와도 하스테러가 그런 식으로 이야기하는 것을 볼 수 없었고, 사실 하스테러에게 부탁할 일이 있으면(대개는 어느 동료와 화해해야 하는 문제였다) 사람들은 종종 먼저 K한테 와서 중개를 해달라고 부탁했다. K도 언제나 이런 부탁을 기꺼이 들어줬다. K는 하스테러와의 관계를 이용하지 않고 모든 사람에게 매우 예의 바르고 겸손했다. 그보다 더 중요한 것은 사람들의 서열을 올바로 구별하고 각각 그에 따라 대우하는 법을 알고 있었다는 점이다. 물론 그런 것은 하스테러가 계속 K에게 가르쳐줬다. 그것은 하스테러가 아무리 흥분해서 논쟁할 때에도 침범하지 않는 유일한 규칙이었다. 그래서 그는 거의 발언권이 없다시피 한 말석의 젊은 사람들에게도 말을 걸었다. 그들을 개인으로 보지 않고 모두가 한 집단인 양, 그들 모두에게 하는 말이었다. 바로 이 젊은이들이 하스테러에게 무한한 존경심을 보였다. 11시쯤 그가 집에 가려고 일어서면 얼른 한 사람이 그가 두꺼운 코트를 입는 것을 도와줬고, 또 다른 사람은 문을 열고 허리를 깊숙이 굽히고 문을 잡고 있었다. 물론 하스테러의 뒤를 따라 K가 방을 나갈 때까지 그들은 이렇게 행동했다.

처음 얼마간은 K가 하스테러의 집 방향으로, 또는 검사가 K의 집 방향으로 잠시 동행했다. 그러다가 언젠가부터 하스테러가 K에게 자기 집으로 가서 잠시 함께 있어 달라고 청했다. 그래서 두 사람은 술을 마시고 담배를 피우며 한 시간 정도 같이 있었다. 하스테러는 이 시간을 아주 좋아했다. 언젠가 헬레네라는 여자가 하스테러의 집에서 몇 주간 지냈는데 그때도 하스테러는 밤중에 K와 함께 지내는 시간을 포기하지 않았다. 헬레네는 노란 피부에 살찌고 나이가 꽤 든 여자로, 검은 머리카락을 이마 주위에 구불거리게 늘어뜨리고 있었다. K는 처음에 그녀가 늘 침대에 누워 있는 것만 봤다. 그녀는 부끄러운 기색도 없이 거기 누워 소설책을 읽으며 검사와 K의 대화에는 신경 쓰지 않았다. 밤이 깊어지면 그때서야 그녀는 하스테러에게 눈치를 주기 위해 기지개를 펴고 하품을 하거나, 읽고 있던 책을 던지기도 했다. 그러면 검사는 웃으며 일어나 K에게 작별 인사를 했다. 시간이 흘러 하스테러가 헬레네에게 싫증을 내기 시작하자 그녀는 두 사람이 만나는 것을 신경질적으로 방해했다. 이제 그녀는 항상 옷을 완전히 차려 입고 두 사람을 기다렸다. 언제나 똑같은 옷이었는데 그녀는 그 옷이 아주 멋지고 자기에게 어울리는 것으로 생각하는 모양이었다. 그러나 사실은 유행에 뒤떨어진 낡은 이브닝 드레스였다. 특히 길게 매달린 수술 장식이 눈에 거슬릴 정도였다. K는 사실 그 옷을 보지 않으려고 몇 시간 동안이나 눈을 내리깔고 앉아 있었다. 그래서 옷의 정확한 모양은 전혀 몰랐다. 그런데 헬레네는 몸을 흔들며 방 안을 지나다니거나 K 옆에 앉기도 했다. 급기야는 K의 사랑을 얻어 하스테러의 질투심을 유발하려고 시도했다. 그녀가 살이 찐 등을 드러낸 차림으로 책상 위로 몸을 숙여 K에게 얼굴을 들이대는 행동을 한 것은 단지 자포자기적인 심정 때문이었다. 그녀가 이런 짓을 해서 얻은 것이라곤 K가 그 일 뒤로 하스테러의 집에 가는 것을 거절한 것뿐이다. 얼마 후에 다시 가보니 결국 헬레네는 쫓겨나고 없었다. K는 당연한 일이라고 생각했다. 두 사람은 그날 밤 특별히 오랫동안 같이 앉아 하스테러의 제의로 그들의 우정을 축하했다. 집으로 돌아오는데 K는 담배와 술 때문에 머릿속이 약간 멍했다.

바로 그 이튿날 아침, 지점장이 업무 관련 대화 도중 어젯밤 K를 본 것 같다고 말했다. 자신이 착각한 것이 아니라면 K가 하스테러 검사와 팔짱을 끼고 걸어가더라는 것이었다. 지점장은 이 일을 매우 이상하게 생각하는지(물론 평소 그의 빈틈없는 성격에 어울리는 일이었다) 어느 교회 이름을 대며 그 옆의 분수 근처에서 두 사람을 만났다고 했다. 자신이 환영이라도 봤는지 달리 표현할 방법이 없다고 했다. K는 지점장에게 검사는 자신의 친구이며 사실 어젯밤 그들은 그 교회 옆을 지나갔다고 설명했다. 은행장은 놀란 듯 웃으며 K에게 앉으라고 권했다. 어느 순간에 K가 지점장을 아주 좋아하게 되는 때가 있는데 지금이 바로 그런 때였다. 큰 책임을 져야 하는 업무에 시달리는 이 허약하고 병이 들어 기침을 하는 사람이 지점장이라는 사람이었다. 바로 그가 K의 행복과 장래에 대해 걱정하고 있다는 사실을 알 수 있는 순간이었다. 지점장에게서 이와 비슷한 배려를 받아본 다른 은행원들은 그것이 그저 표면적이고 냉정한 배려라고 말하기도 하고, 2분을 희생하여 유능한 은행원을 수년간 자기 옆에 붙잡아두려는 허울 좋은 수단일 뿐이라고 했지만 어찌 되었든 간에 K는 이런 순간에는 지점장에게 감동했다. 지점장도 다른 사람들과 이야기할 때와는 사뭇 다르게 K를 대하는 것 같았다. 이런 식으로 K와 대화해서 상관으로서 지위를 잊는 적은 없었다(오히려 일반적인 업무상의 교섭에서는 늘 그랬다). 그러나 지금 지점장은 K의 직위를 완전히 잊은 것처럼 어린아이 대하듯 K와 이야기를 나눴다. 만일 지점장이 진심으로 걱정해주는 것이라고 생각되지 않았거나 그 배려에 감동하지 않았다면 K는 지점장이 아닌 누구라도 이런 식으로 말하는 것을 참을 수 없었을 것이다. K는 자신의 약점을 알고 있었다. 어쩌면 이런 면에서 사실 그는 아직도 어린애 같은 구석이 있어서 그렇게 생각하는지도 모른다. 그의 아버지는 아주 젊을 때 돌아가셨기 때문에 그는 아버지의 배려를 경험한 적이 없었다. 그 후 K는 곧 집을 떠났고 2년 전쯤에 마지막으로 본 어머니는 반쯤 장님이 된 몸으로 아직 그 작은 마을에서 지내고 있다. 하지만 K는 어머니의 애정을 바라기보다는 오히려 늘 뿌리쳐왔다.

"그 사람과 그렇게 친한 줄은 몰랐네."

지점장이 말했다.

희미하게 띤 다정한 미소가 이 말에 담긴 냉정한 어투를 다소 부드럽게 만들었다.

미완의 장

관청

처음부터 특별한 의도가 있던 것은 아니지만, K는 기회 있을 때마다 그의 사건을 처음 고발한 관청을 알아내려고 노력했다. 그 자체는 어려운 일이 아니었다. 티토렐리뿐만 아니라 볼파르트도 처음 물었을 때부터 그곳의 위치를 정확하게 말해줬다. 나중에 티토렐리는 자신이 모르는 비밀스런 계획을 맞닥뜨릴 때면 웃음을 지었다. 그러면서 이런 관청은 아무 의미도 없고, 위임받은 것을 대변하는 일을 할 뿐으로, 대법원 소속의 말단 기관에 불과하며, 대법원이란 곳은 소송 관계자들은 접근이 불가한 곳이라고 덧붙여 설명했다. 검찰청에 무엇인가를 바라는 것이 있다면(물론 소원이야 늘 많겠지만, 소원을 다 말하는 것이 반드시 현명하다고 할 수는 없다) 물론 지금 말한 하급 관청에 가야 한다. 그러나 직접 검찰청에 들어갈 수 있게 되는 것은 아니며 바라는 것을 제대로 전달할 수도 없다고 말했다. K는 이미 티토렐리의 본성을 잘 알고 있었으므로 그의 말에는 반박하지 않았다. 더 이상 질문을 하지는 않고 고개를 끄덕이며 그 말을 기억했다. 최근에 자주 그래왔듯이 이번에도 번거로운 일에서는 티토렐리가 변호사를 충분히 대신할 것 같았다. 다른 점이 있다면 K가 변호사에게 했던 것처럼 티토렐리에게 전적으로 일을 맡기지는 않는다는 것, 그럴 생각만 있으면 관계를 쉽게 끊어버릴 수 있다는 것, 티토렐리가 수다스러워져서 무엇이든 보고하길 좋아한다는 것, 그리고 이제 K도 티토렐리를 괴롭힐 수도 있다는 것 정도였다.

이 사건에서도 K는 티토렐리를 괴롭혔다. 티토렐리 앞에서는 함부로 말할 수 없는 사안이라고 둘러대며 K는 그 건물에 대한 이야기를 했다. 그 관청과 서로 연락은 하지만 아직 긴밀한 관계는 아니므로 다른 사람에게 알려지면 위험하다는 식으로 말했다. 그리고 티토렐리가 좀 더 자세한 이야기를 듣고 싶어 하면 K는 갑자기 말머리를 돌려 다시는 그 이야기를 꺼내지 않았다. K는 이런 조촐한 성과에 기쁨을 느꼈다. 이제 그는 재판소 주변의 이런 사람들에 대해 전보다 훨씬 잘 알게 되었고 그들과 스스럼없이 지내고 있었다. 그리고 자신도 그들 속에 동화되었기 때문에 이들이 속한 재판소의 본질에 가까워졌다고 믿었다. 그러나 이런 상태에 계속 머물다가 그의 원래 지위를 잃는 일이 생긴다면 어떻게 될 것인가? 하지만 그래도 아직 빠져나갈 구멍은 있었다. K는 이 사람들 사이에 자연스레 어울려야 한다. 그들은 신분이 낮거나 다른 이유로 그의 소송에는 도움이 되지 않는다고 해도 자신을 받아들여 숨겨줄 수는 있을 것이다. 그가 모든 일을 충분히 생각해서 비밀리에 진행한다면 그들은 이렇게 그를 돕기를 절대 거절하지 않을 것이다. 특히 티토렐리는 K가 이젠 그의 가까운 친구이자 후원자가 되었으니 거절할 리가 없다.

K가 날마다 이런 희망을 품고 사는 것은 아니었다. 대개는 정확하게 사리 판별을 하고 어떤 어려움을 간과하거나 무시하는 일이 없도록 주의하고 있었다. 가끔씩은(대개 업무가 끝나고 저녁에 완전히 지친 상태일 때였다) 그날 하루 일어난 일 중에 가장 사소하고 가장 애매한 사건들을 떠올려 위안을 삼았다. 이때 K는 늘 사무실에 있는 기다란 의자에 누워(한 시간 정도 긴 의자에 누워 피로를 풀지 않으면 사무실을 떠날 수가 없었다) 머릿속으로 관찰한 것들을 이것저것 연결해봤다. 재판소에 관계있는 사람들로만 국한하지는 않았고 이렇게 편안한 상태에서는 모두가 뒤섞여버렸다. 재판소의 전체적인 일은 잊어버리고 자신만이 유일한 피고이고 다른 사람들은 모두 관리나 법률가처럼 재판소 건물 복도를 돌아다니고 있으며, 가장 우둔한 사람까지

도 턱을 가슴까지 숙이고 입술을 위로 젖히고 책임감 넘치는 생각에 잠겨 뚫어지게 쳐다보고 있는 것을 상상해봤다. 그다음에는 늘 그루바흐 부인 집에서 하숙하는 사람들이 그들만의 무리를 지어 나타나는 모습을 떠올렸다. 그들은 머리를 나란히 하고 서서 비난의 말을 합창하듯 입을 크게 벌리고 있었다. K는 이미 오래전부터 하숙집에 대해 전혀 신경을 쓰지 않고 있었기 때문에 그 속에는 모르는 사람들이 많이 있었다. 따라서 그 무리와 좀 더 긴밀한 관계를 맺기가 꺼려졌다. 하지만 그 속에서 뷔르스트너 양을 찾아내려면 아예 친교를 맺지 않을 수도 없는 노릇이었다. 예를 들어 그가 그 무리에 뛰어들면 갑자기 낯선 두 눈이 반짝이며 다가와 그를 붙잡는다. 그러면 그는 뷔르스트너 양을 찾아내지 못하는데, 다시 한 번 찾아보면 그녀는 바로 무리 한가운데에서 양옆에 서 있는 두 사나이와 팔짱을 끼고 서 있었다. 그러나 그것은 그에게 전혀 아무 영향을 주지 않았다. 그 광경은 새로운 것이 아니었다. 언젠가 뷔르스트너 양의 방에서 보았던 해수욕장에서 찍은 사진이 기억에 남아 있어서였다. 아무튼 그 모습으로 인해 K는 그 무리를 떠났고 종종 그쪽으로 돌아오면 재빨리 큰 보폭으로 재판소 건물을 이리저리 돌아다녔다. 모든 방이 눈에 익었다. 한 번도 보지 못했던 복도가 친숙했고, 세부적인 것들이 분명하게 그의 머릿속으로 밀려 들어왔다. 예를 들어 한 외국인이 대기실을 거닐고 있는데 그는 투우사 같은 차림에 허리는 칼로 자른 듯 잘록하고, 아주 짧고 꽉 끼는 상의는 굵은 황색실로 짠 레이스로 만든 것이었다. 그 사람은 잠시도 걸음을 멈추지 않았고 K는 놀란 눈으로 계속 그를 쳐다봤다. K는 몸을 숙이고 그 사나이에게 몰래 다가가 긴장한 눈을 크게 뜨고 그를 지켜봤다. 그러다 보니 레이스의 다양한 무늬, 뜯어진 수술, 상의가 흔들거리는 모습까지 완전히 알게 되었다. K는 이런 구경이 싫증 나지 않았다. 좀 더 정확하게 말하자면 보고 싶지는 않은데 상대가 시선을 사로잡고 놓아주지 않는 것이었다.

'참으로 이국적인 가장 무도회 복장이지 않은가!'

K는 이렇게 생각하며 두 눈을 더욱 크게 떴다. 상념에서 벗어난 뒤에도 K는 여전히 그 사람을 좇았다. 긴 의자 위에서 돌아누워 얼굴이 의자의 가죽에 부딪칠 때까지 그렇게 했다.

(이하는 지워져 있다.)

그렇게 K는 오랫동안 누워서 푹 쉬었다. 그리고 아직 어둠 속에서 어떤 방해도 받지 않으며 곰곰이 생각하고 있었다. 티토렐리에 대해 생각하는 게 가장 좋았다. 티토렐리가 의자에 앉아 있고 K는 그 앞에 무릎을 꿇고 티토렐리의 두 팔을 쓰다듬기도 하며 여러 가지로 비위를 맞춰줬다. 티토렐리는 K가 무엇을 바라는지 잘 알고 있었지만 모른 체하며 K를 은근 슬쩍 괴롭혔다. 그러나 K 쪽에서는 결국은 모두 이룰 수 있다는 것을 알고 있었다. 티토렐리는 경솔하여 책임감이 부족했다. 그래서 쉽게 사귈 수 있는 사람이었다. 재판소가 이런 사람과 관계를 맺고 있는 것을 이해할 수 없었다. 만일 어딘가에 재판소로 뚫고 들어갈 수 있는 틈이 있다면 이곳이야말로 그 틈새라고 K는 간파했다. 그는 머리를 허공으로 쳐들고 있는 티토렐리의 뻔뻔스런 웃음에 현혹되지 않고 청원을 계속하여 마침내 두 손으로 티토렐리의 뺨을 쓰다듬기에 이르렀다. 그러나 몹시 애쓰는 것은 아니고 거의 될 대로 되라는 태도였으나, 장난하는 기분으로 그런 짓을 계속하다보니 성공을 확신하게 되었다. 재판소의 책략이란 참 단순하구나! 마치 자연의 법칙에 따르듯 티토렐리는 K 쪽으로 몸을 숙이고 다정하게 천천히 눈을 감고 K의 부탁을 들어줄 마음을 내비쳤다. 그리고 K에게 손을 내민 다음 꼭 쥐었다. K는 일어섰다. 그는 엄숙한 기분이었으나 티토렐리는 그것을 못 견디고 K를 끌어안아 달리면서 끌고 갔다. 곧 재판소 건물에 이르러 그들은 계단을 급히 올라갔다. 올라가기만 하는 것이 아니라 물 위에 뜬 가벼운 보트처럼 하나도 힘들이지 않고 오르내렸다. 그리고 K가 자신의 발을 내려다보며 이 아름다운 움직임이 이제까지 자신의 비참한 생활과는 이무 관련이 없다는 결론에 다다랐다. 그때, 아래로 숙여진 그의 머리 위에 변화가 생겼다. 이제까지 등 뒤에서 비춰 오던 빛이 방향을 바꾸어 갑자기 앞쪽에서 눈부시게 비춰 왔다. K가 고개를 들자 티토렐리는 고개를 끄덕이며 K를 돌려세웠다.

K는 다시 재판소 건물 복도에 있었는데 모든 것이 전보다 더 조용하고 단순했다. 눈에 띄는 점은 없었다. K는 한눈에 모든 것을 파악하고 티토렐리와 헤어져 자신의 길을 갔다. K는 오늘 길고 검은 새 옷을 입고 있었다. 그것은 기분 좋게 따뜻하고 두터웠다. 그는 자신에게 무슨 일이 생겼는지 알고 있었고 그것으로 만족했다. 복도 한쪽 벽에 커다란 창문이 열려 있고 그 구석에 쌓인 무더기 위에 그가 예전에 빼앗긴 옷이 놓여 있었다. 검은 상의와 선명하게 줄을 세워 다린 바지 위에는 셔츠가 펼쳐져 소매가 펄럭거리고 있었다.

미완의 장

부지점장과의 논쟁

어느 날 아침 K는 평소보다 훨씬 더 상쾌하고 투지에 넘치는 기분이었다. 재판소에 대해서는 거의 생각하지 않았다. 재판소 생각이 떠올라도 정체 모를 이 거대한 조직이 그 어떤(물론 숨겨져 있어 어둠 속에서나 겨우 잡을 수 있겠지만) 부분에서 쉽게 붙잡혀 찢어지고 부서질 수 있다는 생각이 들기도 했다. 평소와 다른 이런 상태에 힘입어 K는 벌써 오래전부터 필요했던 업무상의 문제를 함께 상의하려고 부지점장을 자기 사무실로 불렀다. 이럴 때면 부지점장은 언제나 K와의 관계가 최근 수개월 동안 하나도 변하지 않은 듯 행동했다. K와 끊임없이 경쟁하던 시절처럼 침착하게 들어와 K의 설명을 조용히 듣고 친밀하게 굴었다. 심지어 동료처럼 말하며 관심을 나타내기도 했다. 그러면서도 결코 업무에 관련된 요지에서 벗어나지는 않았다. 오로지 문제를 받아들이려는 태도만 보일 뿐 다른 의도는 보이지 않아 K는 당황스러웠다. 의무감으로 똘똘 뭉친 이 모범적인 인간 앞에서 K는 여러 가지 잡다한 생각이 밀려 들어와 결국 순순히 업무 문제를 부지점장에게 내맡겼다.

한번은 결국 부지점장이 갑자기 일어나 말없이 자기 사무실로 돌아가는 것만 알아챘을 정도로 K의 상태는 혼란스러웠다. 그때 K는 무슨 일이 일어났는지 몰랐다. 논의가 제대로 끝맺어졌을 수도 있고 K가 자신도 모르게 부지점장의 기분을 상하게 했을 수도 있다. 혹은 K가 실없는 말을 했거나 K가 듣고 있지 않거나 다른 생각을 하고 있는 게 들통나서 부지점장이 논의를 중단했을 수도 있었다. 심지어 K 자신이 형편없는 결정을 했거나 혹은 K가 그러한 결정을 내리도록 부지점장이 유인하고는 K에게 해를 입히기 위해 그 일을 실행하러 급히 나갔을 수도 있었다.

하지만 그 문제는 다시 논의되지 않았고 K도 그 일을 더는 회상하고 싶지 않았다. 부지점장은 자기 방에 틀어박혀 있었다. 물론 한동안 그리고 그 후에도 눈에 띄는 어떤 결과가 생기지는 않았다. 그러나 어쨌든 K는 그 일로 놀라서 소극적인 태도를 보이지는 않았다. 적당한 기회만 생기면 그리고 용기만 조금 있으면, K는 부지점장의 방으로 들어가든 그를 불러내든 하려고 그의 사무실 문 앞에 서 있었다. 예전처럼 부지점장을 피해 숨어 있을 때가 아니었다. 자신의 모든 걱정을 한꺼번에 씻어주고 부지점장과의 예전의 관계를 저절로 회복시켜 줄, 신속하고 결정적인 성과는 이미 기대하고 있지 않았다. K는 뒤로 물러나면 안 된다고 생각했다. 여러 가지 사실로 보아 그래야 하는지도 모르지만, 만일 그가 뒤로 물러서면 다시는 승진하지 못하게 될 위험이 있었다. K가 제거되었다고 부지점장이 확신하도록 놔둬서는 안 된다. 그렇게 생각하고 사무실에 편안히 앉아 있게 해서는 안 된다. 부지점장이 불안을 느끼게 만들어야 한다. 그로 하여금 K가 지금은 위험하지 않은 것같이 보여도 다른 모든 사람들과 마찬가지로 언젠가는 새로운 능력을 갖고 도전할 수 있다는 사실을 될 수 있는 대로 자주 깨닫게 해야 한다. 물론 K는 이따금 자신이 이러한 방법으로 다름 아닌 바로 자신의 명예를 위해 싸우고 있는 것이라고 스스로에게 말했다. 왜냐하면 자신이 약점을 지닌 채로 아무리 부지점장에게 대항을 해도 사실 자기한테는 아무 소용이 없고, 상대방의 권력욕만 불태워주기 때문이었다. 유심히 관찰하여 상황에 따라 정확한 조치를 취할 기회만 주고 있었다.

그러나 K는 자신의 태도를 바꿀 수는 없었다. 그는 자기 환상에 빠져 때때로 지금이야말로 안심하고 부지점장과 싸워도 좋다는 확신에 차 있었다. 아무리 불행한 경험을 해도 그는 현명해지지 않았다. 모든 정세가 언제나 한결같이 그에게 불리한 방향으로 돌아가도 K는 열 번 시도해서 안 되면 열한 번째에는 성공할 수 있다고 믿었다. 부지점장을 만나고 나면 K는 완전히 지쳐서 머리는 텅 비고 땀을 흘리며 혼자 남아 있었다. 이럴 때면 자신이 부지점장에게 대항한 것이 희망 때문이었는지 아니면 절망 때문이었는지 알 수 없었다. 하지만 다시 부지점장의 사무실 쪽으로 달려갈 때 그가 품고 있는 것은 분명 희망뿐이었다.

(이하 '지시를 받으려고 노력할 필요가 있었다'까지 지워져 있다.)

이날 아침에는 이러한 희망이 유난히 강하게 들었다. 부지점장은 천천히 방으로 들어와 이마에 손을 대고 머리가 아프다고 불평했다. K는 처음에는 이 말에 대답하려 했으나 부지점장의 두통쯤은 관심 없다는 듯이 곧 업무 설명을 시작했다. 그러자 두통이 그다지 심하지 않았는지 혹은 문제에 대한 열정이 통증을 잠시 쫓아버렸는지, 부지점장은 이야기를 하는 동안 손을 이마에서 떼고 평소와 같이 굴었다. 마치 문제에 대한 답을 다 알고 있는 모범생처럼 깊이 생각해보지도 않고 빈틈없이 대답했다. K는 이번에야말로 그에게 대항하여 몇 번이라도 반격할 수 있었는데도 부지점장이 두통을 앓고 있다는 생각이 마치 그의 불리한 점이 아니라 유리한 점이라도 되는 것처럼 자꾸 K를 방해했다. 부지점장이 이런 통증을 견디고 극복해내고 있는 것은 얼마나 놀랄 만한 일인가! 이따금 부지점장은 자기가 하는 말과 상관없이 미소를 지었는데 그 모습이 두통이 사고에 방해가 되지는 않는다고 자랑하는 것 같았다. 전혀 다른 이야기를 하는 동시에 무언의 대화가 행해지고 있었다. 그 무언의 대화에서 부지점장은 자신의 두통이 심하다는 것을 부정하지는 않았지만 위험하지 않은 고통일 뿐이며, K가 늘 지니고 있는 고통과는 완전히 다른 것이라는 사실을 암시하기도 했다. 그리고 K가 아무리 부인해도 부지점장이 자신의 고통을 처리하는 방법을 보여주는 것으로 그에게 반대되는 행위를 했다.

그러나 그것은 동시에 K에게 한 예를 들고 있었다. 부지점장처럼 K도 자신의 직업에 관계없는 걱정은 모두 떨쳐버릴 수 있을 것이다. 은행에서 전보다 더 일에 전념하고 새로운 계획을 세우고 실행하기 위해 끊임없이 노력했다. 약간 소원해진 업체와의 관계는 방문이나 출장으로 견고히 다지고 지점장에게 좀 더 자주 보고를 하고 특별한 지시를 받으려고 노력할 필요가 있었다. 오늘도 그랬다. 부지점장은 곧 들어왔으나 문 옆에 서서 새로 생긴 습관대로 코안경을 닦고 K를 한 번 쳐다봤다. 그리고 자신은 K를 크게 의식하지 않는다는 듯이 방 전체를 좀 더 자세히 둘러봤다. 마치 자신의 눈이 얼마나 좋은지 검사해보는 것 같았다. K는 그 시선을 받아치며 약간 웃음을 지어 보였다. 그리고 부지점장에게 앉으라고 권했다. K 자신은 안락의자에 앉아 의자를 가능한 한 부지점장에게 바싹 붙여 필요한 서류를 책상에서 집어 들고 보고를 시작했다. 부지점장은 처음에는 거의 듣고 있지 않는 것 같았다. K의 책상 위에는 조각을 한 낮은 난간이 둘러쳐져 있었다. 책상 전체가 하나의 훌륭한 조각 작품이었으며 난간도 튼튼하게 고정되어 있었다. 그런데 부지점장은 바로 그곳에서 헐거운 부분을 발견한 듯이 집게손가락으로 난간을 들어 올려 잘못된 곳을 고치려고 했다. 그래서 K는 보고를 중단하려 했으나 부지점장은 다 잘 듣고 이해하고 있으니 그대로 계속하라고 말했다. 그러나 K가 잠시 부지점장에게서 별 영양가 있는 말을 듣지 못하는 사이 부지점장은 주머니칼을 꺼내 K의 자를 지렛대로 이용하여 난간을 들어 올리려고 했다. 아마 그렇게 하면 난간을 쉽게 더 깊이 밀어 넣을 수 있다고 생각하는 모양이었다.

K는 보고서에 아주 새로운 제안을 마련해두었는데 틀림없이 부지점장에게 특별한 효과가 있다고 생각했다. 바로 이 제안에 K는 너무 집중한 나머지 오히려(요즘은 이런 의식이 점점 없어지고 있었다) 자신을 이 은행의 특별한 존재로, 자신의 생각이 자신의 입장을 변호할 만한 입을 가지고 있다는 생각에 도취

되어 멈출 수가 없었다. 게다가 어쩌면 자신을 지키는 이 방법은 단지 은행에서뿐만 아니라 소송에서도 최선의 것이며 자신이 이미 시도했거나 계획했던 그 어느 방어보다 훨씬 더 좋은 것인지도 몰랐다. 자기가 하려는 이야기에 급한 나머지 K는 부지점장이 난간을 만지고 있는 행동을 중단시킬 만한 여유가 없었다. 단지 서류를 읽으면서 다른 손으로 진정시키듯이 난간을 두세 번 쓰다듬는 것이 전부였다. K 스스로는 확실하게 의식하지 못했으나 그렇게 함으로써 난간에는 아무 이상이 없고 설령 있다 해도 그걸 고치는 일보다 지금은 자기가 하는 말을 듣는 게 더 중요한 일이라는 것을 부지점장에게 알리고 있었다. 그러나 정력적이긴 하나 육체노동을 하지 않던 사람이 새로운 일에 매력을 느끼듯 부지점장은 이 작업에 온 신경을 쏟고 있었다. 그리고 마침내 난간의 일부를 들어 올려 이제 장식물의 한쪽 끝을 다시 각각의 구멍에 끼워 넣기만 하면 되었다. 그것은 이제까지의 작업보다 더 어려웠다. 부지점장은 일어서서 두 손으로 난간을 책상 위로 눌렀다. 그러나 아무리 힘을 써도 잘 되지 않았다. K는 서류를 읽는 동안(서류에는 적혀 있지 않은 이야기도 많이 섞어서 했다) 부지점장이 일어서는 것을 어렴풋이 알아챘다. 부지점장의 동작이 자신의 설명과도 어떤 관계가 있다고 생각했기 때문이었다. K도 일어서서 어느 숫자 밑에 손가락을 대고 부지점장에게 서류를 내밀었다.

그러나 부지점장은 서류는 보지도 않고, 하던 일에 열중했다. 그는 끼워 넣는 것에는 두 손의 힘으로 충분하다고 생각하고 체중 전체를 난간에 실었다. 일단은 성공했다. 기둥이 삐걱거리며 구멍으로 들어갔으나 너무 서두른 나머지 기둥 하나가 부러지고 윗부분의 약한 가로 판자가 어디에선가 두 동강이 나고 말았다.

"나무가 좋지 않군."

화가 난 부지점장이 의자에 털썩 주저앉으며 말했다.

미완의 장

단편

그들이 극장에서 나왔을 때 가랑비가 약간 내리고 있었다. 각본과 다름없이 형편없었던 공연 때문에 K는 이미 피곤했다. 그리고 숙부를 자신의 방에 묵게 해야 한다는 생각에 완전히 지쳐버렸다. 오늘은 반드시 뷔르스트너 양과 이야기할 생각이었다. 어쩌면 그녀를 만날 기회가 생길 수도 있었다. 그런데 숙부를 모셔야 했기 때문에 그 계획은 물거품이 되었다. 아직 숙부가 타고 갈 수 있는 밤기차가 있었다. 그러나 숙부는 K의 소송에 몹시 신경을 쓰고 있어서 오늘 밤 안으로 떠나겠다는 마음을 먹을 가능성은 전혀 없어 보였다. 그래도 K는 시험 삼아 물었다.

"숙부님, 아무래도 가까운 시일 내에 숙부님의 도움이 정말 필요할 것 같습니다. 어떤 쪽일지는 아직 확실히 모르지만, 아무튼 필요할 겁니다."

"나를 믿어라."

숙부가 말했다.

"사실 난 어떻게 하면 너를 도울 수 있을지 그것만 계속 생각하고 있단다."

"숙부님은 여전히 저의 든든한 후견인이군요."

K가 말했다.

"다만 다음번에 숙부님께 다시 이곳으로 와달라는 부탁을 드릴 때 숙모님께서 화를 내지 않을까 걱정입니다."

"그런 불편함보다야 네 일이 훨씬 더 중요하지 않겠니."

"그 말씀에는 동의할 수가 없군요."

K가 말했다.

"어찌 되었든, 지금은 숙부님을 숙모님 곁에서 오래 떠나 계시도록 하고 싶지 않습니다. 아마도 저희는 가까운 시일 내에 또 만나야 할 것이니 우선은 돌아가 계시겠습니까?"

"내일 말이냐?"

"네, 내일이라도요."

K가 말했다.

"아니면 지금 밤기차로 가실 수도 있습니다. 그쪽이 가장 편하실 겁니다."

옮긴이 박제헌

한국외국어대학교 독일어과를 졸업했다. 독일에서 오랫동안 생활하면서 다양한 통역, 번역 활동을 했으며 현재 출판번역에이전시 베네트랜스에서 번역가로 활동하고 있다.

변신·소송

초판 1쇄 발행 | 2019년 6월 17일

지은이 | 프란츠 카프카
옮긴이 | 박제헌

펴낸이 | 이삼영
펴낸곳 | 별글
블로그 | http://blog.naver.com/starrybook
등록 | 제 2014-000001 호
주소 | 경기도 고양시 덕양구 고양대로 1393, 2층 3C호(성사동)
전화 | 070-7655-5949 팩스 | 070-7614-3657

ISBN 979-11-89998-06-6
979-11-86877-81-4(세트)